Sándor Márai, geboren 1900 in Kaschau (heute Slowakei), ging 1949 ins italienische Exil, wo er 1952 umgeben von den Zeugnissen der klassischen Antike »Die Frauen von Ithaka« verfasste. Für den ungarischen Bürgerlichen gehörte die griechische Mythologie zum intellektuellen Rüstzeug und Weltverständnis. Sándor Márai starb 1989 in San Diego, Kalifornien. Mit der internationalen Wiederentdeckung seines Romans »Die Glut« wurde er postum als einer der großen Schriftsteller des 20. Jahrhunderts gefeiert.

Christina Kunze, geboren 1971 in Berlin, studierte in Berlin und Budapest Hungarologie und Klassische Philologie. Sie überträgt u.a. Sándor Márai, Kriszta Bódis und Róbert Hász ins Deutsche.

Sándor Márai

Die Frauen von Ithaka

Sándor Márai

Die Frauen von Ithaka

Roman

Aus dem Ungarischen
von Christina Kunze

Piper München Zürich

Mehr über unsere Autoren und Bücher:
www.piper.de

Die Originalausgabe erschien erstmals 1952 unter dem Titel »Béke Ithakában« bei Lincoln-Pranger, London, im selben Jahr auf Deutsch unter dem Titel »Verzauberung in Ithaka« im Verlag Kurt Desch, Basel-Wien-München.

FSC
www.fsc.org
MIX
Papier aus verantwortungsvollen Quellen
FSC® C083411

ISBN 978-3-492-05620-5

Satz: Satz für Satz. Barbara Reischmann, Leutkirch
Druck und Bindung: CPI – Clausen & Bosse, Leck
Printed in Germany

Vorgesang

Rechts am Arm das Seil gelockert. Er streckte sich.
Aus der Nähe
kam der Gesang. Er horchte. Jetzt merkte er:
Sie sangen da, die Sirenen.
Heiser, lüstern und verführerisch. Seine Gefährten schliefen.
Wachs klebte in ihren Ohren. Sie träumten. Dass sie heimkehrten,
und dass die Jungen oder die Alten Rache nähmen!

Er stöhnte auf, ohnmächtig. Na, wo bist du jetzt, Pallas Athene?
Wasser klatschte ans Floß, das graue Meer sperrte den schrecklichen Schlund auf.
Das Lied verklang in der Ferne. Die Segel kreischten laut.
Plötzlich kam die Angst. Arme und Beine gaben nach –

Er stöhnte auf. Und fürchtete, er käme heim nach Ithaka.

Erster Gesang

Penelope

I

Mein seliger Mann war ein ruheloser Mensch. Am liebsten war er auf Reisen.

Doch selbst wenn er nicht unterwegs war, wenn er sich bei uns in Ithaka aufhielt, wenn er in meinem Bett lag und mich in den Armen hielt: Immer hatte ich das Gefühl, an Deck eines Schiffes zu sein oder auf einem langsam schwimmenden Floß. Das lässt sich schwer erklären. Wer mit ihm lebte, begab sich ebenfalls auf eine Reise, langsam und ausdauernd. Es war schwer, sich ihm zu nähern, weil er ständig dabei war, sich zu entfernen. An seiner Haut haftete der Geruch des Meeres.

Über das, was uns widerfahren ist, über die Geschichte unserer Familie, sind in der Welt leider schon zu viele Worte verloren worden. In letzter Zeit wurde ich mehrfach gebeten, die Wahrheit zu sagen und meine Erinnerungen niederzuschreiben. All diese Bitten habe ich abgeschlagen. Nicht nur, weil ich derartige Eröffnungen für unter meiner Würde halte. Ich habe die Neugierigen eher deswegen abgewiesen, weil zu unserer Zeit – ich denke hier an die Zeit, als ich in der Gesellschaft meines Mannes lebte – das Schreiben noch eine außerordentlich gewöhnliche, niedere Beschäftigung war. Damals, als mein Mann und ich noch Menschen waren – genauer gesagt, als wir für kurze Zeit wieder einmal Menschen waren –, schrieben die vornehmeren Leute nicht. Wenn sie der Welt etwas zu sagen hatten, griffen sie zur Leier und sangen. Die Dichter und alle, die sich mit Worten ausdrücken konnten, verachteten das Schreiben, diese Sklavenarbeit, zutiefst. Sie schritten vielmehr im Wind dahin, die Leier in der Hand, und sangen dazu. Mein Mann mochte dieses fünfsaitige Instrument, und wir hielten in unserem Haus immer einen Sänger, der die Erlebnisse der Achäer in metrischen Versen vortrug. Dieser Mann wurde gesondert gespeist, und sogar Wein mischte man ihm in den silbernen Becher, dass er Lust zum Singen bekomme. Mein Mann förderte die Literatur.

Ich erinnere mich noch an einen dieser Sänger, der längere Zeit in unserem Haus verweilte und sich dann später, als sich alles so schmerzlich und aufregend veränderte, auf den Weg machte und überall auf den Inseln seine Verse vortrug. Dieser Mann war blind. Noch heute sehe ich manchmal undeutlich sein Gesicht vor mir. Dünn war er und alt, und seine blinden Augen vermochten bisweilen den Eindruck zu erwecken, als sähe er tatsächlich etwas. Später habe ich mich viel über ihn geärgert. Die Geschichte, die er vortrug, war ungenau. Er sang alles Mögliche, so gut es ein Blinder eben kann, der die Wahrheit nur ahnt und sie nicht weiß. Die Wahrheit weiß nur ich, die ich im Bett meines Mannes gelegen und dann zwanzig Jahre lang auf ihn gewartet habe.

Aber das Schreiben will ich nicht mehr lernen. Dafür bin ich zu alt, selbst wenn ich unsterblich, also ewig jung bin. Lieber erzähle ich, was ich weiß. Ich erzähle es langsam, so wie er manchmal sprach, wenn er sich – im Winter – mit uns an den dreibeinigen eisernen Glutkorb setzte und zu erzählen begann. Manchmal höre ich noch seine Stimme. Sie klang wie das Rauschen des Meeres.

II

Ich weiß gar nicht, wo ich anfangen soll. Jetzt, da die Erinnerungen auf mich einstürmen, spüre ich ein Herzklopfen, als wäre all das, was ich zu sagen habe, zu viel, unfassbar, unendlich wie die See. Denn immer, wenn ich an meinen seligen Mann denke, erinnert mich alles an das Meer. An Land war er immer nur zu Gast. Aber auf dem Meer fühlte er sich zu Hause, und wenn er auf ein Schiff stieg, glänzten seine Augen. In Ithaka habe ich ihn nie mit so leuchtenden Augen gesehen, wie wenn er vom Schiff aus uns, den Daheimbleibenden, zum Abschied winkte.

Vielleicht hasste ihn Poseidon auch deswegen. Er war eifersüchtig auf ihn. Darüber weiß nur ich Bescheid. Alles, was später geredet wurde, was der Schwätzer Teiresias am Tor zum Hades den Wanderern erzählt, ist erfunden und erlogen. Poseidon hasste meinen Mann nicht deswegen, weil der Polyphem seinen verkrüppelten, einäugigen Sohn getötet hat, dieses stotternde Rindvieh. In unseren Kreisen ist ein Mord ohnehin keine große Sache. In unserer Welt werden Leben und Tod anders gemessen als in der Menschenwelt: Wir, die wir Menschen und Götter zugleich sind, wissen, dass der Tod nur ein Missverständnis ist. Nein, Poseidon hasste meinen Mann, weil er auf ihn eifersüchtig war: Beide waren Götter, denn bevor die Griechen, die ich nicht leiden kann, in Arkadien und Böotien, der eigentlichen Heimat meines Mannes, einwanderten, gab es eine Zeit, in der das arkadische Volk meinen Mann als Gott verehrte. Der Gott des Meeres war er, lange. Später wurde er von den Griechen, diesem dahergelaufenen Gesindel, vertrieben, zusammen mit den anderen alten arkadischen Göttern. Degradiert wurde er, sie machten einen einfachen Helden aus ihm. Einen Helden, aus meinem Mann! Ich weiß, wovon ich rede, weil meine Vorfahren ebenfalls aus Arkadien stammen und göttlichen Ursprungs sind. Mein Vater Ikarios wanderte von dort nach Sparta aus. Hätte er das nur niemals getan! Aber vielleicht war auch dies der Wille der Götter, seiner mächtigen Verwandten!

Doch immer der Reihe nach. Wenn ich von ihm spreche, fühle ich mich immer noch wie eine irdische Frau in den Wechseljahren, deren Blut bisweilen jäh in Wallung gerät. Alles war wunderbar an ihm – wunderbar und zugleich verdächtig. Ja, in Arkadien war er noch ein Gott, der Gott des Meeres. Doch unter den Göttern ist die Eifersucht groß. Pallas Athene, die mich manchmal hier auf der Insel Aiaia besucht – sie ist eine alte Freundin unseres Hauses, und bei etwas Ambrosia und einer Tasse Nektar unterhalten wir uns stundenlang über vergangene Zeiten, als es noch einen echten Olymp gab mit einem glänzenden Gesellschafts- und Hofleben –, Pallas Athene sagt, die Götter sind heutzutage gar nicht mehr so sehr aufeinander eifersüchtig, sondern eher auf die

Menschen. Der Mensch, sagt meine eulenäugige Freundin, benimmt sich heutzutage wie ein Gott und ist prahlend zwischen Himmel, Erde und Wasser unterwegs wie einstmals der Wolkensammler Zeus: Der Mensch glaubt, er herrsche über die Elemente und die Welt … Diese Nachricht hat mich nachdenklich gemacht. Die Menschen – genauer gesagt die Griechen – haben, als sie die alten Götter, unter anderem meinen Mann, ins Exil trieben, einen einfachen, aber aus einer guten Familie stammenden arkadischen Gott zu einem griechischen Helden verfälscht. Diese Erniedrigung schmerzte ihn im Geheimen. Er redete auch nicht gern darüber, dass er einst ein Gott war. Und er verachtete Poseidon, den Titelusurpator, von ganzem Herzen. Dieser Dreckskerl ist nur dank der Griechen zum Gott erhoben worden … Ein Gott, den die Menschen geschaffen haben! Ich erinnere mich noch an die Zeit, in der die Götter den Menschen schufen. Möglicherweise war das ein wenig übereilt.

Manchmal höre ich schadenfroh, dass man nicht einmal seinen Namen richtig versteht. Die Sklaven, die heute die Bücher schreiben, streiten sich auf Zehntausenden von Seiten in dicken Wälzern darüber, was eigentlich sein richtiger Name war und was er zu bedeuten hatte. Sie wollen den Leuten einreden, dass mein Mann, als er – gezwungenermaßen – die griechische Staatsbürgerschaft annahm und sich in Ithaka niederließ, seinen Namen gräzisierte. Das ist eine Lüge. Bis zum Ende seines Lebens war er Ulysses, unser wunderbarer und fürchterlicher Herr.

Die Sänger und Seher sprachen seinen Namen später griechisch aus. Die Sklaven, die nicht mehr singen konnten und deshalb zu schreiben begannen, beteuerten, sein Name bedeute so viel wie »der Hasser«. Andere sagten: »den viele hassten«. Das stimmt, denn er wurde von vielen gehasst. Die Griechen, dieses kindisch prahlende, krankhaft eitle Volk, das vor Nationalstolz platzt, wollten die Welt glauben machen, mein Mann habe seinen alten Namen freiwillig abgelegt, um seiner Wahlheimat, der Griechenwelt, auch damit seine Treue zu erweisen. Es werden noch einige Äonen vergehen, bis ich die ganze Wahrheit sagen darf. Aber ich habe Zeit, und eines Tages wird die Wahrheit ans Licht kommen. Das Andenken meines Mannes ist so strahlend, dass ihm auch die Beschuldigungen der Griechen nichts anhaben können. Ich leugne nicht, dass er ein guter Grieche war, ein treuer Bürger seiner neuen Heimat. Doch wer glaubt, er hätte um jeden Preis Grieche sein wollen, der irrt. Seine Heimat war Ithaka, ja. Aber er hatte auch noch eine andere Heimat: die Veränderung. Hier war er wirklich Staatsbürger.

Ich will die Wahrheit sagen. Auch wenn ich damit sein Andenken verletze, denn er hielt nicht viel von der Wahrheit. Er log nämlich meisterhaft. Das ist kein Wunder, wenn man bedenkt, dass sein Großvater Autolykos war, der göttliche Viehdieb, Rosstäuscher und Brandmalfälscher, der das Lügen noch vom arkadischen Hermes gelernt hatte.

Autolykos war es auch, der seinem Enkel den Namen Ulysses gab. Dieser Name, jetzt kann ich es ruhig sagen, bedeutet »der Lichtbringer«. Nun habe ich es ausgesprochen und bin erleichtert. Es ist an der Zeit, dass unter diesen Streit zwischen den Sklaven endlich ein Schlussstrich gezogen wird.

III

Der Lichtbringer war er, der einzige. Der göttliche Dieb träumte diesen Namen für seinen Enkel. Meine Schwiegermutter, die einfältige Antikleia, unternahm in der Schwangerschaft einen Ausflug ins Gebirge Neriton und wurde dort von einem Regenguss überrascht: Nervös und hastig, wie sie war, brachte sie vor Schreck das Kind zur Welt, konnte allerdings nicht ahnen, dass sie dabei jemanden gebar, der göttlicher Abstammung war und deshalb selbst als Mensch mehr galt als ein gewöhnlicher Mann.

Von unserer Familie will ich nicht viel reden. Ihr fühlte Ulysses sich nie sonderlich verbunden. Vielleicht war seine ruhelose Natur daran schuld, vielleicht noch etwas anderes. Als er gestorben war, überlegten wir, was wir auf den Marmorstein schreiben lassen könnten, den wir an seinem Grab aufstellten. Schließlich konnte ich die Sklaven nicht meißeln lassen, dass hier der beste Ehemann, Vater, Verwandte und Freund ruht! Diese Formulierung entspricht ja nicht der Wahrheit. Deshalb ließ ich nur »Ulysses« in den Grabstein meißeln. Wer es liest, weiß, dass hier der Lichtbringer ruht. Seiner Familie – wie seiner Nation – stand er nicht sehr nahe. Irgendwie fand er weder in der einen, noch in der anderen seinen Platz. Wenn man diese heiligen Worte in seiner Gegenwart aussprach, wurde er immer nervös.

Ja, er wollte nach Ithaka heimkehren. Als er unterwegs war, sagte er, er wolle nicht sterben, bevor er nicht noch einmal den Rauch seines Hauses gesehen habe. Und schließlich kam er tatsächlich heim nach Ithaka, um zu sterben. So wollten es die Götter. In dem Augenblick, in dem mein geliebter jetziger Mann Telegonos das Blut meines seligen Mannes vergoss, war Ulysses tatsächlich hier zu Hause in Ithaka. Im Augenblick seines Todes, im letzten Augenblick erst, gehörte er seiner Familie und dem Volk von Ithaka. Dies war der einzige Augenblick, in dem er sich bedingungslos und mit Leib und Seele zu Ithaka bekannte.

Ansonsten war er nur unser Herr, auf den wir ewig warteten. Das Rätseln, ob er nach Hause kommt, und wenn ja, wann, war bei uns schon eine Art Volksbrauch geworden, wie die religiösen Handlungen. Mir klingen noch die hoffnungsvollen Fragen im Ohr und dann – je mehr Zeit vergangen war – die eigenartig veränderten, in nicht ganz ehrlichem Ton vorgebrachten Mutmaßungen. Unsere treue Amme Eurykleia stahl in den ersten zehn Jahren nur wenig, und jeden Morgen, wenn sie, geweckt von der rosenfingrigen Morgenröte, bei mir anklopfte, um mich zu massieren, seufzte sie schon auf der Schwelle meines Schlafgemachs auf:

»Noch in diesem Jahr wird er heimkommen.«

Das klang wie ein Morgengruß. Später antwortete ich gar nicht mehr. Eumaios, der alte Schweinehirt –

ich höre, dass der blinde Sänger ihn später einen Gott genannt hat, aber das ist eine unschickliche Übertreibung! –, begann gleich im ersten Jahr zu stehlen. Ich glaube nicht, dass dieser Schweinehirt göttlich war. Sicher ist, dass er viel stahl, sowohl er als auch die anderen Schweinehirten, die Diener, die Dirne Melantho, die sich in den Nächten mit meinen Freiern zusammenlegte, und mein ganzes Hausvolk. Ehrlich gesagt stahlen nur die Freier nicht. Alles, was sie aßen und tranken, ersetzten sie reichlich durch ihre goldenen und silbernen Geschenke. Zwei andere Schweinehirten, Melanthios und Philoitios, zählten meine Freier zusammen. Sie sagten, in den ersten zwanzig Jahren, in denen wir auf der Insel Ithaka auf meinen seligen Mann warteten, seien insgesamt hundertachtzehn Freier in unserem Haus gewesen. Ich bin nicht eitel – das gibt auch Pallas Athene zu, von der ich gewisse Mittel bekomme, die für die Körper- und Schönheitspflege nötig sind. Dennoch will ich nicht leugnen, dass mir diese ansehnliche Zahl guttat.

Alles, was meine hundertachtzehn Freier in zwanzig Jahren bei uns gegessen und getrunken haben, kostete nicht so viel wie das, was das Hausvolk während der Abwesenheit meines Mannes stahl. Dass die Bediensteten dies taten, wundert mich nicht. Es ist nur allzu menschlich. Wenn der Hausherr zwanzig Jahre lang – und später noch viele Jahre mehr – mit dem Schiff von einem Abenteuer zum nächsten unterwegs ist, zerfällt in der Wirtschaft alles und wird wie Spreu im Wind verweht. Amphinomos, einer meiner Freier, reif und schon etwas beleibt, ein überlegter und ernsthafter Mann, der sich auf die Landwirtschaft verstand, redete mir gut zu, die Plünderung durch die Elstern unseres Gesindes nicht zu dulden. Aber eine einsame Frau ist immer machtlos. Mein Sohn war, als mein Mann das erste Mal aufbrach, noch klein, und später, als er erwachsen wurde, hielten ihn die eigenartigen Zustände in unserem Haus und vielleicht die von seinem hehren Vater ererbten Eigenschaften davon ab, sich um die Wirtschaft zu kümmern. Dazu braucht es einen Mann. Nicht hundertachtzehn, sondern nur einen. Und dieser eine war immer und ewig unterwegs.

Wenn ich jetzt an Ithaka zurückdenke, beurteile ich das Verhalten meines Mannes nachsichtiger. Eigentlich lebten wir dort auf der Insel unter ziemlich ärmlichen Bedingungen. Das Ionische Meer, das unser bescheidenes Königreich mit seinen weinfarbenen Wogen umarmte, ist windig. Aiolos' flinke Piraten, die nördlichen und südlichen Wüstenwinde, fuhren winters wie sommers durch das Laub der dürren Ölbäume auf unserer Insel, und in unserem weiträumigen Haus flatterten unaufhörlich die Teppiche vor den Türen. Ithaka war klein und felsig. Wiesen und Felder gab es dort kaum. Als die pferdezüchtenden Argeier zu uns zu Besuch kamen, wunderten sie sich über die Kargheit der Insel. Wir züchteten nur Ziegen. Auch deswegen musste mein Sohn Telemachos das Geschenk Menelaos', die edlen Rosse, zurückweisen. Nirgends in Ithaka gab es die Weiten, die den Pferden Auslauf geboten hätten. Deshalb wandte sich mein Mann mit dem Herzen und dem Verstand dem Meer zu. Er dachte, auf dem Meer fände er die Weite, die ihm das Festland verweigerte. Das Volk, über das er herrschte, war klein, und als er später neben Ithaka Zakynthos und Samos hinzupachtete, vermehrten sich nur seine Sorgen und nicht sein Besitz. Ich will hier sein Andenken verteidigen.

Deshalb baute er unser Haus oben auf dem Hügel Aetos, an den Rand seines bescheidenen Reiches, unmittelbar ans Meer grenzend. Die pferdezüchtenden Gäste kritisierten diese Ortswahl. Sie waren Festländler und meinten, ein König oder jeder andere hohe Herr lebe sicherer, wenn er für seine Residenz einen zentral gelegenen Ort wählt. Als ich das hörte, verstand ich wieder einmal, welch tiefe Kluft meinen Gatten, den Mann des Meeres, von den Festländlern trennte. Er sah die Welt anders. Nicht Sicherheit wollte er, sondern Windesrauschen und Überraschungen. Deshalb wurde unser Haus auf dem Gipfel gebaut, am Ufer des Meeres, mit offenen Türen und Fenstern. Er wartete immer auf die Welt. Und als er eines Tages das Gefühl hatte, dass die Welt es nicht eilig hatte, zu ihm zu kommen, machte er sich auf den Weg zu ihr. Später kam er noch manchmal zu uns nach Ithaka zurück, aber ein längeres Bleiben gab es nicht mehr. Er tötete einige Männer, rechnete unser Vermögen zusammen, lag in meinem Bett und umarmte mich. Wir hatten noch einen Sohn, den edlen Ptolipathos, doch all das tat er schon etwas zerstreut und gleichgültig. Als würde es ihn gar nicht kümmern. Als dächte er immer an etwas anderes. Später habe ich oft überlegt, ob es richtig war, dass ich ihn nicht mit Tricks und Intrigen zurückgehalten habe, mit Leidenschaft und Flehen … War es recht, dass ich ihn nach Troja gehen ließ? Wenn ein Mann einmal die Heimat verlässt und mit Leib und Seele auf die Reise geht, kann er später nie wieder ganz heimkommen. Das habe ich erlebt. Man lernt langsam.

IV

Aber bevor er weggerufen wurde, bevor die ehrlose Weibsperson, deren Namen ich nicht einmal aussprechen mag, ihrem schwachsinnigen Mann ausgerissen ist – was mich übrigens nicht wundert, denn wie kann man mit einem blonden Mann leben? –, bevor diese Frau die Erinnerung in ihm wieder aufgerührt hat, war er unser Herr in Ithaka. Ein treuer, sorgsamer Landesherr und geduldiger König. Auch in unserer Armut großzügig. Immer gerecht und mild. Wir, die Familie, seine Diener, Schweinehirten und Schäfer, hörten nie ein lautes Wort von ihm oder einen tadelnden Ausbruch. Mild herrschte er über das Volk der Kephallener, wie ein Vater, der nichts will als dienen und erziehen.

Wie war er wirklich? Alles, was später geschah, verschleierte das Bild, das ich mir von ihm bewahrte. Als würde ich zwei Ulysses kennen. Den einen, der mit mir in Ithaka gelebt hat. Den anderen, der nach Troja ging und immer und ewig unterwegs war. Wenn er sich hin und wieder bei uns blicken ließ, badete er nur rasch und machte sich gleich wieder auf den Weg. All das wegen dieser Weibsperson, die sein Blut nicht zur Ruhe kommen ließ.

Diese Frau! Wie ich höre, schminkt und pudert sie sich immer noch. Sie benimmt sich wie wir Unsterblichen: cremt ihren Schattenleib mit Kallos ein, der duftenden Pomade, die den Körper elfenbeinfarben werden lässt. Auch Aphrodite benutzte diese Salbe, wenn sie zum Tanz ging … Athene verschönerte mit ihr – während ich schlief – meinen Körper und mein Gesicht, als ich auf meinen heimkehrenden Mann wartete. Alles stahl diese Weibsperson, alles machte sie nach, auch das Geheimnis der Masseusen und Göttinnen. Eine klapprige Schattengestalt ist sie und glaubt, dass sie noch auf die wehrlosen und lahmen Männer in Hades' Heimat wirkt. Als wir junge Mädchen waren, haben wir in Sparta oft zusammen gebadet. Ich weiß, dass sie Pickel auf dem Rücken hat, Verdauungsprobleme und einen fauligen Atem. Eine Stimme hat sie wie eine Dienerin. Immer kichert sie, und dann hält sie sich die plumpe Hand vor den Mund. Sie glaubt, das wäre eine überaus zierliche Bewegung! Immer war sie dumm. Immer hinterhältig. Immer hatte sie Erfolg bei den Männern.

Manchmal dachte ich auch, dass es vielleicht für uns alle gut gewesen wäre, wenn ihr habgieriger Vater Tyndareos das Flehen meines seligen Mannes erhört und sie ihm zur Frau gegeben hätte.

Ich weiß, diese Idee ist irrwitzig, ungehörig. Denn die Götter haben unser beider Schicksal miteinander verbunden. Aber ich habe niemals verstanden, warum die unsterblichen Götter das Schicksal einer Frau an einen Mann binden, der eine andere liebt. Der sein Zuhause verlässt. Der in den Kampf zieht wegen einer sittenlosen

Person, die sich in den Armen eines anderen wälzt. Die Götter schweigen merkwürdigerweise. Wenn mich diese Frage peinigt, erwacht eine Unruhe in meinem Herzen. Vielleicht sind die Absichten der Götter nicht immer verständlich und konsequent? Entscheiden und handeln sie manchmal planlos, eben nur, weil sie es können? Ich wage nicht, diese Frage laut auszusprechen.

Einmal – kurz nach seiner Heimkehr und wenige Tage, bevor er sich wieder auf den Weg machte und mich verließ – fragte ich meinen seligen Mann:

»Was hast du an dieser dämlichen Gans geliebt?«

Die Frage, so einfältig sie auch war, überraschte ihn nicht. Überhaupt überraschte ihn nie etwas unter den Menschen. Mit graugrünen Augen sah er in die Ferne, kalt und ruhig wie immer, wenn er über die Fragen der Menschen nachdachte.

»Du bist nicht gerecht«, sagte er. »Diese Frau hatte etwas.«

Das Mittagessen war vorüber. Wir waren allein und lagen in dem großen Saal, in dem er ein paar Monate zuvor meine Freier getötet hatte und aus dem danach mit Schwefel der Blutgeruch ausgeräuchert worden war. Der bittere Geruch des Schwefels klebte noch an den Wänden und reizte mich manchmal zum Niesen. In den Eisenkörben rauchte die Glut von harzigen Tujazapfen und Zypressenzweigen. Es war gegen Ende des Winters, und die Hitze des Feuers fuhr uns manchmal mit ehernen Krallen ins Gesicht. Telemachos war jagen gegangen, und ich bemerkte seit Tagen einen Zug im Gesicht meines Mannes, der mir nicht gefiel. Ich hatte den Eindruck, er langweilte sich. Ich begann mich zu fürchten.

»Aber was?«, fragte ich. Ich setzte mich auf der Liege auf und zog die Falten meines Gewandes glatt. In diesen Monaten kleidete ich mich besonders sorgfältig, weil ich noch hoffte, den Heimgekehrten zu Hause halten zu können. »Was ist dieses Etwas?«, fragte ich. »Ist sie klüger? Unzüchtiger? Geschickter? Unflätiger?«

»Von guter Art«, sagte er ausweichend und sah mich nicht an. Er griff nach dem Kelch und mischte sich Wein.

Diese Antwort verletzte mich bis aufs Blut. Ich versuchte mich zu beherrschen. Ich kreischte nicht los, weil ich gelernt hatte, mich auch in schweren Lebenslagen an meine teilweise göttliche Herkunft zu erinnern. Aber jetzt hatte er gerade meine Abstammung beleidigt, indem er meine Cousine, diese Weibsperson, als »von guter Art« bezeichnete. Meine Schwester Laodike, meine Halbschwester Iphthime, meine Brüder Polymelos und Samasykolos, mein edler Vater, der ruhmreiche Ikarios, der aus einer alten Familie Spartas stammte … Sie alle schwiegen sich darüber aus, dass es neben den Glanzpunkten im Leben meines Vaters auch einen dunklen Fleck gegeben hatte: den Augenblick, in dem er sich zu meiner Mutter herabließ, zu einer gewöhnlichen Nymphe – nicht einmal des Wassers, sondern des Waldes – und mich zeugte. Ich muss jedoch zugeben, dass mein Mann stets so viel Zartgefühl und Ritterlichkeit besaß, um über diese Schande hinwegzusehen. Vor der Welt und auch mir gegenüber stand er zu seiner Schwiegermutter, meiner armen Mutter Periboia, der Nymphe.

Aber die dunkle Glut der Schande brannte immer im Herzen der stolzen Familie.

Ich erwiderte nichts. Und er sah mich nicht an. Er mischte Samoswein mit dem säuerlichen heimischen Tresterwein, der in unserem Garten wuchs, zwischen den Ölbäumen, an Ranken, die mit Riedfäden aufgehängt waren. Als er den Kelch hochhob, um den Göttern zu opfern, spürte ich Groll in mir aufwallen. Unseren Sohn hatte mein Mann gelehrt, dass man am Gegner nicht herummäkeln darf. Aber ich bin nicht nur eine Göttin, sondern auch eine Frau, und der Aufruhr in meinem Herzen war stärker als mein Verstand. Ich sah meinen Mann an und mein Herz begann zu rauschen wie das Meer, wenn es vom verschleierten Mond gerufen wird. Er trank den Kelch in einem Zug leer und sah den schweren Silberpokal – ein Geschenk eines meiner Freier, des bedächtigen Amphinomos – zufrieden an, so wie alles aus Silber und Gold, das die Freier mir geschenkt hatten. Mit einer langsamen Bewegung setzte er den Pokal auf dem runden Marmortisch ab und stand auf. Im gnadenlos scharfen Licht des Spätwintertags sah ich jetzt die Züge seines Gesichtes – anders als je zuvor. Anders als damals, als er sich aufgemacht hatte, um neun Jahre lang vor Trojas Mauern zu kämpfen, und dann noch ein Jahrzehnt lang umherschwirrte und in fremden Höhlen in den Armen verdächtiger Frauen lag. Die bittere Gischt des herbstlichen Meeres hatte seinen sehnigen Leib gebeizt, während ich mich mit den Freiern und den diebischen Schweinehirten sowie mit der Erziehung unseres hehren, aber immer etwas nachlässigen Sohnes herumgeschlagen hatte … Er hatte sich verändert. Der Wind, das Meer, die Ausdünstungen der Küsse fremder Frauen, dann der Kampf, die Leidenschaft des Tötens, der Meißel der Duldung hatte fremde Muster in dieses Gesicht geschnitten. Es war nicht mehr das Gesicht meines Mannes, sondern das eines Fremden. In diesem Augenblick begriff ich, dass mein Mann, der Lichtbringer, nicht nur wegen der Hochnäsigkeit der hereindrängenden Griechen aus der göttlichen Rangordnung in die menschliche Welt herabgestiegen war. Die Polypenarme des Abenteuers hatte ihn in die Tiefe hinabgerissen, wo die Menschen leben … das menschliche Abenteuer, die Neugier. Die großen Götter, die echten, sind wütend und eifersüchtig, doch niemals neugierig. Offenbar beginnt die Neugierde beim Menschen. Er ist freiwillig zu den Menschen hinabgestiegen, weil er von dem schaumig-schmutzigen Trunk der Neugier gekostet hatte und ein Mensch sein wollte. Der Mann, der jetzt zur Tür ging, hatte zwanzig Jahre lang vor den Mauern von Troja und in der Welt gekämpft, weil er nicht vergessen wollte und neugierig war. Mein Gesicht brannte wie Feuer. Ich schämte mich, auch an seiner statt. Als er an der Schwelle war, schrie ich ihn an:

»Weißt du, dass dein Freund Menelaos, diese Memme, Helena wieder in sein Haus aufgenommen hat?«

Er blieb stehen. Über die Schulter sah er zurück und antwortete ernst:

»Ich weiß.«

Er zuckte mit den Schultern.

»Wir haben gesiegt«, sagte er.

Und er lächelte. Aber so kalt, gnadenlos und böse, wie nur ein Mann lächeln kann. Dann verließ er den Saal. Lange saß ich einfach da. Ich hatte mein Gesicht in den Händen verborgen. Vor Schreck hatte ich am ganzen Körper Gänsehaut bekommen. In diesem Augenblick begriff ich, dass der Trojanische Krieg vergeblich gewesen war, dass es nichts nützte, dass ich zwanzig Jahre lang auf ihn gewartet hatte. Ich begriff, dass es keine Hoffnung gab, weil mein Mann alt geworden war: Ihm waren die Erinnerungen wichtiger als die Gegenwart. So begann es.

V

Der Gefühlssturm des Wiedersehens war für mich in diesem Augenblick vergangen. Ich begann, ihn zu beobachten. Dafür wählte ich die Stunden, in denen mein Mann in meinem weiträumigen Schlafgemach auf der mit Ziegenfell bedeckten Liege neben mir lag. So, im Dunkeln, konnte ich ihn besser studieren.

Sein Geruch war mir vertraut. Nur entströmte seiner Haut vielleicht noch rauer und derber als zuvor der Geruch des Meeres. Gischt und Tang, Salz, die Gewürze des Süd- und Nordwindes und schließlich ein magenumdrehend süßlicher Duft, den nur der Körper einer fremden Frau in den Poren eines Mannes zurücklassen kann. Doch selbst diese starken, unsympathischen, fremden Gerüche konnten meine Erinnerungen nicht verfälschen. Im Dunklen legte ich meinen Kopf auf seine

Schulter und trank mit Nase und Mund den Geruch seines Körpers. Ich spürte, dass mein Mund kühl war, weil ich innerlich brannte. Ich verstand, dass etwas zu Ende war: Das Warten, dieser sonderbare Mythos, war zu Ende. Ich wusste, dass die Wirklichkeit begonnen hatte.

In der Dunkelheit hörte ich sein Herz schlagen. Unter seinen kräftigen Knochen, in seinem harten Brustkorb schlug das Herz wie der Hammer des Hephaistos, als er auf seinem Amboss die Lanze schmiedete, mit der Ulysses' Sohn Telegonos, mein hehrer jetziger Mann, ihn später töten sollte. All das lag in diesem Augenblick. Die Einzelheiten konnte ich nicht vorher wissen, ich bin keine Sibylle. Aber dass es so kommen würde, wusste ich. Deshalb beobachtete ich ihn, vernahm mit durstigen Ohren das Schlagen seines Herzens. Ausdauernde und harte Schläge dröhnten in der Höhle seines Brustkorbs. Für wen und für was dieses Herz wohl schlagen mochte? Ich wusste es nicht.

Ich wusste nur, dass es nicht für mich schlägt.

In den zwanzig Jahren, die ich auf ihn wartete, wurden mir die Nachrichten korbweise ins Haus getragen von den Freiern, den Dienern, den Herolden und einem Menschen, den ich zu diesem Zweck hielt und bezahlte: von Medon, dem Flinken. Meine Diener und meine wortgewandte, diebische, liebe alte Amme Eurykleia versäumten keine einzige Gelegenheit, bei Wanderern, Schiffsleuten und herumlungernden, umherstreunenden Göttern Nachrichten für mich einzuholen. Darunter waren viele Flunkereien, aber aus der Kiepe voller Lügen quoll schließlich ein dicker Tropfen Wahrheit hervor. Ich wusste dies und jenes über Helena, hatte mit halbem Ohr von Nausikaa gehört, dieser ekelerregenden Person, die halb Jungfrau, halb Vogel war. Und von Kirke, meiner lieben Schwiegertochter beziehungsweise auch Schwiegermutter ... Es verwirrt mich immer, wenn ich mein Verhältnis zu ihr bestimmen muss. Zufrieden hörte ich auch, dass er bei allen Abenteuern Würde und Haltung bewahrte: Er kehrte unterwegs nicht ins Freudenhaus ein, dort auf der Insel, wo die Sängerinnen die Reisenden anlocken. Das tat mir wohl. Ich freute mich immer, wenn ich hörte, dass er auf seine Gesundheit achtete.

Eines Nachmittags – es muss ungefähr im fünfzehnten Jahr seiner Abwesenheit gewesen sein – besuchte mich mit flinkem Schritt meine liebe Freundin Pallas Athene. Jetzt kann ich es ja sagen: In unserem Haus gaben sich die Götter die Klinke in die Hand. Meine Umgebung und die Dienerschaft waren so daran gewöhnt, dass sie überhaupt nicht überrascht waren, wenn ein Gott zu Besuch kam. Nur die Hunde verbellten unsere Gäste, weil die unvernünftigen Tiere das Göttliche hinter der menschlichen Maskerade nicht erkannten. Der Jagdhund meines Mannes, der treue Argos, bellte Athene jetzt auch an. In Wahrheit war dies eine glückliche Zeit: Die Welt der Menschen und die der Götter waren noch nicht völlig voneinander getrennt.

Obwohl ich die Tochter einer Waldnymphe bin, bin ich mir meiner göttlichen Herkunft sehr wohl bewusst. Und unter meinen Gästen waren oft verkleidete Götter, die sich ungehemmt und menschlich betragen konnten. Ein häufiger Gast unseres Hauses war Hermes, ein entfernter Verwandter meines Mannes, der auch oft bei uns übernachtete. Seine Flügelsandalen reinigte Eurykleia dann mit besonderer Sorgfalt. Und für Pallas Athene, die naschhaft war, standen in einer phönizischen Glasschale immer süße Feigen und nach Ambra duftende Ambrosia bereit. Meine Freundin kam jetzt gut gelaunt und erregt an:

»Ich bringe Nachrichten von ihm!«, rief sie schon auf der Schwelle und verscheuchte mit einer Hand Argos, der nach ihrem Rock schnappte.

»Ruhe dich erst einmal in unserem bescheidenen Hause aus, Tochter des Zeus!«, gab ich höflich zur Antwort. Aber es war keine Zeit für Förmlichkeiten. Sie setzte sich neben mich auf die Liege – völlig außer Atem, denn sie war auf dem Luftweg gekommen – und strich sich die Nase, die unterwegs etwas glänzend geworden war, rasch mit Kallos ein. Dann begann sie auch schon zu erzählen.

»Große Dinge sind geschehen, Penelope. Auf dem Olymp hat eine geheime Sitzung in der Sache deines Mannes stattgefunden. Poseidon, mein nachtragender und eifersüchtiger Bruder, hat von meinem erhabenen Vater Zeus einen Rüffel bekommen. Dein Mann kehrt noch nicht heim. Aber vom heutigen Tag an kannst du sicher sein, dass er wieder nach Hause kommt. Aber das ist noch nichts«, sagte sie und schob den Tiegel mit der teuren Salbe zurück in die Alabasterhülle, die sie immer am Gürtel trug.

»Nichts?«, fragte ich, und mein Herz schlug mir bis zum Hals. »Was kann noch wichtiger sein?«

Mir versagte beinahe die Stimme. Später dachte ich oft an diesen Augenblick. Die Nachricht – nach anderthalb Jahrzehnten die erste verbürgte Nachricht darüber, dass er heimkehren würde – erfüllte mich mit wilder Freude und zugleich mit Furcht. Und in der denkwürdigen Nacht, in der ich wieder neben meinem Mann im Bett lag und seinem Herzschlag lauschte, erinnerte ich mich wieder an diese Furcht.

Aber ich fragte sie nur vorsichtig aus, weil ich wusste, dass die Überbringerin der Nachricht, meine göttliche Freundin, in meinen Mann verliebt war. Über diese Neigung habe ich viel nachgedacht. Ich weiß nicht ganz genau, ob sie ein Verhältnis miteinander hatten. Für die Göttinnen ist es nicht einfach, mit einem irdischen Menschen zusammen zu sein, nicht einmal, wenn dieser Mensch göttlicher Abstammung ist. Die Schwierigkeiten sind vielfältig: teilweise sind es rituelle, teilweise aber auch andere, biologische. Als Frau weiß ich jedoch sehr wohl, dass die sanfte Sorge unserer göttlichen Freundin, mit der sie meinen Mann daheim und in der Fremde umgab, nicht ganz uneigennützig war. Ich war nicht eifersüchtig – Athene hatte damals schon etwas zugenommen, wie veranlagungsbedingt alle Frauen ihrer Familie –, aber ich war auf der Hut. Ihr vornehmer Rang unter den Himmlischen, ihre berufsmäßige Jungfräulichkeit (über diese wurde viel geredet, aber es wäre unter meiner Würde, all das weiterzugeben, was ich irgendwann über Athenes Jungfräulichkeit gehört habe) und ihre eigentliche Aufgabe, die Helden, Gelehrten und Künstler zu beschützen … all das hätte mich von der Uneigennützigkeit ihres Interesses für meinen Mann überzeugen können. Ich kannte jedoch meinen Mann. Und ich kannte die Göttinnen … Mit vorgetäuschter Gleichgültigkeit beobachtete ich sie vorsichtig. Im langen Reigen der Frauen machte eine Göttin mehr oder weniger – so dachte ich – keinen großen Unterschied.

»Wir haben erfahren, wo er sich aufhält!«, sagte meine jungfräuliche Freundin. Mit ihren Eulenaugen sah sie mir tief und etwas schielend in die Augen. In solchen Momenten ähnelte sie wirklich einer dicken, alten Jungfer. Sie weinte schnell … Mein Mann nannte sie, etwas undankbar – wie er im Allgemeinen über Frauen und Göttinnen sprach – einmal eine Pute und sagte, diese alte Jungfer leide an einer gestörten Drüsenfunktion.

Jetzt erzählte sie alles. Was ich hörte, ärgerte mich. Ich muss zugeben, von Kalypso wusste ich bislang nichts. Diese verworfene alte Frau hatte ihr Geheimnis und meinen Mann sieben Jahre lang wohl gehütet. Dass die Nymphen junge Männer rauben und sie zu Liebeszwecken im Wald, tief in felsigen Höhlen, festhalten, war mir nicht neu. Aber ich verstand nicht, wie es Kalypso gelingen konnte, Ulysses, diesen starken und stolzen Mann, festzuhalten. Als Athene in ihrer Erzählung da angekommen war, dass Hermes meinen Mann gesehen hatte, wie er auf einem Felsen saß und vor Kummer weinte, weil er seiner betagten, schöngelockten Gastgeberin jede Nacht mit seiner Manneskraft dienen musste, da brach es mir fast das Herz. Mein Mann, der Held von Troja, wurde sieben Jahre lag von einem altem Weib ausgehalten, bekleidet, gespeist und benutzt wie ein Lustknabe! Obwohl ich kurz davor war, loszuheulen, bemühte ich mich, Ruhe vorzutäuschen. Meine göttliche Freundin beachtete mich nicht, sondern fuhr begeistert und aufgeregt fort. Schadenfreude und gespielte Empörung mischten sich in ihren Ton, so wie bei allen Frauen, die etwas Pikantes über den Mann, in den sie heimlich verliebt sind, erfahren.

»Seit sieben Jahren«, sagte sie merkwürdig zufrieden, »seit sieben Jahren benutzt diese alte Nymphe deinen Mann, Penelope. Hermes sagt, er besteht nur noch aus Haut und Knochen. Stell dir das nur vor! Natürlich habe ich alles über diese gemeine Person in Erfahrung gebracht. Sie stammt aus der Familie der Wassernymphen. Weben und spinnen kann sie meisterhaft, wie die Nymphen und ihre Abkömmlinge im Allgemeinen.« Den boshaften Seitenhieb musste sie wohl anbringen. Ich schlug die Augen nieder und wurde rot. »Verzeihung!«, bat sie mich mit geheuchelter Freundlichkeit. »Ihre Verwandten sind die Satyrn und Silene, dieses gemeine Volk des Waldes. Ihre Dienstboten und ihr Hausvolk nimmt sie aus ihrer Verwandtschaft, aus der hergelaufenen Bande der Najaden, Dryaden und Oreaden. Grässlich!« Mit ihren Eulenaugen schaute sie mich von unten herauf an, um die Wirkung ihrer Worte zu prüfen.

»Ich bin sicher, dass mein Mann auch in der Gefangenschaft dieser alten Schachtel seine Würde bewahrt!«, sagte ich ausweichend und würdevoll. Aber mein Herz raste, weil mir jedes Wort der Göttin wehtat.

»Sie lässt sich die Flechtenschöne nennen«, schwatzte Pallas Athene weiter, als hätte sie meine Bemerkung gar nicht gehört. »In Wirklichkeit trägt sie eine Perücke, weil sie schon fast völlig kahl ist.«

Sie erzählte noch viel Unangenehmes. Die Offenherzigkeit, mit der die Götter und Göttinnen so groß tun, ist oft nichts anderes als fehlendes Feingefühl. Wortlos und unter großer Selbstbeherrschung hörte ich zu.

Als sie gegangen war, ließ ich meinen hehren Sohn Telemachos zu mir rufen. Er kam von den Freiern, sie hatten den ganzen Nachmittag ein Ballwurfspiel gespielt. Zu dieser Zeit, im fünfzehnten Jahr der Abwesenheit meines Mannes – sosehr es mich auch schmerzt, ich muss es sagen –, fühlte sich mein Sohn bereits ziemlich wohl in der Gesellschaft der Freier. Einige von ihnen waren in seinem Alter, mit ihnen konnte er sich unterhalten, im Kauderwelsch der jungen achäischen Generation tauschten sie ihre Gedanken über die Dinge daheim und in der Welt aus. Unter den Älteren gab es mehrere, die den jungen, unerfahrenen Herrn des Hauses mit praktischen Ratschlägen versahen. Alles dies hatte sich so ergeben, weil mein Mann nie da war. Telemachos war ein sonderbares Kind. Aufbrausend, wenig bedacht … Von der Schläue seines hehren Vaters hat er nichts geerbt. Den Genüssen wiederum war er sehr wohl zugeneigt, wenn auch anders als mein seliger Mann. Dieser suchte im Genuss nicht die Ufer des Rausches – das Ufer des Vergessens, wo Verstand und Nerven sich erholen können –, sondern die Unendlichkeit, in der der Mensch über die Grenzen seiner Persönlichkeit hinauswächst.

Ulysses glich auch im Rausch dem Meer. Wie das Meer kein Ende hat – es hat nur Ufer, aber das ist nicht dasselbe –, so fand auch mein Mann niemals ein Ende an den schlammigen Ufern des Rausches und der Selbstvergessenheit. Jetzt, da er nicht mehr ist, verstehe ich das besser. Mein Sohn lag leider nicht gern im Meer, sondern in der Pfütze wie die Schweine des Eumaios. Ich sah ihn an und seufzte.

Stolz, aber etwas struppig stand er vor mir; er hatte sich beim Ballspiel erhitzt. Das Haar fiel ihm in die Stirn, das Gesicht war gerötet, weil er schon am frühen Nachmittag mit den jüngeren Freiern zu trinken begonnen hatte.

»Dein Vater kommt heim«, sagte ich kurz.

Diese Art habe ich von meiner trojanischen Tante Kassandra gelernt, die das Schicksal immer in so einem hölzernen Ton verkündete. Mein Sohn bemühte sich, gerade zu stehen, aber ich sah, dass ihn die frohe Nachricht etwas ins Schwanken brachte.

»Ist nicht wahr«, sagte er düster und heiser.

Wir sahen uns in die Augen. Ich stand auf.

»Woher weißt du das, strahlende Mutter?«, fragte er dann verlegen.

»Pallas Athene brachte die Nachricht«, antwortete ich feierlich.

»Äh«, sagte er missgelaunt und knirschte mit den Zähnen wie ein auf frischer Tat ertappter, halbwüchsiger Bengel. In seinem Gesicht sah ich Erschrecken und Widerstand. Aber wie sonderbar: Auch in meinem Herzen – ganz tief drinnen, wo nur die Sibyllen die menschlichen Leidenschaften wirbeln sehen – wogten ähnliche Gefühle!

»Dein Vater kommt heim«, wiederholte ich streng. »Versteh doch, Telemachos! Vielleicht morgen, vielleicht in einigen Jahren. Aber eines Tages kommt er heim. Das ist jetzt sicher. Die Götter haben entschieden.«

»Das wird schwierig«, sagte er unwillkürlich mit gesenktem Kopf.

Dann fügte er wie zur Entschuldigung heiser hinzu:

»Ich meine, es ist immer schwierig, wenn die mächtigen Götter entscheiden, ohne die Menschen zu fragen.«

Ich antwortete nicht. Mein Sohn tat mir leid. Ich selbst tat mir gleichfalls leid. Gern hätte ich auch meinen Mann bemitleidet, aber dazu hatte ich jetzt keine Kraft mehr. Man kann nicht ungestraft zwanzig Jahre lang auf einen Mann warten, der in einen Krieg geht, dessen Fahne ein weiblicher Unterrock ist, der Heldentaten vollbringt, die von vielen für Gräueltaten gehalten werden, und der sich unablässig auf den Willen der Götter beruft, wenn er heimkehren soll. All seine Gefährten, mit denen er einstmals in die Schlacht gezogen war und die in diesem verdächtigen Unternehmen nicht das Leben gelassen hatten, waren der Reihe nach heimgekehrt. Er war immer noch nicht zurück. Und ich saß mit meinem Sohn und den Freiern in Ithaka und musste ohnmächtig zusehen, wie mir ohne den Hausherrn unser Vermögen durch die Finger rann; ich webte, obwohl dies eine Beschäftigung ist, die ich mehr als alles andere hasse. Meine Mutter, die Nymphe, hatte sich beruflich mit der Anfertigung von Hausgewebtem beschäftigt und dafür gesorgt, dass ich diese eintönige Arbeit schon als kleines Mädchen zu hassen lernte. Ich webte – meine lächerliche Ausrede nahm natürlich kein einziger Freier ernst – und dachte daran, dass die Zeit vergeht. Mein Mann war einundfünfzig Jahre alt, als er endlich eines Tages auf dem Schiff der Phaiaken schlafend auf unsere Insel zurückkam. Ich war zweiundvierzig.

VI

Deswegen und auch aus anderen Gründen konnte ich ihn nicht so recht bemitleiden. Aber vergessen konnte ich ihn auch nicht. Warum nicht? Weil ich ihn liebte? Ich habe zwischenzeitlich gelernt, dieses Wort sehr vorsichtig zu verwenden. Die Menschen sprechen dieses Verb viel zu schnell und leichtfertig aus. Und die Götter haben das Sehnsuchtsbild der Liebe mit schwärmerischem Goldrauch umhüllt. Ich weiß nicht, ob ich Ulysses geliebt habe. Es fällt mir schwer, das zu sagen, weil ich weiß, dass meine Meinung und meine Gefühle nicht mehr nur meine Privatangelegenheit sind; die Sänger, die Zeit, dieser geschwätzige Propagandist, die Musen haben um mich und meine Rolle als Ehefrau eine Legende gewebt. Ich bin die treue Gattin, die am Webstuhl sitzt und sich verzehrt, während ihr Mann zu Wasser und zu Lande kämpft … Aber das stimmt nicht. In Wirklichkeit trug ich vom ersten Augenblick an eine Wut auf ihn im Herzen. Ich hasste ihn, denn er hatte mich nur zur Gattin gewählt, weil er Helena nicht bekommen konnte. Er nahm mich aus Sparta nach Ithaka mit wie ein Wettkämpfer, der im Turnen Zweiter geworden ist und sich nun mit dem Trostpreis begnügt. Ich liebte ihn nicht, weil sein unsteter Sinn immer anderswo unterwegs war. Ich hätte ihn umbringen können, weil er immer von mir wegging und mich betrog … Aber als mein hehrer Gatte, der edle Telegonos, Ulysses schließlich tatsächlich tötete, erkannte ich neben der großen Erleichterung, die ich in diesem Augenblick empfand, auch, dass ich jetzt für alle Ewigkeit einsam bleiben würde. Ich konnte Ulyssess nie vergessen, denn er war schließlich mein Mann. Ich habe nur so lange wirklich gelebt, wie auch er lebte. Jetzt, da er gestorben ist, bin ich nur unsterblich. Das ist nicht dasselbe.

Der Ehemann ist eine sonderbare Schöpfung der Götter. Ulysses trug nie Hausschuhe. Er werkelte nicht gern im Haus herum. Um die Erziehung seines Sohnes kümmerte er sich wenig. Aber er war mein Mann … nach dem Willen der Götter, oder auch anderswie, schicksalhafter. Jetzt verstehe ich das.

Ich habe keine Veranlassung zu verschweigen, dass ich mir der Kraft meiner Schönheit bewusst bin. Ich bin eine Frau und habe keine Pickel auf dem Rücken wie gewisse weltberühmte Schabracken, die unerfahrene und naive Männer betören. Mein Körper ist wohlproportioniert, meine Formen sind füllig. Als mein Mann heimkehrte – als ich zweiundvierzig Jahre alt war –, empfing ich ihn in meinem Bett noch mit prallen Armen und gebar ihm unseren zweiten Sohn, den hehren, wenn auch etwas einfältigen Ptolipathos, so leicht wie den ersten zwanzig Jahre zuvor. Dieser zweite Sohn ist wirklich weniger gelungen. Aber ich glaube, das liegt nicht an mir. Vielleicht liegt es daran, dass wir in dem Augenblick, in dem ich den Leib meines Mannes wieder kennenlernte und sich – nach zwanzig Jahren – unser Blut vereinte, beide an etwas anderes dachten. Ich daran, dass er mein Mann ist und dass das eher ein Unglück ist als ein Glück. Er daran, dass er Ithaka bald wieder verlassen würde. Doch es war dunkel in meinem Schlafgemach, und wir schwiegen beide.

Auch jetzt schwiegen wir, in der Nacht, in der ich – seit zwanzig Jahren zum ersten Mal – Helenas Namen aussprach. Der blinde Sänger, den wir eine Zeit lang in unserem Haus hielten, bedachte auch meinen Mann mit herrlichen Attributen. Im Dunklen dachte ich daran, dass ich wieder neben dem »Städtezerstörer« lag – und ich lächelte bitter. Ich weiß, ich bin nicht gerecht. Er, der »Städtezerstörer«, war wirklich das, wofür ihn die Welt hält: der Findige, Unruhige, Schlaue und Mutige, der Forschende und Durchtriebene, also alles in allem der Städtezerstörer. Aber ich wollte meinen Mann bei mir haben. Und in dieser Nacht begriff ich, dass jegliche Hoffnung diesbezüglich vergeblich war.

Um ihn zu erkennen, musste ich nicht die Narbe an seinem Knie sehen. Von dem Augenblick an, in dem er auf die Insel kam, wusste ich, dass er wieder hier war, in greifbarer Nähe. Mit dem Verstand wusste ich es vielleicht nicht, aber mit dem Herzen, dem Bauch, der Haut. Seine Verkleidung, seine Maskerade konnte mich nicht täuschen. Ich lachte über ihn, als er wimmernd den armen Wanderbettler mimte und erzählte, er komme von

Kreta, wo er, der Wanderer, Odysseus bewirtet hätte, der gerade auf dem Weg nach Troja war. Wie naiv ein Mann doch ist, sogar ein schlauer und kluger Mann, wenn er zu einer Frau spricht! Vom ersten Augenblick an, als er das Haus betrat, füllte er unser Leben aus. Er traf bei Neumond ein. Eumaios glaubte nicht, dass er noch in diesem Jahr heimkommen konnte, der Herbst war fast schon vorüber, die Zeit der Wintersonnenwende nahte, und das Meer ließ sich nicht mehr gut befahren. Eumaios wagte es nicht einmal mehr, sich bei den Wanderern nach meinem Mann zu erkundigen, seit ihn ein Aitolier einmal irregeführt hatte. Aber ich wusste, in der Neumondnacht, als unsere Hunde ihn verbellten, dass er wieder da war. Alles, was später darüber gesungen und erzählt wurde, ist reine Erfindung. Ich bin nicht zu ihm geeilt, denn ich wartete und gab acht, was für ein Theater er uns wohl vorspielen würde. Demütig und zerlumpt kam er an. Er verstellte sich und schauspielerte. Ich wartete, und mein Herz füllte sich mit Zorn und Angst. Denn niemand in Ithaka zweifelte daran, dass der Lichtbringer morden würde, wenn er einmal heimkäme.

Der Seher Theoklymenos, der damals in meinem Hause wohnte, warnte meine Freier vergeblich. Als der freche Bursche Eurymachos den Lichtbringer wegen seiner Kahlköpfigkeit verspottete, die – so sagte es mein Mann später – Athene über ihn gelegt hatte, wusste ich, dass das Theater, das der Heimkehrer uns vorspielte, schrecklich enden würde, so wie die schmetternden Dramen der Griechen. Er verzieh es nie, wenn man über sein Aussehen spottete. Er war sehr eitel.

Er war also kahl, als er heimkam. Ich weiß nicht, ob dieser Kahlkopf tatsächlich Athenes Werk war. Im Dunklen streckte ich die Hand aus und betastete unter dem Deckmantel der Zärtlichkeit den Körper meines Mannes. Reglos und stumm duldete er es. Ich streichelte seine Brust, die der bitteren Gischt des Meeres ausgesetzt gewesen war, und dann betastete ich kühn seinen ganzen kahlen Kopf … Er setzte sich auf der Liege auf.

»Ich werde alt«, sagte er kalt und sah mich nicht an.

»Aber nein, mein Lieber«, sagte ich. »Du hast nur Haarausfall.«

Ich weiß nicht, welch böser Dämon in meinem Busen wohnte, als ich das sagte. Vielleicht hatte sich eines von Hekates oder Proserpinas hundeköpfigen Unterweltscheusalen in meinem Schlafgemach versteckt. In der Nacht von Ulysses' Heimkehr, bei Vollmond, hatte ich vergessen, den Käsefladen als Opfer für Hekate in die Mitte der Straßenkreuzung zu legen, und in den vergangenen Monaten hatte ich Proserpina nicht einen einzigen Hund geopfert. Ich hatte mich überschätzt. Er nahm den dicken, selbst gewebten Nachtumhang um die Schultern und stand auf.

»Ich weiß«, sagte er. »Man kann nicht ohne Folgen tage- und nächtelang auf dem Meer treiben, Penelope. Das bittere Wasser schadet den Haarwurzeln.«

Er ging zum Tisch, auf dem die Weinkanne und der Mischkrug standen. Jetzt trank er viel mehr als früher. Ich konnte nicht mehr schweigen. Der Dämon bellte in meinem Herzen. Ich beugte mich aus meinem Bett und rief:

»Man kann nicht ohne Folgen zwanzig Jahre in der Welt herumstreifen. Das schadet nicht nur den Haarwurzeln.«

Mit ruhigen Bewegungen mischte er sich den Wein. Das silberne Mondlicht floss ihm über die Schultern wie ein Mantel. In dem kalten Licht prüfte er die Farbe des Weines. Beiläufig sagte er:

»Ich habe gekämpft. Mich rief die Ehre.«

Ich wusste, dass er wieder log. Die Schatten der Nacht kreischten aus meiner Stimme.

»Die liederliche Tochter des Schwans hat nach dir gerufen. Vielleicht war gar nicht Leda ihre Mutter, sondern Nemesis selbst. Von guter Art sei sie, sagtest du? Von echt unterweltlicher, hervorragender Art. Weißt du, dass sie ein Verhältnis mit Achilleus hatte?«

Er regte sich nicht. Mit langsamen Schlucken trank er.

»So wird geredet«, sagte er ernst. »Die Menschen schwatzen viel.«

Er stellte den Kelch auf dem Marmortisch ab. Mit verschränkten Armen stand er im Mondlicht in der Tür, sah in den Garten und die Nacht hinaus.

»Als Paris gestorben war«, keuchte ich, »hat sich dieses Weibsbild in Ilion mit Priamos' Sohn ins Bett gelegt. Weißt du das auch nicht?«

»Mit Deiphobos?«, fragte er in gleichgültigem, erinnerndem Tonfall. »Ja, davon habe ich gehört. War ein hübscher Junge. Menelaos hat ihn später erschlagen. Das war überflüssig.« Wieder betrachtete er den Garten und das Mondlicht. Leise pfiff er eine süßliche, fremde Melodie.

»Warst du auch in Aphidra?«, rief ich. »Eine Zeit lang warst du viel in Attika unterwegs. Warst du nicht ihr Gast?«

Aber ich konnte meine böse Frage nicht beenden. Mit einer Handbewegung schnitt er mir das Wort ab und sagte ruhig:

»Theseus hat mich eingeladen. Ich hatte anderes zu tun.«

»Und Korythos?« Ich konnte nicht schweigen. Seit zwanzig Jahren drängten sich mir diese Worte in der Kehle zusammen. »Erinnerst du dich noch?«

»Ich erinnere mich auch an seinen Vater Alexandros. Aber er war ein eifersüchtiger Vater. Ich habe ihm gesagt, dass er übereilt handelte, als er seinen Sohn, den braven Korythos, erschlug.«

Ich ließ mich in die Kissen meiner Liege zurücksinken und bedeckte die Augen mit der Hand. So sagte ich mit zitternder Stimme und flüsternd wie jemand, der sich im Namen aller Frauen und Göttinnen schämt:

»Korythos und Deiphobos. Und Patroklos.«

»Und Hektor«, sagte er kalt und nickte mit dem kahlen Kopf. »Und all die anderen. Achilleus.«

Er bemühte sich, leidenschaftslos und trocken zu sprechen. Aber als er Achilleus' Namen aussprach, bebte seine Stimme. Ich hatte die Hand vor die Augen gepresst, doch durch die Spalten meiner Finger beobachtete ich ihn.

»Paris hat ihn getötet«, sagte ich schlau.

Er fuhr hoch.

»Oder Apollon in Gestalt des Paris«, sagte er nervös. »Lassen wir die Ammenmärchen, Penelope. Das Volk braucht Märchen. Die Frauen Männerfleisch und Familie. Die Männer Wein und Blut. Die Götter Opfer.«

»Und die Tausenden, die vor den Mauern Ilions an der Pest krepiert sind. Wofür sind sie gestorben?«

»Und deine Freier, Penelope«, sagte er mit scharfer Stimme, langsam und ernst. Er wandte sich zu mir. »Hier und hier haben sie gesessen ...« Er zeigte auf den von Mondlicht durchfluteten Saal, der aus dem Fenster des Schlafgemachs jetzt zwischen den Säulen des Vorderhauses funkelte, als erleuchteten ihn die Toten mit gespenstischem Licht. »Sie alle sind tot. Bist du immer noch nicht zufrieden?«

Höflich und geduldig sagte er das, wie ein Kompliment. Ich konnte nicht antworten. Langsam wandte er sich zu mir um. Den herabhängenden Zipfel seines Nachtgewandes warf er über die linke Schulter. Er trat an mein Bett und legte mir mit einer beruhigenden Bewegung die Hände auf die heiße Stirn. Das nervöse Zittern meines Körpers hörte sofort auf. In der Berührung seiner Hände lag eine eigenartige Kraft. Ich wagte kaum zu atmen, denn ich spürte, dass dies der erste und vielleicht letzte Augenblick war, in dem mein Mann mir ganz persönlich etwas gab. Aus dem Dunkel hörte ich seine ferne Stimme:

»Beruhige dich«, sagte er. »Und versuche nicht zu verstehen, was die Götter wollen. Und erdulde, was ich will. Ich gebiete es.«

»Mit welchem Recht?«, fragte ich wie jemand, der am Ersticken ist.

»Ich bin dein Mann«, sagte er ruhig, als verkündete er ein Urteil.

Nach alledem, was in den vergangenen zwanzig Jahren zwischen uns und in der Welt geschehen war, klang diese Antwort sonderbar. Dennoch, in diesem Augenblick wurde ich wunderbar ruhig. Glücklich lächelte ich. Ich wollte ihm die Hände küssen, aber er hatte sie schon weggezogen. Er ging zur Tür. Umfasste den krummen Stab, der gegen den Türrahmen gelehnt darauf wartete, ihn auf seinen Spazierwegen zu begleiten. Ich beobachtete ihn. Diesen Stab hatte er von Eumaios bekommen, anstelle des verlorenen, der ein Geschenk von Athene war und den er vor Angst den schnappenden Hunden vorgeworfen hatte, als er heimgekommen war. Mein Mann war ein Held, aber er hatte Angst vor Hunden. Auch jetzt pfiff er, er rief die Hündin, die er nach Argos' Tod als Hüterin des Hauses ausgewählt hatte.

»Wohin gehst du?«, rief ich ihm nach.

»Es dämmert«, sagte er aus der Tür. »Es ist an der Zeit, nach dem Rechten zu sehen.«

Mich überraschte, dass er plötzlich so häuslich war und sich um unsere Wirtschaft kümmern wollte. Ich setzte mich auf der Liege auf und sah ihm nach. Glücklich und naiv lächelte ich. Ich schämte mich und hoffte.

VII

Meine Hoffnung war unbegründet und eitel. Einige Tage lang tat er so, als würde er alles inspizieren. Er ließ Eumaios rufen und hörte sich zerstreut den Bericht des treuen Diebes an. Alle im Haus gingen auf Zehenspitzen um ihn herum: die Dienerschaft, der alte Mentor, dem er vor zwanzig Jahren die Leitung der Wirtschaft anvertraut hatte – Mentor war in diesen zwanzig Jahren ohne Aufsehen, aber erheblich reicher geworden –, und auch mein hehrer Sohn Telemachos. Alle schielten zu dem heimgekehrten Hausherrn, ob er wohl sähe, was während seiner Abwesenheit hier zu Hause geschehen war. Ich wusste genau, dass er alles bemerkte. Aber er winkte nur ab, als Eumaios die Anzahl der Schweine und Ziegen nannte, die die Freier verzehrt hatten, und hörte schulterzuckend Mentor zu, als der alte Viehverwalter und treue Freund mit Dürre und mageren Jahren erklärte, dass die Weinfässer ausgetrocknet und die Scheunen leer waren. Während seiner Irrfahrten hatte mein Mann die Menschen und die Götter kennengelernt.

Zu dieser Zeit interessierte ihn nur, was aus Gold und Silber war. Das war ein neuer Zug im Charakter meines Mannes. Vor zwanzig Jahren hatten wir ihn als leidenschaftlichen Landmann gekannt, dem alle Finessen der Bewirtschaftung vertraut waren. Dinge aus Gold und Silber hielten wir nur wegen des häuslichen Schmucks und des Ansehens in unserem Heim. Jetzt hatte er keinen Blick für die Aussaat – der Winter ging schon bald zu Ende, am Morgen lag jedoch noch Reif auf den Feldern –, und nicht einmal an dem großen Fest der Schafschur nahm er teil. Auch auf die Jagd ging er nicht. Dafür zählte und schätzte er den lieben langen Tag sorgfältig die Geschenke, die meine ermordeten Freier mir höflich und aufmerksam von Zeit zu Zeit ins Haus geschickt hatten. Ein goldener Kelch fand sein besonderes Gefallen – ein

Geschenk des schneidigen jungen Ktesippos, der die nette Angewohnheit hatte, während des Essens mit Ochsenschenkeln nach seinen Tischgenossen zu werfen. Diesen Kelch maß er voller Behagen mit dem Blick:

»Gutes Gold«, sagte er. »Aus Kyrene.«

All das war neu. Ich hatte nicht gewusst, dass ihn Gold und Silber interessierten. Er benahm sich wie ein phönizischer Krämer. In der Welt hatte er gelernt, dass die Gegenstände nicht nur eine Bestimmung, sondern auch einen Preis hatten. Wir in Ithaka lebten noch ein wenig so wie zu Beginn der Zeiten: inmitten von Schafen, Hirten und Göttern. Land, Meer und Sonne gaben uns alles, was wir nötig hatten. Mein Mann brachte ein sonderbares Geschenk aus der Welt auf unsere Insel mit: den Anspruch. Er hatte bei den Riesen, den Kyklopen, den Kaufleuten und Pferdezüchtern – also in der Welt – gelernt, dass man alles, was die Menschen gebrauchen können, kaufen und verkaufen kann. Statt dem leutseligen Grundbesitzer, dem umsichtigen ionischen Seefahrer war ein neuer Mann heimgekehrt: der Kaufmann. Das hatte ich nicht sofort begriffen.

Als Allererstes machte er sich jedoch daran, die Opfer darzubringen, die Teiresias bei ihm in Auftrag gegeben hatte. Er opferte den Nymphen – das war eine nette und höfliche Aufmerksamkeit von ihm –, dann Athene und auch Hermes. Die Opfer brachte er aufmerksam, den Bräuchen entsprechend, aber ziemlich sparsam dar: Für Hermes wählte er ein dürres Rind und für Athene zwei Schafe, die schon seit Tagen nicht mehr richtig fressen wollten. Ich wusste, dass die Götter es nicht mögen, wenn sie zu kurz kommen. Im Vertrauen machte ich meinen Mann darauf aufmerksam, dass Athene gesunde Schafe verdient hätte.

»Schließlich hat sie dich nach Hause geführt«, sagte ich.

»Ja«, erwiderte er gleichgültig. »Aber ich habe mich auch angestrengt.«

Seine Stimme war spröde. Die Antwort verblüffte mich. Vor zwanzig Jahren hatte ich ihn als einen religiösen Mann gekannt. Er lief nicht unablässig in den Tempel, aber die Feiertage hielt er ein. Jetzt benahm er sich wie ein ferner Verwandter, der bei seinen Irrfahrten etwas über seine vornehme Familie, die Götter, erfahren hatte. Er äußerte sich zurückhaltend über sie, als verstünde er nun ihre Tricks ... als durchschaute er den göttlichen Willen. Er opferte ihnen, aber mechanisch und rituell, ohne jede Begeisterung. Als sich der Rauch der dürren Schafe des Opfers für Athene vom Altar verzogen hatte, rief er plötzlich laut:

»Schafft das fetteste Rind herbei!«

Die Rinderhirten liefen erschrocken los, um seinen Befehl zu erfüllen. Den dicken, fettigen Schenkel warf er eigenhändig in die hochauflodernden Flammen.

»Bringst du dieses Opfer Zeus?«, fragte ich leise.

»Nein«, sagte er finster. »Ich bringe es den Toten.«

Und mit verschränkten Armen betrachtete er die schwarze Rauchsäule, die sich geradewegs zum tiefblauen Himmel hinaufschraubte. Bis dahin hatte er nie darüber gesprochen, dass er, während er sich herumtrieb, die Toten getroffen hatte. Auch von Teiresias hörte ich ihn an diesem Tag zum ersten Mal sprechen. Wortlos starrte ich auf den Marmorfußboden vor dem Altar.

»Penelope«, sagte er plötzlich, »es ist nicht gut, zu sterben.«

»Es gibt auch Unsterblichkeit, mein ruhmreicher Gatte«, sagte ich erschrocken.

»Die gibt es, aber sie gilt nicht viel«, sagte er verächtlich. »Du musst wissen, nur das Leben hat wirklich einen Sinn. Der Tod ist langweilig, ich weiß es von Achilleus.«

»Du hast mit ihm gesprochen?«, fragte ich erstaunt.

»Mit ihm und mit meiner Mutter. Und mit Agamemnon.« Grimmig und mit einem kalten Schnauben lachte er auf. »Alle haben sich beklagt«, sagte er schadenfroh, »Agamemnon sagte …«

Plötzlich verstummte er, als wollte er nicht überflüssig etwas verraten. Ich hielt den Atem an. Seit er heimgekommen war, hatte er noch mit niemandem im Haus über seine Reiseabenteuer gesprochen. Nun ja, in den ersten Monaten hatte er viel zu tun. Die Achäer, die Sippen meiner getöteten Freier, drohten mit Schadenersatzprozessen. Der Städtezerstörer ließ zur Nacht die Eisenstangen am Tor unseres Hauses vorlegen und gebot Eumaios, scharfe Hunde zur Bewachung des Hauses zu besorgen. In dieser Zeit war er eher zerstreut, argwöhnisch, als fände er seinen Platz nicht. Er suchte irgendetwas. Ich stellte mir vor, er suchte das Zuhause. Nach solchen Abenteuern, wie er sie erlebt hatte, ist es gewiss nicht leicht, seinen Platz zu Hause zu finden. Er ging unruhig hin und her, sah sich um … Da wusste ich noch nicht, dass er sich wieder auf eine Reise vorbereitete.

Mein Mann konnte wunderbar von zu Hause weggehen. Und er konnte immer großartig heimkehren. Nur eines konnte er nicht: bleiben. Dazu hatte er kein Talent.

Jetzt bildete ich mir ein, dass ihn die Erinnerung an die Toten beunruhigte.

»Was können wir tun?«, fragte ich besorgt.

»Nicht viel«, sagte er. Mit verschränkten Armen stand er vor mir. In seinen Augen leuchtete ein dunkles Licht, das ich gut kannte: So war es auch vor zwanzig Jahren gewesen, als er vor Palamedes Komödie gespielt hatte. »Man muss leben, Penelope«, sagte er traurig und feierlich. »Leben, mit jedem Nerv, mit jeder Muskelfaser.«

»Aber die Götter ...«, rief ich. Ich wollte sagen, dass die Götter mehr fordern als das Leben. Er winkte mir zu schweigen.

»Die Götter sind neidisch«, sagte er heiser, vertraulich. »Sie beneiden uns Menschen um unsere Sterblichkeit, weil diese Leben bedeutet. Sprich aber mit niemandem darüber.«

Das Opfer verrichtete er umständlich und mit langsamen Bewegungen: Er grub einen Graben ringsum, goss Milch, Honig und Wein hinein, bat dann um weißes Mehl, mit dem er den Altar der Toten bestreute. Dann verschränkte er die Arme und betrachtete sein Werk.

»So«, sagte er erleichtert. »Jetzt sind sie ruhig.«

»Den Waisen der Achäer«, sagte er noch beiläufig, »setze ich eine monatliche Rente aus.«

In diesem Augenblick war er wahrhaft königlich. Aber ich dachte an das viele Gold und Silber, das der Heimkehrer von den Ermordeten erbeutet hatte. Die

Rente, die er den Waisen aussetzte, machte nur einen kleinen Anteil der Beute aus.

»Teiresias habe ich ein nachtschwarzes Schaf versprochen«, sagte er schließlich. »Sag den Schäfern Bescheid, dass sie eines besorgen!«

Er richtete sich auf und ging erleichtert zum Haus, ganz wie ein Mann, der die Anordnungen der Götter befolgt und zugleich das getan hat, was ihm selbst gefiel: Er hatte alle getötet, unterwegs und hier zu Hause, die ihm in den Weg geraten waren und nach denen ihm nicht der Sinn stand, und dann am Ende Frieden mit den Toten geschlossen. Ich wusste allerdings, dass ihn im Tiefsten seines Herzens die Menschen mehr interessierten als die Götter und die Toten.

»Teiresias sagte, der Tod werde vom Meer zu mir kommen.« Er blieb auf der Schwelle unseres Hauses stehen. »Ich werde ein sanftes und friedliches Alter haben und dann in deinen Armen sterben, Penelope«, sagte er wohlwollend mit einem gütigen Lächeln.

Jetzt, da er so gütig war, begann ich mich ernsthaft vor ihm zu fürchten.

VIII

Seine Rührseligkeit und Güte waren nicht von Dauer. Noch am selben Abend – am Abend des Tages, an dem er mit den Toten Frieden geschlossen hatte – begann er, am Abendessen herumzumäkeln. In diesen Monaten scheuten mein Hausvolk und auch ich keine Mühe, um den

Heimkehrer mit ausgewählten und schmackhaften Speisen zu erfreuen. Eurykleia stand trotz ihres fortgeschrittenen Alters den ganzen Tag in der Küche und beaufsichtigte unseren Koch aus Samos und die Küchenmädchen. Unser Personal war in dieser Zeit freilich schon ziemlich dezimiert, denn mein Mann hatte eigenhändig alle Weiber getötet, von denen er in Erfahrung gebracht hatte, dass sie mit den Freiern getändelt und geschlafen hatten. Diese Säuberung führte er methodisch durch, ohne Zorn oder eine Gefühlsregung zu zeigen, wie ein guter Gärtner, der im Frühjahr die Raupen in den Obstbäumen ausrottet.

Als er eines Nachmittags die Schwester des zweifellos liederlichen Zimmermädchens Melantho erschlug, eine junge Frau aus Zakynthos, nur weil sich herausgestellt hatte, dass diese hübsche Person von dem widerlichen Antinoos in anderen Umständen war, versuchte ich, ihm ins Gewissen zu reden.

»Ich glaube«, sagte ich freundlich, aber in überzeugendem Ton, »es wäre an der Zeit, mit der Rache aufzuhören.«

Nervös und beleidigt rief er:

»Ich will keine Rache, ich will Gerechtigkeit!«

Mit seitlich geneigtem Kopf funkelte er mich böse an.

»Wenn du alle tötest«, sagte ich bemüht ruhig, »alle, die in den zwanzig Jahren, die du weg warst, in diesem Haus mit meinen Freiern geredet haben … wird das Haus langsam leer.«

»Die Gerechtigkeit kennt keine Gnade«, sagte er, und seine Augen sprühten vor Hass. »Für Verrat gibt es keine Vergebung. Lieber soll dieses Haus leer sein …«

Er beendete den Satz nicht. Mit brennendem, hasserfülltem Blick sah er mich an. Ich erbleichte. Noch nie hatte er mich so voller Hass angesehen.

Unterwegs, in den zwanzig Jahren, in den Fallen der Götter und der Menschen, hatte sich sein Herz mit unversöhnlichem Argwohn gefüllt. Er vertraute niemandem. Früher, als er noch bei uns lebte, war er gerecht und friedliebend. Auf seinen Irrfahrten nahm er viele überraschende neue Gewohnheiten an. Eine solche neue, schlimme Gewohnheit von ihm war, dass er ohne zu fragen alle tötete, denen er nicht vertraute oder die ihm im Weg standen. Zweifellos hatte er ein Recht dazu, denn er war der Herr und König. Aber er machte willkürlich von diesem Recht Gebrauch. Ich wollte ihn nicht reizen, und deshalb verschwieg ich, dass ich tief in meinem Herzen den Mord an meinen Freiern für übereilt hielt, auch wenn er nach den Gesetzen der Menschen wie der Götter rechtmäßig war. Darüber musste ich schweigen. Aber als ich sah, dass das Töten bei ihm zur Zwangshandlung wurde, erhob ich die Stimme.

Dass er die liederlichen Dienerinnern an den Füßen aufhängte wie der Vogelfänger die gefangenen Wachteln, konnte ich noch verstehen. Aber selbst meine besten Küchenmädchen erschlug er mit der bloßen Hand. In meinem Haus fand das heimliche, verborgene Weinen und Klagen kein Ende. Langsam begannen wir zu begreifen, dass es nicht gut ist, allzu lange auf jemanden zu warten, der einmal mit aller Entschiedenheit fortgegangen ist, weil er, wenn er wiederkommt, mit derselben Entschiedenheit heimkehrt.

Ich seufzte. Der Weinmischer betrat den Saal und meldete, dass das Abendessen serviert sei.

Wortlos gingen wir in den Speisesaal, der immer noch nach Schwefel roch. Wie immer begleiteten mich auch jetzt zwei Dienerinnen, denn ich achtete darauf, meinem Stand gemäß behandelt zu werden und die alten Sitten zu bewahren. Ich legte mich zur Linken meines Mannes nieder. Nur wenige waren um den Tisch versammelt: Mentor, Dolinos und einige alte Bekannte waren gekommen. Ulysses' Argwohn und die seit seiner Heimkehr seltsam veränderten Zustände im Haus waren der Grund dafür, dass unser sonst so gastfreundliches Haus in dieser Zeit nur wenige Besucher sah. In Wahrheit fürchteten sich alle vor ihm.

Es wurde Ziegenbraten mit Oliven aufgetragen mit einer Wildsauce. Ulysses aß mit spitzen Fingern, missmutig langte er in die Schüssel.

Das Gespräch kam nur schleppend in Gang. Es war, als irrten die Seelen der ermordeten Freier im Halbdunkel des von Fackeln nur spärlich erleuchteten Saales umher.

»Diese Ziege ist zäh«, sagte er missgelaunt und winkte, dass man die Schüssel vor ihm wegnehme. »Ich erinnere mich, als ich mich verkleidet nach Troja schlich, bewirtete mich Helena auch mit Ziegenfleisch. Aber mit einer jungen Ziege, einem Milchzicklein.«

Mir blieb der Bissen in der Kehle stecken, nur mit Mühe konnte ich schlucken.

»Es ist auch Schweinefleisch da, wenn du das lieber magst, mein Gebieter«, sagte ich mit geheuchelter Demut.

»Von Schwein ertrage ich nicht einmal den Anblick«, sagte er finster. »Wenn ich Schweinefleisch sehe, fallen mir immer meine Gefährten ein. Und noch einige Achäer, die hiergeblieben sind.«

Alle, die um den Tisch versammelt waren, schwiegen erschrocken und beklommen. Nur das zahnlose Schmatzen des greisen Dolinos war zu hören. Die Diener brachten auf silberner Schale die Nachspeise herein: Schafskäse und Obst. Der Koch aus Samos und unser Gärtner wählten jeden Abend sehr sorgsam die Früchte aus, die auf der großen Silberschale malerisch angeordnet serviert wurden. Feigen, Granatäpfel, in Trockenkammern gedörrte, süße Weintrauben, die Rispen der länglichen, an Ziegeneuter erinnernden Tafeltrauben aus Zakynthos, die er immer gemocht hatte, Äpfel und Walnüsse türmten sich auf der Silberschale, deren Rand meisterhaft gearbeitete Satyrn zierten. Wir wohnten in der Provinz, aber ich achtete darauf, dass die hauptstädtischen Sitten, die mondänen, spartanischen Traditionen hier in unserem dörflichen Heim nicht verloren gingen. Wie in meinem Elternhaus sorgte ich auch in Ithaka dafür, dass in der Mitte des Esstischs in einer Marmorvase Asphodelosblüten dufteten. Das Sparta meiner Mädchenjahre war noch nicht das trostlose und staubige Nest, zu dem es später wurde, als nicht mehr die Herren herrschten – Herren wie mein Vater, der edle Ikarios –, sondern das besessene, finstere Dienervolk.

Mein Mann sah die reichlich gefüllte Schale lange an. Er hob eine Feige hoch, kostete die fleischige Frucht mit der grünen Schale.

»Ist kein Lotus da?«, fragte er missmutig.

Alle am Tisch senkten die Köpfe. Meine Dienerinnen, die Schüsseln und Krüge in der Hand, erstarrten wie die Tänzerinnen, die auf die Krüge gemalt waren. Ich bemühte mich, meine Überlegenheit und Würde zu wahren.

»Wir haben keinen Lotus im Haus«, sagte ich kalt.

»Das sehe ich«, erwiderte er spöttisch. »Unsere Gärtnerei ist ein wenig zurückgeblieben. In Troja gab es immer Lotus«, sagte er hochmütig und zupfte an einer Weintraube.

»Auch in Sparta gab es Lotus«, sagte ich überheblich. »Er wurde im Gemüsegarten angebaut. Aber den aßen nur die Diener.«

Er tat, als hätte er den Seitenhieb nicht gehört.

»*Der* Lotus«, sagte er belehrend, im Tonfall des Familienoberhauptes, das aus fernen Ländern heimgekehrt ist und den Seinen einen Vortrag über das hält, was es im Ausland gesehen hat, »ist eine besondere Speise. Der Lotus, der im Gemüsegarten deines Vaters angebaut wurde, war eher eine Art Kürbis als ein edles Obst«, sagte er und wandte sich mir zu. »Erinnere dich doch, Penelope! Der echte Lotus ist keine gewöhnliche Speise, wenn auch nicht so edel wie Ambrosia, die honiggleiche Nahrung der Götter. Es gibt auch Lotuswein«, sagte er überheblich.

»Lotus!«, rief vom Ende des Tisches der taube, zahnlose Dolinos. »Davon habe ich gehört, ich erinnere mich. Wer ihn isst, schläft nur.«

Der Alte hatte tatsächlich etwas gehört. Mein Mann nickte:

»Sechs Monate lang schlafen sie, und ihr Traum ist honigsüß«, sagte er in Erinnerungen versunken. »Auf meiner Reise hat es mich zu den Lotophagen verschlagen. Von den vielen Gefahren, die mich erwarteten, war nicht diese die größte. Aber auch nicht die kleinste!« Wieder blitzten seine Augen mit dunklem Feuer. Mit gesenkter Stimme sprach er heiser weiter. »Ihr müsst wissen, Speisen und Getränke aus Lotus haben Zauberkraft. Wer davon ist, vergisst sein Haus und die Daheimgebliebenen.«

Er stand auf. Seine Gäste erhoben sich erschrocken. Mit verschränkten Armen zischte er:

»Aber ich habe nicht davon gegessen. Denn ich wollte nicht vergessen.«

Seine Augen blitzten, als er das sagte. In diesem Augenblick zerriss ein Blitz den Vorhang der Nacht, als gäbe Zeus ein Zeichen, dass der schreckliche und lang erwartete Moment gekommen sei. Vom Meer her traf unser Haus ein heftiger Windstoß. Die Fackeln erloschen. Neue Blitzschläge erleuchteten mit beängstigendem, jenseitigem Licht die Nacht, den dunklen Saal und uns, die im plötzlichen Himmelsdröhnen und Erdbeben erstarrten, unterweltlich bleichen Gestalten.

IX

Die Gäste gingen, erschrocken und wortlos. Die Diener stoben auseinander und begaben sich verängstigt zur Ruhe. Ich blieb mit Ulysses allein. Der Augenblick, den ich erwartet und vor dem ich mich gefürchtet hatte, war gekommen. Die Nacht, in der es um den Sinn unseres gemeinsamen Lebens ging – in der ich begriff, dass das Leben mit diesem Mann sinnlos ist. In dieser Nacht lernte ich, dass Menschen niemals so gefährlich sind, wie wenn sie Rache üben für Sünden, die sie selbst begangen haben.

An dem Nachmittag, der dieser Nacht voranging, hatte Aiolos aus einer Höhle seiner rauchenden Bergwohnung Notos, die böse Furie des warmen Windes, über das Land geschickt. Aber es fiel kein Regen, sosehr ihn auch das trockene, rissige Land und die wunden Körper der Tiere und Menschen erwarteten. Ein trockener Sturm tobte über Ithaka, mit dichten Blitzschlägen. Der heiße Wind trieb Staubwolken über Felder und Meer. Der würzige Duft der Insel Thrinakia schwamm in der heißen, schwarzen Luft; diesen schwangeren, aufreizenden Duft verstreute der Südwind im weiten Umkreis.

An jenem Abend hatte Ulysses wenig getrunken. Nur manchmal hatte er seinem Kelch ein wenig Wein beigemischt, in den er einige Tropfen Kykeon spritzte – einige Tropfen von dem schrecklichen Rauschgift, an das er sich in Kirkes Haushalt gewöhnt hatte und von dem man wird wie ein Gott und wie ein Tier.

Jetzt, da ich an diese Nacht zurückdenke, sehe ich uns beide, als wären die Harpyien, die Töchter der Windstürme über der Erde und unter dem Meer, in unsere Seelen eingezogen. Alles in uns öffnete sich wie die Erde, wenn sie Feuer speit, weil die Geister der Unterwelt mit den Ketten rasseln. Es war grauenhaft, und zugleich verließ mein Herz für keinen Augenblick das Gefühl, dass ich auf diese Nacht gewartet hatte, seit ich Ulysses kannte. Alles, was in der ferneren und näheren Vergangenheit geschehen war, die Erinnerung an Helena, dann die Reise meines Mannes, seine Abwesenheit, der Kriegszug, das Warten, die schreckliche Heimkehr, der Augenblick, als Eurykleia mir an jenem ebenso fürchterlichen wie großartigen Morgen meldete, dass mein Mann heimgekommen sei und meine Freier getötet habe: All die schrecklichen Erinnerungen verblassten im unheilverkündenden Glanz dieses Augenblicks. Bisher hatte ich nur mit ihm gelebt und auf ihn gewartet. Jetzt – so glaubte ich – hatte ich ihn kennengelernt.

Er ging rasch auf und ab. Der fünfzigjährige Mann bewegte sich so leicht wie ein Jüngling. Die Leiden und Abenteuer hatten seinen Körper nicht zerschunden. Mit leichten, beiläufigen Bewegungen konnte er morden und umarmen. Jetzt sprach er, als wäre er betrunken, mit flinker Zunge. Er begann zu reden wie ein Gorgonenhaupt. Die Klagerede, die er hielt, machte Lebende und Tote, Menschen und Götter zugleich schlecht. Manchmal röchelte er, fuchtelte mit den Armen, als hielte er eine Rede vor einer unsichtbaren Versammlung, vor einem himmlischen Gericht.

Was sagte er eigentlich?

Jedes Wort war eine Anklage, eine wilde Flut, so wie das Meer anschwillt, wenn der Mond das tiefe Wasser herbeiruft und sich die Wellen mit erbitterter Kraft in die Uferfelsen meißeln. Genauso fräste er seine Erinnerungen und ließ sie dröhnen.

»Ich wollte nicht fortgehen«, rief er, »erinnere dich!

Als sie kamen und mich riefen, wollte ich hierbleiben!« Er presste sich die Fäuste an die Schläfen.

Das stimmte. Früher, zu Beginn unseres Ehelebens, sagte er oft, am Grunde des menschlichen und göttlichen Lebens, hinter der Ordnung und dem gefälligen Schein, halte sich eine schreckliche und dunkle Macht verborgen: der Wahnsinn. Und man verteidige sich am besten, indem man sich irrsinnig stellt. Als ihn die wahnsinnigen Männer von zu Hause fortriefen, weil er vor den Mauern von Troja für eine fixe Idee kämpfen sollte, wehrte er sich mit Händen und Füßen, mit Pferd und Ochs.

»Aber schließlich bist du gegangen!«, rief ich. Meine Worte klangen wie ein Schrei. Der Blitzschlag, der Donner, das Brüllen des Meeres, das durch den Vollmond aufgewühlt war, und das beunruhigende Grollen in den Worten meines Mannes erstickten meine Stimme. Mit glühenden Augen sah er mich an, als wäre er tatsächlich verrückt geworden.

»Dummköpfe«, röchelte er. »Versteht doch, dass man am Ende gehen muss! Das ist das Gesetz. Je unsinniger und blöder ein Krieg, desto strenger ist dieses Gesetz. Was glaubst du, hat es jemals einen Krieg gegeben, der einen Sinn hatte? Eine Fahne oder der Unterrock einer Frau ... Immer finden sich eine fixe Idee und ein Fetzen, auf dem man vereidigt wird und für den man schließlich sterben muss.«

Er schien sich plötzlich beruhigt zu haben. Mit verschränkten Armen lehnte er sich an den Türpfosten und schaute in den Sturm. Seine Gestalt war im Toben der Elemente und im Mondlicht sonderbar gewachsen.

»Ich habe immer den Wahnsinnigen gespielt, Penelope!«, sagte er offenherzig. »Das kann nicht anders sein, denn die Götter und die Menschen sind voller Irrsinn. Sie wissen nicht genau, was sie wollen. Sie wollen nur immer etwas Neues, sie wollen Veränderung«, sagte er traurig.

»Und nun, mein strahlender Gebieter?«, fragte ich. »Wen und was spielst du jetzt?«

Er wandte sich um und sagte langsam und tief klingend:

»Jetzt spiele ich nicht.« Er sah mich ruhig an. »Jetzt beende ich etwas.«

»Willst du mich töten?«, fragte ich, und aus meiner Stimme klang Hoffnung.

»Nein«, sagte er ernst. »Ich urteile jetzt über dich.«

»Alle hast du getötet«, hielt ich ihm entgegen, und mein Herz schlug dabei wie wild. »Du bist heimgekehrt. Alles und alle gehören dir. Urteile.«

»Du hast mich betrogen«, sagte er heiser.

Damit hatte ich nicht gerechnet. Vor Schreck versagte mir die Stimme. Ich wollte schreien, aber der Schrei blieb mir in der Kehle stecken. Dass Ulysses eifersüchtig war, überraschte mich. Im ersten Augenblick wollte ich um Hilfe rufen. Vielleicht – so dachte ich – ist er wirklich verrückt geworden … In diesem Moment sah ich wie im Traum, so wie ein Sterbender die zurückliegenden Ereignisse des vergänglichen Lebens ablaufen sieht, meinen Mann in all seinen Facetten. Ich sah ihn als den jungen Mann, der in Sparta scherzhaft und erhaben einen Wettkampf um Helena und mich bestritt und dann mich heimführte; der die voreingenommene, stolze und verliebte Frau in seine Heimat, das felsige und unwirtliche Ithaka, mitnahm. Ich sah ihn als jungen Ehemann und Hausherrn, der zufrieden unseren kleinen Sohn Telemachos unterrichtete. Ich sah, wie er sich vor Palamedes verstellte, und vielleicht hatte er schon damals – als er den Verrückten spielte – beschlossen, diesen verdächtigen Freund zu verraten, zu betrügen und umbringen zu lassen. Ich sah ihn, wie er den Bogen spannte, den er von Iphitos bekommen hatte, um den Pfeil durch die Ösen der zwölf Äxte zu schießen und dann die Freier zu töten. Ich sah ihn im Traum als Adler, der über zwanzig Gänsen kreist. Ich sah ihn in den Armen fremder Frauen: bei Kalypso und Kirke, bei der lispelnden Nausikaa, bei der verdächtig hilfsbereiten Leukothea und immer, auf ewig, in Sparta bei der schändlichen Helena. Ich sah, wie er mit Leukotheas Rettungsgürtel um den Bauch mit Poseidons wütenden Wellen rang und um sein Leben kämpfte. Ich hörte seine Stimme, wie er log und damit prahlte, er sei der »Bettgenosse der schönsten Frauen« gewesen. Ich sah, wie er im Bauch des Holzpferdes die Hand ausstreckte, um Menelaos und Antiklos den Mund zuzuhalten, als sie Helena antworten wollten, weil das Weibsbild die Stimmen der fernen Frauen der argeischen Helden so gut nachahmte … und wie er zusammenfuhr, als Helena meine Stimme imitierte. Ich sah ihn als Krämer, der seinen Gastgebern und Reisegefährten Gold- und Silbergeschenke abschwindelte, ich sah ihn als Helden, der mit seinem langen Schwert alles um sich herum furchtlos niedermähte … Als all das und noch vieles mehr sah ich ihn in diesem Augenblick. Das ganze Leben, meinen Mann sah ich. Und es war, als legte sich Nebel auf meine Augen. Ich begriff, dass dieser Mann in Wirklichkeit nur so wahrnehmbar war wie das sich immerfort verändernde Wasserungeheuer Proteus, das manchmal aus den Wassern von Chalkidike aufsteigt, um die Menschen mit seinen ewigen Verwandlungen zu verwirren.

Jetzt war er eifersüchtig. Der Mann, über dessen Untreue damals schon auf allen bevölkerten Inseln lange Dichtungen gesungen wurden! Mein Mann, der nach anfänglichem – vorgetäuschtem – Zögern in den Krieg gezogen war, um seine alte Geliebte wiederzuerobern! Der Mann, über dessen frivole Abenteuer und olympschreiende Lügen die Wald- und Wasserwesen in den Höhlen der Nymphen lachend tuschelten! Dieser Mensch, mein Mann, der Städtezerstörer und Lichtbringer, stand nach zwanzig Jahren vor mir, war eifersüchtig und bezichtigte mich der Untreue.

»Ich glaube nicht, dass du wahnsinnig bist«, sagte ich ernst, als ich wieder zu mir gekommen und der Nebel vor meinen Augen verflogen war. »Du willst nur einfach etwas.«

»Du hast mich betrogen und warst untreu«, sagte er ernst. »Du musst das Haus verlassen.«

Dank meiner Erziehung fing ich nicht an zu schreien. Kirke, der ich diese Szene erzählt habe, sagt, die Männer neigen mit fünfzig manchmal zu so unberechenbaren Eifersuchtsanfällen. Sie erschrecken sich dann vor dem Alter und fangen an, ihre Umgebung – die langweilig gewordenen Geliebten, die alternden Ehefrauen – mit plötzlicher Eifersucht zu quälen. Kirke ist eine kluge Göttin, sie hat viel gelernt in ihrer Höhle. Aber ich glaube, mein Mann hat auch sie hereingelegt. Ich fürchte, Ulysses hat in dieser Zeit nur vorgetäuscht, eifersüchtig zu sein. Obwohl … Das Blut kribbelte mir unter der Haut. Ich empfand Furcht und Neugier und eine angenehme Erregung. Die lächerliche und empörende Beschuldigung, die er mir ins Gesicht geschrien hatte, erboste mich und tat mir zugleich gut. Ausgerechnet mich klagte er der Untreue an, mich, Penelope, der damals schon auf mehreren tugendhaften Provinzinseln ob ihres vorbildlichen Verhaltens ein Denkmal gesetzt worden war, deren Name in den Schulen gelehrt wurde, in metrischen Versen!

»Eine Frau kann nicht ohne Sünde jahrelang in der Gesellschaft fremder Männer leben«, sagte er ernst. »Du bist schön, Penelope.« Seine Stimme klang Unheil verkündend. »Während ich für meine Ehre gekämpft habe, hast du deine Schönheit gepflegt.«

»Du verwechselst mich mit jemandem«, erwiderte ich würdevoll und errötete. »Ich bin nicht so alt, dass ich Schönheitsmittel nötig hätte.«

»Du bist nicht alt, aber auch nicht mehr jung«, sagte er empörend sachlich. »Glaube nicht, dass ich in Unwissenheit gelebt habe. Ich weiß alles, was in diesem Haus geschehen ist. Du warst kokett. Du hast dich hübsch gemacht. Du hast mehrfach freundlich mit den Eindringlingen gesprochen. Du hast ihre Geschenke angenommen!«, rief er aus.

»Hehrer Gebieter«, sagte ich verzweifelt, »aber du hast doch diese Geschenke zufrieden angesehen.«

»Jede Genugtuung ist mir lieb«, sagte er kalt. »Ihr alle habt wohl geglaubt, ich käme nicht mehr, stimmt es?«

»Niemals!«, rief ich. »Ich habe niemals auch nur für einen Augenblick aufgehört zu glauben, dass du heimkehrst.«

»Warum bist du nicht geflohen?«, erkundigte er sich argwöhnisch.

»Alles zurücklassen? Das Haus? Telemachos? Was redest du?«, antwortete ich fieberhaft.

»Alles zurücklassen und deinen Ruf retten. Die Ehre unseres Namens!« Er rollte mit den Augen. »Das war deine Pflicht. Aber du bist geblieben. Hast heuchlerisch die treue Gattin gespielt und dich dabei gesalbt und geschminkt und bist herumstolziert. Eine Frau, die ihren Körper über Jahre und Jahre hinweg den gemeinen Blicken von hundertsiebzehn Männern aussetzt.«

»Hundertachtzehn«, sagte ich unwillkürlich.

Sofort errötete ich, mein Gesicht war wie blutübergossen. Es tut mir ewig leid, dass ich dieses Wort aussprach. Manchmal denkt man nicht nach. Er wankte.

»Hundertachtzehn«, sagte er blass. »Es stimmt also.«

Langsam kam er auf mich zu. Ich wich zurück, ich fürchtete mich.

»Willst du den Namen des hundertachtzehnten hören?«

Mein Herz pochte wild. War es möglich, dass er doch etwas wusste? Hatte ich vielleicht im Schlaf geredet? Beklommen vor Angst, aber zu allem entschlossen, sagte ich ruhig:

»Offenbar bist du tatsächlich verrückt. Sag schon!«

»Eurymachos!«, rief er.

Seine Stimme hallte wie der Ruf des nächtlichen Unglücksvogels im Saal wider. Mit offenem Mund starrte ich ihn an. Aber ich konnte nicht lachen.

X

Gegen Morgen, als ich ein wenig zu mir gekommen war und auch er sich etwas beruhigt hatte – er schrie nicht, sondern erteilte routiniert Befehle, legte fest, wie und wohin und unter welchen Bedingungen ich fortgehen sollte –, frisierte ich mein Haar und versuchte ihm ins Gewissen zu reden.

»Hör mir zu!«, flehte ich ihn an. »Wenn du willst, gehe ich fort. Es wäre allerdings ehrenvoller, wenn du einfach sagen würdest, dass du mich los sein willst. Obwohl ich nicht begreife, warum du dann überhaupt nach Hause gekommen bist.«

»Weil die Götter es so wollten«, sagte er finster mit verschränkten Armen. Er keuchte ein wenig. Diese Nacht – ob er Komödie gespielt hatte oder ehrlich gewesen war – hatte ihn erschöpft. »Ich bin heimgekehrt, um für Gerechtigkeit zu sorgen. Du verlässt das Haus, noch heute, bevor Helios seine Rinder auf die Himmelswiesen treibt.«

»Also noch am Vormittag«, sagte ich ungeduldig. »Wir sind allein, und ich habe nicht viel Zeit. Wir brauchen also nicht um den heißen Brei herumzureden. Du glaubst ernsthaft, ich hätte dich mit Eurymachos betrogen? Oder mit jemand anderem?«

»Ich weiß alles«, wiederholte er finster.

»Athene hat geschwatzt, was?«, fragte ich beunruhigt. »Glaub nicht, mein Mann, dass diese Göttin ehrlich ist. Sie will etwas von dir. Ich weiß, dass sie lügt. Unserem hehren Sohn Telemachos hat sie vorgelogen, dass Eurymachos derjenige von den Freiern ist, der die schönsten Geschenke mitgebracht hatte. Sie hat ihm in den Kopf gesetzt, dass ich Eurymachos schließlich nachgeben, mit ihm fortgehen und sämtliche Geschenke mitnehmen könnte.«

Er schwieg. Mit finsterem Blick maß er mich.

»Gib dich damit zufrieden, dass ich dein Geheimnis kenne«, sagte er schließlich.

»Eurymachos«, sagte ich und musste lachen. Aber meine Stimme, jetzt weiß ich es, war nicht ehrlich. »Als deine göttliche Freundin Athene dir den Kahlkopf als Verkleidung gegeben hat – keine besonders feinfühlige Idee, das muss ich schon sagen –, da hat dich dieser kecke Kerl verspottet, deswegen hasst du ihn. Aber ich habe dich auch kahl erkannt«, sagte ich flehend.

»Kahlkopf!« Beleidigt strich er sich über den glänzenden, glatten Schädel. »Die Schande hat viele Gesichter. Dein Verehrer«, sagte er unbarmherzig, »hatte auch ein Verhältnis mit deinem Dienstmädchen, dieser Nutte. Ich hoffe, du weißt das?«, fragte er spöttisch und beugte sich nach vorn, um mein Gesicht zu beobachten.

Ich senkte den Kopf.

»Schrecklich ist das«, sagte ich nach einer Weile, leise,

als spräche ich zu mir selbst. »Ich glaube nicht, dass es den Göttern gefällt, was du tust. Die Götter haben dich heimgeführt, Ulysses. Wir haben dich erwartet, weil du der Lichtbringer bist. Ich gebe zu, wir haben auf menschliche Weise auf dich wartet. Ich, deine Frau, dein Sohn, den du ohne Stütze und Rat gelassen hast, deine Diener und deine Freunde … Wir sind alle nur Menschen. Manchmal hat das Warten uns vielleicht auch ein wenig ermüdet. Die Versuchung war groß.«

»Gibst du es zu?«, fragte er freudig.

»Ich gebe zu, dass ich eine Frau bin«, antwortete ich. »Deine Frau«, setzte ich rasch hinzu. »Es hat mich geschmerzt, dass du mich verlassen hast. An die Ehre glaube ich nicht …«

»Das ist natürlich«, sagte er ruhig und nickte, »weil du eine Frau bist.«

»Möglich«, seufzte ich. »Aber als du heimgekommen bist, nach so viel Zweifeln, Enttäuschungen und Versuchungen, da klopfte mir das Herz. Ich glaubte, wir könnten noch einmal von vorn beginnen und das Leben mit einem weiseren Herzen abschließen.« Im Saal wurde es schon hell. »Weißt du, dass ich ein Kind erwarte?«, fragte ich und sah ihm in die Augen.

Er winkte ab.

»Ich weiß«, sagte er finster. »Von Eurymachos.«

Ich konnte nicht einmal mehr weinen, so müde war ich. Mit einer hilflosen Handbewegung zeigte ich, dass ich auf seine verrückten Beschuldigungen nicht antworten konnte.

»Wenn du willst«, sagte ich, »verschwinde ich wie

Pandraresos Töchter, die die Harpyien geraubt und den Erinnyen zum Fraß vorgeworfen haben.«

»Nein«, sagte er und sah mich schief an. »Du gehst nach Mantinea und wartest dort auf meine Befehle!«

»Du bist mein Mann und König«, sagte ich mit geheuchelter Unterwürfigkeit. »Aber warum nach Mantinea? Wenn wir uns trennen müssen, wollen wir uns für immer trennen.«

Mit der Nacht hatte sich auch der Sturm verzogen. Durch die Tür drang schon gleißendes Licht herein. In den morgendlichen Strahlen sah ich ihn wieder so wie früher, vor zwanzig Jahren, am Anfang unseres Ehelebens. Mit breiten Schultern stand er aufrecht vor mir. Sein kahler Schädel glänzte mit schlauem, eigenartigem Spiegeln. Um seine Lippen erschien das spöttische, freundliche Lachen, das ich so gut kannte und das ich an ihm zugleich fürchtete und mochte: Er lächelte immer so, wenn es ihm gelungen war, jemanden hereinzulegen. Und als hätte sich auch in seiner Seele der Sturm verzogen, sprach er jetzt wieder ohne Erregung zu mir. Er traf Verfügungen. Und ich konnte mich nicht wehren. Wieder spürte ich seine Macht. Die Kraft, mit der er mich schließlich immer zwang, seinen Intrigen und Lügen nachzugeben. Die Kraft, die von ihm ausging und die für mich das Schicksal war.

»Du gehst nach Mantinea«, wiederholte er kurz. »Deine beiden Dienerinnen begleiten dich. Meine besten Ruderer bringen dich hin. Ich sorge dafür, dass die dunkelblaue Barke für dich bereit gemacht und mit allen notwendigen Dingen versehen wird.«

Und als wäre das am wichtigsten:

»Befiehl, dass deine Kleider eingepackt werden. Ich will, dass du auch in der Verbannung unter Bedingungen lebst, die deines Ranges und deines Namens würdig sind«, sagte er großzügig.

In diesem Augenblick, in dem er so gütig war, hätte ich ihn ermorden können. Mit letzter Kraft brach ich in Schluchzen aus:

»Der Tod!«, sagte ich, und meine letzten Tränen liefen mir durch die Finger. »Die Erinnyen …«

»Nimm warme Unterwäsche mit, in Mantinea sind die Nächte kühl, und gib acht, dass du dich nicht erkältest!«, sagte er freundlich im Ton des erfahrenden Reisenden und fuhr königlich fort: »Um deinen Unterhalt kümmere ich mich.«

»Lass mein Grab pflegen …«, begann ich meine Abschiedsworte. Aber er streckte den Arm aus. Lächelte. Und sagte, indem er mir befehlend, segnend und abweisend zugleich die Hand entgegenstreckte, in einem sonderbaren, spöttischen und dennoch ernsten Ton:

»Du wirst einst mein Grab pflegen, Penelope.« Er klang freundlich. »Aber bis dahin vergeht noch etwas Zeit. Ich habe dir ja schon gesagt, dass ich in deinen Armen sterben will.«

Das war das letzte Kompliment, das ich von ihm bekam. Wortlos ging er fort. Danach habe ich ihn nicht mehr gesehen, bis zu dem Tag, an dem er heimkam, um in meinen Armen zu sterben. Am Mittag des Tages, der auf unser tragisches nächtliches Gespräch folgte, verließ ich mein königliches Heim. Ich reiste aus Ithaka ab, über das graue Meer brachten mich seine Schiffer in der dunkelblauen Barke nach Mantinea. Das Meer war ruhig, die Sonne schien. Im tiefgrünen Wasser begleiteten Delfine mein Schiff.

XI

Er war nicht mit mir zum Schiff gekommen. In Ithaka herrschte zu dieser Zeit allgemein noch eine angespannte Stimmung. Eupeithos, ein geschwätziger, aber angesehener Greis – der Vater von Antinoos, einem meiner getöteten Freier – reizte die Achäer heimlich, aber auch offen zum Aufstand auf. Mein Mann hielt weitere Sicherheitsmaßnahmen für nötig. Daher verabredeten wir, dass meine Verbannung vor dem gemeinen Volk geheim bleiben solle. Für die Öffentlichkeit war ich auf Reisen, meinem Rang angemessen, mit vollem Gefolge. Nur Wenige wussten, dass zwei Mitglieder meines Begleitpersonals – der Seher Theoklymenos und der Arzt Philopator, der in Ägypten studiert und den mein Mann von Agamemnons Hof zu uns auf die Insel gelockt hatte – von Ulysses speziell für mich ausgesucht worden waren. Sie sollten auf mich aufpassen: der Dichter auf meine Seele und der Arzt auf meinen Körper. Damals schon vertraute mein Mann niemandem mehr. Am meisten gab er noch auf das Wort der Dichter, wenn diese seherische Kraft besaßen und sich auch auf den Vogelflug verstanden. Soldaten und Politiker erfüllten ihn mit Misstrauen.

Offiziell hieß es, dass ich für einige Wochen zur Erholung nach Mantinea reiste, weil ich Heilung brauchte. Mantinea war ein Gut meines Vaters, am östlichen Rand der Hochebene, zu Füßen des hohen Berges Armeniades, weit weg von jeder Stadt. Dort oben gab es duftende Wiesen, und zu jener Zeit sehnte ich mich tatsächlich nach Berg- und Waldluft. Einige glückliche Sommer meiner Kindheit hatte ich auf unseren bescheidenen arkadischen Höfen an den Hängen von Kapsia und Simiades verbracht. Eine ländliche Umgebung war dies, ohne Bequemlichkeit und Zeremoniell. Mein Vater versorgte unser fernes arkadisches Gut mihilfe seines Verwalters von Sparta aus. Der Mainalon, ein reißender Gebirgsfluss, zerschnitt unser Land; dieser kleine Fluss überflutete im Frühjahr die Wiesen der Hochebene und glitzerte im Sonnenschein des Gebirges. Jetzt, im März, als ich in Mantinea, dem lieb gewordenen Erholungsort meiner Kindheit, ankam, waren die Bäche auf der Hochebene schon zu Seen angeschwollen.

Hierher hatte mich mein Mann, der Lichtbringer, verbannt. Seine Entscheidung missfiel mir nicht gänzlich. Ich wusste – was er nicht wusste –, dass Amphinomos' Verletzung nicht tödlich gewesen war; es war ihm gelungen, verkleidet von der Insel aufs Festland zu kommen, und jetzt wartete er in der Nähe von Mantinea, in Elis, auf Nachrichten von mir. Ich hoffte, dass die Quelle, die in Simiades in der Nähe unseres Gutes aus der Erde aufbricht, meinen verwundeten Freund mit ihrem schwefligen, heißen Wasser und betäubenden Dampf wieder gesund machen würde. Diese Quelle stand schon zu Cheirons Zeiten in dem Ruf, den arkadischen heilenden

Dämonen als Wohnstatt zu dienen. Der berühmte Internist Asklepios, der meinen göttlichen Großschwiegervater Arkeisios wegen eines Leberleidens behandelt hatte, schickte seine vermögenderen Patienten hierher. In der Nähe des Bades, am Ufer des windungsreichen Flüsschens Inachos, errichteten die Kranken Dionysos und Aphrodite aus Dankbarkeit ein Heiligtum. Ich hoffte, dass mein unglücklicher Freund hier von den um meinetwillen erhaltenen und erlittenen Wunden genesen würde, und protestierte mit keinem Wort, als mein hehrer Mann mich nach Mantinea verbannte. Denn Medon, der Flinke, war in der Zwischenzeit ebenfalls nicht untätig gewesen und hatte mir gemeldet, dass Amphinomos in Elis auf Nachricht von mir wartete. Nun konnte ich ihm diese Nachricht sogar persönlich überbringen. Dies erfüllte mich bei aller Sorge und Traurigkeit mit bitterer Freude.

Aber auch sonst hatte ich Ruhe und Erholung dringend nötig. Mein Zustand, die lang ersehnte und dennoch überraschende Heimkehr meines Mannes, die Aufregung des Wiedersehens, dessen freudigen und schrecklichen Folgen: All das hatte in meinem Organismus kleinere Leberprobleme ausgelöst. Als ich abreiste, hatten mein Körper, meine Arme, sogar das Weiße in meinen Augen eine so elfenbeinerne Farbe wie der Kallos, mit dem mich Pallas Athene eingerieben hatte, damit ich schön sei, wenn mein Mann heimkehrt … Eurykleia schluchzte beim Abschied heftig.

»Du bist gelb, Herrin«, schniefte sie. »Das ist die Leber. Wenn ich das gewusst hätte!«

Das naive Geschöpf hatte tatsächlich ausgesprochen, was – im Augenblick des Abschieds, aber auch schon vorher, seit Wochen – mein ganzes Hausvolk dachte und auch ich selbst erwogen hatte. Sie sprach aus, dass es unter dem Aspekt der menschlichen und göttlichen Ordnung besser gewesen wäre, wenn mein hehrer Mann Ulysses überhaupt nicht nach Hause kommen wäre. Mit einer raschen Bewegung presste ich ihr die Hand auf den Mund.

»Schweig«, flüsterte ich ihr ins halb taube Ohr. »Warte! Bevor der Sommer zu Ende ist, bin ich wieder da!«

»Alle versprechen sie das«, schluchzte sie, »die dieses Haus verlassen. Und am Ende muss ich mich allein um alles kümmern.«

Da war etwas dran! Jetzt, nachdem der Lichtbringer unsere besten Dienerinnen hatte töten lassen, befürchtete Eurykleia zu Recht, dass alle Sorgen des Haushalts auf ihren Schultern lasten würden.

»Pass auf«, flüsterte ich ihr zu, »und wenn er sich eine Geliebte nimmt, schick mir sofort eine Nachricht! Telemachos soll mich so schnell wie möglich besuchen. Gib ihm eine Verkleidung mit!«

»Ich weiß, ich weiß!«, wimmerte sie.

»Medon soll sofort nach Elis gehen!«, flüsterte ich. »Er soll Amphinomos sagen ...«

»Schweig!«, hauchte sie. »Ich weiß alles. Geh in Frieden, meine Tochter.«

Eurykleia wusste tatsächlich alles. Sie kannte die Geheimnisse und Bräuche unseres Hauses. Ich wusste, dass sie die Einzige war, der ich die Botschaft an Amphinomos anvertrauen konnte. Mein Sohn Telemachos mied seit der Heimkehr meines hehren Mannes auffällig unser Haus. Ständig war er auf der Jagd, als wollte er der Begegnung mit seinem hehren Vater ausweichen. Er hatte einen Grund dafür, aber den kannten nur wenige. Als Ulysses aus Delphi heimgekommen war – kurz bevor er vor dieses verdammte Troja zog –, brachte er eine Prophezeiung mit, die ihm gebot, er solle sich vor seinen legitimen und illegitimen Söhnen hüten, da diese ihm nach dem Leben trachteten. Diese Prophezeiung trieb ihm immer das Blut in den Kopf, wenn er einen seiner Söhne wiedersah. Aber ich will den Ereignissen nicht vorgreifen.

Ich reiste in Gesellschaft meines Arztes und meines Schreibers, wie es damals bei Frauen aus vornehmerer Gesellschaft üblich war. Mein Arzt war ein kahles, älteres Männchen, der die Seereise nicht vertrug und dem während der Überfahrt ständig schlecht war. Ich pflegte ihn. Wenn er zwischen zwei Anfällen zu sich kam, erkundigte er sich nach den Weinen von Mantinea. Er wollte wissen, ob die arkadischen Weine – im Gegensatz zu den argeischen Weinen – tatsächlich säuerlich seien und ob es zutreffe, dass Iulia Eudia dort für die Priester des Asklepios eine Weinpflanzung angelegt habe. Traurig sah ich, dass mein Mann meine Gesundheit einem Trinker anvertraut hatte. Jetzt, da ich wegen meines Zustandes besonderer Betreuung bedurfte, erfüllte mich das mit Besorgnis. Ich lag unter der Plane des breiten Schiffes, meine Sklavinnen gaben acht, dass die brennende Sonne mir während der Seereise nicht die Gesichtshaut versengte, und ich hörte dem Ruderschlag des Schiffes zu. Eine Hand ließ ich über die Seitenwand des Bootes ins Wasser hängen, und mit schlaffen Fingern streichelte ich die Wogen des grauen Meeres. Ich war müde und versuchte, meine furchtsamen, traurigen Erinnerungen zu ordnen.

Die Überfahrt von Ithaka nach Patras, von der Insel aufs Festland, dauerte vom Morgen bis zum Abend. Wenn Philopator sich nicht übermäßig erbrach, setzte sich der Dichter Theoklymenos zu mir und unterhielt mich mit seiner Lebensgeschichte. Mantios, so erzählte er, sei sein Vater gewesen, von ihm habe er auch die seherischen Fähigkeiten und das Talent zum Singen geerbt. Sein Großvater Melampus sei vor Neleus aus Pylos nach Argos geflohen, aber er, das Kind, sei in Pylos geblieben und habe dort das Weissagen anhand des Vogelflugs erlernt. Mein Sohn Telemachos hatte diesen sonderbaren, klagenden Mann aus Pylos nach Ithaka mitgebracht, als er auf den Spuren seines Vaters unterwegs war.

»Ich freue mich«, sagte er, und seine Augen glänzten in kindlicher Freude, »dass wir nach Mantinea gehen. Diese Provinz ist die Heimat der Propheten. Hier hat Poseidon Hyppios seinen Tempel. Ich mag das Leben auf den Inseln nicht«, sagte er mir im Vertrauen. »Auf einer Insel bin ich ein Sklave, dort kann ich nicht hingehen, wohin ich will. Herrin, wir fahren nach Hause in deine Heimat.«

Ich antwortete nicht, weil ich wusste, dass er für Ulysses spionierte. Ich hatte den Verdacht, dass die beiden Männer, die mein Mann zu meinem Schutz bestimmt hatte, mir eher eine Last als eine Hilfe sein würden. Damals wusste ich noch nicht, dass ihre Seelen auch von Intrigen belastet waren. Ich schloss die Augen und ließ meinen Körper von Poseidons mächtigen Armen wiegen. Erstaunlicherweise konnte ich Ulysses nicht böse sein. Alles, was ich in der jüngeren Vergangenheit erlebt hatte, hatte in mir statt Wut eher Argwohn und verdutzte Neugier geweckt. Da ich in anderen Umständen war – ich wusste dies erst seit drei Wochen mit Gewissheit –, bemühte ich mich um des Kindes willen, das ich unter dem Herzen trug, mich zusammenzureißen. Die Männer, die sich in einem fort mit dem Wohl der Menschheit, der Nation und den Göttern beschäftigen, werden nie verstehen, wie viel schwieriger und anstrengender es ist, für einen noch nicht oder gerade erst geborenen Menschen zu sorgen. Ich seufzte, manchmal lief mir auch eine Träne über die Wange und mischte sich auf meinen Lippen mit dem Dunst des Meeres. Das salzige Wasser der Tränen und des Meeres erinnerte mich an die Küsse und Tränen vergangener Zeiten. Von allem, was geschehen war, verstand ich – jetzt, als die schnell klatschenden Ruder mit jedem Schlag den Graben zwischen uns tiefer zogen – nur, dass Ulysses wieder etwas plante und mich überlisten wollte. Deshalb war ich ihm nicht ernstlich böse. Eher verspürte ich eine tiefe, kribbelnde Neugier.

Ich hatte keinen Augenblick geglaubt, dass er tatsächlich eifersüchtig war. Die unsinnige Beschuldigung, die er gegen mich vorgebracht hatte, schmeichelte mir und verblüffte mich zugleich. Unverständlich, wieso sich sein Verdacht gerade gegen Eurymachos richtete. Von all meinen Freiern war er derjenige, den ich am wenigsten gemocht hatte. Sein anmaßendes und überhebliches Benehmen, die Art, wie er um mich warb – all das kränkte mich mehr, als dass es mir schmeichelte. Ich rief mir die Gespräche in Erinnerung, die sich im Lauf der Jahre unvermeidlich zwischen uns geflochten hatten. Er war ein Mann vieler Worte, also die Sorte, die ich nicht mag. In seiner näselnden Sprechweise versuchte er, mich davon zu überzeugen, dass ich mich längst schon mit dem Untergang meines Mannes abgefunden hätte und unter meinen Freiern auf der Suche nach einem neuen Mann sei, dass es mir nur leidtue, dass ich nicht noch reichlicher mit Geschenken überhäuft werde. Diese freche Vertraulichkeit empörte mich. Aber auch sonst hasste ich Eurymachos, denn er war derjenige von den Freiern, der sich doppelzüngig in die Gesellschaft meines Sohnes Telemachos geschlichen hatte. Über meinen Kopf und den meines abwesenden Mannes hinweg hatte er mit meinem Sohn eine Art Komplizenschaft geschlossen, und der Himmel weiß, welche Pläne sie im Geheimen spannen. Mein Verdacht war nicht unbegründet. Es war jedoch besser, darüber zu schweigen. Jetzt, im Schiff, während der wiegenden und dröhnenden Überfahrt, als ich mich von allem entfernte, was zu meinem bisherigen Leben gehört hatte, sah ich alle schärfer, auch meinen Sohn. Und es war, als würde ich erst jetzt verstehen, welch finstere Geheimnisse in einem menschlichen Herzen, in einer Familie Wurzeln schlagen können. Ich begriff, dass Telemachos seinen herumtreiberischen Vater immer gehasst hatte – gehasst und gefürchtet … Ja,

Ulysses war heimgekommen, und sein heldenhaftes, göttliches Wesen hatte auch meinen Sohn betört. Er gehorchte dem Heimkehrer blind und erschrocken. Ich freute mich, dass nicht mein Mann die scharfe Lanze in Amphinomos' Rücken gestoßen hatte, denn es wäre widerwärtig und peinlich gewesen, wenn die beiden Männer, die meinem Herzem irgendwie nahestanden, einander Schaden zugefügt hätten. Ich freute mich, dass Ulysses den arroganten Eurymachos getötet hatte. Und ich bedauerte, dass Telemachos seinen Vater hasste und in der Tiefe seines Herzens – unbewusst – Böses gegen ihn plante …

Mein Herz hatte gebebt bei dem Gedanken, dass ich nach Mantinea fahren sollte, in die Verbannung, dass alles plötzlich so schrecklich und sonderbar verzerrt in meinem Leben war. Jetzt bebte mir das Herz bei dem Gedanken daran, dass ich Amphinomos wiedersehen sollte. Und zugleich krampfte es sich zusammen vor Sehnsucht, Wut und Traurigkeit, weil ich wieder fern war von meinem bösen und zugleich großartigen Mann, der nach Hause gekommen war, mich in die Arme geschlossen und dann mit einer plumpen Lüge wieder von sich weggestoßen hatte, um sich allein in neue Abenteuer stürzen zu können. Von diesen vielen widersprüchlichen Empfindungen floss mir das Herz über. Es dämmerte, und die Lichter von Patras leuchteten schon vom Ufer her. Als unser Schiff in den Hafen fuhr, hatte ich das Gefühl, es gebe keine unglücklichere Frau auf dem Festland und auf den Inseln als mich, die Königin von Ithaka, Ulysses' immer wieder umarmte und immer wieder verstoßene Frau, das lebendige Denkmal der Treue, die Märtyrin des Undanks – mich, die arme, arme Penelope.

Vom Ufer her leuchtete mir durch den Nebel eine rauchende Schiffslampe entgegen, und eine vertraute, tiefe Stimme rief meinen Namen:

»Penelope!«

XII

Ich tauchte aus meinen Gedanken auf und ging mit meinem Gefolge an Land, wo mich Amphinomos erwartete. Mit verbundenem Arm, auf einen Stock gestützt, hatte er seit dem Morgen am Ufer gestanden und nach unserem Schiff Ausschau gehalten. Medon und Eurykleia hatten ihren Auftrag zuverlässig und flink ausgeführt.

Er verfügte, dass mein Gefolge in einem Kloster am Ufer untergebracht werden soll, wo Mönche aus Doulichion unter der Schirmherrschaft des Dionysos eine Art Gasthaus für diejenigen eingerichtet hatten, die vom Meer her kamen. Für mich und meine beiden Dienerinnen hatte er ein Appartement im Kloster der Priesterinnen der Aphrodite öffnen lassen.

»Dieses Kloster hat einen guten Ruf«, sagte er. »Hier wirst du eine Unterbringung finden, die deinem Rang und Namen gerecht wird. Du hast jetzt Gelegenheit, dich zu erfrischen! Nach dem Abendessen erwarte ich dich im Gemeinschaftsraum des Klosters.«

Seine feinfühlige Sorge tat mir wohl. Infolge meiner spartanischen Erziehung und meiner schamhaften Natur hatte ich die Klosterumgebung immer gemocht. In Sparta achteten die Mädchen aus gutem Hause darauf, sich in Kirchen und Klöstern mit ihren Verehrern zu treffen. Die Priesterinnen der Aphrodite nahmen mich höflich und freundlich auf und führten mich in die mir zugedachten Räume. Das Fenster meines Schlafgemachs ging auch hier aufs Meer hinaus. Die westlichen Sterne des Himmels leuchteten über dem Fenster. Während mir meine Dienerinnen eilig ein Bad bereiteten, trat ich ans Fenster und versuchte zu erraten, welcher Stern über Ithaka leuchtete. Ich dachte an Ulysses und seufzte. Mir war das Herz schwer. Dann zog ich mich rasch aus, badete und kleidete mich an, denn Amphinomos erwartete mich schon.

Er saß im Gemeinschaftsraum in einem glatt geschliffenen Sessel aus Marmor, aus dem er mit der Schwerfälligkeit eines Kranken aufstand, um mich zu begrüßen. Er überreichte mir einen Strauß von Asphodelus und lächelte traurig. Seine körperlichen und seelischen Leiden hatten ihn abnehmen lassen. In diesem veränderten körperlichen Zustand wirkte er nicht unvorteilhaft. Ich nahm die Blumen entgegen, setzte mich ihm gegenüber Platz und hob den Strauß an die Nase, um den erlesenen, aber bitteren Duft der Blumen einzuatmen.

Amphinomos sah mich müde und ernst an.

»Weißt du«, sagte er missgelaunt, »dass die Wiese, auf der Minos über die Toten Gericht hielt, voller Asphodelus war?«

»Ich weiß.« Ich nickte. »Diese Blume erinnert uns daran, dass wir vergänglich sind und dass alles vergänglich ist, was mit uns geschieht. Deshalb mag ich sie.«

»Ihre Farbe erinnert an die blassen Lichter des Hades. Ich war nah daran, dort Blumen für dich zu pflücken, Penelope«, sagte mein verwundeter Freund leise. »Erzähle«, fuhr er dann dumpf fort, »was ist geschehen?«

Ich berichtete ihm alles. Sehr aufmerksam hörte er zu. Als ich Eurymachos' Namen nannte, brauste er auf.

»Es stimmt also!«

»Es stimmt nicht«, rief ich aufgebracht. »Ich weiß, wer diese Verleumdung verbreitet. Glaubst du es etwa auch?«

Mein Herz floss über vor Enttäuschung und Bitterkeit. Da saß ich hier in der Verbannung, und der einzige Mann, den ich noch gern sah, quälte mich ebenso mit seiner Eifersucht wie mein Mann, der mich in diese unheilvolle Lage gebracht hatte. Damals kamen mir schnell die Tränen.

»Viele haben es gesagt«, flüsterte er finster. »Ich wollte ihnen nicht glauben. Ich habe dir vertraut, Penelope«, sagte er bitter und großzügig. »Ich habe dir allen Klatsch verschwiegen. Auch den schrecklichen.« Mit gesenktem Kopf betrachtete er die Spitzen seiner Sandalen. »Die Menschen haben eine schmutzige Phantasie. Hermes hat mehrfach in deinem Haus geschlafen ...« Er verschluckte das Wort.

Das war zu viel. Ich vergrub das Gesicht in dem Asphodelosstrauß, damit er meine Empörung nicht bemerkte. Als wir einander wieder ansahen, glaubte ich in seinen Augen dasselbe wahnsinnige Glühen zu erkennen, das mir in der Nacht zuvor schon bei Ulysses aufgefallen war.

»Du hast es geglaubt?«, fragte ich ruhig.

»Nein«, erklärte er entschieden. »Aber jetzt kann ich es ja sagen … Nicht nur in deinem Hause haben die Klatschbasen und Schwätzer geredet. Auch in Doulichion hat man mich mit dieser hinterhältigen Nachricht empfangen. Das Festland und die Inseln sind voll von missgünstigem Klatsch. Sie sagen, dein Mann sei nach Hause gekommen und habe erfahren, dass Hermes während seiner Abwesenheit mehrfach in eurem Haus geschlafen hat. Angeblich hast du diesem herumschweifenden Gott im Geheimen sogar einen Sohn geboren, diesem Parteigänger der Diebe und Politiker.« Hasserfüllt sah er mich an. »Sein Name soll Pan sein. Hast du davon auch nichts gehört?«

»Mein armer Freund«, sagte ich. »Mit so etwas quälst du dich? Reicht nicht die schreckliche Lage, in der wir alle schmachten? Sprechen wir von etwas anderem. Heilt deine Verletzung?«

Aber er wollte nicht von etwas anderem sprechen.

»Schwöre«, ächzte er, »dass du weder mit Hermes noch mit Eurymachos ein Verhältnis hattest!«

Mir fuhr durch den Kopf, dass Ulysses recht hatte: In jedem Menschen steckt ein Verrückter, der manchmal hinter der normalen, alltäglichen Verkleidung auftaucht. Amphinomos hatte ich immer für einen Menschen gehalten, der einen nüchternen Verstand besaß. Seine Kenntnisse der Landwirtschaft, seine sanfte und freundliche Art hoben ihn vorteilhaft von der Mehrzahl meiner Freier ab. Und dieser sachliche Mann litt jetzt ebenso unter den Qualen der Eifersuchtsfurie, wie Ulysses gelitten hatte. Ich wusste jedoch, dass Amphinomos aufrichtig litt. Während Ulysses nur so tat und die Eifersucht vortäuschte, weil er mich – wie ich hoffte, nur für einige Zeit – los sein wollte, um eine seiner verdächtigen neuen Unternehmungen in Angriff zu nehmen. Sofort nach seiner Heimkehr hatte er davon gesprochen, dass er im Sinne von Teiresias' Prophezeiung gezwungen sein würde, sich bald wieder auf den Weg zu machen in ein Land, wo man das Salz nicht kennt. Er sagte, er wolle in Thesprotien Salz verkaufen. Schon das erfüllte mich mit Argwohn. Früher hatte er sich nie mit dem Salzhandel befasst.

Mein unglücklicher, leidender Freund tat mir leid. Mit Würde und voller Überzeugung sagte ich:

»Was du verlangst, ist ungehörig. Aber du sollst deinen Willen haben. Ich sehe, dass du leidest.«

»Ich liebe dich, Penelope«, ächzte er düster. »Das weißt du genau. Ich bin der einzige Mensch, der dich selbstlos aus ganzem Herzen liebt. Schwörst du?«

»Ich schwöre, dass ich Eurymachos verachtet habe«, sagte ich vorsichtig. »Und was Hermes angeht, kann ich nur sagen, dass er mehrfach in unserem Haus geschlafen hat. Das trifft zu.«

Amphinomos bot in diesem Augenblick einen bedauernswerten und beunruhigenden Anblick. Er presste die Fäuste an die Stirn, als wollte er seinen zerberstenden Schädel wie mit einem Reifen zusammenhalten.

»Es stimmt also!«, brüllte er. »Achaia, Elis, Arkadia, ganz Sparta hallt von dieser Nachricht wider. Sie sagen, er hätte sich dir in Gestalt eines Ziegenbocks genähert, als er euren Bankert Pan gezeugt hat!«

»Amphinomos«, sagte ich streng und erhob mich, »du vergisst, wo du bist und mit wem du redest!«

»Ich rede mit der Frau«, sagte er wild, »die von ihrem Mann Ulysses wegen Untreue aus dem Haus gejagt wurde.«

»Und ich dachte«, sagte ich ernst, »dass ich mit dem Mann spreche, der weiß, wer ich bin.«

»Verzeih mir«, sagte er untertänig und knirschte mit den Zähnen. Meine ehrliche Entrüstung wirkte auf ihn. Ich spürte meine Macht, und dieses Gefühl war nicht unangenehm. Aber über Hermes wollte ich jetzt nicht sprechen. Jetzt, da für mich die Zeit keine Rolle mehr spielt – die Zeit ist ein menschlicher Begriff, wir Unsterblichen denken nur mit Schulterzucken an diese erbärmliche Krücke, mit der die elende Vorstellungskraft der Sterblichen in der Unendlichkeit umherstolpert –, jetzt kann ich erzählen, dass es einen Augenblick in meinem Leben gab, in dem sich Hermes tatsächlich überraschend und tückisch verhielt. Ich erinnere mich, es war eine Sommernacht … In Ithaka waren die Feigen reif, ihr süßer, schwerer Duft füllte die Gärten. Es ist eine bösartige Verleumdung, dass er sich mir in Gestalt eines Ziegenbocks genähert hätte. Er hatte eher etwas von einem Mann von Welt. Sprach viel, leise und farbig … Er kam am Abend und wartete nicht das Dämmern der rosenfingrigen Morgenröte ab. Vor den ersten Lichtstrahlen verließ er unser Haus. Danach kam er nicht mehr nach Ithaka. Aber dies alles wissen nur wir beide; er, der Gott, und ich, die Frau, die ich – jetzt leugne ich es nicht mehr – eine Nacht lang gern seinen schmeichelnden, melodiösen, lügnerischen Worten gelauscht hatte. Er war ein geschwätziger Gott. Vielleicht hatte er auch anderswo geschwatzt?

Ich senkte den Blick und sah auf die vergoldeten Spitzen meiner Sandalen. Amphinomos' Blick brannte auf meiner sonnengebräunten Haut.

»Lass doch die Vergangenheit ruhen!«, bat ich meinen erregten Freund. »Sie ist voller furchterregender Schatten.«

»Mit den Schatten meiner ermordeten Gefährten, ja«, sagte er entmutigt. »Stimmt es, dass dein Mann bei seinen Irrfahrten auch im Hades war?«

»Hat sich das schon herumgesprochen?«, fragte ich. »Ja, er war im Land der Kimmerier. Mit seiner Mutter hat er gesprochen und mit Agamemnon ... Wieso fragst du?«

Amphinomos stand auf. Er ächzte vor Schmerz und krümmte sich. Den verwundeten Arm und Rücken in gebeugter Haltung vorwärtsschleppend, ging er auf dem Marmorfußboden des Gemeinschaftsraumes auf und ab.

»Penelope«, sagte er, »der Tod war mir, dank deines Mannes, nahe. Dein Sohn hat mich verwundet, und wie sonderbar ist auch das«, er lächelte bitter, »den Tod aus der Hand eines sympathischen Menschen zu empfangen und zu wissen, dass in der mörderischen Hand dein Blut fließt! Als ich unter den Leichen hervorgekrochen und in einem unbeobachteten Augenblick aus dem Saal geflohen bin, in dem dein Mann blutrünstig geschlachtet und gemetzelt hat, hatte ich das Gefühl, die Götter hätten noch etwas mit uns vor!« Ernst sah er mir in die Augen. »Ich bin nach Elis gekommen, habe meine Wunden gepflegt, auf dich gewartet und nachgedacht. Ich glaube, ich habe etwas verstanden.«

»Hast du verstanden, was die Götter noch mit mir und mit dir wollen?«, fragte ich mit erstickter Stimme. Schließlich war ich in Scheidung. Jetzt, dünn und verwundet, bot Amphinomos keinen unsympathischen Anblick.

»Ich habe verstanden, dass man am Ende immer töten muss«, sagte er heiser. »Dein Mann konnte nichts anderes tun. Am Ende der echten Geschichten, in den Sagen und im Leben, muss man töten, viele und wahllos. Das ist die Ordnung der menschlichen Geschichte. Agamemnon, hast du gesagt!« Er seufzte. »Dein Mann hat ihn im Hades getroffen, bevor er sich auf den Weg machte, um in Ithaka Ordnung zu schaffen. Stell dir das nur vor, Penelope! Auch ein Mann mit ruhigeren Nerven wird aufgeregt, wenn er sich diese Begegnung vorstellt! Die Zeit, die uns die Götter zu leben bestimmt haben, ist etwas ganz Besonderes. Sie ist voller Schicksale, von denen die Menschheit vorher noch nie gehört hat. Man muss Ulysses verstehen, wenn er zu morden beginnt, nachdem er die Seele von Menelaos' Bruder wiedergesehen und die Einzelheiten der schrecklichen Geschichte gehört hat. Mykene oder Ithaka … der Schauplatz ist gleichgültig. Schließlich waren sie Gefährten, haben zusammen gekämpft. Ja, einmal war Agamemnon in der Schlacht feige und wollte fliehen! Nur auf Diomedes' Anstoß hin ist er wieder aufs Schlachtfeld zurückgekehrt. Davon hat dein Mann nicht gesprochen?«, fragte er beiläufig und schadenfroh.

»Was du nicht sagst!«, rief ich. Auch in meiner bangen, bedrängten Situation hörte ich den Klatsch aus Argos gern. »Agamemnon war feige?«

»Man muss das Andenken der Helden ehren und pflegen«, sagte Amphinomos ernst, mit etwas wichtigtuerischem Ton. Er sprach feierlich und belehrend, wie ich es von den Griechen noch nie gern gehört habe. Alle Söhne dieses Volkes hatten den Hang, in vertraulichen Augenblicken Reden zu schwingen, als hätten sie im öffentlichen Interesse das Wort ergriffen. »Die Moral des Volkes lässt nach. Man darf ihm die Gelegenheitshelden und den Siegeslorbeer nicht nehmen. Auch das religiöse Gefühl lässt nach … Wir sprechen unter vier Augen. Ja, Agamemnon war feige in der Schlacht.«

»Das ist sehr interessant«, sagte ich eifrig. »Und Ulysses?« Unwillkürlich beugte ich mich im Sitzen nach vorn. »Hast du über ihn auch etwas Neues gehört?«

Amphinomos ächzte, als quälten ihn körperliche Schmerzen. In Wirklichkeit stöhnte er immer auf, wenn ich in seiner Gegenwart den Namen meines hehren Mannes erwähnte.

»Ihn umgibt ein Heiligenschein«, sagte er spöttisch. Dann fuhr er ernst fort: »Penelope, wir, die Zeitgenossen, können nicht alles, was damals passiert ist, sachlich beurteilen.«

»Du sprichst von Helena?«, fragte ich giftig.

»Ich spreche vom Trojanischen Krieg«, antwortete er ernst. »Große Kriege haben manchmal unbedeutende Auslöser. Und die in ihnen kämpfen, sind nicht immer wahre Helden. Aber alles, was die besten Söhne unseres

Volkes vor Ilion getan haben – egal, ob aus freiem Willen oder gezwungen, feige oder heldenmütig –, dient dazu, die männlichen Tugenden unserer Söhne zu stärken und das Andenken aller, die an diesem Kampf teilgenommen haben, mit unvergänglichem Schein zu vergolden.«

Er sprach wie die Vorsänger bei den Festspielen zu Ehren des Dionysos in Eleusis: mit singender, gedehnter Betonung. Diese hochtrabende Redeweise war ein unverbesserlicher Fehler aller Argeier.

»Du meinst«, fragte ich erregt, »dass Helena Menelaos mehrfach betrogen hat, trägt dazu bei, in unseren Jungen die Mannestugend zu stärken und die Nachwelt mit Bewunderung zu erfüllen?«

»Ich meine«, erwiderte er trotzig, »dass alles, was während der Belagerung von Ilion geschah, in seinen Einzelheiten bedauerlich und voller menschlicher Schwäche sein kann. Die Tat an sich ist jedoch heldenhaft«, sagte er starrsinnig mit der hoffnungslosen Beschränktheit, mit der Männer von solchen Dingen sprechen.

»Kann sein«, sagte ich nachgiebig und mimte Einverständnis. »Ich bin eine Frau, mein Verstand und meine Phantasie sind von geringem Wert. Jedenfalls überrascht es mich, mein Freund, dass gerade du die Helden Trojas preist. Du bist nicht in den Krieg gezogen.« Diese hämische Bemerkung konnte ich mir nicht verkneifen.

Wieder zischte er.

»Irgendjemand musste daheimbleiben«, sagte er erregt und bemühte sich, überlegen zu bleiben. »Ich wurde in Doulichion gebraucht.«

»Auch in Ithaka warst du ein gern gesehener Gast«,

sagte ich boshaft höflich. »Während Ulysses gekämpft hat …«

»Wir, die Freier, haben in seinem Haus herumgelungert und sein Vermögen verprasst, nicht wahr?«, fiel er mir ins Wort. Erfreut hörte ich die Gekränktheit in seiner Stimme. »Du weißt genau, Penelope, dass die Wahrheit anders aussieht. Jedenfalls ich für meinen Teil habe nicht das Gefühl, Ulysses' Haus etwas schuldig zu sein.« Jetzt war er bis aufs Blut gekränkt.

»Entschuldige!«, bat ich ihn. »Du hast gesagt, wer bei Troja gekämpft hat, ist ein Held. Die anderen hingegen …«

»Große menschliche Unternehmungen können manchmal kleinliche Dinge zur Folge haben«, sagte er feierlich. »Selbst die Helden entgehen dem nicht. Vielleicht ist Ulysses tatsächlich ein Held, wie die Propaganda uns weismachen will. Vielleicht ist er aber auch nur ein Abenteurer. Und die anderen, Agamemnon und seine Gefährten, die sich in Troja manchmal feige und manchmal tapfer geschlagen haben, sind am Ende die wahren Helden, auch wenn nur die Sehnsucht nach Abenteuern, die Gier oder einfach die Langeweile sie aufs Schlachtfeld getrieben hat. Viele Männer ziehen auch freiwillig in den Krieg, weil sie von ihren Frauen genug haben«, sagte er einfach.

Verblüfft sah ich ihn an. Ich hätte nie gedacht, dass dieser brave und bescheidene Mann so überraschende Wahrheiten parat hatte.

»Du glaubst, Agamemnon und Ulysses haben sich zu Hause gelangweilt?«, fragte ich entrüstet.

Er zuckte mit den Schultern:

»Ich weiß nicht«, sagte er gleichgültig. »Jedenfalls sind sie weggegangen, obwohl sie keinen besonderen Grund dazu hatten. Und jetzt sind sie Helden. Agamemnon wurde umgebracht, und Ulysses hat, als er mit Agamemnon sprach, begriffen, dass es nicht ausreicht, ein Held zu sein … Durchtrieben, vorausschauend und unerbittlich muss man sein, wenn man am Ende als Sieger hervorgehen will. Vor allem muss man die Feinde überleben, in der Fremde wie zu Hause. Das ist der einzige wirkliche Sieg.« Aus seinen Worten klang Ruhe. »Ich verstehe es, dass Ulysses uns aus dem Weg räumen wollte; die, die wir zu Hause geblieben waren.«

»Du hast überlebt«, sagte ich vorsichtig.

»Als Nachzügler, ja.« Er seufzte. »Als Bote bin ich übrig geblieben, der von seinen toten Gefährten kündet. Dank dem unverständlichen Willen der Götter stehe ich vor dir, Penelope, um die Wahrheit auszusprechen. Ich verstehe Ulysses. Ich verstehe, dass er nicht das Schicksal seines getöteten Gefährten Agamemnon erleiden wollte und rechtzeitig alle Aigisthosse getötet hat, die in seinem Haus ihr Lager aufgeschlagen hatten, während die Achäer kämpften. Er wollte nicht, dass sie ihn ins Netz locken und zu Hause am Mittagstisch abschlachten wie ein Metzger ein Schwein. Ich verstehe, dass er keine Lust hatte, sieben Jahre lang im Hades zu warten, bis einer seiner Söhne ein Orestes wird, der ihn rächt. Telemachos ist nicht Orestes. Und Ulysses traut seinen Söhnen nicht«, sagte er plötzlich.

»Du bist großmütig und verständnisvoll, mein

Freund«, sagte ich misstrauisch. »Vielleicht hast du auch davon gehört, dass der heldenhafte Agamemnon seine Mannestugend während seiner Abwesenheit nicht nur auf dem Schlachtfeld stärkte, sondern auch in Kassandras Bett.«

»Kassandra war Jungfrau!«, sagte Amphinomos scharf.

»Und Seherin und Prophetin«, nickte ich. »Darüber wissen wir in der Familie Bescheid. Als sie mit Helenos in Apollons Tempel schlief, haben ihr die Schlangen die Ohren geleckt, und da begann sie – in wollüstiger Erregung – himmlische Botschaften zu hören … Verzeih mir, wenn ich etwas gewöhnlich bin.« Meine Stimme zitterte. »Aber das ist die Wahrheit. Und diese lüsterne Halbjungfrau hat man nach der Einnahme Trojas dem Helden Agamemnon als Ehrengeschenk für sein Bett im Lager angeboten! Klytaimnestra hat vielleicht auch davon gehört.« Ich versuchte, überlegen zu bleiben.

Doch Amphinomos zuckte nur störrisch mit den Schultern:

»Kann sein«, sagte er. »Aber das ist noch kein Grund, sich einen Liebhaber zu nehmen, während der Mann kämpft, und dann den heimkehrenden Helden abschlachten zu lassen wie ein Stück Vieh. Weißt du, dass sie die Leiche ihres Mannes liegen lassen hat, ohne ihm die Augen oder den Mund zu schließen?«

»Das war nicht sehr zartfühlend von ihr«, sagte ich. »Wenn man jemanden umbringt oder umbringen lässt, dann gehört es sich, ihm Mund und Augen zu schließen. Wir in Ithaka haben darauf immer geachtet.«

»Ihr in Ithaka!«, rief Amphinomos. »Du weißt nicht,

Penelope, wie schlecht die Welt ist und wozu Frauen und Männer fähig sind. Aber Ulysses hat die Welt kennengelernt. Und er wollte nicht, dass es ihm geht wie Agamemnon.«

»Glaubst du?«, frage ich leise. »Kannst du dir vorstellen, dass er sich gefürchtet hat, heimzukommen? Nimmst du an, dass er nicht wollte, dass es ihm so ergeht wie Agamemnon?«

Wir sprachen leise und steckten die Köpfe zusammen. Ich hielt den Atem an. Mir war, als stürzte alles, was in meinem Leben geschehen war, in diesem Augenblick in den abscheulichen, dunklen Abgrund der Wahrheit.

»Ich glaube«, flüsterte Amphinomos, »dass er sich fürchtete heimzukommen.«

»Fürchtete er sich vor mir?«, fragte ich. Meine Stimme war leise wie ein Hauch. Amphinomos sah mir mit scharfem Blick in die Augen.

»Wenn er sich nicht gefürchtet hätte«, flüsterte er, »wäre er nie von dir weggegangen.«

»Glaubst du«, fragte ich und unser Atem vermischte sich mit warmem Dunst miteinander, »er fürchtet sich noch immer …?«

»Vor dir und seinen Söhnen, ja«, flüsterte er ernst und sorgenvoll. »Er fürchtet sich vor der ganzen Familie.«

»Ich verstehe«, sagte ich.

Ich richtete mich auf. In diesem Augenblick mag ich – glaube ich – tatsächlich gelb und blass gewesen sein. Ich spielte mit den Blättern der Asphodelosblumen.

»Und du, mein Freund«, sagte ich und sah ihn an, »du fürchtest dich nicht?«

»Ich habe dem Tod ins Auge geschaut«, sagte er ausweichend und erwiderte meinen Blick nicht. »Vor wem soll ich mich noch fürchten. Vor dir? Oder vor ihm? Ich war schon am anderen Ufer, Penelope. Ich fürchte mich nur vor meinem Gewissen«, sagte er unvermittelt heiser.

Ich konnte nicht anders: Auch in diesem Augenblick musste ich lächeln. Ich hatte gelernt, dass ein Mann, der in Gegenwart einer Frau vom Gewissen redet, sich mit Fluchtplänen trägt. Mich fröstelte. Die Nacht war kühl. Aber ich fror auf andere Weise ... Ich begriff, dass Amphinomos' Verwundung schlimmer war, als ich gedacht hatte. Mir wurde klar, dass ich nicht mehr auf ihn zählen konnte. Ich stand auf.

»Dann ist es an der Zeit«, sagte ich leise, »dass wir uns trennen und du, mein Freund, in Ruhe mit deinem Gewissen sprechen kannst.«

Auch er stand auf. Er rieb sich die Hände. In seinen treuen, braunen Hundeaugen standen Tränen.

»Penelope«, sagte er, »du bist unbarmherzig. Du weißt, dass ich dich liebe.«

»Ein Mann«, sagte ich und hörte überrascht, dass meine Stimme gläsern klang wie die der Priesterinnen beim Singen, »ein Mann, der lieber auf sein Gewissen hört als auf seine Geliebte, mag in den Augen der Menschen ein Held sein. Aber ich kann mit ihm nichts anfangen.«

»Glaube nicht, ich wäre feige«, sagte er und knirschte mit den Zähnen. »Es wäre besser gewesen, wenn ich mit meinen Gefährten gestorben wäre. Aber ich bin dem Tod entkommen und habe begriffen, dass ich dennoch besiegt bin. Nicht von dem Burschen, der mir die Lanze in den Leib gestoßen hat«, er winkte verächtlich ab, »Ulysses hat mich besiegt, weil …«

»Sag es nur«, ermunterte ich ihn. »Er hat dich besiegt, weil er meinetwegen zurückgekommen ist.«

»Nein«, sagte er ernst und feierlich. Der kleine, verwundete Mann richtete sich jetzt auf und schien zu wachsen. Dann sagte er: »Er hat mich besiegt, weil er zurückgekommen ist und dich danach wieder verstoßen hat.«

Das schmerzte. Ich schrie auf:

»Das ist nicht wahr!«

Traurig sah er mich an.

»Du weißt genau, dass es wahr ist«, sagte er. »Was können wir, Penelope, du und ich, in dieser Lage anfangen, in die er uns versetzt hat? Solange er fort war, konnte man ihn hassen. Als er heimkam, konnte man ihn fürchten und gegen ihn kämpfen. Aber jetzt, nachdem er heimgekommen ist, gesiegt und dich dann mit einer Handbewegung weggeworfen hat – dich, den Schmuck und Sinn seines Sieges … Was können wir beide da anfangen, du und ich?«

Ich antwortete nicht. In diesem Augenblick begriff ich, dass die Götter die Menschen mit ihrem Schicksal allein lassen. Ich begriff, was Achilleus, Hektor und Patroklos in diesem Augenblick empfunden haben mussten … in dem Augenblick, in dem der Mensch erfährt, dass sein Schicksal sich erfüllt hat und der göttliche Wille seine Schritte nicht mehr weiter lenkt. Ich begriff, dass ich einsam bleiben musste, weil mein Mann mein Schicksal war und mir – mit einer boshaften, großmütigen und gleichgültigen Geste – ein einsames Leben befohlen hatte.

Ich gab ihm mit einer Handbewegung zu verstehen, dass er mich verlassen solle.

XIII

Nun war ich allein. In meinem Schoß schlug das Herz eines Kindes, aber auch dieser liebe Ton, dieses feine Klopfen konnte mich in den Monaten des Wartens und Reifens nicht vergessen lassen, dass das Schicksal, zu dem mein Mann mich verurteilt hatte, in Warten und Alleinsein bestand und dass kein Geliebter, kein Kind und kein Freund mich von diesem Los erlösen konnten. Nur er, auf den ich vergeblich wartete. Es folgten trostlose Monate in Mantinea. Der Arzt trank viel, der Dichter bedrängte meine Dienerinnen mit seiner Liebe und seinen Gedichten. Den ganzen Tag verbrachte ich allein in den öden Sälen meines väterlichen Hauses. Handarbeit und Gewebtes konnte ich damals schon nicht mehr sehen. Ich wartete auf mein Kind und lebte in Erinnerungen.

Der Frühling kam früh, die Gebirgsbäche schwollen an. Der Inachos floss bei Tag und Nacht mit großem Getöse vor meinem Fenster vorbei. Der Fluss Mainalon war über die Ufer getreten, seine schmutzigen Wogen brachten Felsen ins Rollen, als machten herumtreibende Kyklopen einen Ausflug zu den himmelhoch aufragenden

Gipfeln des Armeniades. Die Nächte wurden kürzer, morgens schwebte lauer Nebel über den Wiesen. Vor Einsamkeit sah ich Gesichter und Erscheinungen. Ich hörte das Herz des Kindes, wie es mit dem meinen um die Wette schlug, und dachte, dass Ulysses kein Glück mit seinen Kindern hatte. Vielleicht wollte er sie deshalb immer töten.

Ich glaubte, das Gesicht meines Mannes jetzt klarer zu sehen und auch etwas von seinem Wesen zu begreifen. Gewiss lag in seinem Wesen etwas Göttliches. Auch in seiner irdischen Gestalt. Er bewahrte sich – wie eine vererbte, besondere Fähigkeit – seine göttliche Abstammung. Aber ebenso gewiss war er nicht von solch einem Dämon besessen wie die Dichter, Priester und Künstler, in denen das Volk das Überirdische wittert. Ulysses hatte sein Wesen der Erde hingegeben und empfand kein Heimweh mehr nach dem Olymp. Auch in einer Höhle oder in der Gesellschaft einer irdischen Frau fühlte er sich heimisch. Die irdische Beute versetzte ihn eher in Unruhe als die Aussicht auf jenseitige Freuden. Einen Becher Samoswein schlürfte er lieber als einst den Nektar. Offenbar war es sehr interessant, Mensch zu sein. Mein Mann hatte gewählt … Er erinnerte sich an seinen göttlichen Ursprung, aber nur so, wie ein Verbannter an die Heimat denkt, wenn er in der Fremde eine neue Heimat gefunden hat, in der er sich rundum wohlfühlt.

Weil es meinem Gesundheitszustand und meinem Gemüt förderlich war, ging ich in den kühleren Stunden auf den gewundenen Gebirgswegen von Kapsia und Simiades spazieren. Meist begleitete mich der Dichter. Ich erinnerte mich – ich hatte es noch in Ithaka nebenbei erwähnen gehört –, dass Agamemnon zur Aufsicht über Klytaimnestra damals auch einen Dichter bestimmt hatte. Die Ähnlichkeit der Situationen und Personen ließ mich nachdenklich werden. Ich musste daran denken, dass Amphinomos die Wahrheit gesprochen hatte: Ulysses fürchtete sich wirklich vor mir, vor der Familie, vor seinen Söhnen, vor allen, von denen er glaubte, dass sie ihn mit einem Gefühl, einer Leidenschaft oder einer Situation knebeln könnten. Ich bemühte mich, meinen Mann zu verstehen, jetzt, da ich Grund hatte, ihm zu zürnen. Aber ich konnte ihm nicht wirklich böse sein, und das beunruhigte mich.

»Kein Wunder«, sagte gleichgültig der Dichter, dem ich auf einem unserer Gebirgsspaziergänge mein Herz ausschüttete. »Du kannst deinem Mann nicht böse sein, weil du ihn nicht mehr liebst.«

Er sagte das so gleichmütig, als verkündete er der Welt eine alte und allgemein bekannte Wahrheit. Erschrocken sah ich ihn an. Konnte es sein, dass die Dichter doch Geheimnisse wissen? Ja, es hatte eine Zeit gegeben, in der ich Ulysses böse war, weil ich ihn noch liebte. Jetzt wartete ich nur noch.

Das Kind kam im siebten Monat zur Welt, zu Herbstbeginn. Es war eine Frühgeburt: Aus in der Sonne getrockneten Riedblättern flochten wir ihm einen Korb und wärmten so seinen dünnen kleinen Körper. Ich beugte mich über den Korb und sah mir das Gesicht des Ankömmlings lange an. Mein Stolz verbot mir, meinem Mann von dem Ereignis Nachricht zu senden. Außerdem wusste ich nicht einmal, wo er sich aufhielt. Aus Ithaka bekam ich in diesen Monaten nur selten Nachricht. Manchmal erschien Eumaios mit Schiffern und brachte alles, was ich in meiner dörflichen Umgebung brauchte. Von ihm hörte ich, dass die Wirtschaft daheim zerfiel, weil mein Mann kurz nach meiner erzwungenen Abreise die Insel verlassen hatte. Wieder war die Aufsicht über die Wirtschaft an Mentor und den alten Dolinos gefallen. Doch den beiden, starrsinnigen alten Dieben zerrann alles unter den Händen wie Sand. Telemachos verbarg sich zu jener Zeit geheimnisvoll. Mein Schwiegervater, der ruhmreiche Laertes, hatte kurz nach Ulysses' Heimkehr einen Schlaganfall erlitten und lag hilflos in den unwirtlichen Sälen seines verlassenen Hauses. Die Heimkehr seines Sohnes, die darauf folgenden Ereignisse und der Umstand, dass Ulysses seine Heimat unverständlicherweise wieder verlassen hatte, hatten den armen Alten verhängnisvoll aufgeregt. Von Eumaios wusste ich, dass mein Schwiegervater sich mit keinem Wort nach mir erkundigt hatte und mit der stammelnden Rede der Gelähmten manchmal seinen herumtreiberischen Sohn verfluchte. Diese Nachrichten aus Haushalt und Familie betrübten mich zutiefst. Ich begriff, dass die Götter Ithaka ihre Gunst entzogen hatten.

Eumaios erzählte weiter, dass sich die allgemeine Aufregung in Argos und auf den Inseln inzwischen wieder gelegt hatte. Nach Ulysses' Abreise begnügten sich die blutrünstigen Verwandten meiner Freier mit gelegentlichen Plündereien und damit, dass sie aus unserem verlassenen Haus systematisch die Geschenke der Getöteten zurückstahlen. Unter dem Eindruck all dieser schlechten Nachrichten dachte ich ernsthaft darüber nach, Ithaka in meiner Erinnerung zu begraben und nicht wieder auf die Insel zurückzukehren, wo die Fetzen meines Ehefrauen- und Mutterglücks vermoderten; an Ulysses, die Achäer, an alle und alles, was mir irgendwann Ithaka bedeutet hatte, wollte ich nur noch denken, als wären sie die blassen Schatten des Hades, liebe Verstorbene. All meine Gefühle und meine Aufmerksamkeit richtete ich nun auf den Neugeborenen. Ich überlegte, was wohl Ulysses bei unserem Wiedersehen zu dieser seiner übereilt ins Leben gerufenen Frucht sagen werde. Würde er auch ihn töten im Sinne der Ratschläge aus Delphi und Dodona, oder würde ihn das frühreife, ergreifend traurige Gesicht des Kindes an einen späten, glühenden Augenblick unserer sonderbaren Beziehung erinnern? In Wirklichkeit – in schlaflosen Nächten betrachtete ich lange das Gesicht des schlummernden Kindes – sah Ptolipathos Ulysses nicht ähnlich. Nun, und auch keinem meiner Freier. Hermes war goldblond, das Kind kastanienbraun. Ich spielte mit seinen seidigen Locken, erinnerte mich und rätselte, was Ulysses sagen würde, wenn ich ihm das Kind einmal in den Arm legte.

In solchen Nächten und Morgenstunden, wenn die rosenfingrige Morgenröte in mein trostloses Schlafgemach einkehrte – wo ich in sonderbarer Witwenschaft lebte wie die Priesterinnen der Aphrodite, die alle Geheimnisse der Liebe kennen und dennoch Jungfrauen sind –, in solchen Stunden hatte ich manchmal das Gefühl, als würde sich meine Persönlichkeit von mir abspalten. Ich hatte das Gefühl, als geschähe auch über die alltäglichen Ereignisse hinaus etwas mit mir und meinem Sohn. Als wäre ich durch den Willen meines sonderbaren Mannes oder vielleicht der Götter nicht mehr die Penelope, die ich in Ithaka war, sondern nur mehr ein Begriff. Ich hatte das Gefühl, mein Schicksal habe sich von mir gelöst und sei nicht mehr ganz das meine. An einem goldglänzenden Morgen nach solch einer Nacht fragte ich Theoklymenos:

»Ihr, die ihr über Schicksale singt, wisst ihr, wie ein Mensch aus dem irdischen Leben in die Welt der Sagen hinübertritt?«

»Herrin«, sagte der Sänger, »das ist wirklich ein geheimnisvoller Augenblick. Damit ein Mensch die Grenze seines eigenen Schicksals überschreiten und Gestalt einer Sage werden kann, braucht er übermenschliche Hilfe. Also den Willen eines Dichters oder …«

Er verstummte. Ich kam ihm zu Hilfe:

»Den Segen der Götter?«

»Die Götter«, sagte mein Hausdichter und blinzelte, »mögen es nicht, wenn die Menschen über die irdischen Grenzen hinausgehen und auf den Schwingen der geflügelten Sagentiere in eine Art Ewigkeit eingehen. Die Eifersucht, mit der sie die Arbeit der Dichter beobachten, ist allgemein bekannt. Aber es gibt Menschen, die eine besondere Fähigkeit dazu haben, sich mit den Göttern zu messen. Diese Menschen können ihre Mitmenschen zwingen, sich mit ihnen bei diesem fürchterlichen Unternehmen zusammenzutun.«

»Das sind die Künstler, die Dichter«, sagte ich gehorsam.

»Nein«, sagte er nervös und blinzelte wieder. »Es gibt Menschen, die mit der eigenartigen Wirkung ihres Wesens in uns Künstlern und Dichtern etwas zum Klingen bringen. Sie erheben sich über sich selbst, treten aus der Gewöhnlichkeit und werden zur Sagengestalt …«

»Das sind die Helden«, sagte ich. »Ich glaube, Ulysses ist auch so ein Mensch.«

»Unser hehrer Herr«, sagte der Dichter und sah zur Erde, »ist ein Grenzfall. Gewiss lebt in ihm die Zauberkraft der Helden. Was er berührt, trägt sein Zeichen, und der Mensch, den er hasst oder liebt, bekommt sofort eine Rolle in einer Handlung, die keine alltägliche mehr ist. Zu den Gräbern solcher Menschen pilgern später viele, weil sie glauben, dem Grabhügel, der ihre Leichname bedeckt, entströme heilende Kraft.«

Und als scheue er sich, einer Uneingeweihten die Geheimnisse seiner Kunst zu verraten, murmelte er verlegen noch einige Sätze und trollte sich. Lange sah ich ihm nach. Auch ich selbst glaubte, dass mein Mann eine der Persönlichkeiten ist, die über eine nicht mehr ganz menschliche und noch nicht ganz göttliche Kraft verfügen und ihre Umgebung zu Sagengestalten umformen können. Dieses Bewusstsein erfüllte mich mit einer gewissen angenehmen Nicht-Verantwortlichkeit. Ich fand mich damit ab, dass fortan nicht mehr ich mein Schicksal beeinflussen würde, sondern ein Zwischenwesen zwischen Göttern und Menschen: der Lichtbringer und Held – mein unverständlicher und großartiger Mann.

Das Kind nahm bei strahlendem Sonnenlicht gut zu und entwickelte sich zu einem rundlichen, pummeligen Dreikäsehoch. Im kephallenischen Dialekt stammelte er seine ersten Worte, und manchmal glaubte ich schon, in seinem Gesicht verschwommen die Züge meines herrlichen Mannes zu erkennen. Aber dieser Junge ähnelte ihm nur sehr entfernt. Ich erinnerte mich und errötete manchmal. Mir kam in den Sinn, dass mein Mann nicht mit ganzem Herzen bei der Sache war, als wir dieses Kind zeugten. In dieser Zeit war er mit seinen Gedanken schon ständig woanders gewesen, nicht so wie zu Beginn unserer Ehe, als Telemachos geboren wurde.

So vergingen zwei Jahre. Mantinea wandelte sich für mich langsam zu einer Art unwirtlicher Heimat, die Ithaka nicht ersetzte, aber in der Atmosphäre der Verbannung war es letztlich gleichgültig, wo ich auf meinen Mann wartete. Es ist eine gemeinsame, übereinstimmende Erfahrung aller Verbannten, dass ihr Leben nicht von der neuen Umgebung geprägt wird, sondern von ihren Erinnerungen. Je länger mein Warten sich hinzog, desto stärker spürte ich, dass eigentlich nicht mehr ich lebte, sondern die Rolle, die mein Mann für mich vorgesehen hatte.

Im zweiten Herbst – Ptolipathos konnte schon laufen – stellte sich eines glutglänzenden Morgens zur Zeit der Weinlese wieder Eumaios in Mantinea ein. Seit Monaten hatte ich ihn nicht gesehen. Jetzt kam er mit leeren Händen und einer wichtigen Nachricht.

»Herrin«, sagte er und fiel mir zu Füßen, »der Herr schickt dir eine Nachricht.«

Diese Mitteilung schreckte mich nicht besonders auf. Ich schloss die Augen und horchte in mich hinein, zu den inneren Höhlen meines Bewusstseins, wo die Schatten der Erinnerungen leben. Das große Gesetz der Veränderung hatte sich auch an mir erfüllt. In diesen und den späteren Jahren wartete ich nicht mehr so auf den Lichtbringer wie früher, als ich noch in einem Taumel lebte und mich der betörende, strahlende Glanz seiner Persönlichkeit blendete; in diesen Jahren hatte ich einen Mann erwartet, der heimkommen und Ordnung schaffen würde. Dies war die Zeit der Jugend und der Enttäuschung. Aber dann war die Zeit in ihrem Wagen mit den Flügelrädern auch über mir hingegangen, und ich hatte die Wirklichkeit kennengelernt. Ich wusste, dass der Mann, auf den ich wartete, nicht Ordnung, sondern Unordnung schuf. Deshalb fragte ich nüchtern:

»Wo ist er jetzt?«

»In Thesprotien«, begann der Alte und holte tief Luft, als bereite er sich auf einen langen, aufregenden Vortrag vor. Mit einer Handbewegung bedeutete ich ihm, dass mich die Einzelheiten nicht interessierten.

»Also auf dem Festland«, sagte ich von oben herab, als würde ich die Geheimnisse des in der Ferne Weilenden kennen. »Will er etwas von mir?«

»Er hat um Salz gebeten«, sagte der Alte einfältig. »Männer kamen mit einem tiefen Schiff und überbrachten den Befehl unseres Herrn. Um Salz hat er gebeten, um mehrere Säcke.«

Diese Nachricht überraschte mich. Ich hatte nicht geglaubt, dass er sein Wort halten und sich fernab von

Ithaka mit Monopolgeschäften befassen würde. Freilich war mir schon nach seiner Heimkehr aufgefallen, dass er zwischenzeitlich sonderbar materialistisch geworden war.

»Also gebt ihm Salz aus unserem Lager«, sagte ich großzügig.

»Er hat noch eine andere Nachricht geschickt«, sagte der Schweinehirt und seufzte. »Herrin, dein Schicksal ist schwer.« Mit einem schlauen, hinterhältigen Blinzeln sah er mich aus klebrigen Augen von unten her an.

»Er möchte, dass ich Ordnung schaffe, nicht wahr?«, sagte ich schadenfroh.

»Möchte er das?«, fragte Eumaios naiv. »Ich weiß nicht.«

»Was weißt du dann?«, fragte ich nervös.

»Er befiehlt, dass du sofort heimkehren sollst«, flüsterte er demütig.

Dieser Dienerton regte mich auf. Aber noch viel mehr überraschte mich das Gefühl, das auf diesen Befehl hin aus meinem zerrissenen Herzen strömte. Statt Protest und gekränktem Stolz empfand ich Genugtuung und Erleichterung.

»Ich verstehe«, sagte ich kühl.

Der Schweinehirt sah mich mit erschrockenem, verständnislosem Blinzeln an. Ich richtete mich hoch auf, selbstbewusst und befreit. Nach langer Zeit fühlte ich mich wieder einmal als Frau.

XIV

Dies war der letzte Befehl, den ich von ihm bekam. Aber ich sah ihn erst an dem Tag wieder, an dem er noch einmal heimkehrte, um das letzte Versprechen zu halten, das er mir gegeben hatte, und in meinen Armen zu sterben. Im Grunde war dies das einzige Versprechen, das er hielt.

Ich weiß, über die folgenden Jahre und seine zweite, letzte Heimkehr kursieren in der Welt abenteuerliche und unsinnige Geschichten. Das kann auch nicht anders sein. Die Persönlichkeit meines Mannes, die Prophezeiungen und die menschliche Phantasie webten die Sage, deren Sinn letztlich immer derselbe ist: Der Lichtbringer hat sein Wort gehalten und ist nach Ithaka heimgekehrt. Wieso er heimkehrte, und wie er starb? Das ist die Frage, über die, wie ich höre, jene neuzeitlichen Sklaven in der letzten Zeit viel diskutiert haben, die heutzutage die Geschichten schreiben. Mir kam zu Ohren, in Kyrene habe ein Gelegenheitsdichter aus den wirren Erzählungen eine Sage zusammengeflickt. Es heißt, diese Dichtung sei dürftig. Das Versmaß, der Reichtum der Attribute und der Schwung des Vortrags bleibe hinter dem inhaltlich lückenhaften, aber unter dem Gesichtspunkt der Melodiösität ausgezeichnet klingenden Werk unseres blinden Hausdichters zurück. Es bleibe sogar hinter den Gelegenheitsdichtungen unserer zweitrangigen Hausschreiber Phemios und Theoklymenos zurück, die einzelne Ereignisse unseres Hauses und unserer Familie verewigt haben. Wir in Ithaka achteten zu Lebzeiten meines Mannes immer darauf, dass der Sänger, den wir in unserem Haus aufnahmen und speisten, in möglichst natürlichem Ton und Versmaß sang. Dieser Mann aus Kyrene hat – kurze Zeit, nur einige Jahrhunderte später, als sich die Geschichte von der zweiten Heimkehr des Lichtbringers und seinem Tod noch nicht gesetzt hatte –, wie ich höre, ein Flickschusterwerk vollbracht. Es ist durchaus denkbar, dass in kommenden Zeiten – die es in Wirklichkeit und für mich nicht gibt, aber mit denen die Menschen in ihrer Hilflosigkeit immer rechnen – noch einmal Sklaven kommen werden, die sich in metrischen Versen oder freier Rede wieder der Geschichte des Lichtbringers zuwenden und sie auf ihre eigene, oberflächliche Weise wieder und wieder erzählen. Von solchen Versuchen kann ich schon lange vorher sagen, dass sie unvollkommen sein werden. Die Sklaven, die die Geschichten nicht selbst erleben, sondern nur aufschreiben, kennen die Wahrheit nicht. Nur ich weiß die Wahrheit, die ich die Geschichte erlebt habe – ich und die göttliche Kirke, meine Schwiegermutter und Schwiegertochter.

Ich glaube, es wird am besten sein, wenn ich von den letzten Ereignissen nur das Nötigste erzähle. Meine Familie und das Angedenken des Lichtbringers verpflichten mich dazu. Ja, er kehrte noch einmal heim. Was er wollte? Telemachos sagte, er sei wiedergekommen, um zu töten. So wie alle alten Menschen, bestand auch Ulysses damals darauf, an festen Gewohnheiten, traditionellen Erklärungen festzuhalten … Sicher ist, dass die Art und die Umstände seiner zweiten Heimkehr für diese Annahme sprechen. Wieder kam er unerwartet und verkleidet. Wieder näherte er sich den Ufern Ithakas in Gestalt eines greisen Bettlers. Er war schon alt, neue Ideen führten seine Phantasie nicht in Versuchung, er wiederholte sich. Wieder wollte er Rache wegen der Sünden, Fehler und menschlichen Schwächen, die er selbst begangen hatte, in der Ferne. Ja, vielleicht hatte Telemachos recht: Er wollte wieder töten.

Aber Freier fand er bei dieser Gelegenheit nicht mehr auf der Insel. Nicht etwa deshalb, weil mich der gierige Dämon der Zeit restlos der Schätze meiner Schönheit beraubt hätte. So bin ich nämlich nicht – egal, was der Lichtbringer von gewissen Frauen aus Sparta erzählte, deren Mütter nicht Waldnymphen waren, sondern Göttinnen! Meine Figur hatte sich nicht verändert, meine Augen strahlten auch in diesem Halbwitwenzustand. Freier hätte ich haben können, und ich hatte gehört, dass Amphinomos, der nach unserer schmerzhaften Abrechnung schließlich geheiratet hatte, sich immer noch nach mir verzehrte. Amphinomos! Die Götter hatten nicht zugelassen, dass ich meinen Lebensfaden an einen nüchternen, ehrlichen Menschen band. Vielmehr sollte ich schon während meines irdischen Daseins im Raum der Sage leben. Das ist ein hartes Los, aber ich darf nicht klagen. Wenn die Götter jemandem ein besonderes Schicksal geben, muss er dafür bezahlen. Noblesse oblige.

Ja, er kam heim, verkleidet, um seine Söhne zu töten. Offenbar war das in den letzten Jahren bei ihm zur fixen Idee geworden. Er war heimgekehrt, um Telemachos umzubringen, der sein Schicksal geahnt hatte und einige Jahre lang ständig unterwegs gewesen war, immer auf der Suche nach Nachrichten von dem Fernen. Eines Tages kam Telemachos mit Euryalos zurück nach Hause, dem stotternden Sohn der Euippe, der nicht lange nach der Ermordung der Freier auf dem Festland dem umhertreibenden Lichtbringer geboren worden war. Von diesem Sohn hatte ich zuvor noch nicht einmal gehört. Ein blasser und unruhiger junger Mann war er, und als er sich an Telemachos' Seite nach Ithaka schlich, lebte er verstohlen und mürrisch hier auf unserer Insel. Später hörte ich, dass Telemachos und er sich die Köpfe im Geheimen über sonderbare Pläne zerbrachen. Bei allen Varianten dieser Pläne blieben Ziel und Absicht immer dieselben: Die Jungen suchten nach einer Möglichkeit, wie sie sich von dem Lichtbringer befreien konnten, der sich auch aus der Ferne mit drohendem Schatten über ihr Leben beugte. Leider verbergen sich auch in den besten Familien solche Geheimnisse. In Argos hörte ich oft von familiären Blutbündnissen. Die Menschen sind geheimnisvoll. Manchmal bin ich froh, dass ich nicht mehr bei ihnen leben muss, sondern in die Sphäre der Unsterblichen umziehen durfte. Dieses übermenschliche Leben ist zwar etwas langweilig und eintönig, das stimmt schon. Mensch zu sein ist unterhaltsamer und gefährlicher, als Gott zu sein. Aber ich will nicht philosophieren.

Von seinem Ende will ich noch sprechen. Ich erzähle es kurz, weil das Ende überraschend schnell kam; so unerwartet und schrecklich wie die Stürme, die manchmal mitten im Sommer im weinfarbenen Ionischen Meer entstehen, wenn sich aus dem glatten, friedlich scheinenden Wasser plötzlich ein schrecklicher Trichter zum Himmel erhebt; dieses galoppierende, Gestalt gewordene, zum Himmel ragende Meeresungeheuer fegt alles und alle weg, die ihm in den Weg kommen. So tauchte auch er in unserem Leben auf, zum zweiten und letzten Mal.

Auf der Insel lebten damals schon mehrere seiner Söhne. Außer Telemachos und Ptolipathos, also seinen gesetzlichen Nachkommen, aß an unserem Tisch Euryalos, von dem ich schon gesprochen habe. Oft war Teledapos bei uns zu Gast, der Sohn der kahlen, perückentragenden Nymphe Kalypso. Er behauptete, auch er sei ein Kind meines Mannes, aber seinen Beteuerungen misstrauten wir alle, denn wir konnten an dem Jungen keinen einzigen Gesichts- oder Charakterzug meines Mannes entdecken. Das ist auch kein Wunder, wenn man bedenkt, dass die betagte Frau diesen Jungen in einem Alter zur Welt brachte, in dem auch die ausgebeutete Liebeskraft meines Mannes dem Neugeborenen keine Gefälligkeit und Lebendigkeit mehr verleihen konnte. Öfter kam auch Polypoites auf die Insel, einer der hastig gezeugten Abkömmlinge meines Mannes, der Thesprotier, der damit angab, dass seine Mutter Königin irgendeines abgelegenen Landes sei und Kallidike heiße. Aber um diesen Jungen kümmerte sich niemand. Eines Tages kam aus dem Land, in dem mein Mann mit Salzgeschäften befasst war, ein ausgemergelter Junge auf unsere Insel. Er stellte sich als Dorykles vor und versicherte, auch er sei der Sohn des Lichtbringers: ein jüngerer Bruder von Euryalos. Diesen Jungen konnte ich besonders wenig leiden, obwohl er sogar ein Erkennungszeichen von seiner Mutter Euippe mitgebracht hatte; ich beschloss, dem Lichtbringer gleich nach seiner Ankunft zu sagen, dass er diesen herumlungernden, näselnden und lispelnden, unsympathischen Kerl sofort umbringen solle. Der Junge erzählte auch, dass – nach sicherem Hörensagen – mein Mann unterwegs ein Verhältnis mit einer Tochter des Aiolos hatte. Aber später habe ich nie davon gehört, dass aus dieser Dummheit mit der Windgöttin ein Sohn geboren wäre. Vielleicht fiel der Junge auch nur nicht weiter auf in dem großen Wirrwarr, das die von Zeit zu Zeit auftauchenden Söhne meines Mannes in meinem Haus verursachten.

Zu den Söhnen meines Mannes – zu den ehelichen ebenso wie zu den zufälligen – versuchte ich sanft zu sein. Schließlich waren sie ohne Vater aufgewachsen. Jeder hatte von zu Hause etwas von den Leidenschaften mitgebracht, die in den Herzen der betrügerisch verlassenen Mütter tobten. Die Jungen, die in meinem Haus zugleich zu Gast und zu Hause waren, liefen manchmal wie ein Rudel um mich herum. Dieses sonderbare Schwärmen erfüllte unser Hauses mit dem Zauber der Persönlichkeit des Abwesenden. Alle gehörten wir zu ihm, so oder so, alle empfanden wir eine Gemeinsamkeit mit seinem Blut, und wenn wir – mit Sehnsucht oder Angst – auf ihn warteten, wussten wir zugleich, dass dieses Warten voller gefährlicher Leidenschaften und Schuldbewusstsein ist. Worauf mussten wir uns denn einstellen, wenn der Lichtbringer heimkehren würde? Einmal schon hatten wir die Folgen seiner überraschenden Heimkehr erlebt. Ich wartete, dass er heimkäme, wie er es versprochen hatte: um in meinen Armen zu sterben. Das war alles, was ich noch von ihm erwarten konnte. Die anderen warteten, angespannt und zähnefletschend, darauf, sich endlich von seinen schrecklichen Drohungen befreien zu können. Seine Söhne erwarteten ihn, seine Sprösslinge, die umherstreiften und ab und an gemeinsam in der Rotte grunzten. Sie erwarteten ihn, um ihn zu töten. Aber davon sprachen sie nur im Geheimen, feige, mit gelegentlichen Aufschreien unterdrückter Leidenschaft, wie wenn jemand Schlimmes träumt und im Schlaf spricht. Jedenfalls füllte sich unser Haus in dieser Zeit – während der zweiten langen Abwesenheit meines Mannes – mit den jähzornigen, verborgenen Geistern der bösen Erwartung.

Eines Tages kam er dann heim. Wie er es versprochen hatte. Wie es die Priesterinnen in Dodona und Delphi prophezeit hatten. Wie es die Sibyllen in Cumae, in Eritrea, in Delphi, in Lybia vorhergesagt hatten. Wie wir – heimlich, tief in unseren Herzen – alle gehofft hatten. Und wie wir zugleich gefürchtet hatten, unsere Hoffnung könnte Wirklichkeit werden.

Die Umstände seiner Ermordung will ich nicht ein weiteres Mal beschreiben. Neben den Polizeidaten, die allgemein bekannt sind, hindern mich auch persönliche Aspekte, über alles völlig offen zu sprechen. Sein Mörder – mein geliebter jetziger Mann, der ruhmreiche Telegonos – spricht nicht gern davon, und er mag es auch nicht, wenn seine strahlende Mutter Kirke oder ich, seine treue Frau, davon erzählen. Ich kann nur sagen, dass Telegonos nicht wusste, wen er abstach, als er dem Lichtbringer die spitze Lanze in die Brust stieß. Das ist die Wahrheit. Er handelte blind, tötete in Notwehr. Das erkennt auch die menschliche und göttliche Rechtsprechung an. Alle weiteren Worte hierzu sind überflüssig.

Wovon ich noch sprechen muss, was ich wiederholen muss: seine letzten Worte. Als ich ihn umarmte, als ich seinen blutenden Körper, seinen zerzausten Kopf an die Brust drückte, als ich ihm in die gebrochenen Augen blickte, sagte er mit erkaltenden, blauen Lippen einige Worte. Zuerst – wie immer, wenn er heimkehrte – traf er Verfügungen. Er zeigte auf seinen Mörder, meinen ruhmreichen Mann Telegonos, und sagte:

»Ich erkenne ihn. Er ist mein Sohn.«

Das Blut sickerte ihm aus dem Mund und vermischte sich mit den Strähnen seines herabhängenden Schnauzers und seines grauen Vollbartes. Mit diesem blutenden Mund sagte er zu mir:

»Jetzt sterbe ich. Verrichtet die Opfer vorschriftsmäßig und gewissenhaft. Dann heiratest du ihn.« Wieder zeigte er auf Telegonos.

Wir weinten alle. Aber er kümmerte sich nicht um uns. Mit einigen Worten, in die sich schon Röcheln mischte, befahl er Telemachos, meine ruhmreiche Schwiegertochter und Schwiegermutter, die göttliche Kirke, zur Frau zu nehmen – seine ehemalige Geliebte, die edle Mutter seines Mörders Telegonos. Als er die häuslichen und familiären Angelegenheiten geregelt hatte, stand er plötzlich mit großer Anstrengung auf. In diesem Augenblick interessierten ihn offensichtlich weder die Götter noch die Menschen. Seine Augen waren trüb. Einen Arm legte er mir um die Schulter, mit einer altbekannten, vertrauten und jetzt besonders hilflosen Bewegung. Mit seinen trüben Augen sah er sich um, als wollte er Ithaka erkennen. Aber sein Blick war teilnahmslos und blieb an keiner Person, an keinem vertrauten Detail der Landschaft hängen. So stammelte er mit erkaltenden Lippen:

»Heim!«

Ich erstickte fast an meinem Schluchzen, ich beugte mich über ihn, meine Tränen flossen auf sein wächsern gelbes Gesicht.

»Du bist heimgekommen, hehrer Gebieter!«, flüsterte ich ihm ins Ohr. Doch er winkte ab, dass er es nicht so gemeint hatte. Mit einer kraftlosen Bewegung streckte er die Hand aus. Zwischen zwei Zypressen war die Bucht des weinfarbenen Meeres zu sehen, in der wir in glücklichen Jahren oft gebadet hatten, in der seine Schiffe schaukelten und von der er zu seinen langen Reisen aufgebrochen war. Er zeigte auf die Bucht, und in seinen gebrochenen Augen blinkte für einen Moment wieder Bewusstsein auf. Er sagte laut:

»Das Meer …«

Auf Griechisch sagte er dieses Wort, klar, verständlich, ohne kephallenischen Dialekt. In diesem Augenblick drängten wir uns alle um ihn: ich, seine Frau, seine legitimen und unehelichen Söhne, seine Diener und Diebe, seine Geliebten, die ihm vertraut und die ihn verraten hatten. Auch sein Mörder, mein hehrer Mann Telegonos, beugte sich ergriffen über den Sterbenden. Wir warteten, was er wohl über das Meer sagen werde.

Das Wort verklang in der tiefen Stille wie das Kreischen eines Wasservogels. »Thalatta«, hatte er gesagt. Und nichts anderes. Sein Kopf sank mir auf die Schulter. Der große Erzähler, ich spürte es, der göttliche Lügner, der wunderbare Redner war für immer verstummt. Auch wir schwiegen lange.

Dann brachten wir seine Leiche ins Haus, zündeten Fackeln an und verrichteten die Opfer. Wir begruben ihn am Rand der Bucht zwischen zwei Zypressen, nah am Meer. Seine Gebote erfüllten wir gewissenhaft. Ich heiratete seinen Sohn Telegonos, und Telemachos nahm Kirke zur Frau. Aus Gründen der Wirtschaftlichkeit zogen wir alle vier auf das Gut meiner hehren Schwiegertochter auf der Insel Aiaia, wo die Morgenröte Tanzsäle hat. Hier leben wir. Jetzt habe ich alles über meinen seligen Mann gesagt. Oder jedenfalls alles, was ich sagen kann. Ich glaube, so war er – oder so ähnlich. Aber in Wirklichkeit kann ich nicht wissen, wie er war – ich war ja nur seine Frau.

Zweiter Gesang

Telemachos

I

Mein seliger Vater achtete das Privateigentum nicht. Das ist nur natürlich für einen König.

Als ich mich – während seiner jahrelangen Abwesenheit – manchmal auf den Weg machte, um die Orte zu besuchen, an denen der große Irrfahrer sich kürzere oder längere Zeit aufgehalten hatte, kamen die Zeitgenossen und Augenzeugen, die Gelegenheit gehabt hatten, in seiner Gesellschaft zu leben, nach den anfänglichen Höflichkeiten immer wieder auf eine Sache zurück: dass mein Vater besonders überheblich und vergesslich sein konnte, wenn es darum ging, die gemeinsame Beute zu teilen. Diese Feststellung hörte ich nicht nur von seinen wenigen Kampfgefährten, die aus dem Krieg zurückgekehrt waren und lamentierend klagten, mein Vater habe sie benachteiligt, sondern auch von seinen Gastgebern, ja sogar von einzelnen weiblichen Personen, die zwar Tugendhaftigkeit heuchelten, in Wirklichkeit aber damit prahlten, dass mein Vater irgendwann in ihrem Haus zu Gast gewesen sei.

Diese vorsichtig wispernd vorgetragenen Beschuldigungen kränkten meinen Sohnesstolz. Ich beschloss, den Vorwürfen auf den Grund zu gehen. Deshalb machte ich mich eines Tages auf den Weg. Ich bereiste die Inseln und die Orte auf dem Festland, an denen mein Vater sich längere Zeit aufgehalten hatte. Ich sprach mit seinen Gastgebern, sprach mit allen seinen Kampfgefährten, die am Leben geblieben waren, sprach mit den Achäern, die aus dem Blickwinkel ihrer kleinlichen, provinziellen Lebensauffassung die wirkliche Größe seines Charakters und seiner Persönlichkeit nie begriffen hatten. Ich sprach mit den Frauen, die glaubten, meinen Vater zu kennen, weil der große Verehrer ein paar Nächte oder hin und wieder eine halbe Stunde auf ihrem Lager verbracht hatte. Ich sprach mit seinen Söhnen, meinen richtigen und illegitimen Halbbrüdern, die ihren hehren Erzeuger meist nicht persönlich kannten und mir voller Angst, Eifer und Neugier begeistert all das vortrugen, was sie vom Hörensagen über meinen Vater wussten. Der ungewöhnlich reiche Kindersegen, der dank der Reisen meines Vaters sich überall dort eingestellt hatte, wo der strahlende Herumtreiber sich auch nachts aufgehalten hatte, zwang mich, die Reden all derer mit Vorsicht zu genießen, die murrend und zähnefletschend Forderungen stellten … Aber meine Reisen blieben nicht ergebnislos. Ich wage zwar nicht zu sagen, dass ich, was die Ansichten und Auffassungen meines Vaters zum Privateigentum angeht, jetzt die ganze Wahrheit kenne. Doch die vielen Fragen und Antworten, dann das Kennenlernen der örtlichen Verhältnisse und der direkte Austausch mit meinen legendären Gesprächspartnern haben mich mit einer Art Kenntnis beschenkt.

Das Leben hat es mir verwehrt, längere Zeit in der Gesellschaft meines hehren Vaters zu verbringen. Schon in der Kindheit wurde ich von ihm getrennt, und später traf ich ihn nur zweimal persönlich: als er – nach zwanzig Jahren Abwesenheit – nach Ithaka heimkehrte, um zu töten, und als er – nach erneuten zwanzigjährigen Irrfahrten – nach Ithaka heimkehrte, um zu sterben.

Beide Augenblicke waren großartig, waren seiner würdig, aber zu kurz, als dass ich mir ein wahrheitsgemäßes Bild von ihm hätte machen können, wie es die Ehrfurcht eines Sohnes gebietet. Jetzt, da die Erinnerungen an ihn schon in der geheimnisvollen Lösung der Zeit zerfallen sind, habe ich Gelegenheit, die volle Wahrheit über meinen Vater zu erzählen. Götter, Halbgötter, Männer und Frauen haben zu mir von ihm gesprochen … Helden, Abenteurer, liederliche Frauen, tugendhafte Jungfrauen, Schmuggler, Deserteure und dann andere, Achäer und Phaiaken, Argeier, die sich brüsteten, einstmals Helden gewesen zu sein. All diese vielen Menschen konnten etwas über meinen Vater berichten. Jahr für Jahr verbrachte ich auf Reisen, weil es nicht ratsam war, dass ich in Ithaka blieb: Ich fürchtete, mein Vater könnte nach Hause kommen und mich töten. Meine Furcht war nicht unbegründet. Deshalb bemühte ich mich, diesen fürchterlichen und großartigen Mann kennenzulernen. Frauen flüsterten mir ihre Geheimnisse ins Ohr, Männer warfen mit Beschuldigungen um sich, Najaden und Nymphen sprachen von ihm. Später hörte ich, dass seine Persönlichkeit auch die Phantasie der Dichter beschäftigte. Sicher ist, dass in Argos selten ein Mann gelebt hat, der für eine solche Unruhe in den Hirnen der Männer und den Betten der Frauen sorgte wie mein seliger Vater. Schade ist, dass er mich töten wollte. Sicher ist, dass er wenig Neigung zum Familienleben verspürte.

Die Frauen, die er verlassen hatte, klagten, er sei ein untreuer Liebhaber gewesen. Die Kampfgefährten, die er betrogen oder im Stich gelassen hatte, beschuldigten ihn, ein untreuer Kamerad gewesen zu sein. Meine strahlende Mutter Penelope trug manchmal wortlos, manchmal empört das bittere Schicksal, das der Städtezerstörer ihr zugemessen hatte. Und ich, sein Sohn ... was weiß ich schon von ihm? Vielleicht nur, dass jetzt, da er nicht mehr ist und ihn die rächende Hand des Schicksals ereilt hat, die Welt sonderbar leer für mich ist. Die Erleichterung, die die Nachricht von seinem Tod bei uns Angehörigen auslöste, deren Leben ständig bedroht war, wandelte sich in bittere Enttäuschung. Die Welt wird eigenartig leer, wenn der einzige Mann sie verlässt, der nach dem Willen des Verhängnisses und der Götter unser echter, einziger Feind ist. Ganz besonders leer wird sie, wenn dieser Mann zufällig unser Vater war. Er hat mich gelehrt, dass es sich nicht lohnt, ohne Feind zu leben.

Ich erzähle also, was ich auf den Inseln gehört habe.

II

Mag sein, dass er das Privateigentum nicht achtete. Hat er eigentlich, so frage ich mich manchmal, im Himmel und auf Erden überhaupt irgendetwas geachtet? Seine Kämpfe mit den Menschen und den Göttern haben mich davon überzeugt, dass die Menschen und die Götter sterblich sind. Der eigenartige Zustand, den die Götter als Unsterblichkeit bezeichnen, ist in Wirklichkeit eine ebenso vergängliche Erscheinung wie die kurz bemessene Lebenszeit der Menschen. Mein Vater wusste, dass auch die Götter schließlich sterben wie die Menschen. Sein Herz hatte sich mit diesem bitteren Wissen gefüllt. Es ist sehr schwer, jemanden zu verehren, von dem man sicher weiß, dass er sterblich ist.

Wegnehmen – Ruhm, Gold, Frauen, Pferde, Lanzen, Ochsen und Schafe – konnte er mit leichter Hand, großzügig und beiläufig. Darauf verstand er sich wahrhaft königlich. Vielleicht hatte er das von seinem Großvater, dem berühmten Rossebändiger, gelernt. Aber ebenso leichtfertig konnte er alles fortwerfen, und zwar mit einer einzigen Handbewegung. So schleuderte er die Liebe der Frauen von sich, die Anerkennung der Männer, den eitlen Ehrgeiz, die Beute, ja, eines Tages auch das Wohlwollen der Götter. Das war das Königliche an ihm. Alles, was das Leben gibt, verwarf er mit unerbittlichem Hochmut; aber mit ebenso königlicher Gelassenheit konnte er sich von allem trennen. Das verstanden sie nicht, die Schicksals- und Zeitgenossen, die besitzen und behalten wollten. Mein Vater liebte die Beute und fand Gefallen an der Verschwendung. Doch für den Besitz selbst interessierte er sich nicht.

So warf er eines Tages Helena weg, die einzige Frau, die er vielleicht wirklich geliebt hat … Ich glaube, das kann ich guten Gewissens so sagen. So warf er auch meine Mutter weg, Ithaka, ja, sogar mich, seinen legitimen Sohn, den Erbe seines Thrones. Er scherte sich nicht mehr um seinen Thron. Und um all die Aufgaben und Ehren, die ihm zuteilgeworden waren. Auch von vertrauten Sitten wollte er plötzlich nichts mehr wissen. Er hatte die wunderbare Fähigkeit, sich zu erneuern. Sein Körper, den die Leiden und Mühen der Kämpfe und des Kriegslebens, die Liebesansprüche der Frauen, die Schicksalsschläge des Herrschens und Umherstreifens nicht verschlissen hatten, konnte mit erstaunlicher innerer Kraft Krankheit, Müdigkeit und andere, gefährlichere Übel bekämpfen: die Folgen der eigenen Eitelkeit und Maßlosigkeit. In der Nacht nach seiner Heimkehr nach Ithaka sah ich meinen schlafenden Vater in der Hütte des Schweinehirten Eumaios. Am Abend hatte noch ein hinfälliger, runzliger, alter Bettler zu mir gesprochen. Er schlief tief, vielleicht vor Erschöpfung, vielleicht, weil der einschläfernde Zauber der geheimnisvollen Barke des Alkinoos noch in den Nervenbahnen des Heimkehrers kreiste. Ich sah mir sein fremdes und dennoch bekanntes Gesicht an. Alt war dieses Gesicht, krähenfüßig und verhärmt. Seinen wolligen Bart durchzogen graue Strähnen. Ich bedauerte ihn und fürchtete mich zugleich vor ihm. Ich überlegte, ob ich ihm eine dicke Ziegenfelldecke überlegen sollte, weil es gegen Ende des Winters ging und in Ithaka zu dieser Zeit nachts immer noch Raureif lag. Ich überlegte, ob ich ihn töten sollte, weil ich mich vor ihm fürchtete. Als hätte der Schlafende meine Gedanken gespürt, setzte er sich plötzlich auf der wackeligen Liege auf. Es dämmerte schon. Mein Vater rekelte sich, rieb sich die Augen … dann stand er mit einer leichten Bewegung auf. Und als hätte er im Schlaf die Verkleidung des Alters, des Bettlers, des Dulders abgeworfen: Im Morgenlicht stand nicht mehr der elende, greise Bettler vor mir, sondern ein furchterregender Mann, der heimgekommen war, um – auf grässliche Weise – Gerechtigkeit ergehen zu lassen und Ordnung zu schaffen. Die Arme in die Hüften gestützt, stand er im Morgenlicht vor mir, halb nackt und riesig. Plötzlich hatte er kein Alter mehr. Stumm sah er mich aus der Höhe an. Ich wusste genau, dass er alles verstand und fühlte, was ich in diesem Augenblick dachte. Ruhig sagte er:

»Geh voran! Halte dich bereit und schweige!«

Er gähnte und streckte sich. Und als wäre es die natürlichste Sache der Welt, sagte er:

»Wir machen ihnen den Garaus.«

Er begann, sich anzuziehen. Wann er mir den Garaus machen würde, sagte er nicht. Blass sah ich ihm bei den Vorbereitungen zu. Ein neuer, geheimnisvoller, tiefgründiger Mann war nach Ithaka gekommen, so viel verstand ich. Er pfiff den Hunden, die ihn am Abend zuvor noch verbellt hatten, aber jetzt bereits den Herrn in ihm witterten und schwanzwedelnd mit untertänigem Kläffen herbeieilten, um ihn zu hofieren. Ich begriff, dass mein Vater eine geheimnisvolle Fähigkeit besaß – er konnte sich erneuern, am Leib und in der Seele.

Deshalb gelang es ihm auch, leichten Herzens alles hinter sich zu lassen, worauf Menschen sonst so wahnwitzig beharren. Später verstand ich, dass er nicht nur irdische Güter und weltliche Eitelkeiten mit einer lockeren Handbewegung von sich werfen konnte, sondern dass er sich auch auf das große Geheimnis verstand, wie man ohne innere Gekränktheit die Jugend hinter sich lassen kann. Um diese Fähigkeit beneidete ich ihn. Jetzt, da auch mein Haar grau wird, denke ich manchmal, es wäre ratsam gewesen, diesen Kunstgriff rechtzeitig von meinem seligen Vater zu lernen. Leider habe ich das versäumt. Ich altere gekränkt. Sicherlich sieht er – im Hades, wo er jetzt haust – deswegen mit Verachtung auf mich. Er konnte treulos sein, er konnte sich erneuern. Er konnte unbarmherzig sein, auch gegenüber sich selbst. Er konnte gleichgültig sein … und jetzt, da auch in meinem Leben die Nebelwolken aufsteigen, glaube ich manchmal, klarer zu sehen in der Angelegenheit der Menschen und meinen Vater besser zu verstehen: Vielleicht ist die Gleichgültigkeit gegenüber den Menschen die einzige echte Art des Erbarmens. Wer liebt, fordert. Wer gleichgültig ist, erträgt. Mein Vater ertrug die Schicksalsschläge, so wie er auch die Scherze des Glücks ertrug. Er konnte alt werden. Und er sagte weder noch zeigte er, was er dabei empfand. Ich glaube, das ist das menschliche Geheimnis.

Aber ich will hier nicht philosophieren. Darauf verstehe ich mich nicht, und dann wäre es auch meinem Rang nicht angemessen, da ich ja königliches Blut in mir habe. Das Philosophieren ist Arbeit und daher eine Aufgabe für Menschen niederer Geburt. Mein Vater war König, also philosophierte er nicht. Manchmal erzählte er eine seiner Geschichten, oft log er, und immer handelte er entschlossen. Deshalb genoss man überall, wo er hinkam, seine Gesellschaft, aber zugleich fürchtete man sich vor ihm und mochte ihn nicht wirklich. Die Frauen umschwärmten ihn, hörten sich sein schmeichelndes Schnurren an, ließen sich in seine Arme fallen, badeten ihn, speisten ihn, legten sich in sein Bett … Aber liebten sie ihn? Wenn ich diesen Zweifel ausspreche, dann verlangt der Respekt des Sohnes von mir, dass ich über das Verhalten meiner großartigen Mutter Penelope schweige. Sie ist eine wunderbare Frau, und die Nachwelt ehrt in ihr zu Recht das Ideal der Ehe. Aber ich glaube, meinen Vater hat auch sie nicht geliebt. Obwohl sie nur wenig Gelegenheit hatte, ihn wirklich von Herzen lieben zu lernen, konnte sie sich dennoch niemals völlig von ihm losreißen. Die Frauen erinnerten sich – im Herzen gegensätzliche, manchmal stürmische Gefühle – immer an meinen strahlenden Vater. Besonders die Frauen, die ihm Kinder gebaren und die er dann sofort verließ. Es lebten mehrere solcher Frauen in Argos.

Dennoch bin ich der Wahrheit die Feststellung schuldig, dass unter den vielen Frauen, die kürzere oder längere Zeit in den muskulösen und vielerduldeten Armen meines Vaters lagen, eine war, die er – vielleicht – geliebt hat. Diese Frau war nicht mehr jung. Ihr Name war Kalypso. Sie war eine Nymphe und lebte einsam auf einer Insel. Als ich auf den Spuren meines Vaters umherfuhr, besuchte ich auch diese ältere Dame. Sie empfing mich zurückhaltend, aber später fasste sie Vertrauen und erzählte mir viele interessante Details über den Charakter meines Vaters. Zu Ulysses' besonderen Fähigkeiten gehörte, dass er mit Leichtigkeit die Gunst älterer Frauen und betagter Göttinnen gewinnen konnte. Er war der

Meinung, dass ein Mann ohne die Hilfe bejahrter Frauen und erfahrener Göttinnen weder im Leben noch in der Unsterblichkeit vorankommen kann. Diese Lehre habe ich mir zu Herzen genommen. Meine wunderbare Frau Kirke ist auch nicht mehr taufrisch. Manchmal unterhalten wir uns über meinen Vater, in mondlosen Nächten auf der Insel Aiaia. Es braucht Zeit, bis ein Sohn seinen Vater versteht – wenn es so ein Vater war wie Ulysses –, und später die Frauen, die Männer, die Göttinnen, die Götter. Aber dank der Krumen, die mein Vater auf seinen Irrfahrten fallen ließ und die ich dann aufsammelte, bin ich für den Rest der Zeit nicht mit völlig leerem Tornister unterwegs.

Vieles wusste ich nicht an jenem Morgen, an dem ich an der Seite meines als Bettler verkleideten Vaters nach Ithaka aufbrach, um die Freier zu töten – vieles wusste ich nicht, was ich heute weiß. Es wäre undankbar gegenüber seinem Andenken, meine Erfahrungen zu verschweigen. Wir Menschen von königlichem Blut verbrachten – getreu den edlen Traditionen unserer Familie und unseres Ranges – unser Leben damit, zu rauben und zu morden. Aber jetzt, da ich alt werde, denke ich manchmal, dass es auch andere Arten menschlicher Tätigkeit gibt. Wer weiß, vielleicht ist das Denken ja ein genauso aufregendes und abenteuerliches Unternehmen wie das Handeln. Ist es möglich – ich spreche diese Frage aus, obwohl ich spüre, dass sich nicht einmal die Fragestellung mit meinem Rang verträgt –, ist es möglich, dass das Denken nur eine Art des Handelns ist? Die Dichter, die wir in unserem Haus hielten, wissen etwas darüber.

Das Abenteuer hat offensichtlich viele Gestalten, nicht nur die, die wir königlichen Menschen kennen.

Auf einer meiner vielen Reisen, an einem nach Most riechenden Morgen, lief mein Schiff wieder einmal in den Hafen von Pylos ein, wo mich viele Jahre zuvor – in der unruhigen Zeit, als ich in der Welt die Spuren meines Vaters suchte – der alte Nestor, der Sieger von Gerenia, gastlich empfangen und mit Ratschlägen beschenkt hatte. Der alte Held – auch in der Schlacht vor den Mauern Ilions war er eher ein Weiser und Ratgeber als ein Kämpfer gewesen – nahm mich freundlich auf. Nach dem Mahl lagen wir auf dem schattigen Balkon seines Palastes, und ich musste von Ithaka erzählen, vom wechselhaften Geschick der heimgekehrten Achäer, vom rätselhaften Verschwinden meines Vaters und der erneuten Strohwitwenschaft meiner Mutter. Nestor hörte meine Erzählung mit der gleichmütigen Höflichkeit alter Menschen an. Mit feuchten, blinzelnden Augen sah er in das gedämpfte Herbstlicht. Struppige Palmen wiegten sich im Wind, und ätolische Sklaven führten Tiger und Panther an silbernen Ketten auf den Gartenwegen spazieren. Mein alter Gastgeber hob die knotige, von der Gicht gekrümmte Hand und sagte unvermittelt:

»Mein Sohn, das Abenteuer ist ein großes Geheimnis. Als ich jung war, war ich unterwegs auf der Suche nach Beute wie dieser Tiger.« Er streckte die Hand aus und zeigte auf eine Bestie mit zuckendem Körper. »Aber jetzt bin ich alt und weiß, dass eine Palme genauso abenteuerlich leben kann wie ein Tiger oder Panther.«

Mit seinem gekrümmten Zeigefinger wies er auf eine

hundertjährige Dattelpalme mit sehnig gerilltem Stamm und einer Krone mit tiefgrünen Ästen und rot-gelben Blütendolden. Diese Äußerung des weisen Weggefährten meines Vaters überraschte mich. Aber Nestor achtete nicht auf mich.

»Am Tage kämpft sie mit dem Regen und dem Wind«, sagte er brummend, als spräche er zu sich selbst. »Sie bewegt sich nicht. Aber in ihr steckt eine große Kraft. Das wussten wir nicht, als wir jung waren, dein Vater, ich und die anderen«, sagte er gleichmütig.

Später fügte er noch hinzu:

»Das ist es, was dein großartiger Vater auch heute noch nicht weiß.«

Er machte eine Handbewegung, dass er schweigen will. Er hatte keine Lust, weiter über meinen Vater zu sprechen.

III

Ich schwieg verblüfft; dann verabschiedete ich mich und begab mich auf den Weg. Weiter ging die Reise zwischen den Inseln, auf den Spuren meines Vaters. Der Lichtbringer hatte ganz gewiss keinerlei Veranlagung, sich auf jene weisen Abenteuer einzulassen, die Nestor mit dem Leben einer Palme verglichen hatte. Er war eher ein Panther, ein Gemisch aus Panther und Tiger, witternd, von Blut leicht trunken werdend, ein Geschöpf des Zeus auf der Suche nach Beute. So glaubte ich. Aber später versicherten mir die Frauen, die einmal in seinen Armen gelegen hatten, er sei in Wirklichkeit weder Tiger noch Palme gewesen. Was war er denn?

Ein Mensch.

Jetzt verstehe ich das. Was von meinem Vater in Erinnerung bleibt, hat nicht viel mit ihm zu tun. Er war mehr als die Intrigen, Listen, Übel- und Heldentaten, mit denen die menschliche Phantasie damals sein Andenken herausputzte. Man erzählte sich, mein Vater sei irgendwann – am Anfang der Zeit und der Erinnerung, also am Anfang des menschlichen Bewusstseins – ein Gott gewesen. Es hieß auch, er sei ein Heros gewesen, eine Art Mittelwesen zwischen Menschen und Göttern. Es gab Zweifler, die seine Existenz leugneten und es wagten zu beteuern, dass mein Vater gar nicht gelebt habe, dass er alles in allem nur eine Schattengestalt sei, Vision einer Dichtung. Diese lächerlichen Gerüchte lohnt es nicht einmal zu bestreiten. Aber worüber man nicht redete – vielleicht, weil es unbekannt war, vielleicht, weil es schwer zu beweisen ist –, war, dass mein Vater das erste Lebewesen in unserer Welt war, in dem sich der göttliche und der menschliche Ursprung teilte. Zuvor, in der unklaren und nebligen Sphäre, die man Zeit nennt, waren die Götter noch ein wenig auch Menschen und die Menschen hatten etwas Göttliches. Mein Vater war das erste Wesen, das hier, am westlichen Rand des Mittelmeeres, wo die menschenartigen Menschen leben – also nicht die Laistrygonen, Einäugigen, Fischschwänzigen und andere elende Krüppel, die die östlichen Ufer von Poseidons Reich bevölkern –, unbedingt und mit allen Konsequenzen Mensch war. Sein selbstsüchtiges Verhalten, mit dem er den Geschöpfen und den Göttern gegenübertrat, war unmissverständlich ein menschlicher Charakterzug. Vor ihm war die Welt anders gewesen: tierischer, aber auch göttlicher.

Aber davon zu sprechen ist schwer. Unter den menschlichen Eigenschaften meines Vaters gibt es viele, die wenig anziehend sind. So war er beispielsweise neugierig, und dann auch noch habsüchtig, gierig und beutehungrig. Wie die Menschen im Allgemeinen. Doch er war auch eitel, lüstern, überschwänglich und heimtückisch. Wie die Götter im Allgemeinen. Darüber hinaus besaß er eine Entschiedenheit, eine zu allem entschlossene Zielstrebigkeit – also genau die Fähigkeit, zu der die trägen Tiere und die launischen Götter gleichermaßen wenig neigen. Bei allen Verkleidungen und allem Firlefanz blieb er, der gegenüber allem und jedem treulos war, sich selbst immer treu. Im Osten verstehen sie das nicht. Ich habe die Erfahrung gemacht, dass die Menschen dort Zauberei betreiben, außerdem leben sie gern in Massen zusammen wie die Ameisen und Termiten. Mein Vater war ein Mann des Westens, also liebte er die Einsamkeit, deren höchste Äußerungsform die Persönlichkeit ist.

Ich glaube, mit meinem Vater beginnt eine besondere Erscheinung: der Mensch von menschlichem Zuschnitt.

Als wir die Freier getötet hatten und mein Vater wieder von Ithaka weggegangen war, um – getreu seiner Natur – auf den Nachbarinseln einige leichtgläubige Königinnen hereinzulegen, Kinder zu zeugen, mit denen er danach ständig auf Kriegsfuß stand, und den affenartig eitlen Männern alles wegzunehmen, an dem sie krampfhaft hingen: den Ruhm, ihre gesellschaftliche Rolle, Waffen und Haushaltsgegenstände aus Edelmetall, ertragreiche Industrie- und Handelsmöglichkeiten –, da ging auch ich auf die Reise. Die Ermordung der Freier hatte schlimme Erinnerungen bei mir hinterlassen, eine Art Ekel. Ich verspürte die Notwendigkeit eines Ortswechsels. Der göttliche Mörder war auch bei diesem Unternehmen übermäßig menschlich gewesen. Unter den Freiern – es hat keinen Sinn, das zu leugnen – hatte ich mehrere Freunde. Einige ältere Männer hatten mir in den beiden langen Jahrzehnten, in denen mein Vater von Ithaka fern gewesen war und in der großen weiten Welt gekämpft hatte, tatsächlich den Vater ersetzt. Noch heute schmerzt es mich, dass ich – auf Befehl meines Vaters oder weil es die Kampfsituation gebot – Amphinomos eine Lanze zwischen die Rippen stoßen musste. Zu meiner Freude hörte ich später, dass mein Stoß nicht tödlich war und dieser brave Gutsbesitzer vom Lande die Todesgefahr überstanden hatte, das große Abenteuer, das ihn in den Dunstkreis meiner göttlichen Mutter gezogen hatte. Es tut mir leid, dass meine Mutter von allen Freiern gerade diesen ehrlichen, braven Mann weniger mochte. Seine Annäherungen wies sie immer mit demonstrativer Kälte zurück. Das Herz einer Frau – ganz gleich, ob das der Mutter oder das der Geliebten – ist schwer zu durchschauen. Auch das Wesen meiner furchterregenden und großartigen Frau Kirke und ihr Verhalten mir gegenüber sind Beweis dafür. Obwohl dieses wunderbare Wesen durch den unverständlichen und erhabenen Willen meines Vaters in meinen Armen liegt, habe ich das Gefühl, dass es im Sinne der menschlichen und göttlichen Ordnung vielleicht richtiger gewesen wäre, wenn mein Vater von den Frauen, deren Herzen einst für ihn geschlagen haben, eine andere, eine irdischere und weniger göttergleiche für mich ausgewählt hätte.

Aber die Absichten des Lichtbringers zu verstehen war noch nie einfach. Wir töteten die Freier, und mein Vater ging nach einem kurzen, aber rastlosen Aufenthalt in Ithaka wieder auf die Reise. In dieser Zeit lebte ich auf verschiedenen Inseln, und am liebsten war mir davon Samos mit seinen vielen Bäumen. Die Heimkehr des Lichtbringers und alles, was geschah und woran ich nach seinem grausamen Willen teilnehmen musste, hatte mich völlig durcheinandergebracht. Ich begann mich zu fürchten. Die Angst ist ein duckmäuserischer Ratgeber.

Zu dieser Zeit war die Gestalt meines Vaters schon ins Übermenschliche gewachsen und warf ihren Schatten über die Inseln. Wo immer ich hinkam, hörte ich von ihm. Man sprach von ihm mit Hass, Neid, Angst und Sehnsucht. Mich, seinen Sohn, empfing man argwöhnisch; ich wurde bedauert, aber auch gefürchtet. Meine Lage in der Welt war zwiespältig. Schließlich war ich an einem Massenmord beteiligt gewesen, den mein Vater als legitim bezeichnete. Aber die Welt beurteilte diese Unternehmung nicht so nachsichtig. Und ich, der ich zwanzig Jahre lang wohl oder übel Tischgenosse und Gastgeber unserer ungebetenen Gäste gewesen war, konnte manchmal nur stammelnd auf die peinlichen Fragen antworten, die die Hinterbliebenen der Ermordeten hier und da an mich richteten.

Die Achäer verlangten von mir die Beute zurück, die mein Vater gemeinsam mit seinen Gefährten im Trojanischen Krieg zusammengerafft und dann – so lautete die Beschuldigung – raffgierig in den Höhlen unserer Insel versteckt hatte. Auch diese Behauptung schmerzte mich. Über die Beute erfuhr ich nie die Wahrheit. Mein Vater verstand sich wunderbar darauf, materielle Dinge zu verheimlichen. Er lachte den Achäern ins Gesicht, als sie den Inhalt der mit Wind gefütterten Schläuche bei ihm suchten, die er von Aiolos geschenkt bekommen hatte. So verschwand alles, was er vor den Mauern von Ilion und danach auf seinen Irrfahrten – die später von manchen als gewöhnliche Raubzüge bezeichnet wurden – hier oder dort gesammelt oder geschenkt bekommen hatte. Die Zeit verging, es häuften sich die gezischelten Beschuldigungen, und immer beunruhigter spürte ich, dass der wunderbare Mann für mich, seinen rechtmäßigen Nachkommen und Thronerben, ein geheimnisvolles Wesen geblieben war.

Ich beschloss, diesem Geheimnis auf den Grund zu gehen. Nach kleineren oder größeren Ausflügen in die Umgebung entschied ich mich, der Reihe nach die Personen aufzusuchen, von denen ich annehmen musste, dass sie auch über Klatsch und neidvolle Beschuldigungen hinaus etwas Zuverlässiges über meinen Vater wussten. Ich wollte das Land der Phaiaken besuchen, das Land, in dem mein Vater sich vor seiner tragischen Heimkehr zuletzt aufgehalten. Dort – so hatte ich gehört – hatte er wortreich von seinen Abenteuern erzählt. Ich entschloss mich, nach Ogygia zu gehen und dort zu versuchen, die Gunst der geheimnisvollen Dame Kalypso zu erringen, die meinen Vater sieben Jahre lang in einer Art Liebesarrest gehalten hatte. Jetzt kann ich es ja sagen, zu dieser Reise ermutigte mich auch meine hehre Mutter! Wie jemand, der keine Ruhe finden kann und die Wohnorte wechselt wie ein Fieberkranker die Kissen, irrte ich lange unter den Menschen und Göttern umher, weil in meinem Herzen ein dunkles Feuer glühte – das geheimnisvolle Wesen meines Vaters, das ich kennenlernen wollte. Viele logen, weil sie ihn hassten. Andere logen, weil sie ihn liebten. Aber alles, was ich erfuhr, wiegt nicht die Worte auf, die Kalypso zu mir sagte.

Ich glaube, diese Göttin hatte den wahren Charakter meines Vaters erkannt.

IV

Zuerst fuhr ich zu Alkinoos und den Phaiaken. Dies erwies sich als mühsam. Es war immer schwierig, eine Einreiseerlaubnis für die Insel Scheria zu bekommen. Die Phaiaken waren in ganz Argos dafür bekannt, dass sie Fremden gegenüber misstrauisch waren und heimatlosen Wanderern nicht gern eine Aufenthalts-, Niederlassungs-, Wohn- oder Arbeitserlaubnis erteilten.

Der Besuch meines Vaters auf der Insel und die aus Sicht der phaiakischen Gesellschaft bedeutungsvollen und unheilschwangeren Ereignisse nach seiner Heimkehr hatten den Argwohn und die Abneigung der Einheimischen gegenüber fremden Wanderern nur noch gesteigert.

Ich beschloss, inkognito zu reisen. Ich stellte mir vor, dass ich das Vertrauen der dortigen Behörden und das von Alkinoos' Familie leichter gewinnen könnte, wenn ich meine Herkunft nicht offenlegte. Die Reisen, die ich vorher schon orientierungshalber unternommen hatte, hatten mich nämlich gelehrt, dass es nicht ratsam war, ohne Aufforderung mit meiner Abstammung zu prahlen. Es war mehrfach vorgefallen, dass meine jeweiligen Gastgeber sich aufbrausend und mit unerwarteten Forderungen an mich gewandt hatten, sobald ich mich mit Namen vorgestellt hatte; einige ließen uneingelöste Schuldscheine flattern, andere erkundigten sich, wo sich der Lichtbringer aufhalte, weil sie ihm auf dem Zwangsweg eine Vaterschaftsklage zustellen wollten. Ich wählte eine Verkleidung und ein Pseudonym – ich kleidete mich wie ein Rinderhändler aus Kreta, der Zuchtstiere für die Herden des Minos suchte –, und eines heißen Sommernachmittags, als Helios mit weißem Licht über dem Ionischen Meer brannte, legte ich mit meiner Barke an dem Ufer an, an das – vor vielen Jahren – mein Vater verschlagen wurde. Mit Leukotheas Rettungsgürtel um den Leib war er achtzehn Tage lang auf dem Meer getrieben und hatte dann nach der Wegweisung von Nausikaas schneeweißen Mädchenarmen endlich Hilfe von den Menschen bekommen und Poseidons Rache entfliehen können.

Im Zollbüro empfingen mich unfreundliche Angestellte und überprüften mich argwöhnisch. Ich forderte, sie mögen mich sofort zu Alkinoos führen.

Der Büroleiter, ein wollbärtiger, älterer Phaiake, wurde grob.

»Sperrt ihn in den Stall!«, rief er seinen Mitarbeitern zu. »Was bildest du dir ein, Fremder? Das Ionische Meer ist voller Schiffe von verdächtigen Abenteurern, die Krankheiten und gefährliche Ideen auf unsere Insel bringen. Geh doch nach Aiaia, du östliche Flohschaukel!«, brüllte er zu mir gewandt in unverschämtem Ton. »Dort werden die Fremden im Stall und in Quarantäne gehalten, bis sich ihr wahres Wesen zeigt. Du sagst, du kamst zu uns, um Stiere zu kaufen. Vielleicht bist du in Wirklichkeit ein Schweinehändler und bringst uns die Seuche auf die Insel.«

So schimpfte er. Und ich konnte mich persönlich davon überzeugen, dass die Gerüchte nicht übertrieben waren: Die Phaiaken waren wirklich ein gieriges und selbstsüchtiges Volk mit schlechten Manieren und konnten Fremde nicht leiden. Damals wusste ich noch nicht, dass nach dem Besuch meines Vaters, des vornehmen und fürchterlichen Wanderers, die Fremdenkontrolle auf der Insel Scheria verschärft worden war. Später stellte ich fest, dass die Phaiaken allen Grund dazu gehabt hatten.

Mein Auftreten überzeugte die Inselbewohner schließlich, dass sie es mit einem vornehmen Mann zu tun hatten. Zwei Lanzenträger begleiteten mich zu Alkinoos' Palast.

Auf dem kurzen Weg, der vom Hafen in die Innenstadt und dann vom Stadttor durch einen Park voller subtropischer Pflanzen führte, hin zu dem mit Erzplatten umgebenen, hochbedachten Palast des Alkinoos, wunderte ich mich über die farbige Pracht und den blendenden Reichtum, den ich überall sah. Die Phaiaken, die Söhne dieses meeresbefahrenden, überheblichen und schroffen Volkes, hatten in ihrer Heimat dank des internationalen Handels sämtlichen weltlichen Luxus zusammengetragen. Von der Insel Drepane, von der sie stammten, hatten sie nichts anderes als ihre Grundnatur mitgebracht: den Argwohn und die Berechnung. Entlang der Wege des üppigen Parks mit seinen schwer duftenden Blüten erkannte ich mit Herzklopfen die goldenen und silbernen Hunde, von denen ich schon reden gehört hatte – selbst ein in die Kunst Uneingeweihter konnte an den metallenen Hunden sofort die Spuren von Hephaistos' Meisterhand erkennen. Ich erinnerte mich an alles, was ich irgendwann über die Phaiaken gehört hatte, und begriff, dass dieses Volk die Edelmetalle mochte, es stammte ja vom Blut des entmannten Uranos ab. Aber als ich der Wohnstatt des einstigen Gastgebers meines Vaters näher kam, begriff ich auch noch anderes. Die Ausmaße und die äußerliche Pracht der Wohnhäuser und schließlich des Königspalastes blendeten mich geradezu. Alles verkündete prahlerisch, dass hier kein ländlicher Ziegenhirten-König wohnte, der jeden Abend vor seinem Wohnhaus Gericht hält und seine Untertanen persönlich – mit Stock und Worten – bestrafte, wie es in Argos viele gab, sondern ein reicher und mächtiger Herrscher, der über die Provinzen von zwölf Phaiakenfürsten gebot. Alles war hier anders als bei uns, verführerischer, üppiger als im ärmlichen Ithaka. Das Lapislazuli-Dach von Alkinoos' Palast, seine silbernen Säulen und goldenen Türen glänzten wie eine fieberglühende Sommernacht, wie Mond und Sonne. Wir aus Ithaka, die wir nichts anderes als die Landwirtschaft und Viehzucht kannten, träumten nicht einmal von dem Luxus, der sich dem Wanderer in den Häusern der Phaiaken, der geübten Söhne der Seefahrt und des Handels, überall präsentierte. Während mich die Lanzenträger mitten durch all diese Sehenswürdigkeiten zu Alkinoos führten – herablassend, wie sie mit Fremden immer umgingen –, musste ich daran denken, dass im Herzen meines Vaters angesichts dieser großen Pracht und dieses Glanzes gewiss Mitleid erwacht war mit unserem ärmlichen Ithaka.

Ich dachte jedoch auch daran, dass mein Vater trotz alledem nicht hier inmitten dieser verführerischen Pracht geblieben war – obwohl ich nicht daran zweifelte, dass seine bestechende Persönlichkeit ihm die Möglichkeit dazu geboten und sein bezauberndes Wesen das Misstrauen der Phaiaken besiegt hätte –, sondern dass er sich für die Heimkehr entschieden hatte. Und dann war er wieder fortgegangen … Während ich zwischen meinen Wächtern einherging, konnte ich einen sorgenvollen Seufzer wegen dieser geheimnisvollen Widerspüchlichkeit nicht unterdrücken. Vielleicht würde ich – so hoffte ich – auf dieser reichen Insel endlich etwas Wahres über die Absichten meines Vaters erfahren. Schließlich war dies das Land, in dem mein Vater zum letzten Mal in der großen weiten Welt ausgeruht hatte, bevor er von seinen langen Irrfahrten heimkehrte. Hermes und noch ein göttliches Wesen: die Tochter des Kadmos, die Göttin des

Meeres, die böotische Leukothea – hatten gemeinsam vorhergesagt, dass hier ein Abschnitt der Irrfahrten des Lichtbringers zu Ende gehen würde. Deshalb sagte ich, als ich vor Alkinoos trat, nach der Begrüßung und dem Murmeln allgemeiner Höflichkeiten, ohne Umschweife:

»Alkinoos, Held von heiliger Kraft! Jetzt verstehe ich, dass alles, was ich über die Pracht deines Reiches und deines Palastes überall auf meinen Wanderwegen, zuletzt auf der Insel Ithaka, gehört habe, neben der Wirklichkeit verblasst.«

Alkinoos war ein dicklicher Mann mittleren Alters. Um die Stirn trug er einen Kranz aus Ölblättern. Seine Gesichtshaut glänzte ölig, aus seinen schwarzen Augen leuchteten die Strahlen des Verstandes. Die wohlwollende und natürliche Würde seines Wesens und seiner Sitten wirkte berückend und nötigte mir Achtung ab. Offenbar war er ein Mann, der im Privatleben und in seinem Reich die Ordnung und Ruhe liebte. Aber bei der Erwähnung Ithakas sprang er auf, hob aufgeregt die Arme hoch und rief atemlos:

»Du kommst aus Ithaka?«

»Unterwegs hat mein Schiff auch diese liebliche und bescheidene Insel berührt«, antwortete ich vorsichtig, denn ich sah, dass er sich über die Maßen aufregte.

In dem großen Saal, dessen Wände reich vergoldet waren, erwachte auf meine Worte hin eine sonderbare Erregung. Alkinoos fiel in seinen Lehnstuhl zurück und klatschte zweimal. Kammerdiener liefen, prächtige Türvorhänge flatterten, und Diener reihten sich am Fuß der Säulen auf, als bedeutete die Erwähnung des Namens

Ithaka eine Gefahr in diesem großherrschaftlichen und friedlichen Heim. Ein Kammerdiener fiel vor Alkinoos auf die Knie.

»Wo sind meine Frau und meine Tochter?«, fragte mein Gastgeber.

»Die weißarmige Arete«, antwortete der Kammerdiener immer noch in hockender Stellung, »und die jungfräuliche Prinzessin Nausikaa halten sich im Garten auf und hören dem Lied der buntgefiederten Vögel zu.«

Alkinoos hatte sich inzwischen etwas beruhigt. Im beherrschten Ton eines Mannes von Welt sagte er höflich:

»Ich lasse die Damen bitten!« Der Kammerdiener schickte sich an davonzueilen, doch der König rief ihn zurück: »Warte! Hol auch meine Söhne Halios, Laodamos und Klytoneas!«

Beunruhigt vernahm ich diese Befehle. Als der Kammerdiener sich entfernt hatte, um die Gebote seines Herrn zu erfüllen und die Familie im Saal zu versammeln, wandte sich Alkinoos wieder mir zu.

»Ich sehe, du bist ein gebildeter und welterfahrener Mann«, sagte er höflich, »auch wenn du dich mit dem Viehhandel beschäftigst. Warte mit den Nachrichten, Fremder, bis meine Frau und meine Kinder, die Prinzessin und die Prinzen, hier sind. Du musst wissen, dass du der erste Mann bist, der seit Ulysses' Abreise uns, den geschädigten Gastgebern, Nachrichten aus Ithaka bringt.«

Er sprach finster. Die Schatten tiefer Stille verbreiteten sich in dem prächtigen Saal. So warteten wir eine kurze, aber beklemmende Zeit, bis die Mitglieder der königlichen Familie eintrafen. Die drei Söhne standen schon im Mannesalter. Halios trug einen Bart. Arete war leicht zu erkennen: Mit der natürlichen Erhabenheit der reifen Schönheit betrat sie den Saal und nahm sogleich in einem Lehnstuhl neben ihrem hehren Mann Platz. Nausikaa blieb auf der Schwelle stehen und sah mich lange an. Ihr Blick war sonderbar forschend. Ich wurde verlegen. Die Lage war keineswegs ungefährlich. Alkinoos begann zu reden.

V

»Du musst wissen, Fremder«, sagte er mit würdevoller, tiefer Stimme, in der das Beben unterdrückter Erregung zu spüren war, »dass Ulysses' Aufenthalt und seine Abreise am Anfang einer Reihe großer Unglücksfälle im Leben meiner Familie und meines Volkes standen. Meine wunderbare Gattin Arete«, hier sah er die Königin an, die schuldbewusst den Kopf senkte, »hat mit dem Wohlwollen, das aus den Herzen edler Frauen in jedem Lebensalter spricht, für den Fremden Partei ergriffen. Ebenso tat es meine Tochter Nausikaa«, jetzt war die Reihe an der Prinzessin, den Kopf zu senken, »und allgemein die Frauen an meinem Hof. Alle flehten, ich möge – ohne Rücksicht auf die strengen Vorschriften unseres Landes für die Kontrolle Fremder – Erbarmen mit dem Wanderer haben. Ich gab dem Flehen der Frauen nach.« Er seufzte. »Ulysses verstand sich trickreich darauf, die Herzen der Frauen zu gewinnen … Sogar so reine und edle Herzen, wie sie in der Brust meiner weißarmigen Frau und meiner edelmütigen Tochter schlagen.«

Er sprach langsam und stockend; die Erinnerung an Ulysses regte ihn sichtlich auf. Von Zeit zu Zeit fuhr er sich mit der linken Hand ans Herz, dann winkte er, und ein Diener reichte ihm in einer goldenen Schüssel Lotussamen; mit den Fingerspitzen nahm er ein wenig von dieser Delikatesse und lutschte während unseres Gesprächs das beruhigende Rauschmittel.

Halios, der bärtige Prinz, unterbrach ihn jetzt mürrisch:

»Dieser Windbeutel hat nicht nur die Herzen der Frauen erobert. Er verstand sich auch darauf, die Männer zu betören.«

Alkinoos winkte resigniert ab.

»Wahrhaftig«, sagte er dumpf. »Er hat uns alle mit seinem Zauber belegt. Ich muss sagen, er konnte uns wunderbar zu Herzen reden. Egal, welch hohen Preis wir für unsere Schwäche gezahlt haben, der Abend, an dem er uns von seinen Reisen und Abenteuern erzählt hat, wird uns unvergesslich bleiben.«

»Unsere Sänger unterhalten uns billiger, edler Vater«, sagte der stürmische Halios von oben herab. »Der fremde Eindringling hat schließlich die Rache der Götter über uns gebracht. Ich will gar nicht davon reden, dass unser bestes Schiff vernichtet ist«, und der bärtige, missgelaunte, junge Mann schlug sich wütend gegen den goldenen Brustpanzer.

Neugierig und mit durstigen Ohren hörte ich ihnen zu. Alles, was ich hörte, war neu. Mein Vater hatte sich nach der Heimkehr nur mit ein paar beiläufigen Worten an die Phaiaken und seine Landung auf der Insel Scheria erinnert. Jetzt stand ich hier, in dem Saal, wo der Wanderer einst von seinen Abenteuern erzählt hatte … Hier musste nur sein Name erwähnt werden, und schon kochte der Zorn wieder hoch, der zu einem familiären und nationalen Streit geführt hatte. Laodamos, ein hagerer Jüngling mit Hakennase, rief mit unangenehmer Näselstimme:

»Hehrer Vater, vergiss nicht, dass du es warst, der dem verdächtigen Fremdling unsere erhabene Schwester zur Frau angeboten hat!«

Im Saal war taktvolles Rascheln und Raunen zu hören. Diese Bemerkung hatte eine starke Wirkung auf die Anwesenden. Nausikaa stand bleich da, die glühenden, schwarzen Augen auf mich gerichtet.

Alkinoos senkte den Kopf und bedeckte die Augen mit der Hand. Dann gab er mit ausgestrecktem Arm ein Zeichen, dass die Lärmenden aufhören sollten. So sagte er, der vom Schicksal geschlagene Mann, mit gebrochener Stimme:

»Jetzt hast du die Wahrheit gehört, Fremder. All dies ist so geschehen. Manchmal scheint es, als wären wir in der kurzen Zeit, die Ulysses auf unserer Insel verbrachte, alle, Frauen und Männer, zu Opfern eines hexenhaften Zaubers geworden. Vielleicht hat er in den Höhlen der liederlichen Nymphen, wo er auf seinen Wanderwegen längere Zeit verbrachte, das Zaubern gelernt. Aber es schickt sich nicht, von diesen Dingen in der Gegenwart von Damen zu sprechen.« Er sah seine Tochter an.

Nausikaas Blick war verzaubert und starr auf mich gerichtet, als hörte sie die taktvollen Worte ihres strahlenden Vaters überhaupt nicht.

»Du kommst aus Ithaka«, fuhr Alkinoos fort. »Sprich also, Fremder! Was geschah mit unserem Gast nach seiner Heimkehr, und wie nahmen die Menschen in Ithaka den Heimkehrer auf?«

Ich erzählte alles, was ich in diesem Augenblick für nötig hielt. Meine Rede versuchte ich kurz zu halten. Während ich sprach, füllte sich der Saal nach und nach mit Zuhörern. Ältere Männer kamen, vornehme Phaiaken mit weißen Bärten, Alkinoos' Provinzfürsten, die lange Schwerter an der Seite hängen hatten. Die Botschaft, dass ein Ausländer auf die Insel gekommen sei, der Ithaka gesehen hatte und von Ulysses wusste, beschäftigte die Phantasie der Phaiaken. In tiefer Stille hörten sie meinem Vortrag zu. Ich leugne nicht, dass mir die gespannte Neugier und die allgemeine Aufmerksamkeit wohltaten. Ich spürte, dass durch die bezaubernde Persönlichkeit meines Vaters ich, der namenlose Prinz vom Lande, plötzlich in den Mittelpunkt des Interesses welterfahrener Leute geraten war. Ich sprach in demselben Saal, in dem einst auch er mit dem Klang seiner Worte und der Urtümlichkeit seiner Geschichten die prunksüchtigen, überheblichen Phaiaken verzaubert hatte. Und wie sie einst seinen Worten lauschten, so hörten sie jetzt auch mir zu. Ich spürte, dass ich eine Rolle in der Welt hatte, weil mein Vater es so wollte – dass ich sogar dann eine Rolle hatte, wenn ich verkleidet war. Während ich sprach, hatte ich das Gefühl, Ulysses' Geist spräche aus mir. Ich dämpfte den Tonfall meines Vortrags, weil ich nicht wollte, dass meine Zuhörer die Wahrheit über meine Person herausfänden. Aber in Nausikaas Blick lag ein gnadenloses Strahlen, das mich blendete. Manchmal wandte ich mich ab, um dieses sonderbar fordernde, leuchtende Augenpaar nicht sehen zu müssen.

Als ich mit den Nachrichten über das Schicksal der Freier, dann über den erneuten unerwarteten Aufbruch meines Vaters und den Aufenthalt meiner Mutter auf dem Lande fertig war – über die Entwicklung der Beziehung meiner Eltern sagte ich mit dem Takt eines Sohnes nur das Nötigste –, schrie ein alter Man, ein gewisser Echenos, dessen Wort die anderen mit Respekt hörten, plötzlich auf:

»Der Gast«, kreischte er mit belegter, heiserer, greiser Stimme, »hat erst beim Abschied zugegeben, dass er verheiratet ist!«

Auf diesen Zwischenruf erhob sich im Saal ein Sturm. Mehrere begannen erregt zu flüstern. Alkinoos, der bisher nur wortlos und sehr aufmerksam zugehört hatte, rief seine Untertanen mit einer Handbewegung zur Ruhe. Er lehnte sich in seinem prächtigen Lehnstuhl zurück und sagte nachdenklich:

»Echenos, du hast recht gesprochen. Unser Gast hat in den Stunden, die er unter dem Dach meines Hauses verbrachte, tatsächlich vergessen, rechtzeitig zu erwähnen, dass er verheiratet ist. Ansonsten hätte ich ihm auch nicht die Hand meiner einzigen Tochter angeboten.«

Nausikaas weißes Gesicht wurde bei diesen Worten purpurrot wie ein blühender Strauch im Frühling, wenn ihn die rosenfingrige Eos berührt. Das unruhige Raunen im Saal hörte nicht auf. Alkinoos begann mit erhobener Stimme zu sprechen.

»Was du gesagt hast«, sagte er höflich, aber düster, »hört sich an, als sei es die Wahrheit. Er ist heimgefahren, hat gemordet und sich dann wieder auf den Weg gemacht. Diese Möglichkeiten stimmen mit der Erinnerung an sein Wesen überein. Aber wo ist das Gold und das Salz?« Die letzten Worte sprach er noch lauter.

Das Rauschen im Saal, das während meines Vortrags einmal stärker, einmal wieder schwächer geworden war, ging bei diesen Worten in lautstarkes Rufen über. Einige Phaiaken fingen an zu schreien. Aus dem schrecklichen Lärm waren die Stimmen von Laodamos und dem alten Echenos herauszuhören.

»Das Gold und das Salz!«, schrien sie. »Er hat sich einen Vorschuss in Gold geben lassen und es mitgenommen. Wir haben einen Vertrag geschlossen, dass er fristgemäß Salz liefert. Und jetzt hören wir, dass er aus Ithaka spurlos verschwunden ist! Jetzt können wir ihn suchen wie die Nadel im Heuhaufen!«

So schrien sie. Alkinoos gebot Ruhe.

»Der Wanderer versteht eure Worte nicht«, sagte er würdevoll. »Du sollst die Wahrheit erfahren, Fremder. Alle hier sind Ulysses' Opfer. Sein hochstaplerisches, bestechendes Verhalten betäubte die Urteilskraft meiner Frau und meiner Tochter. Aber seine farbige Rede, seine betörende Vortragsweise betäubte auch die Phaiaken, die im Handel routiniert und erfahren sind. Letztlich ist es kein Wunder, wenn ein weitgereister Abenteurer mit seinem verwirrenden Auftreten ein Wesen mit so einer reinen Seele, wie es meine Tochter ist, blendet. Sie war es nämlich, die den Fremden in meinen Palast führte. Es ist auch nicht unverständlich, dass er mit seinen wohlgesetzten Worten meine Frau betörte, die flehte, wir mögen dem rastlos umherstreifenden Zauberer Quartier geben und seine Bitte erfüllen, ihn in seine Heimat zu geleiten. Erstaunlicher ist, dass so erfahrene Kaufleute, wie du sie hier in diesem Saal siehst, mit ihm einen Vertrag über Salzlieferungen schlossen und ihm einen Vorschuss in die Hand gaben. Jetzt kann ich es ja sagen, die vielen goldenen und silbernen Barren habe ich eigenhändig in die Nischen des Schiffes gelegt, damit sie auf dem Weg nicht verloren gehen.«

Alkinoos bedeckte wieder sein Gesicht mit den Händen, wie jemand, der sich selbst der Erinnerung schämt. Im Saal hörte das erregte Rauschen nicht auf. Auf Echenos' kreischende Fragen musste ich – verlegen und beschämt – gestehen, dass ich auf der Insel Ithaka von keinerlei Befehl gehört hatte, dass eine größere Salzlieferung nach Scheria abgehen solle. Ich wagte nicht, davon zu sprechen, dass mein strahlender Vater das Salz, für das die Phaiaken bereits bezahlt hatten, später noch einmal verkauft und nach Thesprotien transportieren lassen hatte. Als ich die Empörung der Phaiaken sah, bedauerte ich schon, dass mich das Sohnesinteresse und die Ehrfurcht auf die Insel Scheria geführt hatten. Ich hatte den Verdacht, dass ich hier nichts Gutes über meinen Vater erfahren würde.

Nach kurzer Zeit begann Alkinoos wieder zu sprechen.

»Wir sind Männer und Kaufleute«, sagte er mit finsterer Würde. »Wir wollen achtgeben, dass der Fremde, der sich auf unsere Insel verirrt hat, nicht unseren jammervollen Ruf in die Welt trägt. Rinder«, sagte er streng und wandte sich mir zu, »geben wir Fremden nach diesen Erfahrungen nur gegen Bargeld. Das darf dich nicht verwundern, Wanderer!«

Mehrere alte phaiakische Rinderzüchter stimmten seinen Worten lautstark zu. Verlegen murmelte ich, dass ich die Gesetze des Handelslebens kenne und meinen Zahlungspflichten immer nachgekommen sei. In Wirklichkeit zerbrach ich mir den Kopf darüber, wie ich möglichst schnell von dieser Insel verschwinden konnte, wo mein Vater so gefährliche Erinnerungen hinterlassen hatte. Alles, was ich erfahren hatte, riet mir davon ab, meine Identität aufzudecken. Halios, der etwas einfältig blickende, bärtige Prinz – er hatte die unsympathische Gewohnheit, in seiner Wut selbstvergessen an seinem Daumennagel zu kauen –, nahm jetzt den Daumen zwischen den Zähnen heraus und rief:

»Hier hat er gesessen und angegeben!« Er zeigte auf die Mitte des Saales, wo ein Lehnstuhl aus poliertem Gold auf einem prächtigen Perserteppich stand. »Raffgierig war er auch. Ich habe selbst gesehen, wie er die Truhe, in der er die zusammengelogenen und erschlichenen Edelmetalle transportierte, auf dem Schiff mit einem langen Seil festband und mit einem Wachssiegel verschloss. Mit seinem Ring siegelte er das Wachs. Auf dem Ring war ein Zeichen …«

»Ein Delfin«, sagte ich unwillkürlich.

»Ja, ein Delfin!«, brüllte Halios. »Oha!« Er spuckte aus. »Woher weißt du das?«, knurrte er dann argwöhnisch.

Alle wandten sich mir zu, mit fragenden und misstrauischen Blicken. Nausikaas Augen wurden groß und strahlten. Ich spürte, dass ich einen Fehler gemacht hatte. Ulysses trug auf Ring und Schild den Delfin als Wappenzeichen. In meiner Kindheit ist mir einmal ein Unglück zugestoßen – ich fiel in der Bucht von Ithaka ins Wasser und konnte noch nicht schwimmen –, und die Delfine retteten mich. Zum Dank wählte mein Vater den Delfin als Zeichen für Schild und Siegelring. Und jetzt hatte ich mich verplappert.

»Das habe ich in Ithaka gehört«, flüsterte ich.

Alkinoos prüfte mich mit stechendem Blick. Dann erhob er sich von seinem Thron, als wollte er ein Urteil verkünden. Alle im Saal standen auf. Der Lärm und das Rumoren hörten auf. Der edle Mann sagte höflich, aber streng:

»Du kommst aus Ithaka, und nach allem, was du gehört hast, ist auf unserer Insel niemand erwünscht, der von diesem unseligen Ort kommt. Ich frage dich nicht aus, wer du bist, und ich frage auch nicht, mit welchem Ziel du in Wirklichkeit zu uns gekommen bist.«

Die Worte des Fürsten wurden mit zustimmendem Murmeln aufgenommen. Alkinoos fügte hinzu:

»Es tut mir leid, dass du nach den geschriebenen und ungeschriebenen Gesetzen des internationalen Handels und Fremdenverkehrs nicht für längere Zeit Gast auf unserer Insel sein kannst. Warte!« Als ich eine gekränkte

Bewegung machte, hob er die Hand. »Du weißt noch nicht alles. Mein hehrer Vater Nausithoos hat mich davor gewarnt, einen Wanderer aufzunehmen, der den Sohn des Erderschütterers Poseidon geblendet und den Zorn des Meeresgottes auf sich gezogen hat. Ich habe nicht auf seinen Rat gehört. Meine Mildherzigkeit habe ich bitter bereut. Weißt du, dass Poseidons Rache schrecklich war? Wissen sie da drüben in Ithaka, dass mein bestes Schiff vernichtet ist und jetzt hier, zu Stein erstarrt, im Hafen liegt, als ewige Mahnung? Weißt du, dass der rachsüchtige Poseidon, als die phaiakischen Schiffsleute entgegen seinem Verbot den gefährlichen Wanderer heimgeleiteten, beinahe diese Stadt zerstört hätte? Die Erde bebte, ein Berg erhob sich aus dem Meer und wäre vielleicht auf unsere Stadt gestürzt, wenn ich nicht dem Erderschütterer rechtzeitig das Hundertopfer dargebracht hätte.«

Verlegen murmelte ich, dass ich über diese bedauerlichen Folgen von Ulysses' Heimkehr nichts wisse. Klytoneas, der bisher geschwiegen hatte, brüllte erregt:

»Es war unser bestes Schiff, das Poseidons Rache zerstörte wegen des Mannes aus Ithaka! Es war schneller als ein Gedanke! Es brauchte keinen Steuermann! Es konnte auch im Nebel fahren! Es kannte von selbst die Seewege und das Ziel!«

Diese Vorwürfe, diesen prahlerischen Lobpreis des Verlorenen, quittierten die Phaiaken mit zustimmendem Murren. Aber ihr Kopfnicken, das Zwinkern ihrer schlauen Augen, jener Zug um ihre fleischigen Nasen, der ihre Raffgier verriet, brachten mich dazu, ihre Klagen mit vorsichtigem Zweifel zu hören. Wahrscheinlich wollten sie nur vor dem Fremden aus Ithaka den Wert des verlorenen Schiffes erhöhen, denn auch ihre Schadenersatzansprüche – die sie wenig später tatsächlich bei unserem Verwalter Mentor auf der Insel Ithaka einreichten – garnierten sie mit diesen verlogenen Übertreibungen. Das Schiff, auf dem die Phaiaken meinen Vater heimgebracht hatten, war ein gewöhnlicher Zweimaster, der später tatsächlich im Strudel eines plötzlich aufgekommenen Sommersturmes zerstört worden war. Deshalb sagte ich vorsichtig nur, dass ich nicht berufen sei, im Namen der Männer von Ithaka Versprechungen abzugeben, dass ich aber nicht an der Bereitschaft der Achäer zweifelte, Schadenersatz zu leisten. Meine Worte wurden von mehreren alten Phaiaken mit spöttischem, grunzendem, rülpsend klingendem Lachen begleitet. Mit Bedauern stellte ich fest, dass die Achäer – vielleicht gerade wegen ihrer Plünderungen während des Trojanischen Krieges – keinen allzu großen Handelskredit in der Welt hatten. Deshalb – und weil Alkinoos' Haltung unmissverständlich zeigte, dass meine Anhörung zu Ende sei – verbeugte ich mich tief und bat um Erlaubnis, mich zu entfernen.

Zum Abschied wurde Alkinoos sanfter. Forschend sah er mich an: als hätte er etwas verstanden. Mein Auftreten war nicht gänzlich ergebnislos geblieben. Meine Verbeugung erwiderte er mit einem Nicken, dann winkte er einem Kammerdiener, und während er mit seinem Gefolge zum Ausgang schritt, befahl er, mich vor meiner Abreise zu bewirten. Die Prozession zog weg, und ich blieb in dem prächtigen Saal allein mit den Lanzenträgern. Mit verschränkten Armen stand ich dem leeren Thron gegenüber. Ich spürte, dass mein Gesicht vor Scham glühte. Eine Strähne klebte mir an der verschwitzten Stirn. Jeder Tropfen meines königlichen Blutes protestierte gegen die Erniedrigung, die ich gerade erfahren hatte. Ja, ich war verkleidet gekommen, hatte mich verstellt, mich die verschwommenen Fußspuren meines Vaters entlanggeschlichen. Ich konnte niemandem Vorwürfe machen. All das, was ich gehört hatte – das Auftreten und Benehmen meines Vaters auf der Insel Scheria, seine nicht eingelösten Versprechen, sein Prahlen, sein verdächtiges Verhalten im Zusammenhang mit der Salzlieferung –, all das hatte, wie ich mir eingestehen musste, zu Recht das Misstrauen der Phaiaken gegenüber jedem geweckt, der aus Ithaka kam. Aber die Kränkung schmerzte dennoch. Der Kammerdiener trat zu mir und gab mir zu verstehen, dass Alkinoos mich nicht hungrig von der Insel gehen lassen wollte. Diener kamen und brachten ein rundes, goldenes Tischchen, über das sie eine gewebte Purpurdecke breiteten, und Silberschüsseln, in denen wohlschmeckende Speisen, ausgewählte Gänge sich reihten. Kühl sagte ich, dass ich von der freundlichen Einladung keinen Gebrauch machen möchte, und winkte den Lanzenträgern, mich zurück zu meinem Schiff zu begleiten.

Der Kammerdiener verneigte sich verlegen und murmelte bittende Worte. Voller Genugtuung sah ich, dass mein Verhalten nicht ohne Wirkung blieb: Das unfreundliche und unhöfliche phaiakische Volk sollte ruhig lernen, dass es auch in Ithaka echte Herren gab. Die Speisen auf dem gedeckten Tisch blieben unberührt. Ich machte mich mit meinem Gefolge zum Aufbruch bereit, als sich einer der farbenfrohen Türvorhänge des großen Saales bewegte. Weiß und geschmeidig, mit seitlich geneigtem Kopf im hellgrünen Seidenkleid, das mit blausilbernem Glimmer glänzte wie der Schuppenleib der Nereiden, stand Nausikaa in der Tür.

VI

»Iss von unserem Brot und trinke von unserem Wein!«, sagte sie leise.

Ihre Stimme klang sanft und melodisch wie eine siebenrohrige Flöte. Die Phaiakenprinzessin strahlte so eine edle, knabenhafte Vornehmheit aus wie die Göttinnen des Waldes; ihre Erscheinung faszinierte mich.

Nun folgten eigenartige Augenblicke. Nach dem Vorausgegangenen, den groben Reden, den erregten und misstrauischen Beschuldigungen, füllte sich der glänzende Saal mit betörendem Licht und ahnungsvoller Stille. Vom Sims des silbergerahmten Fensters erhob sich eine weiße Taube und flog mit langsamen Flügelschlägen zur Bucht, wo die sinkende Sonne einen Felsen mit goldenem Dunst umrahmte. Die Form des Felses erinnerte tatsächlich an die Reste eines beschädigten, auf der Sandbank zusammengebrochenen Schiffes. Wir beide – die jungfräuliche, göttliche Erscheinung und ich, der bis aufs Blut gekränkte Wanderer – sahen der auffliegenden

Taube nach, und heute weiß ich, dass wir beide dasselbe dachten: Pallas Athene, die treue Freundin unseres Hauses und meines Vaters, die erhabene Beschützerin unserer Familie, war wieder einmal in Gestalt einer Taube über die Landschaften unseres Lebens hinweggeflogen. Die Wut in meinem Herzen erlosch. An ihrer Stelle blieb nichts anderes als Erwartung und verzaubertes Staunen.

Nausikaas Hand flatterte wie die weißen Flügel der Taube. Auf Befehl der Prinzessin verneigten sich alle tief und verließen rückwärtsgehend den Raum. Das junge Mädchen eilte mit schwebenden Schritten zu dem reich gedeckten Tisch. Aus einer silbernen Kanne goss sie Wein in einen Kelch, und mit bloßer Hand reichte sie mir ein mit Räucherlachs belegtes Gebäck. Das Feuer ihrer Augen brannte in den meinen, wie wenn das Wasser des südlichen Meeres am Morgen Helios' Strahlen widerspiegelt. In dienender und dennoch erhabener Haltung stand sie vor mir. Ich spürte den frischen Orangenduft ihres Mundes. Kein anderer Lebendiger hörte ihr Flüstern. Sie hauchte:

»Iss und trinke!«

Ich gehorchte. Als ich den letzten Bissen geschluckt und den Kelch mit dem feurigen Trank bis zur Neige geleert hatte, fuhr sie leise fort:

»Er hat dich mir versprochen.«

Im ersten Augenblick glaubte ich, sie hätte mir etwas in den Wein gemischt und ich sei betrunken. Aber Nausikaas heißes Flüstern hörte nicht auf. Wir standen ganz nah beieinander. Der Duft ihres Mundes und ihres Haares, würziger Balsam südländischer Pflanzen, strömte auf mich ein. Mein Hirn trübte sich. In diesem Moment sah ich nichts anderes von der Welt als Nausikaas Augen, die brannten wie die Augen der Priesterinnen, wenn sie zu Ehren des Dionysos einen Tanz aufführen und ihnen vom Reigen schwindlig wird, weil der Augenblick der Erfüllung schon nah ist. Ihre raschen, seufzerartigen Worte stieß sie so leise hervor, dass sie niemand hören konnte, nur die Götter und ich.

»Er hat dich mir versprochen«, wiederholte sie. »Ich habe dich sofort erkannt. Deine Augen und Ohren …« Sie streckte die Hand nach mir aus. »So stand er vor mir, als er aus dem Gebüsch kam. Gischt und Laub klebten ihm am Körper. Aber seine Augen brannten wie die deinen jetzt. Später sagte er, er könne nicht bei mir bleiben. Er sagte, er könne nicht der Meine sein, weil die Götter etwas anderes befohlen hätten. Er sagte, er habe einen Sohn, der ihm ähnelt und den er eines Tages zu mir schicken werde, Blut von seinem Blut. Er hat dich mir gegeben. An seiner Stelle hat er dich mir gegeben, damit du erfüllst, wozu er nicht genug Zeit hatte. Jetzt bist du hier. Ich habe dich erwartet.«

Sie zitterte am ganzen Leib, ihre Stimme klang verschleiert. Dieses nach Orangen duftende, geflüsterte Geständnis betörte mich. Ich hatte das Gefühl, mit mir spielten Kräfte, die mächtiger sind als der menschliche Wille, und wir beide – die feenhafte, luftige und dennoch mit ihren körperlichen Reizen deutlich wahrnehmbare junge Frau und ich – seien nicht mehr Herr unserer selbst. Als sollte ich fortsetzen, was mein Vater begonnen hatte, und dem Befehl eines erbarmungslosen und boshaften Gesetzes folgen, das der Lichtbringer selbst erlassen hatte. Als wäre ich kein Mann und keine eigene Persönlichkeit, sondern ein Organ vom Körper meines Vaters, das sich von ihm gelöst hat und jetzt den Willen seines Besitzers in der Welt vollstreckt. Ich spürte das zum ersten Mal, zum ersten Mal in meinem Leben. Nicht zum letzten. Verwirrt stammelte ich:

»Was befiehlst du, erhabene Dame?«

Nausikaa sah mich mit schmachtendem Blick etwas schielend an, als wäre sie einer Ohnmacht nahe.

»Ich befehle nicht«, flüsterte sie mit trockenem, rissigem Mund, »ich gehorche.«

Das Silber fiel ihr aus den Händen. Sie wankte, als wäre ihr schwindlig. Mit beiden Händen griff ich nach ihr, um ihren hinsinkenden Körper aufzufangen. Später musste ich oft an diesen Augenblick denken. Kann es sein, dass mein Vater auf seinen Irrfahrten die Geheimnisse der östlichen Schamanen gelernt hat und sich darauf verstand, seinen Willen über Zeit und Raum hinweg geltend zu machen, ihn auf andere zu übertragen? Ich verstehe mich nicht auf diese bösen Zauber. Kirke, meine ruhmreiche Frau, die geweihte Priesterin aller Zauber ist, räuspert sich nur, wenn ich eine Erklärung für diese geheimnisvolle Erscheinung von ihr verlange. Sie sagt, es gebe Zauberworte, deren wirklichen Sinn nur die Frauen verstehen. Vielleicht hat Nausikaa in dem Augenblick, in dem ich ihren ohnmächtigen jungfräulichen Körper umfing, ein Zauberwort geflüstert? Wenn ich Kirke danach frage, lächelt sie sonderbar und schweigt. Dann fürchte ich mich ein wenig vor meiner erhabenen Frau. Ich spreche diese Sache auch nicht gern an.

Gewiss ist nur, dass, als ich – mit einer vorsichtigen und dennoch hastigen Bewegung, denn ich konnte mich nun nicht mehr beherrschen – Nausikaas knabenhaft sehnige und dennoch weiblich geschmeidige Taille umfasste und wir beide das Bewusstsein verloren. Das Blut sprach mächtig wie eine Botschaft in meinem Körper. Das Blut meines Vaters schrie in meinen Gliedern. Rückblickend bin ich sicher, dass Pallas Athene alles um uns herum verzaubert hatte: den Palast, dessen Hausvolk wie durch Zauberhand aus unserer Nähe verschwunden war, sodass niemand den Saal betrat, in dem der fremde Wanderer einen so eigenartigen Abschied von der edlen Tochter des Hauses nahm; die junge Frau, die in diesem Augenblick mich umarmte, aber hinter deren Lidern die Erinnerung an meinen Vater brannte; und mich, den Wanderer, den die Götter dazu ausersehen hatten, auf den Spuren des Lichtbringers zu reisen, fortzusetzen und zu beenden, was er – hier und dort in der Welt – zerstreut oder verlogen angefangen und beiläufig stehen gelassen hatte wie ein großer Künstler ein unvollendetes Meisterwerk.

War das der Moment des Zaubers? Gewiss weiß ich nur, dass Nausikaa, als ich zu mir kam, mit geschlossenen Augen, weiß und rosafarben auf einer mit Purpurstoff bedeckten Liege lag. Ich saß zu ihren Füßen. Wir regten uns nicht. Alles war so plötzlich und unerwartet geschehen, wie Menschen gar nicht entscheiden oder handeln können: Nur die Götter und die Mächte der

Natur können mit so unmittelbaren Befehlen zu den Lebenden sprechen.

»Nausikaa«, begann ich ergriffen, »was mein Vater versprochen hat …«

Nausikaa gab mir mit geschlossenen Augen ein Zeichen zu schweigen. Sie griff mit einer suchenden Bewegung nach mir, und so – mit blinden Fingern mein Gesicht ertastend – verabschiedete sie sich mit sanftem Streicheln von mir. Diese Bewegung war schon die Bewegung einer Frau. Aber mir schoss das Blut ins Gesicht, weil sie mich nicht so streichelte wie eine verliebte Frau einen Mann, sondern wie eine befriedigte Frau ein erschlafftes männliches Glied.

Leise sagte sie:

»Geh!«

Ihre Stimme klang warm, aber erhaben. Ich musste gehorchen. Der Zauber, der der Persönlichkeit meines abwesenden Vaters entströmte, hatte seine Wirkung getan. In diesem Augenblick kam mir der Verdacht, dass Ulysses im Abenteuer den eigentlichen Sinn und Zweck des Daseins sah und zu diesem Unternehmen, das seine eigenen Grenzen ständig überschritt, mich, den Sprössling seines Blutes, und vielleicht noch andere Abkömmlinge als Helfer auserkoren hatte. Ich bekam eine Gänsehaut, bibberte und glühte zugleich. Ich stand auf.

»Sag ihm«, fuhr Nausikaa sanft, mit geschlossenen Augen und einem blassen Lächeln fort, »ich danke ihm, dass er sein Versprechen gehalten hat.«

Dies war das erste und letzte Mal in meinem Leben, dass ich hörte, dass mein strahlender Vater sein Wort gehalten hat. Ich glaubte, die göttliche Frau spotte, und ging rückwärts.

»Denkst du an das Salz?«, flüsterte ich überrascht.

Sie öffnete die Augen. Sie waren tiefgrün und klar wie das Wasser der Buchten von Scheria in der Morgendämmerung.

»Nein«, sagte sie ruhig und setzte sich auf. Sie strich ihr Kleid glatt. Überlegen war sie, unantastbar, königlich. Dankbar und hoheitsvoll sagte sie:

»Ich dachte an dich.«

Sie sah mich an wie einen wohlgefälligen Gegenstand, den der ferne Geliebte als Geschenk geschickt hat. Mondän war sie und fern. Die Welt um mich herum drehte sich. Ich verneigte mich. Nausikaa klatschte leicht in die Hände. Zwei Diener traten ein. Stumm führten sie mich zum Ausgang. Von der Tür sah ich noch einmal zurück. Ich wartete auf ein Wort, einen Abschied, hoffte auf eine Handbewegung, irgendeine Erklärung. Aber das wunderbare Wesen, das noch vor wenigen Augenblicken in meinen Armen gelegen hatte, sah mich nicht an. Außer der Verblüffung spürte ich eine tiefe Verlegenheit. Jetzt machte ich zum ersten Mal die Erfahrung, dass es in der großen Welt tatsächlich etwas Mondänes gab; eine andere Moral und Betrachtungsweise, die wir, die armen, provinziellen, viehzüchtenden Inselbewohner, nicht kennen … Nausikaa hatte einen Silberspiegel erhoben und richtete ihr Haar, gleichgültig, so wie Königinnen vor ihren Dienern baden. Es schien, als hätte ich im Phaiakenland nichts mehr zu suchen: Ich hatte einen Teil der Schulden meines Vaters beglichen, und man hatte mich entlassen. Als ich die Treppen hinab und dann durch den prächtigen Garten zum Hafen ging, strömte mir kalte Gleichgültigkeit entgegen. Es war ein heißer Sonnenuntergang, und dennoch fröstelte ich. So stieg ich auf mein Schiff und befahl den Schiffsleuten, die Segel zu setzen und das Steuer gen Ogygia zu richten. Von den Menschen hatte ich nichts Gutes mehr zu erwarten. Ich beschloss, eine Göttin um Hilfe zu bitten, weil ich nur so die Wahrheit über meinen Vater erfahren konnte. Aber als das Schiff leicht auf dem Wasser dahinglitt, damit ich weiter auf Ulysses' Spuren wandeln konnte, kam mir der Verdacht, dass auch dieser Weg folgenreiche Erkenntnisse mit sich bringen könnte.

Deshalb beschloss ich, mich nicht mehr zu verstellen. Unterwegs legte ich für einige Tage auf der Insel Thrinakia an und schickte Seeleute voraus, die Kalypso mein Kommen ankündigen sollten. Die Göttinnen kann man ohnehin nie täuschen – selbst wenn sie nicht zu den ganz vornehmen Göttinnen zählen und den Olymp nicht betreten dürfen, weil sie auf der Erde bei den Menschen leben wie Kalypso und überhaupt die Nymphen und ihre Verwandten. Die Antwort der göttlichen Frau kam schiffswendend. Sie ließ mir ausrichten, dass sie mich erwarte.

Unterwegs spürte ich eine gewisse Befangenheit. Über die Nymphen wurde in meiner Heimat und überhaupt bei den Achäern mit Hochachtung und Furcht gesprochen. Ich wusste, dass sie in Höhlen wohnen, auf wasserreichen Inseln. Ich hatte gehört, dass sie ihr Lager in der Nähe von Quellen, inmitten der Wälder aufschlagen, dass sie sehr schön sind und sich mit Vorliebe in umherschweifende Götter verlieben, mit denen sie sich in der freien Natur paaren, vor allem mit Apollon, Dionysos, Hermes und Pan. Die ungebundene Lebensweise der Nymphen war allgemein bekannt. Aber meine Mutter, die weise Penelope – aus irgendeinem sonderbaren, nur dem weiblichen Verstand zugänglichen Grund hasste meine Mutter von allen Freundinnen meines seligen Vaters diese alte Nymphe immer am meisten! –, hatte mich auch anderes gelehrt. Von ihr wusste ich, dass die Nymphen in ihrem gierigen Liebeshunger manchmal auch irdische Menschen bedrängen und dass sie nicht nur schöne, junge Männer rauben, sondern Männer im Allgemeinen, ohne Rücksicht auf ihr Alter und ihren gesellschaftlichen Rang.

Auf dem langen Seeweg, der mich von der Insel Thrinakia nach Westen zum Wohnort der Göttin führte, zu der an Süßwasserquellen reichen Insel Ogygia, war uns Poseidon gnädig gesinnt, und auch Aiolos ließ die laut brausenden Winde nicht aus dem Sack. Nach genau achtzehn Tagen Fahrt kam ich in die Nähe des Nabels des Meeres, der berühmten und furchterregenden Toteninsel. Als wir das mit Zedern und Zypressen bewachsene Ufer erblickten, warfen sich meine Schiffsleute auf die Planken des Decks und flehten auf dem Bauch den Wolkensammler Zeus um Gnade an.

In diesem Augenblick verspürte auch ich eine gewisse Beklemmung. Auf dieser Insel, deren dunkle Umrisse sich jetzt finster aus dem tiefblauen Wasser erhoben, hatte mein Vater sieben Jahre lang Sklavendienste geleistet. Überall sah ich Wald, und in der Mitte stieg ein dicker Rauchschwaden zum Himmel auf. Aller Wahrscheinlichkeit nach kam diese Rauchwolke vom Herd der Herrin der Insel, der gefürchteten Göttin. Meine achäischen Schiffsleute stammelten in abergläubischem Entsetzen, dass die Nymphe mit Menschenknochen heize, und weigerten sich, das Schiff zu verlassen. Wir vereinbarten, dass meine Begleiter auf dem Schiff bleiben sollten und ich allein an Land gehen würde. Man erwartete mich bereits. Lakaien von etwas grimmiger Erscheinung, bärtig, aber in hübschen, selbst gewebten Kleidern empfingen mich – einfache Satyrn, wie ich später erfuhr, die im Haushalt der Göttin die Hausarbeiten verrichteten. Diese wild aussehenden, in Wirklichkeit jedoch eher kindlichen Wesen – Satyrn und Silene – sowie ihre weiblichen Verwandten von niederer Herkunft, die Oreaden und Najaden, waren Diener, aber zugleich auch so etwas wie Familienangehörige. Sie lebten auf der Insel wie ärmere Verwandte, die für Kost und Logis im Haushalt arbeiten. Meine Mutter hatte mich gewarnt, dass ich mit den Nymphen und ihrer weitverzweigten Sippschaft nicht vorsichtig genug sein könne: Von ihr wusste ich, dass die Liebe der Nymphen für irdische Sterbliche verhängnisvoll sein kann, weil sie den Untreuen vernichten wie Daphnis und denjenigen, der ihre Liebe zurückweist, gnadenlos beiseiteräumen wie beispielsweise den tugendhaften Einfaltspinsel Philoktetes. Jetzt, da ich auf den Spuren meines hehren Vaters zur Wohnstatt der fürchterlichen Göttin unterwegs war, fielen mir alle mahnenden und besorgten Worte und Ratschläge ein, die ich im Zusammenhang mit den Nymphen jemals gehört hatte. Ich beschloss, meinem Vater in nichts nachzustehen und in der Höhle der menschenfressenden Alten nicht mein Leben zu lassen.

Wieder einmal musste ich jedoch lernen, dass die Wirklichkeit anders ist als die Vorstellung. Anscheinend ist das die Lehre, in deren Besitz ein Kind eines Tages erwachsen wird – das einzelne Kind ebenso wie die kindliche Menschheit. Auf dem Weg, der zu Kalypsos Wohnstatt führte, fiel mir selbst in meiner bedrängten seelischen Verfassung auf, dass die berüchtigte Toteninsel, die als Nabel des Meeres bezeichnet wird und in einem schrecklichen Ruf stand, in Wirklichkeit ein Garten Eden war. Zwischen den Erlen, Zypressen und Eichen beschattete reiches Laub den mit duftenden Kräutern und sattgrünem Rasen bewachsenen Weg, der zur Höhle der Nymphe führte. Vor allem die Eichen betrachtete ich mit Ehrfurcht, denn auf der Insel Ithaka wuchsen keine solchen Bäume, und ich wusste von Mentor, dass die menschliche Rasse ihren Ursprung von diesen mächtigen, weitverzweigten Baumriesen herleitet. Farn, riesige Lianen, Geißblatt und Efeu wanden und schlängelten sich überall und verflochten sich mit dem Laub der Urwaldbäume, die dunkle, feuchte Schatten warfen. Und von allen Seiten war das Rauschen des Wassers zu hören – das Rieseln der süßen, erfrischenden Quellen klang für meine Ohren, die an die verschmachtende, auf Regen lauernde Stummheit des wasserarmen Ithaka gewöhnt waren, als würden die Najaden im Wald mit kristallenen Instrumenten musizieren. Die Fülle, der mürbe Boden, die Üppigkeit der von Süßwasser durchtränkten fruchtbaren Erde fielen einem überall ins Auge – diese Pflanzen- und Wasserpracht war natürlich etwas anderes als der künstliche Reichtum, der einen auf der Insel Scheria empfing. Zwischen dem Laub sah ich manchmal vorbeihuschende Gestalten, weder Schatten noch Körper, und ich erschauerte ehrfürchtig, denn ich vermutete nicht ohne Grund, dass die Ahngeister der Menschheit, die Hamadryaden, die Baum-Geister im schattigen Laub des Waldes dahinhuschten. In Scheria war die Pracht ein Werk von Menschenhand gewesen, angetrieben von dem ränkespinnenden und habsüchtigen Willen der Menschen. Hier schien mir diese andere, erhabene und duftende, aus Pflanzen, Schatten, Licht und Quellrauschen gewebte Pracht nicht von menschlichen, sondern von halbgöttlichen und göttlichen Händen geschaffen worden zu sein. Der irdische Wanderer konnte sich auf dieser vom menschlichem Willen noch unbezähmten Insel, wo die Erde den Sterblichen noch nicht diente, nur als verlegenen und geduldeten Ankömmling betrachten. Die Wälder, Gewässer, Bäume und Vögel führten hier noch das andere, unverdorbene Leben, das vor dem Erscheinen des Menschen für die Elemente der Erde natürlich gewesen war.

Göttliche Pracht war dies, ohne menschliche Schnörkel. Ich begriff, warum man die Nymphen als Meisterinnen der Web- und Spinnkunst bezeichnete, denn die Spuren ihrer Hände zeigten sich auch in den meisterhaft zu Figuren geflochtenen Lianen und Farnen. Wir kamen an Höhlen vorbei, und zwischen meinen wortkargen, aber braven Begleitern hatte ich Zeit, in die von feurigem Mittagslicht erstrahlten Felslöcher hineinzuspähen: Hier sah ich wunderbare Kunstwerke, die aussahen, als würden funkelnde Steine an der Wand herabtropfen, in Wirklichkeit aber aus erstarrten Steinfäden geflochten waren.

Die Nymphen hatten aus Pflanzen, aber auch aus Steinen sonderbare, verspielte Figuren geschaffen, geheimnisvolle Teppiche gewebt. All diese herrliche Pracht diente dem Wohlergehen eines einzigen Wesens, der berühmt-berüchtigten Kalypso. Als ich mich der Wohnstätte der Göttin näherte, dachte ich ergriffen und ehrfürchtig daran, dass ich zum ersten Mal Gast bei einem göttlichen Wesen sein würde und dass ich auch diese besondere Gnade meinem Vater zu verdanken hatte.

Die vier Quellen, die den mit üppigem Rasen bedeckten und mit tieffeurigen, bunten Blumen bepflanzten Garten wässerten, verrieten sich schon von Weitem durch ihr kristallklingendes Sprudeln. Ich ging vorsichtig, denn meine erhabene Mutter und einige der Freier, die damit prahlten, auf ihren Wanderfahrten für kürzere oder längere Zeit Gefangene der Nymphen gewesen zu sein, hatten mich auf die Gefahren hingewiesen, die in der Gegend der Quellen auf arglose irdische Wanderer lauerten. Mit niedergeschlagenen Augen ging ich voran, denn ich wusste, dass man die Schatten, die um die Quellen herum baden, nicht überraschen darf: Wer sie bei ihren selbstvergessenen Belustigungen belauscht, den beißen sie und spritzen ihm das Gift des Verderbens ein. Ich wollte nicht auf Kalypsos Insel zugrunde gehen und achtete daher darauf, vorsichtig über die schmalen Bäche zu steigen, damit mein Fuß nicht das klare Quellwasser verunreinigte – es ist ja allgemein bekannt, dass nicht nur die Töchter des Salzwassergottes Okeanos allen zürnen, die grundlos die Tiefen des weinfarbenen Meeres aufwühlen, sondern dass es auch die weiblichen Nachkommen des Acheloos, des Herrn des Süßwassers, nicht dulden, wenn jemand das Quellwasser stört. Mit niedergeschlagenen Augen und vorsichtigen Schritten ging ich also auf die Höhle der Göttin zu. Wir waren ihrer Wohnstatt, aus deren Dachöffnung sich eine Unheil verkündende, furchterregende Rauchwolke zum tiefblauen Himmel hinaufwand, schon ganz nahe, da pfiff plötzlich ein Pfeil an meinem Ohr vorbei. Erschrocken fuhr ich zusammen, doch meine struppigen, wortkargen, im Grunde aber braven und wohlgesonnenen Begleiter beruhigten mich mit einem brummelnden Lachen, ich solle mich nicht fürchten: Der Pfeil war nicht für mich bestimmt. Und tatsächlich lief mit schnellen, eher schwebenden Schritten, weiß verschleiert und mit dem Bogen in der Hand, eine Schar von Oreaden an uns vorbei, gefolgt von kläffenden Jagdhunden. Die anmutigen Jägerinnen, die Begleiterinnen der Artemis, würdigten uns keines Blickes, sie waren hinter einer jungen Hirschkuh her, ihr jugendliches Lachen vermischte sich mit dem gläsernen Rauschen der Quellen.

Als die Schar dieser bezaubernden Wesen im Dickicht des Waldes verschwunden war, kam ich wieder zu mir und sah mich um. Aus finsteren, schwarzen Felsen war das Tor errichtet, das zur Vorhalle vor Kalypsos Höhle führte. In der Höhlenöffnung stand eine hochgewachsene, würdevolle weibliche Gestalt, an den Schleier ihres Schleppkleides klammerte sich ein zehnjähriges, dunkel gelocktes Bürschchen mit etwas einfältigem Blick. Mein Herz pochte, ich schluckte trocken. Ich erkannte Kalypso.

VII

Die göttliche Frau sah mich einige Augenblicke wortlos an. Ihr Blick war ernst und streng.

»Du bist das«, sagte sie eisig. »Tritt näher!« Jetzt klang ihre Stimme wohlwollender. »Teledapos, begrüße den Onkel!« Auf die Aufforderung hin versteckte sich der Junge zwischen den Falten des Gewandes, das seine hehre Mutter trug, und streckte mir von dort die Zunge heraus.

An der Seite der Hausherrin betrat ich die Höhle, die sieben Jahre lang das Gefängnis meines Vaters gewesen war. Kaum war ich über die Schwelle getreten, wich ich überrascht bis an die Wand zurück. Der Anblick, der sich mir bot, die Einrichtung von Kalypsos Heim, die überquellende Pracht, die mich im Empfangszimmer der berühmten Nymphe empfing, änderte schlagartig meine Vorstellungen von Kalypso und den Nymphen im Allgemeinen. Überall sah ich olympischen Prunk und zugleich ausgewählte, überaus vornehme irdische Bequemlichkeit. Die Wohnstatt, die von außen als Höhle getarnt war, verwandelte sich in den inneren Räumen in das lustschlossartige Heim einer von himmlischen und irdischen Ansprüchen verfeinerten Frau. In dem aus rohen Natursteinen kunstvoll zusammengesetzten Kamin loderte ein dunkelrotes Feuer; offenbar war dies die Feuerstelle, deren finstere Rauchwolke meine Schiffsleute so abergläubisch entsetzt angestarrt hatten. Harzige, duftende Tujascheite flammten zwischen den edlen bronzenen Feuerhunden. Vor dem Kamin standen Liegen, mit meisterhaft bearbeiteten Tierfellen bedeckt, ein niedriger Tisch aus phönizischem Glas, Lehnstühle mit hellgrünen und hellblauen, schuppigen und lederartigen Bezügen. Das scharlachrote, geheimnisvolle Licht des Feuers vermischte sich mit dem goldblauen Schimmern eines eigenartigen, unsichtbaren Leuchtkörpers, das den ganzen Raum erfüllte. Wir standen reglos da. Kalypso beobachtete mich, ich sah verlegen woandershin, weil ich spürte, dass ihr forschender Blick Spuren der Ähnlichkeit mit meinem Vater an mir suchte. Ich sah mich um, als suchte ich die versteckte Lichtquelle im Zimmer, die die Luft des Raumes mit flirrenden blauen und goldenen Körnchen zu füllen schien. Kalypsos strenger Gesichtsausdruck wurde milder. Auch Teledapos hatte aufgehört, mir die Zunge herauszustrecken.

»Du bewunderst das Licht«, sagte die göttliche Frau mit tiefer, etwas männlicher, aber nicht unangenehm klingender Stimme. »Alle unsere Besucher überrascht diese Beleuchtung.« Zufrieden sah sie sich um. »Mein Vater Atlas schickt diesen Leuchtstoff für unseren Haushalt, meine Diener füllen ihn auf der Insel der wilden Ziegen in große Behälter, in einer Höhle voll salzigem

Wasser und goldblauem Licht. Eine nützliche und angenehme Beleuchtung«, sagte sie beiläufig im routinierten Ton der guten Gastgeberin. »Ruh dich aus, Telemachos!« Sie wies auf einen der mit blassblauem Leder überzogenen Lehnstühle.

Sie selber nahm gegenüber dem Feuer auf einem Diwan Platz. Vor Verlegenheit wagte ich nicht, meine Augen auf die Göttin zu richten. Ich tat so, als interessierte mich die Einrichtung des üppigen Raumes, und sah mich im Zimmer um. Während ich umherschaute, fühlte ich den aufmerksamen, äußerst interessierten, aber jetzt spürbar nicht mehr feindlichen Blick der Hausherrin auf mir. Die Situation war sonderbar. Von Teledapos' Existenz hatte ich schon von meiner strahlenden Mutter gehört. Wie an allem und jedem, was Kalypso gehörte, hatte meine Mutter auch an diesem Kind etwas auszusetzen, sie nannte es dämlich. Unauffällig, aber neugierig prüfte ich das Gesicht des Jungen, ob ich an dem Kind eine Familienähnlichkeit feststellen könnte. Seine Ohrläppchen waren länglich wie die meines Vaters und die meinen. Aber sein fleischiger Mund, die Hakennase und die sonderbar zusammengewachsenen Augenbrauen waren Erbe seiner Mutter.

Die Spannung der ersten Begegnung löste sich nur schwer. Kalypso schwieg, als hätte sie mit Erinnerungen zu ringen und fände nicht sogleich den rechten Ton für eine Unterhaltung. Ich war ihr Gast. Aber war ich nicht auch mehr und anderes als ein Gast? Schließlich war in meiner Person ein Verwandter in ihr Haus gekommen. Nun ja, kein Blutsverwandter ... Doch das Blut, das in meinen Adern floss, hatte in den Liebesnächten vor sieben Jahren ihren Körper durchströmt, und der lebende Beweis stand hier vor mir, Teledapos, mein Halbbruder, mein Verwandter! Während wir schwiegen, versuchte ich, Kalypsos Gefühle und Gedanken zu erahnen. Alles, was ich von ihr wusste – und von der Beziehung zwischen den beiden, meinem Vater und der Nymphe –, ließ mich vermuten, dass im Herzen der Hausherrin widersprüchliche, stürmische Gefühle tobten, jetzt, da ihr der Sohn Penelopes und des Lichtbringers unter die Augen trat.

Ich gab mir Mühe, mich bescheiden, der Situation angemessen, mit natürlicher Höflichkeit zu benehmen. Mit keinem Wort erwähnte ich das Ziel meines Kommens. Ich nahm an, dass die göttliche Nymphe die Geheimnisse der menschlichen Herzen und die verborgenen Gedanken der Leute kannte. Wahrscheinlich waren ihr die Absichten meines halb verwandten Herzens und Verstandes noch viel unmittelbarer vertraut. Mein Verhalten war nicht unangebracht. Die Nymphe stützte die meeresschaumgleichen Arme auf die mit der grünen Seidenschleppe bedeckten Knie und beobachtete mich so, ihr gepflegtes, kluges Gesicht ruhte dabei in den Händen mit den dunkelroten Nägeln. Sie wirkte nach langer Betrachtung und Beobachtung milder gestimmt. Seufzte und lächelte. In der kurzen Zeit zwischen meiner Ankunft und diesem Augenblick hatte meine Gastgeberin offensichtlich Frieden mit mir geschlossen.

»Du bist sicher hungrig«, sagte sie höflich in einem mütterlichen Ton, der auf ehrliches Wohlwollen schließen ließ. »Hungrig und erschöpft. Der Weg ins Reich meines erhabenen Vaters, des großartigen Atlas, ist ermüdend für irdische Sterbliche. Das weiß ich von deinem Vater«, sagte sie etwas kokett und blinzelte. »Vor allem erhole dich, mein Sohn!«

Sie schüttelte eine fein ziselierte goldene Klingel, die auf dem Glastisch bereitstand. Nereiden traten ein, mit Körperbewegungen, die eher an Fische und mit Flossen dahinschwebende Wasserwesen erinnerten als an Menschen. Ich sah diese geheimnisvollen Wesen zum ersten Mal und beobachtete sie mit pochendem Herzen. Sie hatten blaugrüne Haare … Fremd waren sie, und dennoch konnten sie Sehnsüchte wecken wie irdische Frauen. Das Haar einer jungen Nereide schlug lange, sanfte, blaue und grüne Wellen wie das Meer, wenn der Morgenwind es kräuselt. Kalypso bemerkte meinen Blick und lächelte.

»Galateia«, sagte sie zu der Schönhaarigen, »unser Gast bewundert dein Haar. Glyke und Doso«, sie wandte sich an zwei andere Nereiden, »sorgt dafür, dass in unserem bescheidenen Haus auch die anderen Sinnesorgane des Sohnes des Lichtbringers nicht hungrig bleiben.«

Die Nereiden nahmen ihre Worte mit Lachen auf, aber dieses Lachen glich eher den Trillern einer gläsernen Flöte als dem Gelächter irdischer Frauen. Galateia sah mich geheimnisvoll an. Sie schob einen gläsernen Schemel vor meine Füße, während Glyke und Doso einen kleinen Tisch sowie Schüsseln und Krüge brachten. Zu meiner Überraschung sah ich, dass sie für Kalypso auf einem anderen Tischchen deckten und dass der Hausherrin auf einem Silberschälchen nur einige Löffel Ambrosia gereicht wurden, während sich vor mir allerlei Schüsseln mit leckeren Bissen häuften.

»Iss, Telemachos«, sagte die Göttin, »fühl dich zu Hause in meinem Heim, in dem auch dein Vater keinen Mangel gelitten hat.« Sie seufzte, und ihr üppiger Busen erzitterte. »Verzeih, dass ich nicht mithalte, aber mein göttlicher Rang verbietet mir den Verzehr irdischer Speisen. Außerdem verbietet ihn auch mein Arzt, der streng auf meinen Speiseplan achtet. Ich will nicht abnehmen«, sagte sie und führte mit ihren feinen Fingern etwas Ambrosia zu den purpurnen Lippen, »es schadet aber auch nicht, wenn ich auf mein Gewicht achte. Dein Vater hat auch immer gesondert gespeist.« Sie seufzte wieder.

Die Nereiden bedienten uns stumm. Ich war hungrig und begann wortlos zu essen. Die Qualität der Küche überraschte mich. Der junge Kürbis, der zum Fleisch des Milchlammes aufgetischt wurde, schmeckte wie das vornehmste Gemüse. Ich erinnerte mich, dass mein Vater nach seiner Heimkehr die Qualität der heimischen Küche gerügt und mit diesen seinen Bemerkungen das Selbstbewusstsein meiner hehren Mutter und Hausherrin empfindlich verletzt hatte. Aber jetzt, da ich die geschmackvolleren Speisen aus Kalypsos Küche genoss – Haifischflosse mit Oliven und Eiersauce, Lerchen in Majoran, die mir die schönhaarige Galateia, auf einem Olivenholzspieß aufgereiht, in einer silbernen Schüssel darreichte, Büffelkäse mit orientalischen Gewürzen, Anis und Pfeffer, Mürbegebäck mit Honig, Nüssen, süßer Milch und Trockenobst –, jetzt musste ich fürwahr anerkennen, dass Kalypsos Küche erlesener, edler als unsere heimische war. Mein Vater hatte in der Gefangenschaft offensichtlich nicht gedarbt. Besonders in der Gefangenschaft von Frauen verstand er sich darauf, in keinem Sinne hungrig zu bleiben. Als die schönhändige Glyke – ihre Hände glichen eher edlen Fischflossen als weiblichen Gliedern – mir den goldenen Krug voller Wein reichte, der dem schwarzen Blut glich, das bei Stieropfern auf den Altar fließt, griff Teledapos, der bislang in Kalypsos Nähe gestanden und seiner erhabenen Mutter ab und an das eine oder andere Stückchen Ambrosia stibitzt hatte, gierig nach dem edlen Trank. Kalypso schlug ihm auf die Hand.

»Ab ins Bett!«, rief sie streng. »Was soll der edle Gast und hehre Verwandte bei solchem Benehmen denken?«

Der Bengel fing an zu heulen. Zwei ältere Nereiden traten ein und zerrten das unartige Bürschchen aus dem Zimmer. Kalypso rief ihnen hinterher:

»Ploto, hör zu!« Eine Nereide wandte sich jetzt zu ihrer Herrin um. »Pass auf, dass der Junge ordentlich zu Abend isst. Achte darauf, dass er im richtigen Verhältnis göttliche und menschliche Speisen erhält, wie es seiner Natur und seinem Rang entspricht. Und du, Kalyka«, jetzt wandte sich eine andere ältere Nereide, deren Gesichtshaut schon etwas schuppig war, von der Schwelle zurück, »bade ihn vor dem Schlafengehen. Achtet darauf, dass ihr das Meerwasser anwärmt, denn die menschliche Materie meines strahlenden Sohnes erkältet sich leicht. Gießt etwas von der Silberlösung ins Wasser, die man uns von der Insel Kos aus der Apotheke des Asklepios geschickt hat: Diese Lösung soll seine Nerven stärken. Reinigt ihm auch gründlich die Ohren und die Nägel! Wenn er schläft, werde ich nach ihm sehen«, sagte sie mit milderem Ton und schickte dem Jungen ein wehmütiges mütterliches Lächeln hinterher.

Als die alten Wasserwesen ihren sich sträubenden und strampelnden Zögling weggeschleppt hatten, wandte sich Kalypso mit einem entschuldigenden Lächeln an mich.

»Verzeih mir«, sagte sie freundlich, »dass ich dich mit so familiärer Vertrautheit empfangen habe. Aber ich wollte, dass du schon bei deiner Ankunft deinen Halbbruder kennenlernst. So ist er eben.« Mit einer etwas müden Bewegung hob sie die Hand in Richtung des sich Entfernenden. »Das Kind ist nervös, was kein Wunder ist, wenn man bedenkt, dass er seinen Vater kaum gekannt hat und gezwungen ist, einsam, ohne Spielkameraden in der Gesellschaft von Frauen zu leben.« Besorgt fuhr sie fort: »Mehr beunruhigt mich, dass er offensichtlich eine Neigung zum Genuss von Rauschmitteln und Weinen hat. Das ist das väterliche Erbe.« Ihr Ton war streng geworden. »Du musst wissen, mein Sohn, als dein Vater hierherkam, hat sein unbezwingbares Verlangen nach den südlichen Weinen in meinem Keller meinem Herzen viele Sorgen bereitet. Ich versuchte, ihn an den Göttertrank, den roten Nektar, zu gewöhnen, der auch berauscht, aber der Leber nicht schadet …« Wieder seufzte sie. »Aber alles war vergeblich. Ulysses hielt an den irdischen Getränken fest. Diese Neigung hat sein Sohn geerbt.« Bei diesen Erinnerungen verschleierte sich plötzlich ihr Blick. »Trinkt dein Vater immer noch?«, fragte sie dann leise und vertraulich und beugte sich vor.

Wahrheitsgemäß antwortete ich, dass mein Vater zweifellos auch jetzt noch die feurigen Weine liebe, dass er diese aber maßvoll und in solchen Mengen zu sich nehme, wie sie seiner Mannesnatur angemessen sind. Kalypso achtete besorgt auf jedes meiner Worte.

»Das richtige Maß«, sagte sie mit einem wehmütigen Lächeln. »In Gesellschaft deines Vaters ist es schwer, Maß zu halten. In der Freude wie in der Trauer, in der nüchternen Schläue wie im Rausch … in allem zeichnet er sich durch etwas Grenzenloses aus.«

Ihre Stimme klang leidenschaftlich und traurig. Mit den Fingerspitzen wählte ich unter den knusprig gebratenen Lerchen und sah Kalypso nicht an, weil ich fürchtete, sie mit meinem fragenden Blick in der Verzückung der Erinnerung zu stören.

»Mein Vater, der erhabene Atlas«, fuhr Kalypso fort, »kommt, wenn er gerade nicht das Himmelsgewölbe auf den Schultern trägt, am Wochenende manchmal hierher, um sich zu erholen. Er sagt, dass Ulysses vom Unglück verfolgt ist, weil er seine Leidenschaften und seine Neugier nicht zügeln kann. Auch meine Großmutter, die strahlende Klymene, hat sich von ihrem hohen Wächterplatz nach unserer Beziehung erkundigt. Und mein Onkel Prometheus …«

»Wie!«, rief ich erregt, in der Hand eine fetttriefende Lerche, »der göttliche Leberkranke ist ein Verwandter von dir?«

»Mein Sohn«, sagte Kalypso nachsichtig, »ich sehe,

du hast von deinem Vater nicht viel über die Zeit gehört, die er in meinem Haus verbrachte. Hätte er seine Familienmitglieder und Freunde in Ithaka für würdig befunden, ihnen Kunde zu geben von allem, was er in meinem Haus gelernt hat, würdest auch du die Geschichte meiner Familie genauer kennen.«

Die Nymphe hatte recht. Mein Vater schwieg auffällig über die Jahre, die er bei ihr verbracht hatte. Er, der große Erzähler und wortgewandte Lügner, hatte die Erinnerungen und Erfahrungen, die er auf der Insel am Nabel des Meeres gesammelt hatte, immer wortkarg gehütet. Von den Kyklopen und Kirke hatte er immer gern gesprochen ... Aber über Kalypso hatte er geschwiegen.

»In Wirklichkeit ist vieles anders, als die Menschen glauben«, sagte die Nymphe erhaben. »Die Menschen irren sich, wenn sie denken, das Verwandtschaftsverhältnis der Götter zu kennen. Und sie verwechseln diese Beziehungen gern mit den Formen menschlichen Zusammenlebens. Ja, es gibt viele Ähnlichkeiten zwischen den beiden Lebensformen ... Wir Göttinnen können auf menschliche Weise leben, wenn wir gerade wollen. Aber die Erfahrung lehrt, dass es besser ist, den gesellschaftlichen Unterschied zwischen Menschen und Göttern aufrechtzuerhalten.«

Wir schwiegen. Wortlos verzehrte ich den Büffelkäse in Anis, dann begann ich, einen Granatapfel zu schälen, den mir Galateia mit einem vielsagenden, verheißungsvollen Lächeln reichte. Kalypso sah aufmerksam zu, wie ich mich mit dem körnerreichen Obst mühte, dann drohte sie mir scherzhaft mit dem Finger.

»Gib acht!«, sagte sie, und die Nereiden, die gerade im Raum waren, brachen in ein Lachen aus, das wie Harfentöne klang. »Galateia ist ein großer Schelm und nimmt an, dass du die Wirkung des Granatapfels nicht kennst, der Lüsternheit und aphrodisische Leidenschaften entfacht! Gebt ihm von den gewöhnlichen Äpfeln, die der galante Hermes gerade aus dem Garten der Hesperiden geschickt hat!«

Verlegen warf ich den Granatapfel weg und nahm aus einem Silberkorb, den Glyke vor mich gestellt hatte, einen goldfarbenen, fleischigen Apfel. Ich wollte nicht, dass mich meine Gastgeberin für ungebildet hielt, und deshalb bemerkte ich, den saftigen Apfel in der Hand, bescheiden und schlau im lockeren Plauderton:

»Ich komme vom Lande, bitte habe Nachsicht mit meiner mangelhaften Bildung … Ich wusste nicht, dass im Garten der Hesperiden auch nach dem Treiben des Herakles noch Obst übrig ist.«

»Schweig!«, flüsterte sie vertraulich und sah sich um. »Beleidige nicht den Herakles!« Sie legte den wunderbaren Finger mit einer diskreten, verbietenden Bewegung auf den herzförmig gemalten, fleischigen Mund. »Er ist unsere letzte Hoffnung.« Sie sah sich furchtsam um, ob nicht jemand ihre Worte hörte. »Er allein kann dafür sorgen, dass mein strahlender Onkel Prometheus endlich aus der grässlichen Gefangenschaft befreit wird, mit der Zeus den aufständischen Titanen belegt hat.«

Als bedauerte sie ihre Worte, fuhr sie wieder im Plauderton fort:

»Herakles hat nur die goldenen Äpfel mitgenommen«, sagte sie beiläufig, »die Hesperiden und der brave Drache Ladon beschäftigen sich auch weiterhin mit dem Anbau gewöhnlicher Äpfel. Diese Qualität ist, wie ich sehe, annehmbar. Guten Appetit! Der Granatapfel bringt das Blut in Wallung, deshalb darf er auf dem Tisch junger Eheleute nicht fehlen. Aber schließlich bist du hier nicht auf Brautschau.« Ihre Stimme klang jetzt etwas heiser und hintergründig. »Du findest unter meinen Dienerinnen ohnehin keine, die für ein irdisches Leben geeignet ist ... Iss also lieber mehr gewöhnliche Äpfel, denn diese Frucht hier ist heilig. Ihre geheime Wirkung ist, dass sie dich aus dem Hades erlöst.«

Ich nahm große Bissen von dem heiligen Obst. Kalypso sah mir wohlwollend zu.

»Beim Schlucken hüpft dein Adamsapfel genauso«, sagte sie freundlich, »wie bei deinem Vater. Leider kann ich keine Äpfel essen, weil ich zu viel Magensäure habe. Meine Ernährung ist, wie du siehst, eintönig. Ich muss mich mit Ambrosia begnügen, das die Tauben für den olympischen Haushalt des erhabenen Zeus sammeln. Wir Göttinnen bekommen von diesem himmlischen Vorrat bei jedem Mondwechsel eine frische Portion für den Hausgebrauch.«

Wieder klingelte sie. Mit einem raschen Bissen schluckte ich den Rest des duftenden Apfels hinunter und beobachtete mit flinken Augen und scharfen Ohren, was geschah, denn mich interessierte alles, und ich wollte kein einziges Wort der Nymphe verpassen.

»Iris und Altis«, sagte Kalypso zu den beiden Nereiden, die auf den Ruf der Klingel in den duftenden und halbdunklen Raum getreten waren, »deckt ab! Stellt dem lieben Gast Wein und einen Mischkrug in Reichweite. Werft ein paar Zypressenzweige in das Feuer! Dann achtet darauf, dass mich niemand stört, denn ich habe mit dem Gast zu reden.«

Die geheimnisvollen Dienerwesen erfüllten die Befehle ihrer Herrin lautlos. Ich beendete das Essen und wartete, bis die Nereiden die Schüsseln und Teller fortgebracht hatten. Als wir allein waren, sah mich Kalypso, die jetzt stumm dasaß – sie lag eher, etwas zurückgelehnt, auf der prächtigen Liege –, mit einem sonderbaren, rätselhaften Lächeln an. Sie wartete, bis die schuppigen Wesen das Zimmer verlassen hatten. Es war angenehm warm. Im goldblauen Halbdunkel, in der Wärme des nach Zedernholz duftenden Feuers und vielleicht auch durch die angenehme Wirkung der edlen Speisen und Getränke durchlief meinen ganzen Körper eine kribbelnde Hitze. Ich spürte, wie mein Gesicht glühte, und obwohl ich wenig getrunken hatte, fühlte ich mich etwas berauscht. Kalypso sah mich mit freundlichem, nachsichtigem Blick prüfend an und lächelte.

VIII

»Ich sehe«, sagte sie mit ihrer tiefen Stimme, die wie eine dunkle Saite klang, etwas männlich, wie in ihrer ganzen Erscheinung etwas mütterlich Üppiges und zugleich väterlich Erhabenes lag, »ich sehe, du bist verlegen. Das ist kein Wunder, es beweist nur, dass du noch jung bist und dein Herz empfänglich … Denn neue Eindrücke verunsichern dich erst einmal. Dein Vater, der Held und Mann, war vom ersten Augenblick, in dem er mein Haus betrat, unvoreingenommen und unerbittlich. Wir alle fürchteten uns vor ihm und bewunderten ihn zugleich. Aber die Natur der Nereiden verstand auch er lange nicht.«

»Niemand kann diese sonderbaren Wesen verstehen«, erwiderte ich höflich, »niemand, der sie zum ersten Mal sieht.«

»Der Lichtbringer sah die Nereiden in meinem Haus nicht zum ersten Mal«, sagte die Nymphe belehrend. »Als Achilleus starb, war Ulysses in seiner Nähe und sah Thetis, die trauernde Mutter, vor den Mauern Trojas. Auch sie war eine Nereide, so wie ihre Dienerinnen. Die Trauernden sangen zusammen ein Lied …«

»Davon habe ich gehört!«, rief ich unwillkürlich lebhaft. »Nestor erzählte, dass die Achäer, als sie die trauernde Thetis und die Nereiden erblickten, vor Angst zu heulen begannen. Er hat die zitternden Griechen getröstet …«

»Du kennst den alten Trunkenbold?«, fragte Kalypso geringschätzig. »Dein Vater hatte keine hohe Meinung von ihm. Als Achilleus Tenedos besetzte, bekam auch Nestor ein Geschenk: eine Frau namens Hekademe. Er prahlte, er könne seine Manneskraft noch gebrauchen, obwohl er schon über neunzig war …«

»Im Kriegszug hat er neunzig Schiffe geführt«, warf ich in versöhnendem Ton ein, weil es mich schmerzte, dass von meinem alten Freund in diesem Ton gesprochen wurde.

»Vor Ilion hat er jedoch nicht gekämpft, sondern lediglich Ratschläge erteilt«, sagte die Nymphe verächtlich. »Im Zelt hat er Waffen um sein Bett herumstellen lassen, um vor seinen Sklavinnen den Helden zu markieren. Ich weiß das von deinem Vater. Aber lassen wir Nestor. Wir haben von den Nereiden gesprochen. Ich will, dass du dich bei mir wie zu Hause fühlst und, soweit bei einem Sterblichen möglich, die vielen Eigentümlichkeiten verstehst, die dich hier umgeben. Übrigens habe ich dich erwartet …«, sagte sie und ihre schönen Augen blitzten. Sie sah mich etwas schief an. »Dein Vater …«

»Hat dir mich versprochen?«, rief ich erschrocken.

Mir lief es kalt über den Rücken. Nach den Erfahrungen, die ich auf der Insel Scheria mit der wunderschönen Nausikaa gemacht hatte, kam mir der ungeheure Gedanke, dass mein Vater überall in der Welt, wo er in der Gesellschaft von Frauen verweilt hatte, bei seiner Abreise großzügig die Manneskraft seines Sohnes verschenkt hatte … Ich hielt mich weder für schwach noch für feige. Aber diese Möglichkeit entsetzte mich.

»Nichts hat er versprochen«, sagte Kalypso großmütig, aber noch immer warf sie mir diesen listigen, schiefen Blick zu. »Die Versprechen deines Vaters haben wir, die Göttinnen, ohnehin nicht wörtlich genommen. Außerdem hat dein Vater nur davon gesprochen, dass er einen Sohn hat, der ihm ähnlich sieht.« Ihre Stimme wurde leiser. »Ich leugne nicht, dass ich viel an deinen Vater denke. Die Zeit, die für uns Götter nicht existiert, ist bei Gefühlen dennoch relevant. Wenn eine Göttin einen Menschen liebt, ist sie, ob sie will oder nicht, gezwungen, mit menschlichen Maßen und Größen zu rechnen. So habe ich die Zeit kennengelernt, eure schreckliche, bedauernswerte Kerkermeisterin. Von ihr habe ich begriffen, dass warten bedeutet, einer Sehnsucht Gestalt zu geben. Zurückerwarten«, sagte sie leise und unruhig, »ist noch gefährlicher.«

Als sie das letzte Wort aussprach, bekam ihre Stimme Glut. Ich wartete, bis sie die plötzliche Erregung unter Kontrolle hatte, und redete erst weiter, als ich sah, dass sie sich mit dem Zipfel ihres weichen und luftigen Taschentuches, das weißem Meeresschaum glich, vorsichtig eine Träne wegwischte; sehr sorgsam, um die feine Farbe auf ihren Lidern nicht zu verschmieren.

»Es tut mir leid«, sagte ich taktvoll, »dass meine Anwesenheit Erinnerungen weckt, die dich betrüben.«

»Bedaure es nicht!«, sagte sie lebhafter. »Ich wiederhole, ich habe dich erwartet. Du ähnelst deinem Vater, und diese Ähnlichkeit ist auch heute noch eine Art Empfehlungsbrief in diesem Haus. Ich weiß, was dich zu mir geführt hat: Du fürchtest dich vor deinem Vater und sehnst dich zugleich danach, die Wahrheit über dieses entsetzliche Wesen zu erfahren. Ist es so?«

»Göttliche Frau«, antwortete ich, »ich sehe, du kannst in Menschenherzen lesen.«

»Das ist unsere Berufung«, sagte Kalypso erhaben und verächtlich zugleich.

»Ich leugne nicht«, entgegnete ich und seufzte tief, »dass ich mich vor meinem Vater fürchte. Ich möchte seine wahren Absichten erfahren. Herrin!« Ich fasste Mut und sah meiner Gastgeberin mit weit offenen Augen ins Gesicht. »Habe Nachsicht mit mir. Schließlich bin ich sein Sohn. Ja, an meinem Schicksal ist nichts Außergewöhnliches. Höchstens vielleicht, dass ich der Sohn eines außergewöhnlichen Mannes bin. Das ist kein leichtes Schicksal.«

»Nein«, sagte die Nymphe in besänftigtem Ton. »Sprich!«

»Meine erste Erinnerung an ihn«, fuhr ich leise und vertraulich fort, »ist, dass er mich töten wollte. Er wollte mit dem Pflug über meinen Kinderkörper fahren, mit dem Pflug, vor den er ein Pferd und einen Ochsen gespannt hatte. Ein fremder Mann legt mich mit starken Armen gewaltsam vor das Pferd, den Ochsen und den Pflug, und in dieser schrecklichen Lage sehe ich meinen Vater, der wie ein Wahnsinniger mit den Augen rollt und dabei die Hörner des Pflugs und die Kandare der Jochtiere fest gepackt hat. Und ich armes Würmchen winde mich auf der Erde und warte, dass das schreckliche Wesen das verhängnisvolle Gespann über meinen kleinen Körper fahren lässt. Ich warte darauf, dass er mich tötet. Das ist die erste Erinnerung an meinen Vater.«

»Aber dann hat er dich nicht getötet«, sagte Kalypso.

»Nein«, fuhr ich fort. »Er ist aus meinem Leben verschwunden. Und zugleich war er immer auf sonderbare Weise zugegen. Stell dir, göttliche Frau, eine Jugend vor, die ständig von der schrecklichen Erinnerung überschattet wird. Ich wusste, dass man ihn in Delphi, wo die schwefligen Dämpfe aus der Erde steigen und nervöse Priesterinnen sich unter der Wirkung dieser Gase gegen Belohnung mit Prophezeiungen beschäftigen, dass man ihn dort glauben gemacht hat, seine Söhne würden ihn eines Tages töten. Meine Mutter und meine Amme haben mich als Jugendlichen mit solchen Geschichten unterhalten. Was rätst du, Göttin? Schließlich hat er sieben Jahre lang hier mit dir gelebt. Wer kennt ihn, wenn nicht du? Hier und hier!« In meiner Erregung stand ich auf und fuchtelte herum, mit beiden Händen zeigte ich auf die Einrichtungsgegenstände des prächtigen Saales. »In diesen Räumen hat er Lager gehalten, während wir auf ihn warteten! Während meine hehre Mutter und ich selbst in der Gesellschaft der plündernden Freier die Zeit totschlugen und retteten, was vor dem Verprasstwerden noch zu retten war!« Ich versuchte, mich zusammenzureißen, aber ich spürte, dass die Erregung meine Stimme weiter anheizte. »Er hatte es nicht eilig, nach Hause zu kommen, das wirst du wahrscheinlich auch anerkennen.«

Kalypso sah mich zufrieden und unter geheimnisvoll halb geschlossenen Lidern an.

»Hier hat er mit mir gesessen, während ihr gewartet habt«, sagte sie leise und stolz.

»Ja«, sagte ich demütig, zähneknirschend. »Die Jahre vergingen. Seine Gestalt ballte sich in unseren Köpfen zu etwas Riesigem zusammen, wie der Schatten der Titanen am Himmel. Wir liebten ihn und zitterten bei dem Gedanken, dass er heimkommt. Eines Tages kam er heim. Den Rest weißt du.«

»Und du fürchtest dich immer noch vor ihm«, flüsterte die Nymphe verständnisvoll und vertraulich.

»Wundert dich das?«, fragte ich. »Ich habe einen Vater

zurückerwartet. Und es kam ein Blutrichter. Ich habe auf Segen gewartet, aber in seinen Augen flackerte der Argwohn. Er hat gemordet und ist dann verschwunden. Meine arme Mutter, die erhabene Penelope, lebt wieder in einer Art künstlicher Witwenschaft.«

»Wie alle Frauen, sogar die Göttinnen, die Ulysses irgendwann in die Arme geschlossen hat«, sagte Kalypso kalt.

Ihre Stimme war streng, seltsam reif und traurig. Diese Stimme zwang mich zu verstummen. Sie gab mir zu verstehen, dass ich einem Kummer gegenüberstand, den man mit Worten nicht lindern konnte. Als stände der Schatten meines fürchterlichen Vaters zwischen uns in dem halbdunklen, mit duftendem Zypressenholz und Lichtern gefüllten Saal.

»Sprich es aus«, sagte Kalypso dann kurz, »du fürchtest, dass er dich tötet.«

Ich hob den Kopf.

»Du kennst ihn«, sagte ich aufgebracht. »Auch dich hat Ulysses in die Arme geschlossen. Du hast ihm ein Kind geboren. Wagst du zu sagen, dass Teledapos' Leben sicher ist?«

Sie hob die weiße Hand. Diese Handbewegung erschreckte mich wie ein plötzlich losgelassener Schrei.

»Wagst du zu sagen, dass Teledapos' Leben sicher ist?«

»Schweig!«, gebot sie.

Ihr üppiger Busen wogte. Sie stöhnte und presste die Hand aufs Herz. Meine Worte hatten sie sichtlich verletzt. Lange Zeit war es still im Raum. Ich betrachtete sie ausgiebig – zum ersten Mal seit meiner Ankunft.

Während ich sie ansah, kamen mir die Worte in den Sinn, mit denen meine Mutter, die hehre Penelope, dieser Nymphe während der Abwesenheit meines Vaters und auch später gedachte. Diese Worte waren nicht schmeichelhaft. Meine strahlende Mutter hatte sich zwar mehr oder weniger freiwillig mit dem Gedanken abgefunden, dass ihr großartiger Mann sie betrog, wo immer auf der Welt er hinkam – denn obgleich er zu uns, seiner Familie, selten darüber sprach, waren die Tatsachen, die sich in Form von immer mehr unehelichen Kindern nach und nach in Ithaka zeigten, umso beredter. Doch bei Kalypso, dieser göttlichen Person, wurde sie fuchsteufelswild. Ihre Augen sprühten Funken, wann immer sie den Namen der Nymphe aussprach. Sie nannte sie kahl und runzlig. Sie sagte, sie habe Tränensäcke unter den Augen, am Bauch habe sie Falten wie Würste, sie trage eine Perücke und lasse ihren Busen von Zeit zu Zeit von einem Chirurgen höher nähen, um straffer zu wirken. Diese Lästerungen und Gefühlsausbrüche – die natürlichen Äußerungen eines edlen, verletzten weiblichen Herzens – hörte ich mit der Ehrfurcht eines Sohnes, aber argwöhnisch an. Im Lauf der Jahre, die ich ohne Vater und einsam an der Seite meiner gekränkten Mutter verbrachte, hatte ich gelernt, dass man die Meinungen der Frauen und Göttinnen über einander mit Vorsicht behandeln musste. Jetzt fasste ich mir jedenfalls ein Herz und besah mir gründlich die Frau, die meinen Vater sieben Jahre lang in ihrem Bett aufgenommen und über deren Aussehen sich meine Mutter oft, aber immer mit Schmähworten geäußert hatte.

Kalypso spürte, dass ich sie betrachtete. Sie richtete sich auf, lehnte sich mit einer würdevollen Bewegung auf ihrer thronartigen, schmalen Liege zurück. Mit beiden Händen strich sie das in Locken gelegte, schöne Haar zurecht. So saß sie und wartete, dass sich mein prüfender Blick mit ihrer Schönheit füllte. In diesen Augenblicken entsprach sie ganz ihrem Ruf: königlich und geheimnisvoll. Schließlich saß ich ja auch der Tochter des Atlas gegenüber. Das Gerede, dass der Himmelsträger ein Verhältnis mit dieser seiner Tochter gehabt habe, war nicht zu beweisen. Aber jetzt, als ich Kalypso Aug in Auge gegenübersaß und sie gründlicher studieren konnte, schien mir diese Möglichkeit nicht völlig unwahrscheinlich. Übrigens war in der Familie der Titanen und der höherrangigen göttlichen Wesen die Blutschande etwas ganz Alltägliches; und auch wir, die irdischen Menschen, konnten darüber das eine oder andere erzählen … Doch ich musste zugeben, dass ihre Erscheinung tatsächlich göttlich war, mehr noch, voller weiblichem Zauber – egal, was meine strahlende Mutter über Perücken und gestraffte Busen gesagt hatte. Kalypsos Alter zu bestimmen war völlig unmöglich, und es hatte auch keinen Sinn, danach zu fragen, denn einige Sternjahre hätte sie bestimmt geleugnet. Sie war groß, von majestätischer Gestalt, und die Heilnahrung, an die sie ihre tägliche Lebensführung streng angepasst hatte, sowie die mit bloßem Auge sichtbaren, erstklassigen kosmetischen Mittelchen verhalfen ihr dazu, auch in ihrem weit fortgeschrittenen Lebensalter eine starke Wirkung auf Männer zu entfalten. Es schien mir durchaus möglich, dass man meinen Vater nicht mit einem

Strick hatte festbinden müssen, um ihn sieben Jahre lang in der Gesellschaft dieser Nymphe zu halten.

Aufrecht saß sie auf dem Thron, wie Istar, die Verbergerin, mit der sie die Fama verglich. Ihre roten Haare schillerten bronzefarben. Wahrscheinlich färbte sie sie, aber so perfekt, wie ich es noch nie gesehen hatte. Die Bedeutung ihres Namens, um den sich in der menschlichen Welt so viele Sagen rankten, erschloss sich mir jetzt, als ich in ihre grüngrauen Augen sah, besser – meine Mutter nannte sie zwar eine Vettel und Schnepfe, aber andere, sachlicher Urteilende nannten sie die Verschleierte, und die menschliche Phantasie schmückte meine Gastgeberin noch mit vielen anderen Attributen. Diese Nymphe, die alte Geliebte meines Vaters, hatte etwas Erregendes und Anziehendes an sich … Der Mann, der in ihrer Gesellschaft verweilte, fühlte sich sonderbar verborgen und behütet. Keinen Augenblick lang kam mir der Verdacht, ich hätte eine Ränkesüchtige vor mir. Mütterlich war sie, aber so, wie die Frauen zu Anbeginn der Zeiten, als sie nicht ein Kind, sondern die Menschheit wiegten. Erhaben war sie wie die Göttinnen, die wissen, dass nur Eros die wilden Leidenschaften von Göttern, Titanen und Giganten sowie von Menschen lindern kann. Eine Frau war sie, die jetzt genug von meinem prüfenden Blick hatte; mit einer gewissen Verlegenheit, die sie gekonnt kaschierte, öffnete sie ihren perlenbestickten Beutel, holte ihre Schminkutensilien hervor und ging ungeniert, mit einer weltläufigen Bewegung daran, ihre Augenbrauen und den die Stirn beschattenden, rot-bronzenen Pony zu richten.

Ich will nicht so tun, als ob mir die Schönheitsmittel der Frauen völlig unbekannt gewesen wären. Die Zeit, als ich mich mit der Gunst der weniger tugendhaften Dienerinnen unseres Königreichs in Ithaka und ihren nach Oliven schmeckenden Küssen begnügt hatte, war vorbei. Die Erinnerung an meinen Vater mahnt mich jedoch, nicht mit den Frauen zu prahlen, die irgendwann in meinen Armen gelegen haben. Ich erwähne deshalb nur diejenigen, über die ich aus Gründen der historischen Glaubwürdigkeit nicht schweigen darf.

Nausikaa, Kalypso, dann meine hehre Frau Kirke, später andere, die ich auf meinen Reisen kennenlernen sollte. Die Thesprotierin Kallidike, dann Euippe, deren Sohn, den edlen Euryalos, einen meiner Halbbrüder, mein Vater auf Zureden meiner hehren Mutter Penelope unterwegs tötete (ich erinnere mich nur undeutlich an diesen Jungen, denn auch dieses Intermezzo war nur eine Folge der Nervosität, die bei meinen Eltern im fortgeschrittenen Lebensalter zum Vorschein kam, und – ehrlich gesagt – scherte sich sowieso niemand darum). All diese Frauen, die später dank meines Vaters am Horizont meines Lebens auftauchten, waren vornehm und in die Geheimnisse der Schönheit und Körperpflege eingeweiht. Als ich zum ersten Mal bei meiner Tante Helena in Sparta war, fiel mir auf, dass diese berühmte Schönheit sich Gesicht und Unterlider mit grüner und schwarzer Farbe bemalte. Jetzt, als Kalypso ihren vierteiligen Farbkasten aus dem Beutel nahm, um mit einer feinen Hasenpfote die Linien ihrer Augenbrauen zu korrigieren – mit einer Hand hielt sie sich einen Messingspiegel in

Form eines Falken vors Gesicht –, konnte ich nicht umhin, unwillkürlich nach dem kunstreich gestalteten Schächtelchen zu greifen.

Kalypso ließ ohne Widerstand zu, dass ich ihr die Farbschachtel aus der Hand nahm und sie untersuchte.

»Wunderbar«, sagte ich, »so etwas habe ich in Sparta zuerst gesehen.« Ich konnte es nicht lassen, mit meinen vornehmen Bekannten zu prahlen.

Die Nymphe zeichnete gerade mit einem roten Stäbchen ihre wunderbaren Lippen nach, deren Schwung an den Bogen des Achilleus erinnerte. Unbekümmert schminkte sie sich, als wäre sie es gewohnt, dass ihr göttlicher Rang sie in Gesellschaft von Menschen vom Zwang jeglicher Verstellung und Schamhaftigkeit befreite.

»Ich weiß«, sagte sie beiläufig und hob den Messingspiegel hoch. Mit seitlich geneigtem Kopf betrachtete sie ihre Schönheit. »Deine Tante Helena lässt ihre Mittel von demselben ägyptischen Kosmetikhändler kommen wie ich. Ein Geschenk deines Vaters.« Sie wies auf die Schachtel, die ich in der Hand hielt. »Im vergangenen Herbst schickte er sie mir durch einen thesprotischen Boten«, sagte sie hochmütig.

Ich erwiderte nichts, denn ich dachte an meine edle Mutter, die zu dieser Zeit auf der Insel Mantinea dahinvegetiert und keinerlei Nachricht oder Geschenk von Ulysses bekommen hatte. Es schmerzte mich zu hören, dass mein Vater seine früheren Geliebten mit Geschenken überhäufte, während seine rechtmäßige Gattin einsam und bescheiden leben musste. Eine Bemerkung konnte ich mir nicht verkneifen.

»Meine Mutter, die hehre Penelope, hat sich noch nie Schminke aus Ägypten kommen lassen. Sie duldet keinen Anstrich an ihrem Körper, auch kein Öl, das aus einem Land stammt, in dem die Götter Tierköpfe haben. Ihre Freundin Pallas Athene hat ihr göttliche Mittel besorgt, die ihre Schönheit bewahrt haben«, sagte ich missgelaunt. Aber Kalypso, den Spiegel und die Hasenpfote in den Händen, sah mich nicht an. Mit einer Hand bedeutete mir, dass ich schweigen solle.

»Nichts kann die ägyptischen Mittel ersetzen. Ihr in Ithaka seid zurückgeblieben, und deine hehre Mutter mag eine ausgezeichnete Hausfrau sein, aber auf die Schönheitspflege versteht sie sich nicht. Wie du siehst, hat die Schachtel vier Fächer: drei Farben für die drei lichtvollen Jahreszeiten, die vierte ist für den Gebrauch im Winter und an nebligen Tagen. Mag sein, dass die Götter in Ägypten Tierköpfe haben, aber gewiss können sie nirgends aus zu Pulver gemahlenem Malachit so vollkommene grüne und aus Antimon so majestätische schwarze Farbe mischen, wie es die Kosmetikhändler am Nilufer tun. Vom Myrrhenöl rede ich erst gar nicht«, sagte sie und nahm aus dem Beutel eine winzige, blaue Phiole, aus der sie sich einige Tropfen in die Nasenlöcher goss. Sie hatte große Nasenlöcher, die sich manchmal leidenschaftlich weiteten.

»Myrrhe?«, fragte ich unwillkürlich. Meine uninformierte Neugier konnte ich nicht verbergen. Kalypso lächelte überheblich, während sie sich das Öl in die Nase tropfte.

»Kennt ihr das nicht in Ithaka?«, fragte sie eingebildet. »Ein Duftmittel, das die Atmung erleichtert und die inneren Atemwege mit einem angenehmen Duft salbt. Ich bekomme es aus Somalia.« Sie steckte das blaue Glasfläschchen wieder in den Beutel zurück. Als ich verstohlen hineinsah, entdeckte ich nebst anderen Schminkutensilien auch noch eine Schere sowie kleine, elfenbeinerne Bürsten zur Nagelpflege, die die Form von Giraffen, Füchsen und Straußen hatten. »Das Myrrhenöl reicht allerdings nicht an das Kyphi-Parfüm aus Ägypten heran, das aus sechzehn Zutaten besteht und dessen Zusammensetzung nur die dortigen Priester kennen. Die Nereiden parfümieren damit die Kleider. Wir mischen es auch in unser Mundwasser, damit der Atem immer wohlriechend sei.«

Mit einer Hand ließ sie das Smaragdschloss des Beutels zuschnappen. Jetzt, da sie mit dem Schminken fertig war, sah sie mich selbstsicher und zufrieden an. Ich fühlte mich provinziell und plump. Wir waren allein. Sie beugte sich ein wenig zu mir herüber und begann leise zu sprechen.

IX

»Trink«, sagte sie mit ihrer tiefen Stimme, »du sollst dich wohlfühlen, mein Sohn! Ich weiß, welcher Sturm in deinem Herzen tobt, und will deine Zweifel zerstreuen, so gut ich kann. Ich möchte, dass dich die Angst in Zukunft nicht mehr quält.«

»Hat mein Vater davon gesprochen, dass er mich töten wollte?«, fragte ich laut. Ich stützte die Ellbogen aufs Knie und sah der geheimnisvollen Hausherrin in die meergrünen Augen.

»Ausgesprochen«, sagte Kalypso vorsichtig, »hat er es nie. Dein Vater kann großartig lügen, aber er kann auch prächtig schweigen. Gewiss wirbeln im Herzen dieses Mannes ganz besondere Leidenschaften. Von der Prophezeiung, die ihm die beduselten Verkünder in Delphi ins Ohr geflüstert haben, weiß ich trotzdem. Ja, diese Prophezeiung beschäftigt ihn. Aber ich glaube nicht, dass er es auf dein Leben abgesehen hat. Er hat dich immer als seinen legitimen Sohn anerkannt. Du bist der Erbe seines Thrones.« Spöttisch verzog sie ein wenig den schön geschwungenen Mund. »Du und deine hehre Mutter, die tugendhafte Penelope, nehmt im Herzen des großen Wanderers einen besonderen Platz ein. Wenn er einem von seinen Söhnen nach dem Leben trachtet, dann bist das bestimmt nicht du.«

Ihrer Stimme war anzuhören, dass sie ehrlich sprach. Wieder sah sie mich scharf an.

»Du liest in meinem Herzen …«, begann ich verlegen.

»Ich lese in deinem Herzen, was nicht weiter schwer ist, weil du ein Mensch bist«, sagte sie heiser und ein wenig nervös. »Du bist ein Mensch, also fürchtest du dich davor, dass man dich tötet. Oder dass du ihn tötest. Nicht wahr?« Ihre Frage klang hart und streng.

Ich richtete mich im Sitzen auf. Die Worte der Nymphe hatten mich ins Herz getroffen.

»Töten? Ihn?«, stammelte ich. »Den Lichtbringer töten?« Ich flüsterte. »Was redest du, göttliche Frau?«

»Keine Ausflüchte!«, sagte sie kalt. »Ihr Menschen bleibt offenbar auch im erwachsenen Zustand wie naschhafte Kinder, die ihre Sehnsüchte nicht verbergen können. Ihr da in eurem kargen Ithaka habt es ja sehr mit der Tugend. Ich weiß, dass deine hehre Mutter, die von Beruf tugendhaft ist, schlecht von uns Nymphen spricht und unseren Ruf schmälert. Ich will deine Gefühle als Sohn nicht verletzen, deshalb schweige ich davon, was ich in meiner Inseleinsamkeit hier und da über deine Mutter und ihre berühmte Tugendhaftigkeit erfahren habe …« So sprach sie in scharfem Ton und mit flinker Zunge. Aber als sie meinen finsteren Blick sah, wechselte sie rasch das Thema. »Du bist gekommen, weil du die Wahrheit wissen willst. Dann musst du sie auch ertragen. Wagst du zu behaupten, dass die Gefühle, die du deinem Vater gegenüber empfindest, völlig unschuldig sind? Ich sage nicht, dass ihr keinen Grund zur Klage habt, zu Hause in Ithaka«, sagte sie großzügig. »Aus menschlicher, aber vielleicht auch aus göttlicher Perspektive gäbe es vieles an der Lebensweise des Lichtbringers auszusetzen. Du und deine Mutter gebt zumindest zu, dass böse Gedanken euch bedrängen, wenn ihr über ihn urteilen wollt! Ist es nicht so?«

Ich senkte den Kopf angesichts dieser strengen Frage.

»Es ist grässlich, was du redest«, sagte ich heiser und erschüttert. »Du beschuldigst mich, dass ich meinem Vater heimlich, tief im Herzen nach dem Leben trachte, wie es die böse Prophezeiung vorsieht! Das stimmt nicht!« Erregt hob ich die Stimme. »Ich habe Angst vor ihm, manchmal hasse ich ihn tatsächlich. Aber ich würde es niemals wagen, die Hand gegen ihn zu erheben.«

Kalypso hörte aufmerksam zu und lächelte mitleidig. »Weil du dich fürchtest.« Sie verzog den Mund. »Du fürchtest dich, also bist du tugendhaft. Ach, ihr Menschen …«, sagte sie arrogant und fächerte sich mit ihrem weißen Tuch Luft zu, als wollte sie unangenehme Erinnerungen verscheuchen.

»Es scheint wirklich so zu sein«, sagte sie nach kurzem Schweigen, »dass unter den Menschen Eltern und Kinder nur selten vollkommen miteinander harmonieren. Leidenschaften, Eifersucht und sonderbare, geheimnisvolle Gefühle wirbeln im Herzen der Sterblichen. Sollte es wahr sein, dass die Söhne den Vätern nach dem Leben trachten, sie ermorden wollen, um den Platz des Vaters im Bett der Mutter einzunehmen? Neulich habe ich so einen tragischen Klatsch gehört«, sagte sie neugierig und beugte sich zu mir. »Ein Mensch, ein gewisser Ödipus, hatte in Delphi, der Wohnstatt der verfluchten und notorischen Verkünder von Botschaften, gehört, er würde seinen Vater umbringen und seine Mutter zur Frau nehmen, eine Frau namens Iokaste. Die Einzelheiten kenne ich nicht. Ich weiß nur, dass er den Vater, der lahm war, tatsächlich tötete, nachdem der Sohn mit der Mutter geschlafen hatte. Die Geschichte ist unschicklich, aber alltäglich. Ödipus hat sich später vor Kummer geblendet. Hast du davon gehört?«

Ich gab zu, dass ich diesen Klatsch aus Argos gerade zum ersten Mal hörte. Kalypso winkte überheblich und gleichgültig ab:

»Nun, dieser Ödipus war ein nervöser Mensch. Doch auch sonst heißt es, dass bei den Sterblichen zwischen Vätern und Söhnen die Eifersucht eine Rolle spielt. Ich hoffe, bei euch in Ithaka ist auch das anders«, sagte sie boshaft. »Zwischen deiner hehren Mutter, der tugendhaften und strahlenden Penelope, und dir ist das Verhältnis gewiss vertrauensvoll.«

Sie sprach schlicht und beherrscht, aus ihren Worten gellte jedoch der Argwohn hervor. Ich bemühte mich, überzeugend zu antworten. Ich sah ihr in die Augen und sagte mit lauter Stimme:

»Meine strahlende Mutter war in der langen Zeit ihrer Strohwitwenschaft ein wahres Vorbild für eheliche Treue und mütterliche Tugenden.«

»Ja«, sagte Kalypso heiter. »Das erwähnte auch Hermes, als er neulich hier vorbeikam. Ich will mich nicht mit einer abwesenden Person streiten. Besonders dann nicht, wenn diese Person Ulysses' Frau ist. Ich sage nur, dass deine Mutter, das große Tugendideal, zu streng über andere urteilt, die vielleicht nach außen hin nicht so tugendhaft sind wie sie, die sich aber auf ihre Weise Ulysses gegenüber treu und aufrichtig verhalten haben.«

Jetzt sprach Kalypso ernst.

»Göttliche Frau«, sagte ich besänftigt, »ich glaube nicht, dass meine Mutter an der Aufrichtigkeit der Gefühle zweifeln würde, die du für meinen Vater empfunden hast. Schließlich hast du ihn sieben Jahre lang bei dir wohnen lassen.«

»Ich habe mit ihm geteilt, was meine Armut zuließ«, sagte die Nymphe überheblich. »Deine Mutter redet schlecht über mich. Sieh klar, Junge! Wir, die Nymphen, sind keine Feinde der menschlichen Rasse. Ich weiß, es wird geredet, dass wir zügellos leben. Aber das sind Verleumdungen der Menschen. In Wahrheit haben wir ein großes Herz. Wohltätigkeit, Überfluss, Fruchtbarkeit – danach streben wir. In unserer Gesellschaft sind öfters Götter anzutreffen, besonders Hermes und der arkadische Pan. Aber was die Menschen mit den Besuchen unserer göttlichen Verwandten verbinden, sind alles gemeine Unterstellungen. Auch Dionysos war schon oft bei mir, weil er die Musik liebt. Es ist allgemein bekannt, dass die Nymphen und Nereiden am liebsten tanzen und im Chor singen und dass ihre Leidenschaft so ungebremst ist, dass sie sich manchmal nicht mehr zurückhalten können und Dionysos zu Ehren mit erregten, freizügigen Gebärden tanzen. Ein Mensch kann den wahren Gehalt solcher Beziehungen niemals verstehen«, sagte sie ernst und geheimnisvoll. »Schließlich haben Hermes, Pan und auch Dionysos nur niedrigen Rang auf dem Olymp. Einen höheren Rang hat Apollon, der oft bei mir zu Gast ist.« Mir fiel auf, wie feierlich und stolz sie den Namen Apollons aussprach. »Von ihm lernen wir Nymphen die Geheimnisse der Heilkunst. Als dein Vater zu mir kam, litt er viel unter Verdauungsbeschwerden, weil die Mühen des Kriegslebens, die jämmerliche Kost vor Troja, die Seuchen und dann das maßlose Weintrinken seinem göttlichen Inneren geschadet hatten. Ich habe ihn geheilt, dank Apollon«, sagte Kalypso gerührt. »Er hat Einläufe bekommen, ich habe ihn auf nüchternen Magen verdünnten Schierlingsaufguss trinken lassen, drei Monate lang … einen Absud, den Galateia besonders geschickt zubereitet. Er war kerngesund, als ich ihn nach Hause nach Ithaka geschickt habe.« Sie hatte ihre Rührung überwunden und sprach nun wieder so überheblich wie zuvor.

»Das stimmt«, sagte ich mit geheuchelter Dankbarkeit. »Mein Vater kam in prächtigem Zustand bei uns an.«

»Weil er klug war«, sagte die Nymphe leiser. »Er hatte nicht nur einen erfindungsreichen Verstand, sondern achtete auch auf seinen Körper. Das ist eine seltene Fähigkeit beim menschlichen Geschlecht. Er wusste, dass ein Mensch nicht nur mit dem Verstand, sondern auch mit dem Magen und den anderen Organen Mensch ist. Er konnte maßlos sein, sich zugleich aber beherrschen.« Aus ihrer Stimme klang etwas wie Andacht.

Plötzlich und unvermittelt sagte sie dumpf:

»Er hatte die Fähigkeit und den Mut, Mensch zu sein. Offenbar ist das sehr schwierig.«

Die Glut der halb verbrannten Zypressenzweige glänzte im Kamin wie geschmolzene Bronze. Ich dachte über die Worte der Nymphe nach und betrachtete dieses sonderbare Licht. Worte und Erscheinungen hatten, so fiel mir auf, in dieser zauberhaften Umgebung einen besonderen, unmittelbaren Sinn. Vor nicht allzu langer Zeit hatten die Menschen entdeckt, dass das Metall, das auf Zypern abgebaut wurde, das Kupfer, eine mächtige Waffe in ihrer Hand sein konnte, wenn sie neun Teile dieses Metalls im Schmelzofen mit einem Teil Zink mischten … Und mit dieser Waffe konnten die Helden von Argos mutig ausziehen, um die Welt zu erobern.

Das Mischungsverhältnis kannte nicht einmal Hephaistos; es war, wie vieles andere auch, Geheimnis der Menschen. Und jetzt, als mich die Glut der verglimmenden Zypressenzweige an Zypern, das Kupfer und die menschlichen Kunstgriffe denken ließ – Kunstgriffe, die nicht nur die Kriegsführung in unserer großartigen Epoche verändert hatten, sondern auch das menschliche Zusammenleben –, bekamen diese einfachen Erscheinungen und Tatsachen für mich mit einem Mal einen neuen Sinn. Ich begriff, dass wir Menschen von dem Augenblick an, als der rebellische Onkel meiner Gastgeberin, der wilde Titan, für die Menschen das Feuer aus dem Himmel gestohlen hatte, einen eigenen Weg gegangen waren und dass die Götter zu Recht argwöhnisch die Wege der erfindungsreichen sterblichen Menschen im Auge behielten … Mein Vater hatte die Fähigkeit und den Mut, Mensch zu sein, hatte Kalypso gesagt. In der großen Stille hallten die Worte lange in meinem Herzen nach.

X

Die Nymphe erhob sich. Mit einer herzlichen und vornehmen Bewegung mischte sie für mich Wein und reichte mir großzügig den Becher:

»Fürchte dich nicht!«, ermunterte sie mich. »In meinem Haus werden die Getränke nicht mit geheimen Rauschmitteln gemischt wie in einigen Herrensitzen auf den Nachbarinseln, beispielsweise auf der Insel von Kirke, meiner göttlichen Verwandten.« Sie verzog den

Mund und setzte sich auf die Liege zurück, von wo sie mit seitlich geneigtem Kopf zusah, wie ich langsam und schlückchenweise die edle Flüssigkeit aus dem Becher trank. »Gib gut acht! Von hier gehst du zurück in die Welt, an den Rockzipfel deiner Mutter!«, sagte sie überheblich. »Und in die Arme anderer, sterblicher Frauen«, fügte sie noch hinzu, sehr von oben herab; augenscheinlich gekränkt durch Erinnerungen. »Alle tut ihr das schließlich, ihr Menschen. Ihr seid neugierig, vermischt euch mit dem geheimnisvollen Element des göttlichen Lebens, aber dann sehnt ihr euch zurück auf die Erde.« Ich wagte nicht zu widersprechen. »Ich will, dass du die Wahrheit weißt, wenn du zu den Menschen zurückgehst. Nicht nur über deinen Vater, sondern allgemein über die Götter und die Menschen. Du bist Ulysses' Sohn. Er ist aus meinem Leben verschwunden. Ich weiß nicht, ob ich ihn noch einmal wiedersehe. Die Erde hat ihn verschluckt, und diese Sphäre ist für den Menschen tiefer und hoffnungsloser als der Hades. Denn aus dem Hades kann ein Mensch noch auf die Erde zurückkehren. Aber von der Erde auf den Olymp zurückzukehren ist schwer. Deshalb gib gut acht!«

Sie musste sich überwinden. Langsam und bedacht sprach sie. In der großen Stille und im Halbdunkel hallten ihre Worte so, wie wenn im Keller des Orakels von Cumae die alte Sibylle zu reden beginnt.

»Zuerst sollst du die Wahrheit über uns Nymphen erfahren«, sagte sie feierlich. »Ulysses hat heimtückisch unter uns göttlichen und göttergleichen Wesen gelebt. Seine Phantasie, sein flinker, niemals ruhender, einfallsreicher Verstand beschäftigte sich mit der menschlichen Welt und mit der göttlichen auch. Als würde er etwas suchen in der Unter- und Halbwelt des Olymp … ein Geheimnis, die Erklärung für irgendetwas. Mit seinem Intellekt hat er rasch begriffen, dass den Menschen, selbst wenn er göttlichen Ursprungs ist, eine tiefe geistige und konstitutionelle Kluft von den olympischen Wesen trennt. Der scharfe Strahl seiner glänzenden Augen forschte in uns wie das Messer des Asklepios, wenn er das Gewebe des Fleisches aufschneidet und die Zeichen der Geheimnisse des Lebens sucht … Dein Vater hat bei uns viel gelernt in den Winternächten, wenn Aiolos mit eisigen Windschlägen die Insel am Nabel des Meeres peitschte. Die dunklen Bäume neigten sich, die Meeresvögel kreischten mit dem Wind um die Wette, und ich gestehe, dass ich auch heute noch in solchen Nächten manchmal zittere und verstehe, warum die Menschen unsere Insel Toteninsel nennen. Hier schläft Kronos … In den Nächten, wenn der beständige Westwind durch die Wälder von Ogygia fegte und die Ströme der vier Quellen aufwirbelte, saß Ulysses hier mir gegenüber und passte auf. Sieben Jahre lang«, sagte sie sanft und zufrieden, »musste ich ihm erzählen. Natürlich habe ich das nicht immer getan. Es kam vor, dass auch andere Dingen zwischen uns beiden wichtiger waren.« Sie kicherte ältlich kokett und hielt sich mit einer frivolen Bewegung das Taschentuch vor den Mund, als wollte sie sich ein geziertes Lächeln oder die Spuren eines alten Kusses von den Lippen wischen. Dann fuhr sie feierlich fort: »Er wollte alles wissen, jedes Geheimnis, das sich auf den Ursprung der Götter und der Menschen bezieht. Dein Vater gab sich nicht mit dem Klatsch zufrieden, den die Achäer mit dem gewöhnlichen Wort Mythos bezeichnen. Er wollte die Wahrheit wissen.«

»Göttin«, erwiderte ich heiser, »jedes deiner Worte ist ein großes Geschenk. Wenn du meinst, dass auch ich, der verkümmerte Sohn des Lichtbringers, würdig bin, die Wahrheit über die Götter und die Menschen zu erfahren …«

»Du bist hergekommen«, sagte Kalypso großmütig. »Und weil du sein Sohn bist, hast du es verdient, dass ich dich in die grundlegenden Kenntnisse einweihe. Ich will, dass du dich in der Menschenwelt an diese Stunde erinnerst, so wie sich auch dein Vater auf ewig an alles erinnern wird, was er in meinem Haus, an meinem Tisch und in meinem Bett gelernt hat.« Jetzt war sie wirklich königlich, kerzengerade saß sie auf der Liege, als säße sie tatsächlich auf dem Thron des Meeres. »Ihr Achäer habt wirre Vorstellungen von uns Nymphen«, sagte sie vorwurfsvoll. »Nur die Ionier ehren uns. Sie wissen, dass wir nicht nur unsterblich sind … alle, also nicht nur wir Quellnymphen, sondern auch meine Cousinen, die Bergnymphen, die von den fünf Töchtern meines Großonkels stammen. Wir alle haben das Recht, Sterblichen die Unsterblichkeit zu verleihen.« Geheimnisvoll fuhr sie fort: »Natürlich hat auch unsere Unsterblichkeit Grenzen. Wenn das Herz einer Nymphe von einer Leidenschaft verwundet wird, kann das unser Ende sein, wie dies mit meiner Cousine, der göttlichen Nymphaia, geschah, die eine hervorragende, künstlerisch begabte Weberin war, aber an der wahnsinnigen Leidenschaft für den großen Herakles zugrunde ging. Das ist streng geheim, sprich mit niemandem darüber, nirgends«, sagte sie eindringlich mit tiefer Stimme.

Ich versprach zu schweigen. Kalypso seufzte und fuhr leiser und vertraulich fort:

»Aber Nymphaia war ein Bergwesen, eine Verwandte der Satyrn, also ein ungestümes, etwas verwildertes Geschöpf. Wir, die Nymphen der Flüsse, Moore und Seen, müssen darauf achten, dass das Gleichgewicht unseres unsterblichen Lebens nicht von große Leidenschaften zerstört wird. Wir sind die Göttinnen der freien Natur und bringen Leben auf die Erde. Deshalb feiern wir jede Hochzeit mit. Deshalb suchen wir überall die Nähe des Wassers. Denn Wasser, weich und feucht, ist das Leben. Früher, als die Griechen noch nicht vollständig taub für die Erscheinungen der Natur waren und ihre schwatzenden Redner sie noch nicht ermuntert hatten, die Erde und den Himmel durch das trügerische Kristallglas falscher und künstlicher Theorien zu sehen, fühlten sich die Menschen zu uns Nymphen hingezogen. Sie wussten: Wo wir sind, da ist auch das Leben. Unseren Namen gaben sie der Braut, aber auch den uralten Geistern. Auf unseren Inseln sprudelte das Wasser reichlich ... hier bei mir, davon konntest du dich überzeugen, aber auch auf der Insel meiner Nachbarin, der göttlichen Kirke, wo dein Vater nur kurz, insgesamt ein Jahr, verweilt hat ... Geh nicht dorthin«, bat mich Kalypso leise. »Meide Kirkes Insel! Hörst du, Junge? Ja, dort sind Wohnung und Tänze der Eos, von dort geht Helios auf seinen Tagesweg … Aber du, Kind, suche nicht Kirkes Nähe! Glaube nicht, dass die Eifersucht aus mir spricht! Dein Vater hat sich, als ich ihn in meinen Armen hielt, nicht mehr an meine göttliche Nachbarin erinnert …«

Später erfuhr ich, dass Kalypso in diesem Augenblick nicht die Wahrheit sagte. Sie schien sonderbar erregt zu sein. Zurückhaltend antwortete ich nur, dass ich nicht vorhabe, mein Schiff zur Insel Aiaia zu lenken. Damals konnte ich noch nicht wissen, dass die göttliche, wenn auch betagte Nymphe in diesem Moment mit der Kraft eines Sehers sprach!

»Du kannst die Insel des Okeanos besuchen.« Kalypso war misstrauisch und sichtlich erregt. »Dort tanzen die Wolken mit den Nymphen Reigen. Ich werde dir eine Empfehlung geben. Du musst aufpassen, denn auf der Insel des Okeanos ist der Eingang zur Unterwelt! Galateia wird dir eine genaue Karte und Wegbeschreibung geben. Dort wohnen die Träume, der Schlaf, dann die Zwillingsgeschwister Tod und Nacht. Außerdem hausen dort auch die Gorgonen … Trotzdem lauern auf der Insel des Okeanos insgesamt weniger Gefahren auf dich als in der Gesellschaft von Kirke«, sagte sie düster.

Ich bemühte mich, ihre Aufmerksamkeit von dieser Nymphe abzulenken, denn ich sah, dass schon die Erwähnung von Kirkes Namen meine Gastgeberin aufregte.

»Ich komme von der Insel Scheria«, sagte ich im Plauderton. Aber Kalypso winkte überheblich ab:

»Ich weiß. Jetzt nennen sie diese Insel so, dabei heißt sie in Wirklichkeit Korfu. Die Phaiaken verdrehen alles, was ihnen in die Finger kommt, um zu prahlen, so auch den Namen der Insel, die sie besetzt haben. Sie glauben, weil sie wie die Giganten von den Blutstropfen abstammen, die aus dem abgeschnittenen Glied des entmannten Uranos zu Boden fielen, hätten sie schon das Recht, sich zu brüsten und der Welt einen neuen Namen zu geben. Gib nicht damit an, dass du auf der Phaiakeninsel warst«, sagte sie mit mütterlicher Strenge.

Ich versprach zu schweigen. Meine Worte beruhigten sie nicht. Leise und vertraulich, aber leidenschaftlich sprach sie weiter. Es war zu hören, dass die alten Erinnerungen sie in Unruhe versetzten.

»Die Giganten und die Phaiaken«, murmelte sie vor sich hin. Dann sah sie mich mit einem aufblitzenden Blick voller dunklen Feuers an. »Viele Geheimnisse gibt es hier, mein Sohn, die du lernen musst, wenn du des Namens deines Vaters würdig sein willst«, sagte sie streng. »Er hat leicht und schnell gelernt … Nun ja, danach hat er genauso leicht und schnell wieder vergessen.« Die Stimme der Nymphe klang bitter. »Ihr Menschen, die ihr euch nur noch undeutlich an euren göttlichen Ursprung erinnert, sprecht mit leichten Worten, mit prahlerischen und oberflächlichen Verallgemeinerungen von den Göttern. An deinem Vater habe ich gerade geliebt, dass er sich an seinen göttlichen Ursprung erinnerte, obwohl er ein Mensch war, und dass er, als ich ihn dies und jenes lehrte, aufpasste und nicht sofort verallgemeinerte. Die Götter, sagt ihr! Weißt du denn, Kind, wie viele

Schattierungen, Abarten und Unterschiede hinsichtlich Herkunft und Rang es auch bei den göttlichen Wesen gibt? Als würden sie nicht alle, Götter und Menschen, also alle Wesen, die eine Seele haben, den Umarmungen von Gaia und Uranos entstammen!«

»Göttin«, sagte ich und hielt den Atem an, denn ich spürte, dass ich Geheimnisse erfahren würde, wie sie Sterbliche bislang nur selten von göttlichen Wesen gehört hatten, »was ist die Seele?«

Kalypso saß mit zurückgeworfenem Kopf da und sah mich mit halb geschlossenen Lidern hochmütig an. Dann lächelte sie.

»Die Seele«, sagte sie überlegen, »ist eine Mischung aus Blut und Atem. Wird das bei euch im felsigen Ithaka auch nicht gelehrt?«

»Wir haben gelernt«, antwortete ich gehorsam, »dass die Menschen von den Steinen abstammen.«

»Papperlapapp«, sagte Kalypso nervös, »das ist dieser orientalische Aberglaube. Ist es denn zu glauben, dass die Menschen, diese neugierigen und tatkräftigen Wesen, auch heute noch im Irrtum leben, was ihren eigenen Ursprung und ihr Schicksal angeht? Ich sehe, deine hehre Mutter hat deine Erziehung vernachlässigt. Dieser Aberglaube, dass die Menschen von den Steinen stammen, mit denen die Giganten an der Grenze zu Phrygien, an den Hängen des Agdosgebirges, geworfen haben, ist erbärmlich. Genauso wie das andere Gerede, das auf den Inseln herumgeflüstert wird, dass Zeus die Sterblichen aus Ameisen gemacht hat und sie Aiakiden nennt! Oder der Tratsch derer, die zu wissen glauben, dass Prometheus, der Feuerbringer, die Menschen aus Ton geschaffen habe … Das ist alles orientalische Phrasendrescherei, das Geschwätz von Wahrsagern und Unwissenden. Die Wahrheit ist viel einfacher. Und zwar die, dass mein göttlicher Onkel Prometheus mit seiner hehren Frau, der weißbusigen Pandora, den ersten Menschen gezeugt hat, den einfältigen, aber gutwilligen Deukalion. Ich hoffe, diesen Namen hast du schon gehört?«, fragte sie streng.

Verlegen murmelte ich, dass der Name Deukalion auch bis auf die Insel Ithaka gedrungen sei. In Wahrheit wusste ich wenig über diesen Ahnen. Kalypsos prüfenden Augen entging meine Verlegenheit nicht. Sie schüttelte den Kopf und lächelte missbilligend, dann fuhr sie in belehrendem, freundschaftlichem Ton fort:

»Die Weggefährten deines Vaters, die griechischen Fürsten und Adligen, haben Argos mit wirren Geschichten vollgeschwatzt, weil sie wollten, dass ihr herausgehobener Rang und ihre besondere gesellschaftliche Stellung bereits von der Legende ihrer vornehmen Abstammung gestützt wird«, sagte sie streng. »Deshalb haben sie das Ammenmärchen verbreitet, dass das gewöhnliche Volk, also die Menschheit, von den Steinen abstammt, mit denen die Giganten gekegelt haben, während sie, die Adligen und Hochrangigen, unmittelbare Nachkommen des Zeus seien. Das ist aber alles Geschnatter und Klassenstolz«, sagte sie verächtlich. »Die Menschen sind auf gleiche Weise Mensch, egal, ob sie als Sklaven oder als Fürsten geboren wurden. Sie haben eine Seele, die ein Gemisch aus Blut und Atem ist, nichts weiter. Sie haben ein Schicksal, das in den Tod mündet.« Als spräche sie zu sich selbst, fügte sie leiser hinzu: »Eine interessante Rasse.«

Einige Augenblicke lang schwieg ich andächtig und hing meinen Gedanken nach. Als ich wieder zu mir kam und bemerkte, dass die Nymphe mich forschend ansah, begann ich unsicher:

»Aber sie haben auch etwas Göttliches … Du hast gesagt, dass Prometheus und Pandora unsere Ahnen sind. Wenn das stimmt …«

Hitzig fiel sie mir ins Wort:

»Das stimmt. Doch die Menschen handeln falsch, wenn sie übertriebene Schlussfolgerungen aus ihrer göttlichen Abstammung ziehen. Irgendwo hat der Mensch das verspielt, was wirklich göttlich in ihm war. Träume nicht, Junge!«, sagte sie verärgert. »Der Mensch ist nur noch Mensch, nichts anderes.«

Ich antwortete bescheiden, dass ich mich mit diesem Rang in der Welt der beseelten Wesen zufriedengäbe. Kalypso zuckte mit den Schultern.

»Es bleibt dir auch nichts anderes übrig. Dein Vater mit den scharfen Augen und dem ruhelosen Hirn hat sich in der Welt umgesehen und rechtzeitig die unumgänglichen Schlussfolgerungen gezogen. Ich habe ihm die Unsterblichkeit angeboten«, sagte Kalypso leidenschaftlich und heiser mit etwas belegter Stimme. »Ich wollte, dass der Mann, der sich in mein Bett gelegt und sieben Jahre lang die Nächte mit mir geteilt hat, aus den Schranken des menschlichen Geschlechts heraustritt. Ich habe das Recht dazu.« Auf dieses Recht war sie sichtlich stolz. »Wir Nymphen dürfen den Olymp nicht betreten, aber den hohen Rang der Unsterblichkeit, dieses Vorrecht der göttlichen Wesen, können wir mit Zustimmung der höheren Mächte auch Sterblichen verleihen. Ich wollte, dass der sterbliche Mensch, der sich in die göttliche Sphäre verirrt hat und von dessen Blut ich einen Halbmenschen und Halbgott geboren habe … Du hast ja Teledapos vorhin gesehen …«

Sie nahm das Taschentuch an die Augen. Die Erinnerungen stürmten mit großer Macht auf sie ein, aber sie fing sich rasch wieder:

»Ich wollte, dass der Mann, dessen Geliebte ich war, einen höheren Rang bekommt. Weißt du, was er geantwortet hat?«

Sie wartete meine Antwort nicht ab, sondern sprach leidenschaftlich weiter:

»Er hat mein Angebot zurückgewiesen. Hier hat er gesessen, gerade wie du jetzt … Er hat ins Feuer gesehen und kurz angebunden geantwortet. Er habe sich entschieden, und seine Wahl laute: Er wolle Mensch bleiben!«

Kalypso sah mich scharf an.

»Hat er davon gesprochen, als er nach Ithaka gekommen ist?«

»Mein Vater«, sagt ich erschüttert, »hat nie der Zeit gedacht, die er in deinem Haus verbracht hat.«

»Weil er sich vor deiner Mutter gefürchtet hat«, erwiderte die Nymphe erregt. »Interessant, dass sich auch der mutigste Mann vor seiner Frau fürchtet. Ein Pantoffelheld war er, auch wenn er der Held von Troja war.«

Verachtung lag in ihrer Stimme. »Er war ganz und gar Mensch. Ich gestehe, dass ich seine Antwort anfangs nicht verstanden habe. Ich glaubte, Kirke oder irgendeiner seiner Weggefährten habe ihn vergiftet und er sei ein bisschen verrückt geworden. Als Erinnerung an unsere Liebesbeziehung habe ich ihm das Größte geboten, was ein Sterblicher von einem Gott bekommen kann: die Unsterblichkeit. Das ist mehr, als wenn jemand in der Menschenwelt in den Fürstenrang erhoben wird. Und ich habe ihm nicht diese mondwandlerische Unsterblichkeit angeboten, an der einzelne Sterbliche durch die klingenden Worte der Dichter und die weichen Hände der Künstler teilhaben. Nein, die echte, verbürgte, olympisch genehmigte Unsterblichkeit habe ich ihm angeboten. Eine Chance, aus der Ordnung der mühseligen, zum Hades verurteilten, hoffnungslosen menschlichen Rasse herauszutreten. Eine Gelegenheit, die menschliche Welt zu verlassen, die ihm so viel Übles zugefügt, ihn erniedrigt und gekränkt hat. Die Möglichkeit, jeden Kontakt mit den Nachkommen von Protogeneia abzubrechen, der Urmutter der dem Gesetz des Todes unterworfenen Menschheit. Ich wollte einen Menschen mit der Kraft des weltgestaltenden Eros aus der Unterwelt des Todes herausreißen und ihn in die erhabenen Gefilde des schmerzlosen ewigen Lebens hinüberretten«, sagte Kalypso dumpf und finster.

Ich riskierte ein zweifelndes Wort:

»Vielleicht hat mein Vater gefürchtet, heimatlos zu sein in der Welt zwischen Himmel und Erde, wenn er die irdischen Ufer verlässt?«

Kalypso sah mich mit seitlich geneigtem Kopf misstrauisch an.

»Vielleicht«, sagte sie knapp. Dann lächelte sie wehmütig. »Ich sehe, du bist sein Sohn … Warum er mein großzügiges und außergewöhnliches Angebot in Wirklichkeit abgelehnt hat, weiß ich nicht. Dein Vater war schlau, er hätte auch in der Welt der Götter seinen Mann gestanden. Vielleicht hat er sich eher davor gefürchtet, sich unter den Göttern zu langweilen«, sagte sie dumpf.

»Unmöglich!«, protestierte ich erregt. »Langweilen auf dem Olymp!«

»Kind«, sagte Kalypso traurig, »schweig! Es gibt hier etwas, über das man nicht reden darf.«

Sie beugte sich zu mir. Als hätte sie Angst, dass ihre leisen Worte auf dem Olymp zu hören sind, flüsterte sie hinter vorgehaltener Hand:

»Das göttliche Dasein ist langweilig. Die Unsterblichkeit ist eintönig und ermüdend. Auch ein bisschen fürchterlich. Der Olymp, so ein erhabener Aufenthaltsort er auch ist, steckt voller Götter und Göttinnen, die sich langweilen und eifersüchtig und neidisch das Schicksal der Menschen beobachten. Der Tod, mit dem die Götter die Menschen gesegnet und geschlagen haben, ist auch ein großes Geschenk: Er gibt dem Leben Spannung.« Sie hob die Hand und sagte streng: »Dein Vater wusste das. Aber du, Junge, sprich niemals, nicht einmal im Traum, zu irgendjemandem von diesem Geheimnis!«

Ihre Augen sprühten grüne Funken. In diesem Augenblick war meine göttliche Gastgeberin wirklich furchterregend. Ich sah sie stumm an und fühlte mich, als würde ich bedroht. Aber zugleich auch, als wäre ich in einen besonderen Rang erhoben worden. Zum ersten Mal spürte ich, dass es eine Auszeichnung ist, Mensch zu sein.

XI

»Dein Vater wusste das«, wiederholte Kalypso. Jetzt sprach sie schnell und abgehackt. »Er hat alles beobachtet, sieben Jahre lang. Wie er auch zuvor bei den Menschen und den Göttern beobachtet hatte. Hier saß er, an meinem Rockzipfel, und hatte es nicht eilig, von mir wegzukommen. Ich leugne nicht, dass er der Herrscher meines Herzens war. Nach und nach gab ich ihm alles: meine Gefühle, mein göttliches und mein weibliches Wesen, dann meine Erinnerungen. Aber selbst dies war zu wenig. Seinen drängenden Fragen konnte ich mich letztlich nicht verweigern. Unser Verhältnis wuchs langsam über die Grenzen menschlicher Beziehungen hinaus. Wenn er in meinen Armen lag, war er manchmal wie ein Kind, das in der Wiege der Zeit und der Welt ruht, am Anfang aller Dinge. Du musst wissen«, sagte sie vertraulich, »dass dieser mutige und erfindungsreiche Mann in Wirklichkeit wie ein Schoßkind war: Er ließ sich nur zu gern verwöhnen. Es gefiel ihm, wenn seine Geliebten sich vor ihm fürchteten, aber zugleich mochte er es auch, wenn sie ihn verhätschelten und ihm mit Geschenken schmeichelten. Er bekam gern allerlei Geschenke.« Kalypso seufzte. »Ich musste ihm von den

Geheimnissen der göttlichen Familie erzählen, von der Erschaffung der Welt, vom Ursprung der Götter und der Menschen. Während ich erzählte, trank er Wein und hörte mit glänzenden Augen zu. Aber er mochte es auch, wenn meine Dienerinnen ihn badeten, seinen vielerduldeten Körper salbten und massierten. Schließlich hat er mir alles weggenommen.« Nun klang Kalypsos Stimme dumpf. »Ich habe ihm die göttlichen und die irdischen Geheimnisse anvertraut. Ich habe ihm meine Liebe gegeben. Als er abfuhr, füllte ich auf seinem Floß den Mantelsack mit fettem Fleisch und die Schläuche mit süßem Wein. Ich wusste, dass er in der Welt, in die er zurückkehrte, schillernden Tand brauchen würde, deshalb zögerte ich keinen Augenblick und gab ihm meinen Schmuck. Als sein Floß auf den Wogen des weinfarbenen Meeres davonglitt, habe ich ihm mit tränenblindem Blick hinterhergesehen. Mein ganzer Körper juckte, weil ich auch eine Hautkrankheit von deinem Vater bekommen habe«, sagte sie vertraulich. »Aber das ist nicht so wichtig. Später ist dank Hermupoa, einer Salbe des heilenden Hermes, diese Krankheit, die Ulysses mir zur Erinnerung hinterlassen hat, wieder weggegangen.« Sie seufzte bitter. »Alles habe ich ihm gegeben, das ist die Wahrheit.«

Jetzt war sie ganz weich gestimmt und nahm das Taschentuch an Mund und Augen. So sagte sie, mit keuchender, tiefer Stimme:

»Sieben Jahre lang hat er hier mit mir gelebt. Meinen Schmuck hat er weggetragen. Auf der Erde und im Olymp hat er mich in Verruf gebracht. Auch eine Krankheit habe ich von ihm bekommen. Das ist alles wahr.«

Ich senkte den Blick und betrachtete den Marmorfußboden. Kalypsos Busen entrang sich ein Seufzer. Sie lächelte durch ihre Tränen und sagte züchtig:

»Aber alles in allem war er großartig!«

In diesem Augenblick war die alte Nymphe wirklich ergreifend weiblich. Mit ihren Händen mit den rotlackierten Fingernägeln strich sie ihr in großartige Locken gelegtes Haar zurecht, denn in der Hitze der Erinnerung hatte sie mit unruhigen Fingern ihre Frisur ein wenig in Unordnung gebracht. Verstohlen beobachtete ich ihre Bewegungen, denn ich wollte gern Botschaft davon nach Ithaka bringen, ob es stimmte, dass die Geliebte meines Vaters eine Perücke trug, wie es meine strahlende Mutter erzählt hatte. Aber die feuerfarbene Haarpracht verriet ihr Geheimnis nicht. Kalypso wurde mitteilsamer; jetzt, nachdem sie das Schwierigste ausgesprochen hatte, entströmten ihr erleichtert die Worte.

»Großartig war er!«, rief sie begeistert. »Der liebste, unterhaltsamste Liebhaber. Mann und Kind zugleich. Ein umherstreifender Halbwüchsiger und zugleich weise wie die Sklaven, die auf griechischen Märkten von Leben und Tod lehren. Ob er schlief oder wach war – sieben Jahre lang war seine Präsenz in diesem Haus zu spüren. Von dem Augenblick an, in dem er meine Insel betrat, habe ich mich nie allein gefühlt. Die Nereiden – obwohl sie auf der Insel Lesbos sonderbare Spiele gelernt haben und sich am liebsten miteinander beschäftigen – sangen laut und glücklich bei der Arbeit, als wäre das Haus mit einer verborgenen Freude erfüllt. Meine Nymphen und Satyrn gingen flink und gut gelaunt an den Dienst. Vielleicht schickt es sich nicht ganz, mein Sohn, dass ich so offen zu dir von allem spreche, was zwischen deinem Vater und mir vorgefallen ist … Aber du bist ein Mensch, bist ein Mann, bist sein Sohn … Mit wem soll ich darüber reden, wenn nicht mit dir? Meine göttlichen Besucher, Hermes, Pan und die anderen, glauben, sie wüssten die Wahrheit, aber ich schweige vor ihnen, denn ich will nicht ihren Neid wecken. Mein Sohn, beuge dich näher zu mir.« Sie senkte die Stimme und raunte geheimnisvoll: »Ich will nicht, dass die neidischen Götter hören, was ich jetzt sage. Ich war sieben Jahre lang glücklich. Natürlich nicht auf die Weise wie die sterblichen Frauen, die das Glück zwischen Stube und Küche erleben, die es mit einem sentimentalen Gesellschaftsspiel verwechseln und ihre Gefühle in unendlicher Sicherheit wissen wollen. An der Seite von Ulysses kann man von Beständigkeit nicht einmal träumen, und von Sicherheit auch nicht. Wie das Meer, von wo er eines Tages kam, so war auch er: launenhaft, sich immer erneuernd und veränderlich. Er konnte großartig erzählen, das ist wahr. Aber wie meisterhaft er schweigen konnte! Vielleicht habe ich ihn nie so innig, mit so mütterlichen und zugleich so heftig weiblichen Gefühlen geliebt wie in den langen Nächten, in denen er nicht in meinem Bett lag, sondern mit mir hier saß und mich bat, ich möge ihm vom Ursprung der Welt, der Götter und der Menschen erzählen. Deine strahlende Mutter konnte deinem Vater mit all ihrer großartigen Tugendhaftigkeit nicht das bieten, was ich ihm geboten habe!« In ihrer Stimme lagen Leidenschaft und Eifersucht. »Das ist natürlich, weil deine Eltern, obwohl sie göttlicher Abstammung sind … wie es einst alle Menschen waren … die Erinnerungen an die herrliche Wirklichkeit am Anfang der Zeiten in der Blindheit des irdischen Daseins schon vergessen haben. Meine hehre Nachbarin Kirke ist selbst auch eine Nymphe. Aber sie hat deinen Vater nie Geheimes gelehrt … wenn man nicht das Panschen von Giften, Gebräuen und Zaubertränken, auf das sie sich versteht, als geheime Wissenschaft bezeichnen will.« Hass lag in ihrer Stimme, doch dann sprach sie ruhiger weiter. »Nein, die großen Geheimnisse habe ich ihn gelehrt. Hat er dir und deiner Mutter nichts davon erzählt?«, fragte sie argwöhnisch.

»Mein Vater war wortkarg nach seiner Heimkehr«, antwortete ich mutlos. »Er begnügte sich damit zu handeln. Mit Worten war er vorsichtig …«

»Weil er etwas wusste«, sagte Kalypso rasch und zufrieden. »Er schwieg, er weihte euch, die ziegen- und pferdezüchtenden Achäer, nicht in die letzten Geheimnisse ein, die er von mir gelernt hatte. Ich ließ ihn schwören, dass er schweigen würde, und ich höre mit Freude, dass er seinen Schwur gehalten hat. Er ist einer der wenigen Menschen, die wissen, dass ein Schwur etwas Wichtiges ist, ja, dass ein Schwur bindet! Ihr dort auf der Erde schwört heutzutage nur noch, mehr oder weniger gutgläubig … Aber zu Anbeginn der Zeiten gab es einen Schwur, der mehr war als ein Versprechen. Es gab einen Augenblick in der unendlichen Zeit, in dem der Schwur eine echte Tat war. Kannst du schweigen?«, fragte sie plötzlich in angreifendem Ton.

»Göttin«, sagte ich und richtete mich im Sitzen auf, so gut ich konnte, »ich kann nur mit irdischen Worten schwören. Wenn du dich damit zufriedengibst …«

»Ich gebe mich zufrieden«, sagte sie feierlich, »weil du sein Sohn bist. Alles kann ich dir nicht sagen.« Nach der ersten Begeisterung wurde sie vorsichtig und abwägend. »Aber ich will auch nicht, dass du auf ewig im Nebel der Unwissenheit lebst, zu der dich deine Erziehung in Ithaka verurteilt hat. Wir sind Verwandte, ob wir wollen oder nicht, und diese Verwandtschaft verpflichtet«, sagte sie großzügig. »Über den Ursprung der Menschen weißt du jetzt schon alles. Der Ursprung der Götter, die Zusammenhänge, die verwandtschaftlichen und blutsmäßigen Bindungen – das ist eine geheimnisvollere Wissenschaft. Die Einzelheiten verstehen nicht einmal die geringeren Götter. Alles, was ich sagen kann, ist die einfache Wahrheit über den Ursprung der Welt. Das ist das Wenigste, was du wissen musst, bevor du zu den Menschen zurückgehst und in den Fußstapfen deines Vaters deine irdische Laufbahn antrittst.«

Dankbar blinzelte ich und antwortete leise, dass ich demütig auf ihre Belehrung warte.

»Da gibt es nichts zu lehren«, sagte die Nymphe freundlich. »Der Ursprung der Welt ist eine ganz einfache Geschichte, die sogar ein Kind versteht. Im Anfang war die schwarzflüglige Nacht, also die Schöpfung von Chaos, Erebos und Tartaros«, erzählte sie im Plauderton. »Die Nacht legte ein Ei, aus dem der goldflüglige Eros schlüpfte. Das weißt du doch hoffentlich?«

»Mein Lehrer Mentor«, stammelte ich verlegen, »hat

während der Abwesenheit meines Vaters vergessen, mir dieses Märchen zu erzählen.«

»Märchen!«, rief Kalypso aufgebracht. »Das ist kein Märchen, Kind! Seit die Menschen so maßlos neugierig sind und reden wie ein Wasserfall, sind sie geneigt, die göttliche Wirklichkeit für eine Sage zu halten! Was ihr Sage nennt, das war einmal Wirklichkeit, und was ihr heute, nach den schriftlichen Mitteilungen der keuchenden Sklaven für Geschichte haltet, das ist in den Augen der Götter nichts anderes als die irdische, menschliche Version einer zweitrangigen Provinzlegende. Das wusste auch dein Vater. Er war der erste Mensch, der sich mit allen Konsequenzen der Welt der Menschen zugewandt hat, weil er wusste, dass der Mensch eine mächtige Waffe hat, mit der er sich auch den Handlungen des Wolkensammlers Zeus entgegenstellen kann: den Verstand ... Die Götter haben Macht«, flüsterte sie, »aber die Menschen haben Verstand. Mehr oder weniger«, fügte sie nachdenklich hinzu und knabberte nervös an ihrem roten Daumennagel.

Dann, als sie sich bei dieser selbstvergessenen, wenig eleganten Bewegung ertappte, nahm sie rasch die Hand vom Mund und sprach grimmig weiter.

»Märchen! So nennt ihr es! Das ist euer Lieblingswort, wenn ihr von etwas sprecht, das ihr nicht ganz versteht. Der Mythos, dieses große Spielzeug, mit dem die Argeier und Achäer so gerne herumspielen. Dein Vater hat dieses Wort nie in den Mund genommen. Sein Lieblingswort war Logos – der Verstand, der die Sage durchleuchtet. Deshalb war er Mensch«, sagte sie würdevoll und feierlich. »Er wusste, dass es eine Grenze gibt, wo das Märchenhafte, das Göttliche – also die Sage – sich in Wirklichkeit verwandelt und Geschichte wird. Aber er wusste auch, dass die menschliche Geschichte im zauberhaften Element der Zeit langsam zu zerfasern beginnt, sich verfeinert, und eines Tages wird die Wirklichkeit zur Sage. Alles, was vor Troja geschehen ist, die Pest, die Kämpfe, der Verrat, war irdische Wirklichkeit … Aber dein Vater wusste, dass die vielen Einzelheiten sich im menschlichen Verstand verdichten und aus einer menschlichen Unternehmung eines Tages eine Sage wird. Er, der er ganz und gar Mensch war, verfolgte mit großer Aufmerksamkeit die Geheimnisse der Götter und der Menschen, als hoffte er, dass die Kräfte der beiden welterschaffenden großen Geister, des Mythos und des Logos, sich eines Tages vereinen und etwas Glückliches schaffen könnten. Deshalb glaubte er nie, dass es ein Märchen ist, was ich ihm vom Ursprung der Welt, von der Herkunft der Götter und Menschen erzählt habe. Er wusste, dass all dies wahr war. Ja, die Nacht legte ein Ei, aus dem der goldgeflügelte Eros schlüpfte. Die zerbrochenen Schalen dieses Eis bilden den Himmel und die Erde. Der Himmel und die Erde zeugten Okeanos und Thetis … Aber davon scheue ich mich zu sprechen, das wissen ja sogar die Silenen.«

»Natürlich«, erwiderte ich rasch und verlegen. »Nur die Einzelheiten sind unklar …« Zu dieser Bemerkung nahm ich Zuflucht, weil ich gar nichts wusste. »Die Geburt der Götter geschah also damals …«

»Später«, sagte Kalypso überlegen, »viel später wurden die Götter geboren. Im Anfang war nichts anderes, nur Eros. Und am Ende« – sie sprach nun wieder sehr leise – »wenn sie alle gestorben sind, die sterblichen Menschen und auch die unsterblichen Götter, wird wieder nichts anderes sein als Eros. Denn auch die Unsterblichkeit hat eine Art Ende. Darüber sollte man aber besser schweigen!« Sie verstummte etwas verlegen, fuhr dann jedoch fort: »Es reicht, wenn du weißt, dass am Ende nichts als Eros sein wird. Was dazwischen war, geschah nicht in ganz logischer Folge. Hermes, der eine großartige Plaudertasche ist und mich manchmal besucht, hat gesagt, dass viele Götter die Geschichte ihres eigenen Ursprungs selbst nicht genau kennen. Das sind nur Götter, ohne Erinnerung … großartig zwar, aber ein bisschen schwachsinnig. Früher waren auch die Götter anders! Was für Kämpfe es zwischen ihnen gab! Am Anfang der Zeiten, als noch keine Zeit existierte! – Ewigkeit ist das Wort, das eure geschwätzigen Weisen und bärtigen Priester in Ithaka und auf den Inseln dafür benutzen!«, sagte sie bitter. »Ihr denkt nicht daran, dass etwas, was man in den Rahmen eines Begriffes spannen kann, nicht mehr ewig ist, weil es ja Grenzen hat! Mit deinem Vater konnte man sich großartig über all das unterhalten. Hier saß er, mir gegenüber, wie du jetzt, ab und an hob er den Kelch an seinen göttlichen Mund, wie du gerade eben, und sah mich lächelnd von der Seite her mit glänzenden Augen an, wenn ich von den Kämpfen der Götter sprach … ja, wie du jetzt! Die Welt ist nicht in Rosenwasser geboren, mein Sohn … Weder die Menschen- noch die Götterwelt ist in Rosenwasser geboren. Immer gab es Blut und Samen und Kampf. Eros lässt ohne Blut kein Leben entstehen. Die Urahnen der Menschen, mein hehrer Vater dort im Kaukasus, wo er sich mit erhabener, wenn auch etwas langweiliger himmlischer Trägerarbeit beschäftigt, dann Prometheus und Menotios, auf den das ›Schicksal wartet‹, wie schon sein Name verrät: Alle haben mit Blut für die Geheimnisse des Lebens bezahlt! Was für Kämpfe gab es hier am Anfang!« Die Nymphe hatte sich in leidenschaftliche Erregung geredet. »Ich will jetzt nicht von den vergänglichen Aufständen sprechen, als Typhaon, der Dämon der Feuerspucker, und Polybotes, der Dämon des Erdbebens, gegen die Himmlischen revoltiert haben! Das waren Zwischenspiele, die der hehre Zeus mit Polizeimaßnahmen in den Griff bekommen hat. Aber am Anfang, als alles brodelte und wirbelte, als jeder eine Rolle und einen Rang wollte, als die drei Elemente, das Wasser, das Feuer und die Luft, sich noch nicht zum Gleichgewicht vermischt hatten … Mit was für einem Donnergetöse wurde da die Welt geboren! Ich erinnere mich an die Revolutionen«, sagte sie geheimnisvoll, »als es für kurze Zeit schien, als würde der Weltenraum vom Chaos regiert werden! Als die Titanen, diese wütenden Vorgötter, und dann die Giganten, diese wilden Vormenschen, sich zusammenschlossen, um sich die Welt unter den Nagel zu reißen! Alles, was vor Trojas Mauern geschehen ist, wird winzig neben dem Aufstand der sieben Titanen! Wilde Kerle waren das! Sie wohnten am Rand der Erde und durften nicht zum Olymp hinauf. Sie glaubten, weil sie aus dem Blut des auf der Insel der Phaiaken entmannten Uranos stammen, hätten sie schon ein Recht auf die Weltherrschaft! Sie haben von Dionysos' Leib gegessen ... Es war schrecklich!« Schaudernd hielt sich die Nymphe eine Hand über die Augen.

»Aber der erhabene Zeus hat immer aufgepasst«, sagte ich taktvoll. Ich wollte sie beruhigen, denn ich sah, dass die Erinnerungen sie zu sehr aufregten.

Die Nymphe nahm die Hand von den Augen:

»Fünfte Generation«, sagte sie etwas verächtlich und winkte ab. Ruhiger fuhr sie fort: »Zeus und Hera sind erst die fünfte Generation. Ja, mit ihrer Ehe, zu deren Ehre Gaia im Okeanos den Garten der Hesperiden errichtete, aus dem wir die Äpfel bekommen ... mit ihrer Ehe begann das Weltenschicksal. Die Reihenfolge ist geheimnisvoller. Nachdem das Ei zerbrochen war, folgten rasch aufeinander die Generationen aus der Vereinigung von Himmel und Erde. Okeanos und Thetis, die Nährerin, lebten in einer ziemlich guten Ehe, und Thetis gebar meinem hehren Ahnen der Reihe nach die Söhne Phorkys und Kronos, dann Rheia und die anderen Titanen. Schade, dass Kronos seine Kinder später auffraß ... Diese Gefräßigkeit war eine schlechte Sitte in all diesen alten Familien. Aber die Weltrollen verteilte Eros erst später unter den Geschöpfen. Auf die erste Generation – die Familie von Uranos und Gaia – folgten schnell die nächsten, und als Zeus seine Schwester zur Frau nahm und endlich das Schicksal der Welt beginnen konnte, übernahm er die Schirmherrschaft für das Feuer, Hera die für die Luft, Nestis die fürs Wasser und Aidoneus die für die Erde. Eine Zeit lang kamen die Weltelemente friedlich miteinander aus.« Sie war gerührt von der Erinnerung. »Leider hat Neikes ihnen dazwischengefunkt.«

»Neikes war auch ein Element?«, fragte ich unwillkürlich voller Neugier.

Kalypso sah mich mitleidig an:

»Du musst noch viel lernen, mein Sohn. Wenn du nach Ithaka zurückgehst, bitte deinen Vater, dir die grundlegenden Kenntnisse über die himmlischen und irdischen Geheimnisse zu vermitteln. Er ist, dank meiner, ziemlich eingeweiht«, sagte sie überheblich. »Neikes war kein Element, er war die Leidenschaft, er war der Zwist … Eines Tages redete der Zwist dazwischen und trennte die friedlichen Elemente. Seither will der Kampf nicht aufhören. Das Feuer ficht gegen das Wasser, die Luft gegen das Feuer, und Hermes hat neulich entsetzt davon gesprochen, dass man in den höchsten Kreisen des hehren Olymps, wo man sich mit dem Weltenschicksal befasst, den Aufstand des gewöhnlichsten Elementes, der Erde, und seiner Frucht, des Menschen, mit Sorge beobachte. Aber Zeus duldet keinen Aufstand!« Ernst hob sie Stimme und Zeigefinger. Ihre schönen, klugen Augen blitzten mich jetzt mit dunklem Feuer an.

Mir lief es kalt über den Rücken. In ihren Worten hörte ich eine Drohung mitschwingen. Ich glaubte, in meinem eigenen Namen und in dem des ganzen menschlichen Geschlechts zu sprechen, als ich lebhaft einwarf:

»Wenn der erhabene Zeus aufpasst und keinen Aufstand duldet, dann wird vielleicht auch das elende Geschlecht der Menschen rechtzeitig zahm, ebenso wie die aufständischen Titanen …«

»Mit den Titanen ist der Erhabene leicht fertiggeworden.« Kalypso zuckte mit den Schultern. »Als er von Hekate von dem Aufstand erfuhr, hat er sie einfach niedergeblitzt. Die meisten sind verbrannt, und aus ihrer Asche hat Zeus das Material für die Körper der Menschen bekommen. Diese Titanenasche, die organischer Bestandteil allen menschlichen Fleisches ist«, sagte sie mit einem gewinnenden Lächeln und streckte die Hand aus, um mir die Wange zu streicheln, »ist ein spannender Stoff im Organismus des Menschen. Sie erinnert den menschlichen Körper an seinen göttlichen Ursprung.« Wieder lächelte sie lüstern und kokett. Ich bekam eine Gänsehaut. »Aber es wurden nicht alle Titanen vernichtet. Die meisten hat Zeus im Tartaros eingeschlossen«, sagte sie gleichgültig, »in dem Gefängnis in der Mitte der Erde. Dieses Kittchen, wo auch ungehorsame Götter eingesperrt werden, für längere oder kürzere Zeit, wenn sie unbändig sind und der einfache Hausarrest auf dem Olymp nicht mehr ausreicht, um sie zu disziplinieren … Aber den Menschen in den Griff zu bekommen ist schwieriger.« Ihre Stimme klang sorgenvoll.

»Was sagst du, hehre Frau?«, fragte ich verblüfft. »Die Götter bekommen den Menschen nicht in den Griff?«

»Die Menschen«, sagte Kalypso beklommen, »waren keine Gefahr für die Götter, solange sie an den Mythos glaubten und sich mit dem berauschenden Zauber des Weltenmärchens zufriedengaben. Aber jetzt, da solche Menschen, wie beispielsweise dein Vater, mit der Leuchte des Logos durch die Welt gehen …«

Mit schiefem Blick sah sie mich skeptisch an. Neugierig wartete sie auf meine Reaktion. Mein Herz schlug angesichts der großen Ehre. Was ich gehört hatte, war schrecklich, doch zugleich auch inspirierend. Das Wesen und die Rolle meines Vaters, der wahre Sinn seiner ruhelosen Reisen, seiner suchenden und forschenden Abenteuer begannen sich mir in neuem Licht zu zeigen. Zum ersten Mal hatte ich – noch dazu aus dem Mund eines göttlichen Wesens – gehört, dass Ulysses nicht nur die Frauen, die Achäer und die Phaiaken hereinlegen konnte, sondern auch die Götter.

»Du überschätzt das Maß unserer Fähigkeiten, Göttin«, erwiderte ich mit falscher Bescheidenheit. »Wir, die elenden Menschen, können niemals Konkurrenten der strahlenden Götter sein. Wer glaubt denn ernsthaft, dass mein Vater, der über List und einen durchtriebenen Verstand verfügt, sich jemals dem Willen der Götter widersetzen würde? Mein Vater liebt das Abenteuer, aber ansonsten ist er ein tief religiöser Mensch.«

»Auch der Gottessohn Kronos war religiös, trotzdem hat er einen Aufstand angezettelt und seine Kinder aufgefressen«, erwiderte Kalypso heftig und fuhr dann nachsichtiger fort: »Er war gefräßig, aber religiös. Nein, mein Sohn, der Verdacht und die Sorge der Götter, mit der sie die Unternehmungen der Menschen im Allgemeinen und insbesondere die des großartigen Ulysses beobachten, sind nicht ganz unbegründet … Der Mensch ist nicht mehr das arglose Wesen, das er am Anfang der Zeiten war. Damals waren die Menschen nämlich gut und edel«, sagte sie leise. »Aber dann folgten sehr rasch aufeinander vier unterschiedliche Generationen: die Generation des Goldes, des Silbers, der Bronze und des Eisens, und das Wesen und die Grundnatur des Menschen änderten sich. Die letzte Generation ist am gefährlichsten.« Kalypso war Besorgnis anzuhören. »Dein Vater und seine Gefährten sind schon im Zeichen des Eisens geboren. Hermes erschien nicht nur wegen des Verrats der verblühten Göttin, der eulenäugigen, geschwätzigen und eifersüchtigen Pallas Athene, eines Tages hier, um nach deinem Vater zu sehen«, sagte Kalypso geheimnisvoll. »Die Götter machten sich Sorgen, dass Ulysses' zauberhaftes und zugleich männliches Wesen mir, einem göttlichen, aber einsamen Wesen, das Herz betören und mir vielleicht Geheimnisse entlocken könnte, die im Besitz eines Sterblichen gefährlich sein können. Doch ich habe ihm nicht mehr gesagt als das, wozu ich das Recht habe«, sagte sie mit dumpfer, unsicherer Stimme.

Wir schwiegen lange. Beide betrachteten wir das rötliche Feuer. Kalypso stützte sich mit den Ellenbogen auf ihre Knie und sah etwas schielend und blinzelnd und mit in die Ferne forschendem Blick vor sich hin.

»Jetzt weißt du alles, Junge«, sagte sie dann kurz, beinah grob. »Wenn du auf die Erde zurückgehst, an den Rockzipfel deiner Mutter oder in die Arme der irdischen Frauen, und dein Leben auf Männerweise zu leben beginnst, dann erinnere dich an all das, was du gelernt hast. Das war ich deinem Vater noch schuldig«, sagte sie bitter, »und nicht nur ihm, sondern auch dem Geschlecht der Nymphen. Sag deiner Mutter, dass ich deinen Vater niemals mit Gewalt zurückgehalten habe. Pallas Athene hat gelogen, weil die Götter auf alle Göttinnen eifersüchtig sind, die sich mit einem Menschen in Liebe vereinen. Dein Vater ist freiwillig zu mir gekommen, nach seinen schrecklichen und lächerlichen Abenteuern, als er die Arglist der Menschen und die Unbeständigkeit der Götter bereits kennengelernt hatte. Er hatte es nicht eilig, hier wegzukommen«, sagte sie stolz, »obwohl ich ihn nicht mit einem Faden an mein Bett gebunden und ihm auch keine Haare ins Essen gemischt habe. Er ist freiwillig bei mir geblieben, hat sich vom Kriegsleben und den Mühen der wilden Abenteuer erholt, ist von seinem Magenleiden geheilt worden, hat gelebt, gelernt und geliebt … Und Hermes lügt, wenn er erzählt, er hätte deinen Vater weinend vorgefunden, weil er meiner Liebe überdrüssig war. Sieh mich an, Junge!«, sagte sie hoheitsvoll. »Ich bin nicht so berühmt wie gewisse liederliche Spartanerinnen, deren Namen in die Geschichte eingegangen und für die sterbliche Männer in einen hirnverbrannten Kampf gezogen sind. In meinem göttlichen Rang lebe ich allein. Eine Schwäche habe ich freilich: Ich habe deinen Vater getroffen und zusammen mit ihm die Menschen kennen- und lieben gelernt.« Plötzlich sprach sie leise und unsicher. »Glaubst du wirklich, dass ich eine Frau bin, von der man nach sieben Jahren genug hat?«

»Strahlendes Wesen«, sagte ich bewegt, »ich sehe, die Wirklichkeit ist wieder einmal anders als die Gerüchte. Wenn ich in der Welt etwas für deinen und der Nymphen guten Ruf tun kann …«

»Du kannst weitererzählen, was du gehört, gesehen

und erfahren hast«, sagte Kalypso stolz. »Sag den Menschen, dass du eine Nymphe getroffen hast, die einen Menschen geliebt und für ein menschliches Wesen auf die Freundschaft der Götter verzichtet hat.« Kalypso sprach jetzt ernst und würdevoll. »Aber auch meine Liebe war nicht stark genug, um diesen Menschen aus der Welt der Sterblichen in die Unsterblichkeit zu locken. Ich weiß, dass auch er mich geliebt hat«, gestand sie verschämt. »Trotzdem hat er mich verlassen, weil ihn die Erde rief. Er zog in das Abenteuer, dessen letzter Halt der Tod ist«, sagte sie ruhig. »Er tat dies, weil er ein Mensch war.«

Bescheiden murmelte ich, dass mein Vater gewiss in seinem Herzen die dankbaren Gefühle für seine göttliche Freundin bewahrt habe. Aber Kalypso, das weiße Taschentuch in der Hand, winkte ab:

»Er weiß nicht, was Dank ist«, sagte sie, »denn er ist ein Mensch. Jedenfalls kannst du den sterblichen Frauen und Männern sagen, dass du zu Gast bei einer Nymphe warst, wie dein Vater. Du kannst sagen, dass wir Nymphen keine Menschen essen. Auch das ist das Vorrecht der Menschen, wie seit einiger Zeit alle Schrecklichkeiten!« Sie sprach leise und aufgebracht. »Wir Nymphen wollten die Wohltäterinnen der Menschheit sein. Wir lassen das Obst reifen, und indem wir die Menschen lehrten, dass man auch Obst essen kann, befreiten wir sie von dem verabscheuenswerten Gesetz des Kannibalismus, den sie gewissen, mit unersättlichem Appetit gesegneten Göttersöhnen nachgeäfft hatten. Wir waren die Ersten auf der Welt, die gewebt und gesponnen haben.

Wir haben die Kleidung erfunden, die Scham entdeckt. Das war vielleicht ein Fehler«, sagte sie nachdenklich. »Unbekleidet, so scheint es, war der Mensch nicht so neugierig auf die Geheimnisse der Scham wie heutzutage, wo ein Schleier über den Körpern der Angehörigen des anderen Geschlechts liegt. Aber wir haben der undankbaren Welt noch viel mehr Gutes gebracht. Wir möchten gern, dass die Menschheit, wie im Goldenen Zeitalter, wieder ohne Mühen die Früchte der Erde genießen kann, deshalb haben meine Nymphen den Sklavinnen der Mahlmühlen die Arbeit abgenommen. Wir lehrten die Menschen, Myrrhe zu knabbern, und auch, Natron als Reinigungsmittel zu benutzen. Wir züchteten Bienen, damit das Leben ein wenig süß ist, wir verkündeten den großen Vorteil der Nähe von Gewässern, Bächen, Quellen und Flüssen. Wir lehrten die Menschen, dass alles, was lebt, aus der Feuchtigkeit stammt. Die Menschen jedoch haben nichts gelernt«, sagte die Nymphe finster. »Sie brauchen die Arbeit, brauchen die Scham. Sie brauchen es, dass sie ihre Menschengefährten auffressen. Und sie brauchen den Tod«, sagte sie streng.

Eine sonderbare Stille war im Zimmer eingekehrt. Es schien, als hätte das Gesetz der Zeit aufgehört zu herrschen. Ich wusste nicht, ob es noch Nacht war oder schon Morgen. Kalypso stand jetzt plötzlich auf, als hätte sie alles gesagt.

»Du musst müde sein«, sagte sie und lächelte unergründlich. »Wir haben genug gesprochen. Das Geheimnis der Schicksale darf ich dir nicht verraten … Ich kann dir nur eins sagen: Fürchte dich nicht vor deinem Vater.

Er tötet dich nicht«, und wieder lächelte die Nymphe sonderbar und geheimnisvoll. »Eure Schicksale werden von den Parzen schon gesponnen. Jedenfalls tust du gut daran, deine eigenen Wege zu gehen und die Gesellschaft des Lichtbringers zu meiden. Jetzt komm mit mir!«

Mit raschen Schritten ging sie voran. Beunruhigt folgte ich ihr. Im prächtigen Hintergrund der Höhle verdeckte ein Vorhang den Eingang, der in einen kleinen Raum führte. Eine mit Bärenleder bedeckte, breite Liege nahm die gesamte Breite der Kammer ein.

»Hier hat dein Vater gewohnt«, sagte die Nymphe feierlich. »Sieben Jahre lang hat sein großartiger Körper hier geruht«, sagte sie leise und boshaft. »Ruhe dich aus, Junge!«

Ich ging in das Schlafkabinett und stand reglos und sehr verlegen vor der Liege. Das Zimmer war einfach. Die Vorstellung, dass mein Vater und die Nymphe sieben Jahre lang auf dieser Liege die Geheimnisse ihres gegenseitigen göttlichen und menschlichen Wesens kennengelernt hatten, war mir peinlich. Kalypso stand reglos und mit verschränkten Armen in der Tür und beobachtete mit einem dunklen Lächeln meine Verlegenheit.

»Göttin«, sagte ich, »in der Frühe reise ich ab. Danke für alles. Ich habe das Gefühl, dass ich nicht umsonst hier war. Alles, was du mich gelehrt hast, bleibt in meinem Herzen lebendig. Aber die Angst, die aufgeflammt ist, als der Lichtbringer heimkam, raucht mit dunkler Glut in Ithaka. Wir schlafen unruhig. Ich selbst träume oft von Hunden und Schlangen …«

»Weil du ein Achäer bist«, sagte Kalypso ernst. »Jedes

Volk hat andere Traumsymbole. Dein Vater hat hier in diesem Zimmer gesagt, nach seinen unruhigen Nächten, in denen er von zu Hause träumte, dass in den Träumen vieler Achäer Hund und Schlange die Toten bedeuten.«

»Die Erinnerungen an die vielen Toten begleiten mich seit der Heimkehr meines Vaters«, sagte ich. »Ich schlafe unruhig. Ich möchte versöhnt an ihn denken, aber das Wissen, dass er irgendwo ist, plant und etwas vorbereitet, beunruhigt nicht nur die Götter, sondern auch uns Achäer, seine Familienmitglieder. Wir haben voller Angst auf ihn gewartet. Und jetzt, da er heimgekommen ist, auf schreckliche Weise Gerechtigkeit geschaffen und uns wieder verlassen hat, denken viele voller Wut an ihn. Ulysses hat keinen Frieden gebracht«, sagte ich niedergeschlagen. »Er hat die Wut nach Ithaka gebracht. Die Wut, die das Geschlecht der Menschen erfüllt, in Ithaka und anderswo, kann niemand versöhnen …«

»Nur Eros!«, sagte Kalypso majestätisch mit kräftiger Stimme.

Ihre Worte hatten einen eigenartigen Klang. Voll war dieser Klang, weiblich und heiser. Vor Überraschung setzte ich mich auf die Liege. Kalypso ließ sich mit einer plötzlichen und jugendlichen Bewegung neben mir nieder. In ihren meerfarbenen Augen wirbelte opalenes Licht. Die ehrwürdige Nymphe schien jetzt gar kein Alter mehr zu haben. Sie sah mir tief in die Augen und sagte leise:

»Nur Eros, Kind! Es gibt keinen anderen Frieden, im Himmel und auf der Erde, als den, den Eros schenkt. Dein Vater wusste das!«

Mit ihren schönen Händen streichelte sie verständnisvoll meine Locken. Ich begann mich zu fürchten. Ihre Handfläche berührte mich an der Stirn. Dann glitten ihre Finger über meine Ohrläppchen. Mit halb geschlossenen Lidern sah sie mich kurzsichtig an und murmelte leise:

»Wie vertraut sind mir deine Augen und Ohren …!«

XII

Früh am Morgen fuhr ich ab. Kalypso begleitete mich zum Abschied bis zum Tor ihres Hauses. Im grünen Gewand stand sie reif und üppig im Morgenlicht. Ich trat über die Quelle, die vor dem Gartentor sprudelte, und bevor ich im Dickicht des Waldes verschwand, entbot ich der Gastgeberin dieser besonderen Nacht meinen Gruß:

»Friede den Göttern!«

Kalypso streckte ihren weißen Arm aus. So schickte sie mir mit einer segnenden und verzeihenden Bewegung das Abschiedswort hinterher:

»Friede für Ithaka!«

Mit raschen Schritten eilte ich durch den dichten Wald zum Hafen. Die Vögel von Ogygia sangen, und die rosenfingrige Morgenröte hatte ihr Licht auf die üppigen Waldwiesen gestreut. Ich war leicht müde. Und zugleich angenehm erfrischt. Ich fühlte mich, als hätte man mich ausgeraubt. Aber auch, als wäre ich reich beschenkt worden. Von der Nacht – von allem, was ich gehört hatte, und von allem, was später ohne Worte folgte – blieben keine unangenehmen Erinnerungen zurück. Ich beschloss, verschwiegen, aber großherzig zu sein und, wo ich in der Menschenwelt eine falsche Beschuldigung hören würde, das Wort zur Verteidigung der Nymphen zu ergreifen.

Meine Schiffsleute empfingen mich mit lautstarker Begeisterung. Ich rief die einfachen Männer mit einigen strengen Worten zur Ruhe und befahl, die Segel zu setzen und das Schiff gen Nordosten zu lenken, auf Ithakas Hafen zu. In den Morgenstunden hatten die Nereiden und Silene – auf das großzügige, sorgsame Gebot meiner göttlichen Gastgeberin – den Bauch meines Schiffes mit schmackhaften Speisen und Getränken gefüllt. Ein Mantelsack aus veredelter Ziegenhaut und ein Schlauch – Geschenke Kalypsos – waren für mich allein bestimmt. Der süße Wein im Schlauch, der mich an Nektar erinnerte, rief mir die Ereignisse der Nacht wach, die ich im Haus der edlen Spenderin verbracht hatte: Feurig war er und zugleich sonderbar, weise herb, wie der Kuss der Göttin … Kalypso wusste, dass der Mensch nicht allein vom Wort lebt, und deshalb fand ich in dem Mantelsack eine herrliche Auswahl sorgsam in Weinblätter gewickelter Köstlichkeiten: gepresste Feigen, getrocknete Weinbeeren, auf Stein gebackenes, mit Honig gesüßtes Gebäck, Räucherfisch, Hammelkeule mit Majoran, kaltes Rehfleisch in Eiersauce und Öl, Büffelkäse mit Anis … Sorgsam durchsuchte ich den Mantelsack und erkannte in der Zusammenstellung edler Speisen gerührt den vorzüglichen Geschmack und die Fürsorge meiner Gastgeberin. Meine forschende Hand tastete sich an der Seite des Mantelsacks in die Tiefe, denn es war nicht ausgeschlossen, dass Kalypso der Tradition ihres Hauses treu blieb und ihrem abreisenden sterblichen Gast nicht nur Speisen und Getränke mit auf den Weg gab, sondern in einem verborgenen Beutel einige Schmuckstücke, glänzende und wertvolle Andenken, wie es auf den Inseln allgemein Brauch war, wenn jemand zu Besuch kam. Aber ich fand keinen Schmuck und auch keinen ähnlich glänzenden Tand. Ich zog meine forschende Hand aus dem Mantelsack und verlor ein wenig die gute Laune. Doch dann fiel mir ein, dass mein Vater schon damals alles Wertvolle von der Insel mitgenommen hatte und Kalypso deshalb dem Sohn des großen Abreisers beim besten Willen nichts anderes mitgeben konnte als die Erinnerung an ihre reifen Küsse.

Diese Erinnerung war nicht unangenehm. Auf der langen Seereise, die meine Barke nach Ithaka zurückführte, hatte ich Zeit und Gelegenheit, über alles nachzudenken, was ich auf den Spuren der Reisen und Abenteuer meines Vaters erfahren hatte. Das Ergebnis meiner Grübeleien war der Entschluss, mit dem Forschen aufzuhören, weil ich das rätselhafte Wesen meines Vaters nun ausreichend zu kennen glaubte. Er war mein Vater, er war Mensch, er war der Mann meiner hehren Mutter Penelope, war der Freund von Nausikaa, Kalypso, Kirke und noch einigen anderen Inseldamen, war der Held von Troja … Aber zugleich war er auch noch etwas anderes. Weniger als ein Gott. Und vielleicht etwas mehr als ein Mensch … So viel hatte ich verstanden. Es ist sicher, dass ein solches Geschöpf gefährlich ist, und die Götter waren nicht ohne Grund besorgt wegen des irdischen Auftretens meines hehren Vaters. Sicher schien auch, dass wir, seine Familienmitglieder, seine Geliebten, seine Mitkämpfer, Trinkkumpane, Abenteuergefährten, die von ihm Beschenkten und die von ihm Betrogenen, die Gesellschaft dieses außergewöhnlichen Wesens besser nur mit Vorsicht suchten. Unter dem Eindruck der Erfahrungen meiner Reise beschloss ich auch, in Zukunft die Gesellschaft von Damen zu meiden, die irgendwo an den Ufern des Peloponnes für kürzere oder längere Zeit in den viel erduldeten, aber muskulösen Armen meines hehren Vaters gelegen hatten. Nach dieser Nacht gab ich den Plan auf, Tante Helena in Sparta noch einmal zu besuchen. Gewiss, diese mit mir verwandte Dame war schon sehr alt … Doch der Besuch bei Kalypso hatte dafür gesorgt, dass ich aus dem Lebensalter der Damenbekanntschaften meines Vaters keine voreiligen Schlüsse mehr zog. Ich beschloss, meine Manneskraft in Zukunft nur an einfache, sterbliche Frauen zu verschwenden, die keine Verwandtschaft mit den Göttern unterhalten und sich mit dem Zauber meiner Person zufriedengeben, ohne sich dabei an die Augen und Ohren meines Vaters zu erinnern.

Diese Entscheidung war einfältig. Ich wusste noch nicht, dass ich gegen den Willen meines Vaters und der Götter nichts ausrichten kann, und ebenso wenig konnte ich wissen, dass mein Vater mir ein anderes Schicksal zugedacht hatte, nämlich genau das, gegen das ich mich so vehement sträubte: mein Leben in den Armen einer Göttin fortzusetzen, zeitlos, und dass diese Frau niemand anders sein würde als Kirke, die mein Vater, wie so viele andere Göttinnen, großzügig mit seiner Manneskraft beschenkt und dann schnöde verlassen hatte! Der Schleier, mit dem die Götter den umherirrenden Sterblichen den Blick verhängen und den wir Menschen Schicksal nennen, hatte sich für mich damals noch nicht gehoben! Mein Vater lebte, und ich beschloss, in Zukunft ehrfurchtsvoll an ihn zu denken – zugleich aber die Begegnung mit ihm und mit allen zu meiden, mit denen er im Zuge seines abenteuerlichen Lebenswandels irgendwann zu tun gehabt hatte. Ich war unruhig. Auch die Spitze meines Schiffes bohrte sich mit unruhigen Schwüngen in die schaumbedeckten Wirbel des weinfarbenen Meeres. Ich hatte das Gefühl, meine Jugend sei jetzt vergangen. In Zukunft würde ich meinen eigenen Weg gehen müssen. Die Jugend war das Warten gewesen, also der Mythos. Jetzt würde der Weg des Verstandes und der Erfahrung kommen, also die Zeit des Logos, das Mannesalter. Ich erinnere mich, dass mein Schiff, als mich diese Gedanken bewegten, durch einen wolkigen und nebligen Meeresabschnitt fuhr, und mir schien, als hörte ich im Nebel ein spöttisches, heiseres Lachen. Meine abergläubischen Schiffsleute beteuerten, Aiolos lache über unseren Weg. Heute weiß ich jedoch, dass die Seele meines Vaters im feuchten Dunkel lachte.

Ich kehrte nach Ithaka zurück und begann auf der Scholle der Ahnen zu leben, so gut ich konnte. Eines Tages kehrte auch meine großartige Mutter heim. Aber das ist wieder eine andere Geschichte. Und dann geschah alles unerbittlich so, wie die Götter es wollten und mein Vater es im Augenblick seines Todes befahl. Ich heiratete die Frau, die er von sich gestoßen hatte, und eigenartige Erinnerungen an Ärger und Schwärmerei toben in unseren Herzen, wenn wir uns, gemäß den Gesetzen des Ehelebens, von Zeit zu Zeit in die Arme fallen, wir beide, die göttliche Kirke, die Geliebte meines Vaters, und ich, der zur Unsterblichkeit verurteilte Sohn dieses Vaters. Ich lebe auf der Insel Aiaia, und meine hehre Mutter, die Frau meines edlen Halbbruders, des Mörders Telegonos, leben auch hier mit uns. Wir bemühen uns, in Frieden zu leben, und wir pflegen die Erinnerung an den Mann, mit dem uns so oder anders, jedenfalls aber dem Blut nach, irgendetwas verbindet. Diese Aufgabe ist nicht einfach. Beinahe übermenschlich. Aber der Lichtbringer mochte übermenschliche Situationen. Alles in allem, glaube ich, ist es mir gelungen, meinen Vater kennenzulernen. Kalypso hat das Geheimnis gelüftet: Ulysses war Mensch ... Jetzt habe ich alles über ihn gesagt. Oder jedenfalls alles, was ich sagen kann. Ich glaube, so war er – oder so ähnlich. Aber in Wirklichkeit kann ich nicht wissen, wie er war – ich war ja nur sein Sohn.

Dritter Gesang

Telegonos

I

Meine flechtenschöne Mutter, die strahlende Todesgöttin Kirke, erzog mich schon in meinem zartesten Alter dazu, auf unserem Gut die Schweine zu hüten.

Diese Beschäftigung entsprach ganz meinen kindlichen Neigungen. In Gesellschaft von Schweinen verging meine Kindheit, und ich bewahre viele angenehme Erinnerungen an die Zeit, in der ich mit diesen grunzenden Gefährten meiner Jugend über Wiesen und Felder streifte. Später erfuhr ich erst, dass die Schweine, die meine Mutter mir jungem Hirten anvertraute, in Wirklichkeit verzauberte Menschen waren. Der Augenblick, in dem meine Mutter meinen Verstand aufklärte und ich begriff, dass der Mensch, dieses sonderbare Wesen, zugleich voller tierischer und göttlicher Möglichkeiten ist, wird mir immer in Erinnerung bleiben. Ebenso wie später der andere Augenblick, in dem ich die Insel Aiaia, meine Mutter, ihre Diener und die Schweine verließ, um bei den menschenartigen Menschen zu leben. Auch dieser Augenblick war fürchterlich. Ich erfuhr, dass mein Vater ein Mensch war, dass ich also – trotz meiner göttlichen Abstammung – selbst auch tierisch und göttlich, mit einem Wort menschlich bin. Dieses Wissen erschütterte meine junge Seele zutiefst. Ich fürchtete mich vor den Menschen. Ich fürchtete mich vor dem Tierischen in ihnen. Heute, da ich schon mehr über dieses sonderbare Geschlecht weiß, fürchte ich mich eher vor dem Menschlichen in ihnen.

Mit den Schweinen kam ich leicht zurecht. Aiaia, der Besitz meiner Mutter, ist eine Insel des Ostens, also wasserreich, mit von starken Niederschlägen gesegnetem Ackerland und schattigen Wäldern, die reichlich Kornellen und Eicheln abwarfen. Meine Kindheit ist, dank der Gnade des Helios, meines Großvaters mütterlicherseits, voller sonnenbeschienener Erinnerungen. Meine Großmutter Perse und mein Urgroßvater mütterlicherseits, der wasserliebende Okeanos, überhäuften mich mit Wasserspielzeug: Niemals fehlten in den Buchten unserer Insel die schnell springenden, fetten Delfine, die fliegenden Fische, deren feuchte Flossen in den Strahlen von Helios' Licht glänzten wie die Flughäute einer Libelle, und auch nicht die dickscherigen Krebse, die ich mit der Fischgabel jagte. Der kleine Sauhirt hatte Zeit, im Sand am sonnenbeschienenen Ufer mit den Wundern des Meeres zu spielen, während die seiner Sorge anvertrauten Schweine am Rande des schattigen Waldes friedlich Eicheln fraßen. Ich hatte meine Lieblinge unter ihnen: So erinnere ich mich an einen neunjährigen Eber mit lockigem, schwarzem Fell, der auf den lockenden Ton meiner Flöte grunzend zu mir eilte und mir die Eicheln aus der Hand fraß. Später erfuhr ich, dass dieses Schwein ein thesprotischer Fürst gewesen war, bis ihn sein Abenteuerblut in die Nähe meiner Mutter gebracht hatte.

Wenn ich an meine Kindheit zurückdenke, erwachen

zauberhafte Bilder zum Leben. Meine Mutter hatte mich, wie ich später verstand, zu Erziehungszwecken unter die Schweine geschickt. Sie wollte, dass ich rechtzeitig und gründlich die tierische Natur der Menschen kennenlerne – die der Menschen, mit denen ich in meinem späteren Leben so viele Probleme bekam. Die Insel Aiaia wurde selten von Menschen betreten: Die Toteninsel, die nur eine Tagesreise von der Totenwelt entfernt liegt, hatte an menschlichen Ufern einen fürchterlichen Ruf. Sterblichen, die sich auf unsere Insel verirrten, war mit wenigen Ausnahmen dasselbe Schicksal beschieden: Sie kamen in den Stall oder setzten ihr Leben als Schatten im nahen Hades fort. Mein Vater und seine Gefährten waren die große Ausnahme. Von alledem wusste ich in meiner Kindheit nichts. Ich genoss das Leben, die Freiheit, das Spiel und die Gesellschaft der Schweine. Später, als ich die Menschen nur noch in menschlicher Gestalt kennenlernte, konnte ich mich in ihrer Gesellschaft nie restlos wohlfühlen. Sobald sich der Mensch auf zwei Beine stellt, wird er hochmütig.

Aber auf vier Beinen, mit lockigen, schmierigen Borsten, Ringelschwanz, Hauern und kräftigen Kiefern, zwischen denen die Kornellen und Eicheln so geschmackvoll krachten, mit winzigen Äuglein und schwabbelndem Hängebauch: Wie freundlich waren diese verzauberten Menschen, die Spielgefährten meiner Kindheit! Niemals habe ich bei ihnen Ehrgeiz bemerkt und auch keine Zwietracht. Ich weiß gar nicht, ob sie das Heimweh nach ihrer zweibeinigen Lebensform peinigte. Sie liefen mit so natürlicher Fertigkeit flink auf vier Gliedmaßen durch die Welt wie Krabbelkinder, die nur zögernd, um den Preis der Besiegung großer körperlicher und geistiger Widerstände, entscheiden, sich auf ihre beiden Beine zu stellen. Ich erinnere mich nicht an wehmütige Schweine. Ihr Liebesleben war genauso komplikationslos wie ihr Gesellschaftsleben. Sie trugen keine Kriege aus wie vorher, als das zweibeinige Leben sie in gefährliche und schmerzhafte Abenteuer verwickelt hatte. Alles in allem habe ich in ihrer Umgebung nichts anderes als grunzende Zufriedenheit erlebt.

An strahlenden Sommernachmittagen kam meine Mutter manchmal zu uns heraus an die Quelle, wo ich inmitten meiner Schweineherde am Ufer des Baches unter einer schattigen Buche lag. Sie nahm in unserer Nähe Platz und befahl mir, die Flöte herauszunehmen. Ich musste Melodien der wehmütigen Volksmusik der Toteninsel flöten, die ich von den gesangsliebenden Dienern meiner Mutter schon als Kleinkind gelernt hatte. Meine Mutter machte Handarbeiten – wie die meisten vornehmen Damen –, und während ich flötete, versammelten sich die Schweine um uns. Das Nachmittagslicht, das durch das dunkle Buchenlaub fiel, färbte das wunderbare Haar meine Mutter golden; mit seitlich geneigtem Kopf saß sie nachdenklich da, und während ihre Hände flink die Stricknadeln bewegten, sang sie leise zu meiner Flöte. Die Schweine hörten dann auf zu grunzen. Tier, Gott und Mensch wurden von einer zauberhaften Andacht erfüllt. Später hörten wir Pans heisere Flötentöne, er strich irgendwo im Wald umher und antwortete so auf das zauberhafte Lied meiner Mutter. Die Schweine standen reglos und ergriffen um uns herum und rieben ihre borstigen Rücken gegeneinander, und wenn ich mit dem Flötenspiel fertig war, ließ meine Mutter ihre Handarbeit in den Schoß sinken und sah mit seitlich geneigtem Kopf den braven Ebern in die blinzelnden Äuglein.

An diese Augenblicke erinnere ich mich lebhaft. Es lag eine geheimnisvolle Spannung in der Luft. Den Grund für diese Unruhe konnte ich mir mit meinem damaligen Verstand noch nicht erklären, aber ich spürte, dass es bedeutsame Augenblicke waren! Meine Mutter erinnerte sich dann … Ich weiß nicht, ob die Schweine sich auch erinnerten, und wenn ja, woran.

II

Aber wir hielten nicht nur Schweine auf der Insel. Als ich größer wurde, verstand ich langsam die tiefere Wahrheit des geheimnisvollen Tierparks meiner fürchterlichen und großartigen Mutter. Auf den Wiesen von Aiaia streiften auch zahme Löwen und Rohrwölfe umher. Diese wilden Tiere fraßen einem aus der Hand und liefen, sobald meine Mutter sie rief, schwanzwedelnd zu unserem Haus. Die Schweine und die wilden Tiere trieben sich in arkadischer Eintracht auf den Fluren unserer Insel herum. Das war ein angstfreies Leben. In meiner Kindheit machte ich niemals die Erfahrung, dass man sich auch vor Lebendigem fürchten kann. Später erfuhr ich, was Angst ist – später, als ich auch das Menschliche in mir selbst kennenlernte. Niemals fürchtete ich mich davor, dass man mich tötet oder mir etwas antut … Aber eines Tages begann ich mich zu fürchten, dass ich jemanden umbringen könnte. Und meine Furcht steigerte sich zum Entsetzen, als ich begriff, dass es mein leiblicher Vater war, den ich töten musste.

Meine flechtenschöne Mutter verheimlichte mir auf eine zarte Eingebung ihres edlen Herzens lange das Geheimnis meiner Herkunft. Ihre Diener – vier unsterbliche, aber in der Hausarbeit gut ausgebildete Nymphen von niederer Herkunft, die in meiner Kindheit den Aufgabenbereich der Amme und des Kindermädchens versahen – gehorchten den Befehlen ihrer göttlichen Herrin blind und verschwiegen mir das Gerede, das über meine Abstammung im Umlauf war. In der Gesellschaft von weiblichen Wesen, Schweinen, Löwen und Rohrwölfen verging meine Kindheit. Meine Mutter wusste, dass diese Erziehungsmethode Auswirkungen auf meine Bildung haben könnte, und deshalb lehrte sie mich – in Ermangelung eines männlichen Erziehers – selbst die grundlegenden Kenntnisse der irdischen und der himmlischen Welt. Bücher und ähnlich niederes Zeug gab es auf der Insel Aiaia natürlich nicht, aber das war auch nicht nötig. Meine Mutter unterrichtete mich mit Liedern, aus denen ich alles lernte, was sich für den Sohn einer Göttin über Erde und Himmel zu wissen ziemt. Besonders die Geschichtsstunden liebte ich. Meine Mutter lehrte auch gern Erdkunde, von ihr hörte ich zum ersten Mal über den Trojanischen Krieg. Diese melodiösen Unterrichtsstunden – auf den Lichtungen des Buchenwaldes, denn meine Mutter war Anhängerin der

Freilufterziehung, oder im Winter in der Nähe des dreibeinigen Glutkorbes – erwiesen sich als nützlich. Mein zarter Verstand füllte sich mit dem in den Liedern reichlich enthaltenen Wissen. Ich erfuhr, wie man aus Kräutern Arznei und Gift braut, wie man Tiere zähmt, Menschen verzaubert, Frauen bändigt, wie man töten muss und wie man den aus dem Hades zurückruft, den die Götter einmal dorthin geschickt haben … Meine Mutter war eine weise Frau und eine ausgezeichnete Lehrerin. Ich lernte bereitwillig und schnell. Die Melodie ihrer Lieder war manchmal lehrreicher als der Text. Als ich ein junger Mann geworden war, wusste ich im Großen und Ganzen alles, was der Sohn einer Göttin auf der Insel Aiaia – nah bei seinen göttlichen Verwandten, dem Großvater Helios und dem Urgroßvater Okeanos – wissen musste.

Meine Mutter verschwieg mir jedoch, dass ich nicht nur ein Göttersohn, sondern auch der Abkömmling eines Menschen bin. Und als ich erfuhr, was der Mensch auf der Welt braucht, um seinen Mann zu stehen, erwiesen sich die erlernten Kenntnisse als unzureichend. Das menschliche Wesen ist in seinem Elend gezwungen, vieles zu lernen, wenn es in der Welt zurechtkommen will, die die spitzfindigen Götter für es vorbereitet haben. An meinem Kinn spross schon der erste Flaum, als ich erfuhr, dass die Erziehung, die ich von meiner Mutter und meinen Ammen erhalten hatte, lückenhaft war.

Meine mit Spiel, Schweinehüten und Lernen ausgefüllte Kindheit war dennoch traumhaft und glücklich. Aiaia war eine Toteninsel, aber ich empfand die Stimmung des Ortes keinen Augenblick lang als bedrückend. Später, als ich auf die schaudernd-neugierigen Fragen der Menschen antworten musste, stellte ich verwundert fest, was für falsche Ansichten und irrigen Theorien diese unvollkommenen Wesen im Zusammenhang mit dem Tod und seinem Reich, dem Hades, hatten! Was die Toteninsel angeht, so glaubten sie, dass dort tiefe Dunkelheit herrsche und nichts anderes zu hören sei als Zähneknirschen. Ich musste lachen, als ich dies hörte. Die Totenwelt ist nur weltfern – das ist der große Vorteil dieses Ortes! – und überhaupt nicht dunkel! Meine Kindheit auf der Insel des Todes verging in einem ständig glänzenden, süßen und reifen Licht! Welche Freude war es, wenn ich mich im Sommer früh am Morgen in den Stall stahl – meine strahlende Mutter und ihre Diener schliefen noch – und dabei war, wenn die feurigen Rosse vor den Wagen meines strahlenden Großvaters Helios gespannt wurden! Die Pferde wieherten mir freundlich zu, die flinken Pferdeknechte meines Großvaters wuschen den goldenen Wagen jeden Morgen strahlend sauber, und der alte Herr erschien, seiner Weltenrolle getreu, mit pflichtbewusster Pünktlichkeit jeden Morgen, um seinen Platz auf dem Bock der leichten Kutsche einzunehmen und in sein Büro, das Weltall, zu fahren. In den Spuren der Pferdehufe funkelte der Goldstaub, den die Griechen Atom nennen … Die Kutsche jagte mit klingenden Rädern hinauf auf der himmlischen Landstraße, und die Welt füllte sich mit triumphierendem Licht. Mein hehrer Großvater winkte mir vom Bock lachend zu, und abends, wenn er zur Ruhe ging, brachte er mir oft Sternenstaub oder sonderbare, aus Wolken geknetete Spielsachen mit, die an Wassertiere erinnerten und auf die ich mich am nächsten Tag legte, wenn ich in der Bucht gebadet hatte. Manchmal erlaubte er mir auch, ihn auf seiner morgendlichen Fahrt zu begleiten. Unvergesslich sind mir die Augenblicke, die ich an der Seite meines Großvaters auf dem Bock der märchenhaften Kutsche auf den funkensprühenden Himmelsstraßen verbrachte. Die Erde war fern und sah wie ein winziger, bedauernswerter Spielball aus. Die Sterne kreisten um uns, und ich schoss mit meiner kleinen Schleuder Meteore in Richtung der Erde. So spielte ich. Aber manchmal ging auch meine strahlende Mutter in Großvaters Kutsche auf die Reise; sie verließ die Toteninsel und fuhr nach Westen. Ich glaubte, sie wolle dann die Sorgen des Haushalts vergessen. Später erfuhr ich, dass diese Ausflüge ein geheimes Ziel hatten: Sie suchte im Westen nach den Spuren meines Vaters.

In meiner Kindheit sprach niemals irgendjemand vor mir den Namen meines Vaters aus.

III

Darum, ganz gleich, in was für einer zauberhaften und sorglosen Umgebung ich auch aufwuchs, bei Schweinen, Nymphen, Löwen, Halbgöttern und Menschen: Mein kindlicher Instinkt sagte mir, dass mich ein Geheimnis umgab. Der Name und die Herkunft meines Vaters waren dieses Geheimnis. Mit der unbewussten und dennoch keck-neugierigen Schläue, wie nur Kinder nach den Geheimnissen Erwachsener forschen können, lebte ich witternd und horchend am Rockzipfel meiner Mutter und bemühte mich herauszufinden, warum wir allein sind. Wieso war kein Mann im Haus? Wieso schwieg meine Mutter über meine Herkunft? Einige mutlose und neugierige Fragen, mit denen ich mich nach dem Geheimnis unserer Einsamkeit erkundigte, wies sie nervös zurück. Ich beschloss daher, auf der Hut zu sein.

Meine Kindheit verging in ständiger Spannung. Die sonnenbeschienene, zauberhafte Toteninsel hatte früher dem jüngeren Bruder meiner Mutter, meinem strahlenden Onkel Aietes, gehört. Es war jedoch der Wille meiner hehren Großmutter Perse, dass im Zuge einer komplizierten Neuverteilung diese Insel mit dem fürchterlichen Ruf in den Besitz meiner Mutter übergehen sollte: Meine Großmutter meinte, die besonderen Fähigkeiten meiner göttlich dunklen Mutter würden im Reich des Todes besser zur Geltung kommen. Jedenfalls richtete sich die Flechtenschöne auf der Toteninsel heimisch ein. Das helle Licht, in dem wir lebten, der himmlische Prunk und Glanz, der dank Großvater Helios unser Leben vergoldete, dann die besondere Ruhe und Stille, die die Seele auf Erden, in der rätselhaften, ruhelosen Welt der Schatten niemals, im Licht aber immer findet: Dies alles machte die Insel Aiaia zu einem Ort, der anziehend und zugleich furchterregend-geheimnisvoll war. Später erfuhr ich, dass mein Vater es nur ein Jahr lang hier ausgehalten hat, in meinem Heimatland, bei meiner hehren Mutter. Ulysses akzeptierte den Tod als Teil des

Menschseins, aber er sehnte sich nicht nach ihm und liebte ihn nicht. Seine Beziehung zum Tod blieb übermäßig menschlich. Mir scheint, er wollte nicht sterben, jedenfalls nicht vor der Zeit. Später hörte ich dann, dass er sich auch vor der Unsterblichkeit gefürchtet hat, weil er sie für eintönig hielt. Mein Vater war voller menschlicher Vorurteile.

Die forschende Unruhe, die in der Tiefe meiner strahlenden, idyllischen Kindheit trotz allem verborgen war, meldete sich, als mein Verstand sich langsam zu öffnen begann. Die verschiedenen Spiele der Kindheit verloren für mich ihren Zauber. Die Toteninsel war nicht mehr der heitere Ort, als den ich sie kennengelernt hatte. Meine Mutter brachte mir vergeblich lehrreiche und edle Dinge bei. Als ich erwachsen wurde, hatte ich das Gefühl, von Geheimnissen umgeben zu sein, auf die meine Umgebung nicht antworten kann oder will. Meine Mutter gab sorgsam acht, dass kein Fremder meine neugierigen Fragen zu hören bekam. Ich erinnere mich nicht daran, dass auf unserer Insel jemals ein gewöhnlicher Sterblicher dem Schicksal entging, das meine strahlende Mutter den zu uns verirrten, spärlichen irdischen Besuchern bereitete. In der geheimen Küche, wo sie ihre Schönheitsmittel und die zum Zaubern nötigen Gebräue zusammenpanschte, brodelte in einem Kupferkessel ständig das frisch gekochte Gift aus Malve, Latakia, Ambra und einem noch geheimeren Kraut, das meine Mutter in das berühmte, berauschende Getränk unserer Insel, in den Kykeon, mischte, durch dessen Wirkung der Wanderer sofort in den Vierfüßerstand ging und zu grunzen begann.

Aber nicht nur in Schweine verwandelte meine Mutter ihre Gäste. Und nicht nur die männlichen Besucher hasste sie.

Jetzt, da ich mich entschlossen habe, meine Erinnerungen mit anderen zu teilen, frage ich mich betroffen: Kann ich wirklich alles über meine großartige Mutter erzählen? Die Welt weiß von ihr nur, dass sie die berühmte Todesgöttin war. Tatsächlich waren die Verbindungen meiner Mutter zur Unterwelt und zur Halbwelt jedoch geheimnisvoller und dunkler. Ihre große Macht, die sie von den Göttern bekommen hatte, übte sie schrankenlos, mit weiblicher Kaprice aus. Ich kann nicht länger schweigen, ich muss die Wahrheit sagen. Ich muss von Glaukos sprechen.

Ich weiß, allein bei diesem Namens erwacht in den Seelen der Bewohner von Argos und den Inseln viel Klatsch und schäumendes Gerede zum Leben. Die Wahrheit ist sowohl einfacher als auch geheimnisvoller, als die schwatzenden Achäer und Phaiaken zu wissen glauben. Ich selbst war noch halbwüchsig, als das geheimnisvolle Intermezzo sich abspielte. Aber nicht viel später – ich stand schon in den Reihen der jungen Männer – bot mir ein außergewöhnlicher Zufall die Erklärung für alles. Ich erfuhr die Wahrheit über meine Mutter. Und ich erfuhr die Wahrheit über meine Abstammung.

Ich will jedoch der Reihe nach erzählen. Ich war siebzehn Jahre alt. Vermutlich war ich in dieser Zeit ein wilder Kerl, ungezügelte, freie Spiele gewohnt. Mit den Jahren hatte sich das Betragen meiner Mutter, ihr Verhalten mir gegenüber, sonderbar geändert. In diesen Jahren wurde meine Mutter oft von leidenschaftlichen, plötzlichen Gefühlsausbrüchen heimgesucht. Sie suchte die Einsamkeit und hasste sie zugleich. Manchmal unternahm sie Kutschenausflüge im Weltenraum, über die Ufer des Hades hinaus, und wenn sie zurückkehrte, war sie tagelang niedergeschlagen, schloss sich in ihr Zimmer ein, quälte ihre Zofen und hatte kein Wort für mich, ihren Sohn, übrig. Manchmal sah sie mich beinahe hasserfüllt an. Wochenlang stand sie in ihrem geheimen Labor inmitten der übel riechenden Rauchwolke, die von den betäubenden Gebräuen aufstieg, oder sie kam zu mir und meinen Schweinen an den Waldrand, prüfte mit blitzendem Blick die Herde, die friedlich Eicheln fraß, hob dann plötzlich – weiß Zeus, welche Erinnerungen sie quälten! – ihre Schlangenhautpeitsche und schlug auf die armen Tiere ein. Wenn sie das tat, floh ich aus ihrer Nähe.

An den Morgen, an dem Glaukos und seine Begleiter wieder einmal auf unsere Insel kamen, erinnere ich mich noch gut. Fremde legten selten in unseren Buchten an. Aber der König von Anthedon war kein unerwarteter Ankömmling. Er war schon mehrfach bei uns gewesen, weil mein Großvater, der strahlende Helios, von diesem böotischen Krämerkönig die Wunderwicken kaufte, mit denen er seine Pferde füttern ließ. Der göttliche Wickenhändler war ein mittelalter, würdevoller Mann von stattlicher Gestalt. Er kleidete sich auffällig – seine Kleidung bestand aus einem Purpurumhang mit knalligem Streifenmuster und Sandalen mit Goldprägung –, er rieb sich Körper und Haar mit Duftöl ein, und wenn dieser Logiergast unser Haus verließ, konnte man in seinem Schlafzimmer, aber auch im Esszimmer noch tagelang den süßlichen, zimtigen Geruch seines Haaröls riechen. Aus seinem krausen, schwarzen Bart quollen mit sinnlicher Röte volle Lippen hervor. Er war eine ganz und gar orientalische Erscheinung und wirkte, obwohl er einen Bart trug – oder vielleicht gerade deswegen – eher weiblich als männlich. Er schloss gewiss hervorragende Geschäfte mit meinem Großvater ab – der Futtertransport hatte reichlich Gewinn in die Taschen des vornehmen orientalischen Händlers mit dem flinken Hirn und dem rundlichen Körper fließen lassen. Und deswegen erschien er auch immer mit einem ansehnlichen Gefolge auf einer dunkelblau gestrichenen Galeere mit silbernem Mast und brachte meiner strahlenden Mutter, den Zofen der Insel sowie mir, dem geliebten Wildfang des Hauses, reichlich Geschenke mit. Ich mochte diesen Kerl nicht, hatte mich jedoch damit abgefunden, dass der Silbermast jedes Jahr in der weinfarbenen, aufgepeitschten Bucht von Aiaia auftauchte.

Damals wusste ich noch nicht, dass meine großartige Mutter in dem orientalischen Besucher nicht nur einen Futterhändler sah. Meine Mutter hütete ihre Geheimnisse erstaunlich gut. An dem Herbstmorgen, als Glaukos sich wieder bei uns einstellte, kam er mit noch größerem Gefolge und zahlreicheren Geschenken als sonst. Meine Mutter hatte schon Tage zuvor die Gästezimmer herrichten lassen und empfing die Ankömmlinge feierlich und mit allen Bequemlichkeiten der Gastfreundschaft. Glaukos küsste ihr die Hand und lächelte finster. Das Gesicht meiner Mutter war an diesem Morgen gerötet, doch verhielt sie sich trotz aller Aufregung würdevoll. Nach der Begrüßung stellte der Krämerkönig von Anthedon sein Gefolge vor.

Diesmal hatte er sich in Begleitung einiger Sekretäre, Lakaien und einer jungen Frau eingestellt. Die Frau war schön. Meine Sinne waren damals schon erwacht, und mit gierigen Blicken betrachtete ich aus der Ecke des Saales, von wo ich die Szene beobachtete, die gefällig gerundeten Formen des schlanken, tugendhaften Mädchens. Meine Mutter sah Glaukos' Begleiterin scharf und prüfend an.

»Wer ist das?«, fragte sie spitz mit zurückgeworfenem Kopf.

»Skylla«, sagte der wortgewandte, lächelnde Glaukos mit belegter, anzüglicher Stimme. »Eine entfernte Verwandte. Ich habe sie mitgebracht, damit sie die Welt sieht und in deiner Umgebung, göttliche Frau, weltläufige Manieren und vornehme Lebensformen lernt. Wenn es dir recht ist«, sagte er mit geheuchelter Untertänigkeit und verneigte sich höflich.

Diese Botschaft hörte ich mit pochendem Herzen. Die Möglichkeit, dass die schlanke Jungfrau hier auf der Toteninsel bleiben sollte, verhieß angenehme Vergnügungen. Zu dieser Zeit hatte ich das Kindesalter bereits hinter mir gelassen, die Gesellschaft der Schweine und gezähmten Löwen langweilte mich. Ich sehnte mich nach weiblicher Gesellschaft ... Meine Mutter sagte mit gespielter Liebenswürdigkeit:

»Ein reizendes Kind. Sicher ist sie müde von der Reise.« Sie klatschte und warf den eintretenden Unternymphen über die Schulter die Worte zu: »Führt das liebe Mädchen in sein Zimmer! Sorgt dafür, dass sie alles bekommt, was sie braucht!«

Die junge Frau mit dem feurigen Blick und den guten Manieren, die jedoch sichtlich widerspenstig und trotzig war, gehorchte dem Gebot der göttlichen Gastgeberin. Ohne zu zögern verließ sie den Saal. Vorher verabschiedete sie sich jedoch mit einem tiefen, eingeübten Knicks von uns und folgte der zu ihrem Dienst abgestellten Unternymphe wortlos ins Gästezimmer. Sehnsüchtig und ratlos sah ich ihr nach. Meine Mutter bemerkte meinen gierigen Blick, und ihr strenges Gesicht wurde milder. Spöttisch lächelte sie und schickte mich unserem Gast hinterher.

»Sorge dafür«, sagte sie, »dass das hübsche Fräulein an nichts Mangel leidet!« Dann wandte sie sich an Glaukos und sagte hinterhältig: »Ich hoffe, du hast keine Einwände, wenn mein heranwachsender Sohn dieses anmutige Mädchen unterhält?«

Glaukos' Zähnen entfloh ein unverständliches Wort. Meine Mutter betrachtete dieses Grunzgeräusch als Zustimmung und gab mir mit einer Handbewegung ein Zeichen, dem schönen Gast nachzueilen.

Ich weiß nicht, was zwischen meiner Mutter und Glaukos in dieser Nacht geschah. In den Speisesaal, wo für den göttlichen Futterhändler und meine Mutter gedeckt wurde, kehrte ich nicht zurück, und die Gastgeberin blieb für die Nacht allein mit ihrem Gast! Ich eilte Skylla nach, die ich in einem der prächtigen Gästezimmer unseres Hauses allein fand. Sie stand am Fenster und sah mit dunkel leuchtendem, unruhigem Blick hinaus in den Garten auf die Bucht, die zwischen den Zypressen der Toteninsel durchschimmerte. Die Barken des Königs von Anthedon schaukelten dort im Wasser. Die Nymphen packten im benachbarten Schlafgemach das Gepäck des schönen Gastes aus. Ich blieb auf der Schwelle stehen und sah verlegen das anmutige, aber völlig unzugängliche Wesen an.

»Verzeih mir ...«, sagte ich zaghaft.

Skylla wandte sich mit der Wut einer Wildkatze zu mir um.

»Ich verzeihe nicht!«, zischte sie und flüsterte dann ungestüm: »Ich will von hier weg!«

»Von hier weg, edle Jungfrau?«, stammelte ich verlegen. Ich bemühte mich, mit höflichen Worten zu sprechen, wie es meine Mutter mir beigebracht hatte, weil ich zum ersten Mal einer welterfahrenen, sterblichen Frau gegenüberstand. Aber mein männliches Verlangen konnte ich nicht verbergen. Mein Mund fühlte sich vor innerer Glut ganz ausgedörrt an, das Haar hing mir wirr in die Stirn. Skylla sah mich, obwohl ich sie so aufgebracht angetroffen hatte, nicht mit Abneigung an. Das spürte ich ... »Du willst ohne Erlaubnis deines hehren Onkels unser Haus verlassen?«

»Ich bin keine Jungfrau«, sagte sie wütend. »Und er ist nicht mein Onkel. Du sollst wissen, Junge, dass ich von vornehmer Herkunft bin und mich dieser fette Haferhändler in Mykene für Gold von meinen geldgierigen Verwandten gekauft hat. Er hat mich mit Gewalt zur Seinen gemacht.«

»Wie das denn?«, fragte ich unwillkürlich voller Neugier.

Skylla sah mich verächtlich an. Aber zugleich lächelte sie freundlich und schüttelte hitzig ihr Lockenköpfchen. Dann stampfte sie auf.

»Wenn du mir schon nachgelaufen bist, hilf mir wenigstens! Dieser Mensch, der mit deiner Mutter und deinem Großvater dreckige Futtergeschäfte macht, lässt sich König nennen, obwohl Anthedon nichts anderes ist als eine verlauste Uferstadt in Böotien. Dort spielt er den König ... Viel Geld hat er, das stimmt!«, flüsterte sie vertraulich. »Das Futter, das so berühmt ist, dass sogar die Himmlischen es für ihre Pferde kaufen, enthält ein geheimes Mittel, und die Pferde, die man damit füttert, werden betrunken und feurig davon. Die zauberkräftigen Wickensamen kauft dieser niederträchtige Krämer heimlich von Kronos!« Skylla flüsterte leidenschaftlich. »Der Himmel und die Erde sind voll von solchen verdächtigen Geschäften!« Sie seufzte traurig und legte sich die feine, kindliche und dennoch muskulöse Hand aufs Herz. »Komm her!«, sagte sie anmutig und ernst. »Setz dich zu mir. Wer bist du?«

Ich stellte mich vor. Skylla sah mich aufmunternd an. Als ich mich neben sie aufs Sofa setzte, nahm sie meine Hand. Ihre kühlen Finger drückten leidenschaftlich meine raue Jungenhand, die in dieser verwirrenden Lage schweißnass war.

»Du bist noch ein Kind«, sagte sie nachsichtig, »aber nicht mehr lange.« Ihre Kinderaugen glänzten mit der Klugheit einer Frau. Offen sah sie mich an. »Hör zu!«, flüsterte sie. »Alles ist ein Gemisch von Intrigen, Geld und Zauberei – auf Erden und im Himmel! Ich habe eine ausgezeichnete Erziehung genossen. Du musst wissen, Glaukos ist mit mir verwandt. Zwar nur weitläufig, aber auch ich bin mehr oder weniger göttlicher Herkunft. Meine Tante ist ein göttliches Wesen und eine reiche Frau. Sie ist Fährfrau in einer Bucht in Thrinakia und dafür berüchtigt, dass sie von den Schiffsleuten, die durch den Eingang der Bucht fahren, gnadenlos Zoll verlangt. Ihren Namen trage auch ich«, sagte sie feierlich.

»Skylla!«, rief ich, weil ich erst jetzt den Zusammenhang verstand. Bewundernd und verblüfft sah ich den schönen Gast an. Meine Mutter und eine alte Nymphe hatten von der berühmten Skylla gesprochen, über deren Habsucht und Gier die Seefahrer des Ionischen Meeres mit Schrecken sprachen.

»Meine Tante!«, nickte die kleine Skylla ernst. »Sie hat auch für meine Erziehung gesorgt, weil sie wohlhabend ist. Zu ihren Ehren trage ich diesen Namen. Aber vielleicht auch aus einem anderen Grund.« Sie legte den feinen Finger auf ihre Erdbeerlippen. »Glaukos ist ein außerordentlich wollüstiger Mann. Habsüchtig und lüstern wie alle aus dem Osten. Er kennt meine Tante, und es ist durchaus möglich, dass sie in der Jugend etwas miteinander hatten. Doch das verstehst du noch nicht!« Überheblich warf sie den Kopf nach hinten. Ich musste lachen. Skylla sah mich argwöhnisch an. »Lachst du mich aus?«

»Skylla«, sagte ich. »Warum spottest du? Du hast gesagt, du bist keine Jungfrau ...«

»Bist du es denn noch?«, fragte das schöne Wesen misstrauisch.

Ich errötete. Verlegen gestand ich, dass ich noch nichts mit einer Frau zu tun gehabt hatte, aber dass meine Träume unruhig waren und ich in der freien Natur aufgewachsen war und also die Liebesgeheimnisse der Lebewesen kannte. Beinahe mit der Unbefangenheit eines auf dem Dorf aufgewachsenen Kindes konnte ich von der körperlichen Liebe sprechen. Skylla schwieg mit ernsten, glänzenden Augen vertrauensvoll.

»Wenn du noch Jungfrau bist«, sagte sie und seufzte. »Kannst du mir vielleicht helfen. Wie heißt du?«

Sie dachte über die Bedeutung meines Namens nach.

»Eigenartig«, sagte sie gedehnt. »Verstehst du die Sprache der Achäer?«

Ich gestand, dass ich nur den Dialekt der Bewohner der Toteninsel spreche.

»Dann kennst du auch nicht die Bedeutung deines Namens«, sagte sie hochmütig. Und als täte ich ihr leid, nahm sie meine Hand, zog mich nah zu sich heran und flüsterte:

»Pass auf, Junge! Im Dialekt der Achäer bedeutet dein Name: der in der Ferne geboren ist. Ein besonderer Name!«, sagte sie nachdenklich. »Sicher hat er einen verborgenen Sinn. Wer ist dein Vater?«, fragte sie schroff.

Das Blut schoss mir ins Gesicht.

»Ich habe keinen Vater«, sagte ich zähneknirschend. »Aber der göttliche Helios ist mein Großvater.«

Skylla unterbrach mich:

»Du hast keinen Vater«, sagte sie ungestüm, »dafür

aber eine Mutter mit einem fürchterlichen Ruf. Telegonos, die Götter haben dich nicht ohne Grund in meine Nähe geführt. Auch dich umhüllt ein Geheimnis. Glaukos hat mich mit Gewalt hierhergebracht, weil er mich verführt hat. Später, als ich zur Besinnung kam, verachtete ich diesen lüsternen Futterlieferanten, und seither weise ich seine Annäherungen immer zurück, mit Zähnen und Klauen, wie ich eben kann. Weißt du, dass die Zauberwicken, mit denen die Pferde deines Großvaters jeden Morgen gefüttert werden, nur Hengste zum schnellen Trab antreiben? Die Stuten werden benommen von diesem Futter und ermüden im Lauf. Dies geschah auch mit den berühmten Stuten der Aphrodite, die Glaukos gefüttert hat und die dann im Pferderennen zurückgeblieben sind. Weiß deine Mutter nichts davon?«

Ich stotterte etwas, doch Skylla winkte erregt ab.

»Ich sehe schon, ihr wisst gar nichts über Glaukos«, sagte sie wütend. »Er ist der größte Betrüger, und dein strahlender Großvater, aber vielleicht sogar deine Mutter sind Opfer dieses Abenteurers mit den honigsüßen Worten geworden, der sich als König maskiert und mit verwurmtem Hafer und Zauberwicken hausiert.«

»Mach dir keine Sorgen um meine Mutter!«, sage ich stolz. »Ich habe keinen Vater, das stimmt, und du sagst, in irgendeiner fremden Sprache bedeutet mein Name, dass ich in der Ferne geboren bin, aber meine Mutter ist hier bei mir, und sie ist mächtiger als alle!« Trotzig warf ich den Kopf zurück. »Sie wird auch mit Glaukos fertig …«

»Ach, du kleines Dummerchen!«, seufzte Skylla mit

Tränen in den Augen. Sie rückte ganz nah zu mir heran. Ihre heiße Mädchenhand drückte kräftig meine knochige, raue Jungenhand. Sie sah mir in die Augen. Der warme, würzige Atem ihres Mundes brannte in meinem Gesicht.

»Er will meinen Gehorsam brechen und ein geheimes Geschäft mit deiner Mutter abschließen, damit ich mich in ihn verliebe!«, flüsterte sie geheimnisvoll. »Telegonos, hilf mir! Wenn du mich schon nicht aus den Klauen meines sklavenhalterischen Herrn befreien kannst, so bleib in meiner Nähe und gib mir ein Zeichen, wenn du den Eindruck hast, dass mir deine strahlende und fürchterliche Mutter ihre geheimen Kräuter zu essen geben will. Versprichst du mir das?«

Die Tränen der wunderbaren Frau rührten mich tief.

»Du siehst Gespenster, Skylla!«, sagte ich bewegt. »In unserem Haus werden einfache, aber gesunde Speisen gekocht. Wenn du willst, koste ich jeden Bissen vor dir …«

»Das wäre mir ganz recht«, sagte Skylla ängstlich und sah mich dankbar an. »Du gefällst mir. Du bist ein Kind, auch wenn du schon etwas Männliches an dir hast. Vielleicht ähnelst du deinem unbekannten Vater und nicht deiner giftmischenden, hehren Mutter.« Sie seufzte bitter.

»Verletz nicht den Ruf meiner Mutter«, sagte ich unsicher.

»Man sagt«, flüsterte Skylla und sah sich dabei erschrocken um, als fürchtete sie, dass die Nymphen im Nachbarzimmer ihre gewisperten Worte hörten, »sie verzaubere jeden. Die Menschen, die sich in ihre Nähe verirren, bekommen Tiergestalt, werden Vierfüßler, Fische und Vögel, und deine Mutter herrscht gnadenlos über sie. Stimmt das, Junge?« Ihre Augen brannten, als sie mich ansah.

Mir blieb der Mund offen stehen. Alles, was ich hörte, war neu, furchtbar … Aber ich konnte nicht leugnen, dass die Worte des unruhigen, schönen Gastes in meinem jugendlichen Bewusstsein sonderbar bekannt widerhallten. Ich kannte die Wahrheit nicht, doch jetzt, wo der Gast die Beschuldigung ausgesprochen hatte, spürte ich, dass die Annahme, meine Mutter sei im Besitz von Zauberkräften, nicht ganz unbegründet war.

»Übertreibung …«, murmelte ich. Skylla seufzte.

»Ich verstehe, dass du schweigen musst«, flüsterte sie traurig. »Du bist ihr Sohn, du musst auf den guten Ruf deiner fürchterlichen Mutter achten. Aber in Mykene wissen sie alles. Ja, deine Mutter kennt die Geheimisse der Zauberei. Glaukos hat mich nicht ohne Grund mitgebracht. Er will deine Mutter mit Gold, Schmeicheleien und vielleicht noch anderen Gefälligkeiten dazu bringen, dass sie mir den geheimnisvollen Trank gibt und ich dann eine gehorsame Liebespuppe in den Händen des lüsternen Krämers bin. Deshalb bin ich hier!« Sie war aufgebracht. »Ich sage nicht«, fuhr sie dann leiser fort und blinzelte mich verkniffen, aber zugleich verheißungsvoll an, »dass ich unbedingt ein Feind der körperlichen Liebe bin.« Sie schlug die Augen nieder, doch ich sah, dass sie unter dichten Wimpern hervor verstohlen die Wirkung ihrer Worte beobachtete. »Ein lieber Kamerad, in dem eine ehrliche Neigung zu mir erwacht, wäre nicht gegen meinen Geschmack«, flüsterte sie, dann aber kreischte sie plötzlich: »Aber ich lasse mich nicht verzaubern!« Offenbar war das ihre fixe Idee.

Bedauernd und zugleich unverhohlen gierig sah ich sie an. Sie verstand meinen sehnsüchtigen Blick und sagte in flehendem Ton:

»Telegonos, versprich mir, dass du dich keinen Augenblick von meiner Seite rührst! Du isst mit mir, kostest alles, was mir aus der Küche deiner Mutter aufgetischt wird. Ich will weder ein Eber noch ein Vogel werden!«, flüsterte sie bittend. »Ich will auch nicht mit dem geheimnisvollen Gift im Blut nach Anthedon zurückkehren, wo mich Glaukos dann ohne Widerstand nach seinem Belieben benutzen kann! Oh, kleiner Freund, welche Gefahren! Kennst du die Praktiken und Gebräue deiner Mutter wirklich nicht?« Nun klang sie misstrauisch.

Aufgebracht – wenn auch etwas unsicher – wiederholte ich, dass ich nichts von geheimnisvollen Tränken wisse: In unserem Hause würden wohlschmeckende und gesunde Speisen aufgetischt, den Gästen ebenso wie den Bewohnern. Ich versprach, dass ich im Interesse ihrer Seelenruhe alle Bissen, die sie in unserem Hause verzehren würde, mit ihr teilen wolle … Aber Skylla war misstrauisch. Leidenschaftlich flüsterte sie:

»Es ist beinahe unmöglich aufzupassen. Vielleicht nimmt deine strahlende Mutter jetzt, wenn sie allein sind, Haare, Fingernägel, vielleicht Fußnägel von dem bösen Glaukos und mischt sie mir dann ins Essen. Der

Dämon, den deine Mutter mit barbarischen Worten beschwören kann und der dann ihre geheimen Befehle ausführt, gehorcht dem, der die Sprache und die Zauberworte der Dämonen kennt. Auch an Fußspuren und Kleidern bleiben solche Dämonen kleben ... Nur du kannst mir helfen!«, sagte sie bittend.

»Wie denn, liebe Skylla?«, fragte ich ergriffen. Wir hatten beide Tränen in den Augen. In diesem Augenblick müssen wir gewirkt haben wie zwei Kinder, die im Dunkel des Daseins vor dem Flügelschlag der Schatten der Nacht und der Unterwelt erschrecken. »Ich tue alles, was du wünschst.«

»Rühr dich nicht von meiner Seite!«, flüsterte sie, und ihr zarter, fester Leib zitterte, als ob sie fröre. »Lass mich keinen Augenblick allein, solange wir auf der Insel sind! Bleib Tag und Nacht bei mir ...«

Mit heftigem Kopfnicken versicherte ich ihr, dass sie auf mich zählen könne. Die Aussicht, dass ich die Nacht mit Skylla verbringen sollte, barg einen Strom angenehmer Erregung in sich. Aber ehe ich noch etwas darauf sagen konnte, traten Nymphen ein; sie trugen ein Alabastertablett mit goldenen Schüsseln voller geschmackvoller Speisen und silberne Weinkrüge. Die halbgöttlichen Dienerinnen stellten niedrige Tische um den Diwan, auf dem ich mit meinem Gast saß, sie richteten die Speisen und Getränke an und erwarteten wortlos die Befehle des Gastes. Skylla teilte den Dienern mit entzückenden, weltläufigen Bewegungen und Worten mit, dass sie keine Bedienung brauche und das Abendessen in meiner Gesellschaft einnehmen wolle. Die Nymphen zogen sich im Gleichschritt und im Gänsemarsch, wie meine Mutter es ihnen beigebracht hatte, zurück. Skylla lächelte und zwang mich mit einer sanften Handbewegung neben sich.

»Ich fürchte mich«, sagte sie, aber die Wärme ihres Lächelns trocknete ihre Tränen. »Ich fürchte mich, aber ich bin hungrig. Telegonos, erinnere dich an dein Versprechen. Bewirte mich!«

Das Essen, an das wir nun gingen, bleibt eine der schönsten und lehrreichsten Erinnerungen meines Lebens. Skylla hob mit den Spitzen ihrer feinen Finger die wohlschmeckenden Happen aus der Schüssel und reichte mir einzeln Stücke von Brot, Fleisch, Fisch und süßem Gebäck. Ich biss von jedem die Hälfte ab, die übrigen Happen verzehrte dann mein bezaubernder Gast. Diese Art zu Essen regte nicht nur unsere Gaumen an, sondern auch andere Sinnesorgane. Beim gemeinsamen Kauen und Abbeißen vermischte sich unser Speichel. Skyllas schneeweiße Zähnchen, die heller glänzten als Perlen und mich an die kreideweißen Hauer einer selten schönen Läufersau erinnerten, ließen fröhlich die edlen Speisen krachen. Wir lachten, steckten einander Granatapfelspalten in den Mund, tranken Wein und machten unweigerlich ein Spiel daraus: Ich sog meine Mundhöhle voll mit dem edlen, dunkelbraunen Wein, der in der Gegend des Sees Averna, beim Tor des Hades, wuchs und den die alte Freundin meiner Mutter, die Sybilla von Cumae, die sich auf ihre alten Tage mit Weinanbau, Prophezeiungen und ländlichen Zauberkünsten beschäftigte, uns nach jeder Lese als Geschenk schickte. Skylla beugte sich über mich und saugte den feurigen Wein aus meinem Mund. Unsere Lippen pressten sich aufeinander, und ich erfuhr ergriffen, dass menschliche Lippen auch zu etwas anderem zu gebrauchen sind als zum Reden und Essen.

»Was war das?«, fragte ich und holte tief Luft, als Skyllas durstige Lippen sich endlich von meinem Mund trennten und ich zu Wort kam.

Skylla lachte. Mit beiden Händen brachte sie ihr Haar in Ordnung, das durch das Essen und die damit verbundenen anderen Bewegungen etwas zerzaust und verstrubbelt war. Ihr Gesicht glühte und war rot wie der Mond hinter den Schäfchenwolken einer Sommernacht.

»Das ist ein Kuss«, sagte sie mit weichem Mund.

Ich verstand das Wort nicht genau, trotzdem hatte ich das Gefühl, in diesen Augenblicken in den Besitz eines bedeutungsvollen Wissens gelangt zu sein. Ich sog den Mund wieder voll Wein, gewissenhaft, wie ich es Skylla versprochen hatte. Mein Gast war durstig und zögerte nicht, den Durst auf meinen heißen Lippen zu löschen. Wir tranken und küssten uns.

Die Nacht, die besondere Lage, die Angst, die Vorsichtsmaßnahmen, die wir beim Essen einhielten, das alles versetzte nicht nur mich, sondern auch meinen schönen Gast in einen ungewöhnlichen körperlichen und geistigen Zustand. Aber diesen Zauber – die heiße Ekstase von Leib, Gaumen, Lippen und Nerven – empfand keiner von uns beiden als böse oder gefährlich. Der Kuss, der nach Skyllas Lehren eine Weise der Berührung zwischen Menschen ist, schien mir ein neues und dennoch entfernt bekanntes Erlebnis.

Auf der Toteninsel, in der Welt der göttlichen und tierischen Wesen, bei denen ich aufgewachsen war, hatte ich niemals jemanden küssen sehen. Jetzt jedoch hatte ich diese sonderbare menschliche Mundbewegung kennengelernt, die war wie Streicheln und Beißen zugleich.

»Das haben die Menschen erfunden?«, fragte ich Skylla etwas einfältig und keuchend zwischen zwei Küssen.

Der schöne, kluge Mund des Mädchens schillerte von den Küssen und der Feuchte des Weins. Dieser Mund trennte sich jetzt von meinen durstigen und forschenden Lippen. Sie warf ihren von zerzausten Locken umkränzten, geröteten Kopf zurück, und ihre Augen glühten benommen. So sagte sie, etwas berauscht, ungestüm wie ein Kind, das bei einem geheimen Spiel in eine seltene Erregung gerät:

»Das und noch einige ähnliche Möglichkeiten.« Sie lachte kurz und lüstern, als würde sie gekitzelt. Dann verfinsterten sich ihre schönen Augen, und sie sagte beinahe andächtig: »Telegonos, dein Vater war ein Mensch. Das fühle ich ganz gewiss.«

»Du merkst es an meinen Küssen?«, fragte ich aufgeregt.

Skylla nickte feierlich.

»Ja«, sagte sie ernst. »Nur ein Mensch kann wirklich küssen.«

Ich war ganz außer mir ob dieser wichtigen Nachricht. Skylla umarmte mich mit ihren muskulösen und dennoch duftig weichen Mädchenarmen. Sie setzte sich auf meinen Schoß, und unsere Körper verflochten sich sonderbar. Mit geschlossenen Augen und im Taumel der Küsse flüsterte sie:

»Ja, du bist ein Mensch«, sagte sie, und es klang wie ein leiser Schrei. »Ich fühle es.«

Und als wäre das die Nacht der Verwandlungen, hatte auch ich selbst das Gefühl, dass in dieser Nacht ein Zauber mit mir geschah. Ich wurde nicht zum Tier, weder zum Schwein noch zum Löwen. Aber ich wurde vom Kind zum Mann.

IV

Ich erwachte von einem Schrei. Aus einem tiefen und glücklichen Traum rief mich Skyllas Schrei in die furchtbare Welt zurück. Ich setzte mich auf der Liege auf, wo wir die Nacht im Halbschlaf, in großartiger Trunkenheit, verbracht hatten und erst gegen Morgen eingeschlafen waren. Das Erste, was ich erblickte, war meine fürchterliche, göttliche Mutter. Sie stand vor mir, die Hände in die Hüften gestützt. In einer Hand hielt sie ihre Schlangenhautpeitsche. Sie beugte sich zu uns, und ihre Augen glühten vor wirrer Empörung wie die Augen der Medusa.

»Ich sehe«, zischte sie, »du bist ein gehorsamer Sohn. Du hast dafür gesorgt, dass das schöne Fräulein keinen Mangel leidet.«

Skylla saß neben mir auf dem Diwan zwischen den zerwühlten Kissen und bedeckte sich in tugendhafter

Verlegenheit die Augen mit den Händen. Meine Mutter ließ die Peitsche zu mir schwingen.

»Was ist mit deinen Pflichten, Bengel?«, zischte sie. »Dein Großvater ist schon weit auf Himmelswegen, und die Welt ist voller Licht. Die Herde, die ich dir anvertraut habe, grunzt ungeduldig im Stall, und die neuen Eber, die ich gestern gekauft habe, um unsere Zucht aufzufrischen, warten seit dem Morgen auf ihr Futter.«

Der Schlaf verflog aus meinen Augen. Gestern hatte ich noch nichts davon gehört, dass meine Mutter neue Eber für unsere Schweinezucht gekauft hatte. Erschrocken raffte ich mich auf. Skylla starrte mich mit weit aufgerissenen, entsetzten Augen an:

»Telegonos«, rief sie und streckte die warmen Arme nach mir aus, »du hast mir versprochen, dass ich nicht allein bleibe!«

»Fürchte dich nicht, mein Kind«, sagte meine Mutter mit eiskalter Höflichkeit. »Du hast die Erfahrung machen können, dass in meinem Hause mit Gästen gut umgegangen wird und dass ihnen die Hausbewohner jeden Wunsch erfüllen.« Ihre Augen blitzten bösartig. Dann wandte sie sich wieder zu mir und ließ die Peitsche schwingen. »Hörst du nicht, was ich sage, Telegonos? Die Schweine warten! Los, geh!«

Hilflos und gedemütigt schlich ich mich aus dem Zimmer, wo ich in der vergangenen Nacht meine ersten wirklich menschlichen Erfahrungen gesammelt hatte. Von der Schwelle hörte ich noch, wie meine Mutter die schluchzende Skylla mit tröstenden Worten zum Aufstehen nötigte:

»Ich freue mich, dass dir in Gesellschaft meines Sohnes die Nacht schnell vergangen ist und dass du die Zeit in meinem Haus angenehm verbracht hast. Dein Onkel und sein Gefolge sind schon abgereist«, sagte sie mit einem sonderbaren, furchterregenden Klang in der Stimme. »Sie sind am Morgen abgefahren und wollten dich nicht wecken.« Skylla schrie wieder auf, und ein heftiges, krampfhaftes Schluchzen schüttelte ihren leicht gekleideten, schönen, jungen Körper. »Heule nicht, meine Tochter!«, sagte meine hehre Mutter hart. »Hast du dir vielleicht gewünscht, dass dein großzügiger Wohltäter, der strahlende Glaukos, in dein Zimmer tritt, wenn die rosenfingrige Morgenröte hier die Geheimnisse der Nacht aufdeckt?«

Skylla schluchzte, und nur das heftige Zucken ihres Körpers verriet, wie sehr diese Möglichkeit sie mit Abscheu erfüllte. Meine Mutter setzte den morgendlichen Dialog mit sonderbarer, bösartiger Befriedigung fort:

»Na, siehst du!«, sagte sie überheblich und spöttisch. »Glaukos hat dich meiner Obhut anvertraut. Im Frühling kehrt er zurück, und er hat mich gebeten, mich im Winter mit dir zu beschäftigen und dir das eine oder andere beizubringen, was für die Erziehung einer vornehmen Dame nötig ist. Steh auf, meine Tochter!«, sagte sie großzügig. »Nach der Reise und der vergangenen Nacht wird deinen Gliedern ein heißes Bad sicher guttun«, sagte sie geheimnisvoll. »Dein Badewasser habe ich selbst bereitet …«

Plötzlich wandte sie sich um, weil sie spürte, dass ich

noch immer auf der Schwelle stand und mit beklemmender Sorge im Herzen ihre sonderbar klingenden, geheuchelt freundlichen und irgendwie dennoch Unheil verkündenden Worte hörte.

»Du bist ja immer noch hier!«, rief sie, und ihre Augen sprühten grüne Funken. Erschrocken machte ich mich in Richtung der Ställe davon. Ich hörte noch, wie die Nymphen das Badewasser für Skylla in die Alabasterwanne plätschern ließen. Ich beschloss, auf der Hut zu sein und meine Freundin, die anmutige Skylla, gegenüber jedem – auch gegenüber meiner hehren, aber fürchterlichen Mutter – zu verteidigen. Damals kannte ich die Macht meiner Mutter noch nicht. Ich eilte zu den Ställen wie jeden Morgen. Die Sorge um Skylla hatte die Erinnerung an die sonderbaren Worte meiner Mutter ausgelöscht, mit denen sie vorhin die unerwartete Erweiterung unseres Schweinebestandes erwähnt hatte. Der Feuerwagen meines Großvaters fuhr schon hoch am Himmel, und die Herde empfing mich mit ungeduldigem Grunzen. Ich schob das Gitter der Brettertür des Maststalls beiseite, und die Schweine stürmten, einander überrennend, aus den Ställen hin zum kühlen Waldrand, zu den Eicheln und zur Tränke. Ich sah ihnen nach und kam erst in diesem Augenblick zu Verstand. Es war, als hätte mein junges Herz für einen Augenblick vor Schreck aufgehört zu schlagen.

Sechs kleinere, mittelschwere Schweine mit schwarzen Borsten trabten unbeholfen der Herde hinterher. Und als wäre es für diese tierischen Wesen noch ungewohnt, sich auf vier Beinen zu bewegen, folgten sie taumelnd der hungrig und durstig dahinstürmenden Schweineschar. Die Ankömmlinge waren offensichtlich noch keine vertraute Gemeinschaft mit ihren Gefährten eingegangen, mit den alten, fetten Schweinen aus der Zucht meiner Mutter: Die Rotte ließ die unbeholfenen Wesen hinter sich.

Mit dem Hirtenstab in der Hand, mit dem ich die Tiere anzutreiben pflegte, lehnte ich mich an die Planken des Maststalles. Mein Herz klopfte wild wie Hephaistos' Hammer. Ich hatte keinen Beweis … Aber eine Ahnung, stärker als alles andere, flüsterte mir ein, dass die neu hinzugekommenen Eber niemand anders sein konnten als Glaukos und sein Gefolge.

Entsetzen, Angst und hilflose Wut wogten in meinem Herzen und Verstand. Ich begriff nicht, was geschehen war, und rannte zur Bucht. Die Barke mit dem silbernen Mast war schon aus der dunkelwässrigen, wogenreichen Bucht von Aiaia verschwunden. Die sechs Schweine drängten sich an mich und stießen mir mit klagendem, herzzerreißendem Grunzen ihre Ebernasen gegen die Beine, als wollten sie mir etwas mitteilen, das sie anders nicht mehr sagen konnten. Ich stand am Ufer der Bucht, inmitten der winselnden Schweine. Der Morgenwind riss und zerrte mit nervösen Fingern an meinen Haaren. Ich spähte in die Ferne, dann untersuchte ich die Schweine. Ein sonderbarer Morgen war das. Ich war kein Kind mehr … Und ich war nicht länger der unwissende, gehorsame Sohn meiner Mutter, der Nymphe. An diesem Morgen begann für mich ein neues Schicksal, ein Schicksal, das bis zum Überfluss voller dunkler, unergründlicher Geheimnisse steckte. Ein mitteldickes Schwein, dessen glänzendes, lockiges Fell mir irgendwie bekannt vorkamen, stellte sich auf die Hinterbeine wie ein Hund, wenn er freudig an seinem Herrchen hochspringt. Es stemmte die Vorderklauen gegen meine Knie, und seine glänzenden schwarzen Äuglein sahen mich blinzelnd und flehend an. Wie ein Blitz fuhr mir dieser schon tierische, aber zugleich noch menschliche Blick durch den Verstand.

»Glaukos!«, rief ich entsetzt.

Das Schwein grunzte auf, und seine Augen füllten sich mit Tränen. Ich beugte mich nah zu ihm hinunter und griff mit einer Hand in die harten Kinnborsten des Tieres. So blickte ich dem winselnden, sich an mich schmiegenden Eber aus unmittelbarer Nähe in die Augen. Es lief mir kalt über den Rücken, denn was ich sah, war wirklich schrecklich. Das Schwein weinte.

Es weinte hilflos; sein Weinen klang fast gar nicht wie das Grunzen eines Schweines, es winselte wie ein lebendes Wesen, das unter das bösartige und unterweltliche Gesetz der Verwandlung geraten ist. Seine Gefährten, die Mastschweine, standen im Halbkreis um uns herum, ihr klagendes Grunzen, ihr rhythmisches und weinerliches Quieken erfüllte die reine Stille der Bucht und des Ufers mit gespenstischen Lauten, als wollten sie ein verzerrtes, unterweltliches, trauriges Chorlied vortragen. Erschrocken und mit pochendem Herzen hörte ich dieses fürchterliche, tierische und zugleich schauderhaft bekannt klingende Lautgewirr. Diese Schweine erinnerten sich noch an etwas, und mit Hilfe suchendem Grunzen wimmerten sie jetzt ihr Entsetzen in die Welt. Ratlos stand ich in ihrer Mitte. In meinem Herzen tobten Angst und grausame Bitternis. In diesem Augenblick hörte ich wieder die Peitsche knallen. Die Herde stob erschrocken auseinander. Ich wandte mich um und erblickte auf einem Felsen der Bucht meine strahlende Mutter, die die Peitsche schwang. Das Meer spiegelte die Sonnenstrahlen wider, und das Haar meiner Mutter lohte in grünem Licht. Ihre Augen funkelten wie die Hufe der Zauberrosse von Großvater Helios, wenn sie auf ihren Himmelsreisen gegen Meteorgestein stoßen. An einem Arm hing ein aus Bast geflochtener Korb, so wie ihn die Fischer verwenden, um auf eine Lage Brennnesseln die frisch gefangenen Fische hineinzulegen. Er war leer. Noch nie hatte ich meine Mutter so erschreckend, so großartig, so bitter und so unbändig erhaben gesehen. Als wäre eine der Ahnenfrauen, die einst die Titanen gebaren, zum Leben erwacht.

Füllig, mächtig und kerzengerade stand sie im Morgenwind, im funkelnden Licht. Mit der weißen Hand hob sie die Peitsche und zeigte auf die Neuankömmlinge, die der Herde hinterhertrotteten.

»Sorge dafür«, rief sie, und der schneidende, salzige Ostwind ließ ihren Befehl über die Bucht wehen, »dass sie fleißig fressen und sich gut an ihre Gefährten gewöhnen!«

Ich hielt die Hände vor den Mund, denn der schneidende Wind riss mir die Worte von den Lippen, und rief in bitterer Erregung:

»Wo ist Skylla?«

Meine Mutter sah mich von der Höhe des Felses triumphierend an:

»Sie badet«, sagte sie, und ihre Stimme zischte wie die einer Schlange, wenn sie im Gebüsch einen Menschen sieht.

Mit verschränkten Armen stand sie da und sah auf das wogende Meerwasser in der Bucht, als suchte sie etwas in der Tiefe unter dem durchsichtigen, blassgrünen Wasserspiegel. Dann zuckte sie mit den schönen Schultern und warf den leeren Fischkorb ins Meer. Sie schaute mich nicht an und ging peitschenknallend ins Haus zurück. Erschrocken sah ich ihr nach. Ich wagte nicht, sie mit Fragen zu bedrängen. Schaudernd spürte ich, dass ich an diesem geheimnisvollen, Unheil verheißend zauberhaften Morgen an einen Brennpunkt irdischer und himmlischer Geheimnisse geraten war. Meine Mutter verschwand zwischen dem Laub der herabhängenden Lianen. Die Sonne brannte heiß über der Bucht von Aiaia. Mein Gesicht glühte, mein Hirn war heiß, als hätte die Glut wahnsinniger und unlösbarer Fragen es in Flammen gesetzt. Ich warf die Kleider ab und sprang in die weinfarbenen Wellen, um die Hitze meines Körpers und meines Hirns zu kühlen. Aber nach einigen Schwimmzügen klammerte ich mich entsetzt an den Riedblättern eines moosbewachsenen Uferfelsens fest. Ich wollte um Hilfe rufen, bekam jedoch keinen Ton heraus. Was ich sah, war mehr als fürchterlich.

Auf einem Felsen lag ein Seeungeheuer. Noch nie hatte ich in der Bucht von Aiaia ein solches Ungetüm gesehen. Sein Leib war nicht größer als der eines Kindes oder jungen Mädchens. Es hatte einen Fischschwanz wie die Seepferdchen, auf denen die Nereiden reiten, und einen Spinnenleib mit mehreren Dutzend Fühlern und Scheren. Seine winzigen Krebsaugen blinzelten, und mit nervösen Bewegungen streckte es die Fühler zu den Muscheln und Schnecken aus, die am Felsen klebten. Das Ungeheuer sah schrecklich aus und wirkte doch verblüffend unbeholfen und ratlos. Die Krebsaugen glänzten im Licht wie Smaragde, und in dem Blick, mit dem das plumpe Wasserwesen mich anstarrte, lag etwas Hilfesuchendes wie zuvor im Blick der Eber ... Die schreckliche Ahnung, die in diesem Augenblick mein Herz durchfuhr, brachte mich dazu, meine Angst und Abscheu zu überwinden und mich mit einigen kühnen Schwimmzügen dem Felsen zu nähern. Das Ungeheuer bewegte sich mit heftigen Schwanzschlägen. Es sprang ins Wasser, und ehe ich noch in seine Nähe kommen konnte, verschwand es in den tiefströmenden Wogen der Bucht.

Ich kletterte ans Ufer und eilte nackt und klatschnass zu unserem Haus. Vermutlich bot ich einen sonderbaren Anblick. Mit vom Meerwasser glänzendem Körper und wirrem Haar rannte ich über den heißen Sand, getrieben von der Peitsche der Sorge und des Verlangens: Ich fürchtete um meine Geliebte und suchte sie. Skyllas Zimmer war leer. Ich rief den Namen meiner Liebsten, vor Schmerz und quälender Ahnung halb bewusstlos sah ich mich in dem Zimmer um, in dem ein ungemachtes Bett noch die Spuren der ersten Liebesnacht meines Lebens zeigte ... Auf einem kleinen Kopfkissen vermeinte ich den Abdruck von Skyllas edlem, lockigem

Köpfchen zu erkennen. Ich sank vor der Liege nieder und vergrub mein tränennasses Gesicht in dem Kissen. In dem feinen Leinen spürte ich noch den Duft von Skyllas Haar, und mit heftigem Schluchzen, mit nie gespürter Verzweiflung beweinte ich meine Liebste. Lange klagte ich so. Als ich aufsah, erkannte ich durch die Tränen undeutlich die erschreckende Gestalt meiner hehren Mutter. Sie stand mit verschränkten Armen reglos auf der Türschwelle. Mit vom Weinen heißer, versagender Stimme fragte ich:

»Wo ist sie?«

Meine Mutter blickte finster, zog die dichten Augenbrauen zusammen und warf den göttlichen Kopf zurück. Auf ihrem schönen, strengen Gesicht zeichneten sich Hochmut und der Ausdruck einer bitteren und traurigen Rache ab. Meine Frage beantwortete sie nicht. Ihrem Schweigen entnahm ich, dass mein grässlicher Verdacht berechtigt war und das Ungeheuer, das ich zuvor im Meerwasser verschwinden gesehen hatte – es war geflohen, als wollte es seine Schande vor mir verbergen – Skylla war. Ich schauderte.

Meine Mutter sagte:

»Weine nicht!«

Ihre Worte zischten wie der Frühlingswind.

»Du musst lernen«, sagte sie langsam und deutlich, »dass es nicht lohnt, eines Menschen wegen zu weinen.«

Ich erhob mich von der Liege. Nackt und verlegen stand ich vor meiner Mutter. Ich begriff, dass meine Kindheit jetzt tatsächlich zu Ende und ich erwachsen geworden war. Aber es lag etwas in der Stimme meiner

Mutter, das mich auch in diesem furchtbaren Augenblick nachdenklich machte. Ich begriff, dass meine Mutter wusste, wie schmerzlich es ist, wegen eines Menschen zu weinen. In diesem Augenblick verstand ich etwas von dem geheimnisvollen Wesen meiner Mutter, von dem Mysterium meiner Herkunft. Ich wagte nichts zu sagen. Die Zeit der Märchen war vorbei. Ich war nackt und ein Mann. An diesem Morgen hatte für mich das Leben begonnen.

V

Ich beschloss, schlau zu sein wie die Schlangen zwischen den Felsen der Bucht von Aiaia, scharfäugig wie die Adler, die über unseren Felsen kreisten, und flink wie die bläulichen Fische im silbernen Wasser der Buchten unserer Insel. Ich beschloss, hellhörig zu sein und die Wahrheit über meine Mutter, Skylla, Glaukos, die Schweine, meine Abstammung und die Weltgeheimnisse herauszubekommen. Skylla hatte gesagt, ich sei ein Mensch. Ich wusste noch nicht, ob das in der Welt der Lebendigen eine Rangerhöhung oder eine Art Rangverlust war. Aber auf alle Fälle beschloss ich, dass ich mich eines Menschen würdig verhalten, dass ich also neugierig sein wollte.

Ein glücklicher Zufall ließ mich bald darauf in den Besitz erschreckender und verhängnisvoll ernster Geheimnisse geraten. Einige Tage nach Skyllas und Glaukos' aufregender, unheilvoller Ankunft und ihrem schrecklichen und geheimnisvollen Verschwinden eröffnete meine Mutter dem Hausvolk, dass ein neuer Gast erwartet werde. Die Nachricht, dass Hermes, der Gott mit dem flinken Schritt, zu Besuch kommen sollte, war nicht allzu überraschend, denn in meiner Kindheit hatte ich den glattzüngigen Gott mit den weltläufig angenehmen Manieren und dem tadellosen Auftreten öfter in unserem Haus gesehen; er gehörte zum Freundeskreis meiner Mutter und tauchte immer mit besonders schönen Geschenken auf der Toteninsel auf. Trotzdem war meine Mutter diesmal vor Hermes' Ankunft besonders aufgeregt. Ich war in ihrem Schlafgemach und hörte mit trotzigem Trübsinn – wie in dieser Zeit immer, weil ich seit Skyllas Verlust ständig niedergeschlagen war –, wie meine Mutter den Dienstboten die Befehle zum Empfang des Gastes gab.

»Der erhabene Herr«, sagte meine hehre, aber an diesem Tag außergewöhnlich unruhige Mutter zu den Nymphen, »kommt morgen an und bleibt nur für eine Nacht. Sorgt dafür, dass es der hochrangige Gast unter meinem Dach so bequem wie möglich hat. Ilythia«, sie wandte sich an die älteste Nymphe, die die Aufsicht über die Küche versah, »du weißt, Hermes ist ein großer Feinschmecker. Was willst du uns zum Abendessen servieren?«

Ilythia, die dicke und heftig schnaufende göttliche Köchin, lächelte fröhlich.

»Die Silene haben mir für heute Abend ein fettes Wildschwein versprochen. Wenn ich Zeit habe, es zu marinieren …«

»Hermes steht das Fleisch bis zum Hals, auch das Wildschweinfleisch«, fuhr meine Mutter dazwischen.

»Du könntest wissen, dass ein Gott, dem andauernd Menschen, Wildschweine und Ziegen geopfert werden, irgendwann einmal genug von diesen Köstlichkeiten hat. Aber wenn du bis morgen eine dicke, schöne Rinderzunge besorgen könntest …«

»Nichts leichter als das!«, rief Ilythia. »Die Satyrn bereiten sich gerade aufs Schlachten vor. Von der Insel Thrinakia, wo die Rinder deines göttlichen Vaters Helios weiden, kam gerade eine Lieferung Schlachtrinder. Meinst du jedoch nicht, Herrin, dass diese gewöhnliche Speise unter der Würde des Gastes liegt? Dass sie bei einer so glänzenden Feier nicht auf den Tisch gehört? Rinderzunge für einen Gott?«

Meine Mutter winkte nervös ab.

»Schweig!«, befahl sie erregt. »Helios' Rinder von der Insel Thrinakia haben noch niemandem Glück gebracht«, murmelte sie nachdenklich. Alle schwiegen mit offenen Mündern. Wir konnten nicht wissen, woran sich meine Mutter erinnerte. Dann, als hätte sie die quälenden Erinnerungen verscheucht, wandte sie sich wieder uns zu.

»Hermes ist aber ein Gott«, sagte sie geduldiger, »er kann also ruhig vom Fleisch der Herde meines erhabenen Vaters essen. Es schadet ihm nicht wie anderen, sterblichen Wanderern …« Sie brach ab. »Du musst wissen, Ilythia, dass unter den zahlreichen und vielfältigen göttlichen Aufgaben, die dem strahlenden Hermes von Zeus persönlich zugeteilt wurden, eine ganz wichtig ist: Er soll am Bett der kreißenden Frauen stehen und den Neugeborenen die Sprache geben. Er lehrt die Säuglinge und Politiker lügen, und deshalb ehren ihn die Menschen und opfern ihm unter den blutigen und blutlosen Opfern auch die Zungen der Tiere. Es wäre also nur höflich und eine nette Aufmerksamkeit, wenn du uns als Vorspeise eine dicke, mit Oliven und jungen Zwiebeln zubereitete Rinderzunge servieren würdest. Umso mehr, als er den Vorabend seines Geburtstags bei uns verbringt«, sagte meine Mutter und lächelte finster.

»Geburtstag!«, rief begeistert die göttliche, aber etwas einfältige Ilythia. »Das ist eine große Ehre für unser Haus. Herrin, was wäre, wenn wir die Rinderzunge später servierten und dem Gast zur Vorspeise irgendeinen wohlschmeckenden und seltenen Meereskrebs vorsetzten? Krebs mit Mayonnaise! Unsere Fischer sagen, die Laichzeit ist gekommen, und sie hätten am Ufer ein fettes, sonderbares Krebsgetier gesehen.«

»Ausgezeichnete Idee!«, sagte meine Mutter, und ihre Augen blitzten. Mir zitterten die Knie, mich quälte eine schlimme Vorahnung. »Sag den Fischern, sie sollen das Netz heute Nacht besonders sorgfältig auswerfen. Wenn mein Onkel Poseidon mit dem goldenen Dreizack dann ein seltenes Meerestier in die Nähe unserer Ufer schickt, brate es in frischem Öl. Und gib acht, denn Hermes ist auch ein göttlicher Koch. Auf dem Olymp ist er der Weinschenk und zugleich der Chefkoch in der göttlichen Küche. In der Kenntnis der Geheimnisse der Küchenkunst wetteifert er sogar mit Apollon Megistos.«

»Ich weiß«, sagte Ilythia einfältig und andächtig. »Auch Ulysses hat von ihm ein bisschen kochen gelernt.«

Ich hörte diesen Namen zum ersten Mal. Obwohl ich meine ganze Aufmerksamkeit auf die finsteren Pläne meiner Mutter gerichtet hatte – weil ich fürchtete, dass meine Geliebte, die wunderbare Skylla, im Netz der Fischer landen und dann in Öl gebraten Hermes vorgesetzt werden würde –, bemerkte ich, dass der Name, den die dicke Unternymphe unbedacht ausgesprochen hatte, von unbeschreiblicher Wirkung auf die Anwesenden war. »Ulysses!«, hatte die göttliche Köchin gesagt, und die Stimme meiner Mutter knallte auf wie die Peitsche in ihrer Hand. Die Nymphen kreischten auf, als sie diesen Namen hörten, und Ilythia schlug sich erschrocken die dickliche Hand vor den Mund, als wäre ihr erst jetzt bewusst geworden, was sie gerade gesagt hatte. Alle sahen mich an.

»Schweig, du Dummkopf!«, zischte meine Mutter. Auch sie beobachtete mich. »Du redest Unsinn!« Und als sie sah, dass ich nicht neugierig geworden war – hinterhältig tat ich so, als wäre mir das Entsetzen gar nicht aufgefallen, das der fremde Name bei den Anwesenden ausgelöst hatte –, fuhr sie mit eiligen Worten fort.

»Erfülle meine Befehle. Mischt Wein und Wasser zu gleichen Teilen, denn so ist es Brauch auf dem Olymp«, sagte sie zu einer anderen Nymphe. »Und wenn ihr ein wohlschmeckendes Meerestier besorgen könnt, gestatte ich, dass es dieses zur Vorspeise gibt. Wildschwein isst Hermes nicht«, sagte sie etwas besänftigt mit der sorgenden Stimme der guten Hausherrin, »weil er von den Opfern, die ihm die dankbaren Menschen am Morgen und Abend des Neumondtages bringen, schon einen stumpfen Gaumen hat … Aber ein gewöhnliches, frisch gebratenes Schweinekotelett mit Salat – natürlich aus dem Fleisch eines Hausschweins – wäre vielleicht nicht das Schlechteste als dritter Gang … Was meinst du, Telegonos?«, fragte meine strahlende Mutter schaurig freundlich und wandte sich an mich. »Welches Tier sollen wir morgen zu Ehren des erhabenen Gastes schlachten? Vielleicht eines von den neu angekommenen Mastschweinen«, sagte sie und biss sich in die Unterlippe. Verkniffen beobachtete sie unter den Wimpern hervor die Wirkung ihrer Worte. »Der junge Eber mit den dunklen Borsten, den ich kürzlich in der Herde grunzen gesehen habe, würde passen: nicht fett, aber auch nicht mager …«

Die Nymphen lauschten mit angespannter Aufmerksamkeit. Mir lief es kalt über den Rücken. Es war offensichtlich, dass meine Mutter aus den beiden Verzauberten, Skylla und Glaukos, ein Abendessen für den göttlichen Gast bereiten lassen wollte. Ich achtete darauf, meine Erregung zu verbergen, doch mir zitterten die Lippen, und ich wusste, dass ich von diesen schändlichen Speisen keinen einzigen Bissen herunterbekommen würde. Als wollte sie die Aufgaben der Hausherrin zu Ende führen, wandte sich meine Mutter wieder an die Nymphen. Streng und belehrend sagte sie:

»Der hehre Hermes ist ein Freund unseres Hauses.« Sie sprach von oben herab, aber ihre Stimme zitterte, und ich spürte in ihrer Rede eine heimliche Unsicherheit. »Er kommt wieder einmal mit einem Auftrag des erhabenen Zeus auf unsere Insel. Er ist also auch in dienstlicher Eigenschaft unterwegs«, sagte sie nervös.

»Sorgt deshalb doppelt dafür, dass wir das Wohlgefallen dieses hohen Gastes finden! Hermes ist ein Süßmaul, er liebt das Gebäck. Die Menschen backen ihm zu Ehren süße Kuchen, die geformt sind wie der Heroldsstab, mit dem sich der geflügelte Bote immer auf den Weg macht … Ilythia, sag unserem Konditor Bescheid, er soll auf dem heißen Stein ein paar dieser stabförmigen Teigstücke backen! Nehmt außerdem unser schönstes in Zucker eingelegtes Obst aus den Töpfen und serviert die süßen Früchte in silbernen Schalen. Ich will, dass alles so ist wie in den alten Zeiten, wenn er manchmal herkam«, sagte meine Mutter und seufzte.

Die Nymphen machten sich mit untertänigem Raunen und Rascheln daran, die Befehle auszuführen. Bald war unser Haus erfüllt von den Geräuschen kratzender Besen, schlagender Mörser und dem Brutzeln des Öls in den Kochtöpfen. Meine Mutter gab mir noch eine Ermahnung mit auf den Weg:

»Telegonos«, sagte sie streng, »pass auf, hehrer Sohn! Du bist kein Kind mehr!« Ich errötete, weil mir der Augenblick einfiel, in dem sie mich mit meiner unglücklichen Geliebten im Bett gefunden hatte. »Aber du bist auch noch nicht erwachsen, weder im göttlichen noch im menschlichen Sinn des Wortes. Jedenfalls ist der Zeitpunkt gekommen, in dem wir uns ernsthaft mit deiner Zukunft befassen müssen. Was du bisher gelernt hast, waren schöne und kluge Lektionen, doch sie reichen nicht aus. Der Augenblick naht, wo ich mich von dir trennen muss. Du gehst in die Welt hinaus, um neues Wissen zu sammeln«, sagte sie ernst.

»Sag mir die Wahrheit!«, bat ich sie. »Was ist die Welt? Wer bin ich? Was willst du von mir?«

Meine Mutter schwieg und maß mich mit scharfem Blick.

Ich stampfte vor Ungeduld.

»Wer war Ulysses?«, rief ich.

Das Wort war erklungen. Ich weiß nicht, welcher Dämon mich gezwungen hatte, es auszusprechen. Meine Mutter saß starr da und sah mich mit stechenden Augen an. Ihr strahlend weißer Busen wogte wie der schneebedeckte Berg auf der nahen Insel Thrinakia, wo Typhon die feurigen Hügel durchwühlen.

»Es kommt die Zeit«, sagte sie streng, »in der du erfährst, wer Ulysses war! Junge, du solltest diesen Augenblick nicht herbeiwünschen!«

In ihrer Stimme lag etwas Drohendes, aber zugleich auch eine tiefe Traurigkeit. Ergriffen schwieg ich. In diesem Moment wagte ich nicht, sie mit weiteren Fragen zu belästigen. Doch ich spürte, dass die Zeit gekommen war, in der sich der Schleier über dem großen Geheimnis meiner Kindheit heben und sich mein Weltbild verändern würde. Ein fremder Name – und doch: wie sonderbar anziehend und bekannt er klang! – war gefallen, und meine Erschütterung war der beste Beweis, dass ich dem Geheimnis auf der Spur war. Vorerst wusste ich nichts Genaues, ich spürte nur, dass, seit dieser Name erklungen war, auch ich zur Persönlichkeit geworden war. Diese Ahnung erregte mich. Ich hatte den Verdacht, dass eine Persönlichkeit zu sein das Größte ist, wozu ein Mensch überhaupt fähig ist.

VI

Hermes wurde am Nachmittag erwartet. Wir schrieben den vierten Tag des Monats, also – wie ich von meiner strahlenden Mutter und den eingeweihten Nymphen wusste – den Tag vor dem Tag, der uns an die Geburt des herumstreifenden Gottes erinnert und den die Menschen immer mit Opfern ehren. Der Himmel hatte sich schon mit violetten und dunkelblauen Schleiern verdunkelt, als wir vom Gartentor her das Klirren der goldenen Sporen unseres göttlichen Gastes hörten.

Der Sommerabend war schwül, kein Lüftchen regte sich. Meine Mutter hatte in der Säulenvorhalle decken lassen. Ein bronzener Springbrunnen, der einen Jungen beim Fischfang darstellte – ein Geschenk des Glaukos, das er meiner Mutter vor einigen Jahren geschickt hatte –, ließ sein silbrig sich kräuselndes Wasser plätschern. Er stand in der Mitte eines von Zypressen umringten und von einer Marmormauer begrenzten Rasens, der mit herrlich duftenden Blumen bepflanzt war. Den niedrigen Marmortisch und die Liegen mit den Purpurkissen hatte man zwischen zwei hohen Zypressen aufgestellt, mit Aussicht auf die silbrig glänzende Bucht. Um diese beiden Zypressen – mein Großvater, der strahlende Helios, hatte sie gepflanzt – rankte sich auf den Inseln eine Sage: Man erzählte sich, dass die eine Zypresse eine männliche und die andere eine weibliche Pflanze sei. Die Nymphen meinten zu wissen, dass, während die kerzengeraden Stämme der männlichen und der weiblichen Zypresse starr und reglos in die Höhe ragten, ihre sich windenden Wurzeln in der Tiefe miteinander verflochten waren; dass sie dort unten in den Schlupfwinkeln der weichen Erde eine unsichtbare und dennoch leidenschaftliche Ehe eingingen. Meine Mutter schwieg zwar mit geheimnisvollem Lächeln, wenn die Nymphen oder die Gärtner-Silene Anspielungen auf das Liebesleben des zweigeschlechtlichen Zypressenpaars machten, leugnete die Möglichkeit dieser besonderen Beziehung indes nicht.

»Ihr werdet die Wahrheit erfahren«, sagte sie ernst und geheimnisvoll auf unsere Fragen, »wenn eine tödliche Krankheit die eine befällt: ein Blitzschlag, ein Erdbeben oder ein Windsturm, der die Stämme bricht ...«

»Was wird dann geschehen?«, fragte staunend die einfältige Ilythia.

»Wenn die andere hinterherstirbt«, sagte meine Mutter kurz und bitter, »dann waren sie wirklich ein Liebespaar.«

»Herrin«, fragte mit zitternden Lippen die gutherzige und vom Scheitel bis zur Sohle empfindsame Küchennymphe, »gibt es keinen anderen Beweis für die Liebe?«

»Nur den Tod«, sagte meine Mutter hart und verzog bitter den schönen Mund. »Alles andere ist Prostitution oder Spiel. Die Liebe ist, wenn sie echt ist, immer tödlich. Merke dir das, du Gans!« Verächtlich sah sie sie an.

Es war unmöglich, nicht an diese Worte zu denken, als ich mich am Abend in der Nähe meiner Mutter herumdrückte und zusah, wie sie auf dem Tisch zwischen dem im Zauberruf stehenden Zypressenpaar die Vorbereitungen zum Eindecken und Servieren kontrollierte. Um ihre Taille hing die aus Schlangenhaut geflochtene Peitsche, die sie anstelle eines Zauberstabes benutzte. Meine Mutter hatte für den Abend ein prächtiges, aus schuppiger Fischhaut genähtes, membranartiges Kleid angezogen, und dieses Gewand glitzerte im Mondlicht an ihrer fülligen, doch wohlproportionierten Gestalt wie der phosphoreszierende Körper eines Tiefseefischs. Ihr berühmtes, schönes Haar hatte ihre geschickte Kammerzofe, die gedrungene Doro, an diesem Nachmittag mit besonderer Sorge in kunstvolle Locken gelegt. Einen goldenen Vogelkäfig, in dem sie einen Specht hielt, ließ sie aus dem Schlafgemach bringen und auf den Tisch stellen. Meine Mutter war offensichtlich befangen und voller Erwartung. Ich schluckte schwer, als ich ihr schauriges und zugleich bezauberndes Wesen betrachtete; ich begriff, dass meine Mutter nicht nur eine Zaubergöttin war, sondern auch eine Frau. Als sie mich an einer Säule erblickte, rief sie mir nervös zu:

»Scher dich in deine Gemächer, göttlicher Bengel!« Ihre Stimme klang drohend. »Ich will den Abend mit dem erhabenen Gast allein verbringen.«

Mit vorgetäuschtem Gehorsam verabschiedete ich mich. Meine Mutter beachtete mich nicht mehr, weil die Kiesel des Gartenweges leise knirschten, als der nahende Gast mit seinen Flügelsandalen auf sie trat. Ich tat, als ginge ich zum Wohnhaus, aber kaum hatte mir meine Mutter den Rücken gekehrt, versteckte ich mich in einem rundgeschorenen, immergrünen Busch von der Größe eines kleineren Kohleofens, der zusammen mit anderen seiner Art die Säulenvorhalle säumte. Von dort konnte ich in der Stille des Sommerabends jedes Wort, das von meiner Mutter und dem Gast am Tisch gesprochen wurde, hervorragend hören und hatte, wenn ich mich vorsah, auch die Möglichkeit, die Sprechenden zu sehen. Diesen Platz hatte ich schon im Lauf des Tages ausgespäht, denn ich war fest entschlossen, dieses eine Mal die Befehle meiner Mutter zu missachten und mich nicht aus den Geheimnissen von Himmel und Erde ausschließen zu lassen.

Hermes schritt mit seinem Heroldsstab in der Hand langsam den Gartenweg entlang. Er war groß und schon etwas grauhaarig, ein Gott von vornehmer Erscheinung. Er trug ein kurzes Mäntelchen, so eine Art windgefütterten Umhang mit Goldbesatz, und einen mit roten Mustern gewirkten schneeweißen Tuchrock, der seine muskulösen Beine nur oberhalb der Knie bedeckte. Die mit zwei kleinen goldenen Flügeln geschmückte Kopfbedeckung, die seinen göttlichen Rang und sein Aufgabengebiet symbolisierte, hatte er vom Kopf genommen und hielt sie in der Hand, denn der Abend war schwül, und der Gott war auf dem Weg ins Schwitzen geraten. Meine Mutter erwartete ihn an einer Säule mit ausgebreiteten Armen.

»Liebe Freundin!«, sagte der Gott mit einem wohlwollenden Lächeln weltläufig. Auch er breitete die Arme aus.

»Göttlicher Dieb!«, rief meine Mutter erfreut.

Sie umarmten einander, wie sich das für alte Freunde gehört. Dann küsste Hermes ihr höflich die Hand. Aus dem prächtigen, mit Riemen versehenen Gürtel, den er um die Taille trug – in Wirklichkeit um den Bauch, denn aus meinem Versteck konnte ich deutlich erkennen, dass der strahlende Gast, der zuletzt vor Jahren bei uns gewesen war, inzwischen ordentlich zugenommen hatte –, nahm er eine selten schöne Blume mit roten Blütenblättern und reichte sie meiner Mutter:

»Nimm dies von mir an, göttliche Frau«, sagte der Argostöter mit scherzhafter Huldigung, »es ist eine der schönsten Blumen im Garten des Olymp. Für dich habe ich sie heute früh gebrochen, als die rosenfingrige Morgenröte Heras Gärten in Gold getaucht hat …«

Meine Mutter nahm die Blume entgegen, roch an ihr und betrachtete sie misstrauisch.

»Die hat schwarze Wurzeln«, sagte sie lächelnd, aber mit Misstrauen in der Stimme, »wie das Kraut Moly, mit dessen Kraft du mir schon einmal in mein Leben gepfuscht hast.«

»Hast du es bereut?«, fragte Hermes neugierig mit zur Seite geneigtem Kopf.

Meine Mutter seufzte und roch an der Blume.

»Ich habe es nicht bereut, aber ich erinnere mich noch gut daran, was es angerichtet hat«, sagte sie und drückte die roten Blütenblätter an den Busen. So seufzte sie geheimnisvoll und in Erinnerungen versunken. »Einmal hat sich ein Wanderer auf meine Insel verirrt. Wie so viele vor und nach ihm hatte auch er es verdient, dass ich mit meiner Zauberkraft sein wahres Wesen hinter seiner menschlichen Verkleidung aus ihm heraustreibe und ihn in ein Schwein verwandle … Aber du, mein göttlicher Freund, hast dich eingemischt. Du hast ihm Moly gegeben, und die Zauberpflanze, die schwarze Wurzeln, aber eine weiße Blüte hat, hat ihn davor bewahrt, das Schicksal seiner Gefährten zu erleiden.«

Hermes lächelte und nickte.

»Er ist Mensch geblieben, und du hast ihn in deinen Armen empfangen. Bedauerst du es?«, fragte er wieder mit dem sonderbaren, wissenden Lächeln der Älteren.

»Ich bedaure es nicht«, sagte meine Mutter kurz und ärgerlich. »Aber ich mag es trotzdem nicht, wenn du dich in meine Angelegenheiten einmischst. Ich frage dich auch nicht, warum du den Verliebten heimlich Hermesias ins Getränk mischst.«

Hermes lachte. Mit einem Arm umfasste er die erhabene Taille meiner Mutter, den Heroldsstab legte er mit leisem Klappern auf der Erde ab. So sagte er, während er meiner Mutter zuzwinkerte, spöttisch und doch freundschaftlich, wie ein Komplize:

»Ich mische es aus Honig und Milch, dann gebe ich das Öl aus den Samen der Schirmkiefer dazu«, sagte er heiter, »damit sie trunken werden und schöne Kinder bekommen … Die Welt beginnt, sich mit verdächtig gleichförmigen und hässlichen Lebewesen zu füllen. Man muss die Menschen daran gewöhnen, mit der Kraft ihrer Liebe etwas Schönes zu schaffen. Wenn es nicht anders geht, treibe ich sie mit künstlichen Mitteln zur Schönheit, sonst ist die Welt bald voller Sklaven.« Arm in Arm waren sie beim Tisch angekommen und blieben stehen. »Das Kraut Moly, meine Liebe, kann schaden und heilen zugleich. Deinen Gast hat es vor dem Zauber der Verwandlung beschützt. Aber ihr habt beide von einem gefährlicheren Rauschmittel gekostet ...«

»Schweig!«, sagte meine Mutter mit geschlossenen Augen. »Ich habe so viel von ihm bekommen: die Erinnerung und ein Kind.«

»Ich weiß«, sagte Hermes freundlich und sah auf das schmerzliche, durch einen ernsthaften Zug beredte Gesicht meiner göttlichen Mutter, die mit geschlossenen Augen zurückgelehnt in seinen Armen ruhte. »Das geben die Menschen einem immer.«

Der silberne Mond erschien am violetten Himmel, und die Gegenstände, die Säulen, die Bäume und sie beide, meine Mutter und ihr Gast, verwandelten sich im Zauber des kalten Lichtes sonderbar. Ich hielt im Busch sogar den Atem an. Ich spürte, dass der Augenblick gekommen war, wo ich die Wahrheit erfahren würde. Meine Mutter schien eigenartig verstört. Jetzt lösten die beiden ihre Umarmung und setzten sich. Meine Mutter brachte die Schleier ihres Schuppenkleides in Ordnung, etwas verwirrt – wie jemand, der zugleich lacht und weint –, dann füllte sie Nektar in einen Kelch und reichte ihn dem Gast. Hermes nickte.

»Stell sie in ein Gefäß mit Wasser.« Er wies auf die rote Blume, die sich meine Mutter inzwischen an den Busen gesteckt hatte. »Achte darauf, wie sie sich verändert! Auch das ist keine gewöhnliche Blume. Das Volk nennt sie Hundswurz und glaubt, sie bringe dem die Gelbsucht, der einen Aufguss von ihr trinkt. In Wirklichkeit bringt sie den Schlaf. Ich verrate dir, dass ich manchmal, wenn ich im Reich des Hades zu tun habe, vor dem Abstieg Zerberus, dem bissigen Hund der Unterwelt, Pogatschen hinwerfe, die ich mit dem Sud dieser Pflanze getränkt habe. Der Höllenköter verschlingt die Pogatschen und schläft ein. Wenn du einmal jemandem das Geschenk des Schlafes machen willst, koche Hundswurz aus ...«

»Alter Zauberer«, sagte meine Mutter freundlich. »Nicht umsonst bist du auch der Gott des Schlafes und der Träume.«

»Wie du, teure Freundin, die Göttin des Todes bist, der älteren Schwester des Schlafes«, sagte Hermes bedeutungsvoll und sah sich um.

So tauschten sie Höflichkeiten aus. Doch der Blick des Gastes blieb an dem goldenen Käfig und dem Vogel darin hängen. Der Specht bemühte sich, mit heftigem Hämmern Hermes' Aufmerksamkeit auf sich zu ziehen. Mit seinem langen Schnabel biss er an dem goldenen Gitter herum. Der Gott sah den unruhigen Vogel über die Schulter blinzelnd an und rief in natürlichem Tonfall, als begrüße er einen alten Bekannten:

»Picus!«

»Du erkennst ihn?«, fragte meine Mutter mit erstickter Stimme und etwas erschrocken und presste sich die Zauberblume mit einer ängstlichen Bewegung ans Herz.

»Picus? Wie sollte ich den nicht erkennen?«, fragte der Gott mit ehrlicher Entrüstung. »Ich bin nicht mit Blindheit geschlagen wie ein Mensch, den eine vorübergehende Maskerade in die Irre führen kann. Wir, die erstrangigen Götter, erkennen überall den Menschen, egal, in welcher Verkleidung er erscheint. Hier bist du also, alter Narr?«, sagte er ernst, spöttisch und tadelnd zu dem Specht, der den göttlichen Gast mit erschrockenen Vogelaugen blinzelnd ansah und vor Schreck sogar vergaß, mit den Flügeln zu schlagen und seinen langen Schnabel aufzusperren. »Hast du das gebraucht? Hast du das Abenteuer, diese Wahnvorstellung der Menschen, gebraucht? Als wären die Veränderung und die Verwandlung nicht genauso eintönig wie die Beständigkeit!«, sagte er ernst.

»Die Veränderung ist eine üble Notwendigkeit für die Menschen«, sagte meine Mutter verlegen. Aber Hermes schnitt ihr das Wort ab. Er sprach zu dem Vogel, doch richtete er jedes Wort an meine Mutter.

»Ananke!« Er zuckte mit den Schultern. »Notwendigkeit! Wann lernt ihr, dass die ewige Zeit und das unveränderliche Schicksal ein und dasselbe ist?« Der Specht hämmerte verzweifelt. »Jetzt jammerst du, alter Lustknabe?«, fragte Hermes ernst, aber nicht ohne jede Anteilnahme. »Wie so viele deiner Vorgänger hast auch du das Abenteuer gesucht, König von Italia, Mann der braven Pomona, die vergeblich zu den Göttern um deine Rückkehr gefleht hat! Ich erkenne dich und sehe auch in deinem verzerrten Vogelherzen das menschliche Überbleibsel: die feige Reue und die eitle Hoffnung!«

Er wandte sich von dem Vogel ab. Das Licht seiner göttlichen Augen fiel mit einem heftig drohenden Strahl auf meine Mutter.

»Ich lasse auftragen«, sagte sie unruhig und griff hastig nach der Klingel. Aber Hermes hielt mit einer plötzlichen Bewegung die schöne, fliehende Hand fest.

»Warte noch!«, sagte er ernst. »Ich habe mit dir zu reden.«

Seine Worte klangen majestätisch. Der Vogel im goldenen Käfig, meine Mutter in ihrem Feenkleid und ich selbst im Busch hörten mit offenem Mund und bebendem Herzen auf die Worte unseres Gastes. In der Dämmerung glaubte ich das Wehen eines Schattens zu sehen: als ob der Dämon des persönlichen Schicksals sich mit schleichenden Schritten aus der Tiefe des Gartens uns näherte, jetzt, da der Gott ernst zu reden begann.

VII

»Liebe Freundin«, Hermes' Stimme klang heiser, »es gibt gewisse Dinge, die so nicht weitergehen können. Ich bin Herold, und meine Aufträge sind nicht immer angenehm, besonders, wenn ich einen strengen höheren Befehl überbringen muss. Ich muss dir sagen, dass man auf dem Olymp von deinen dunklen Praktiken genug hat. Wir können es nicht dulden, dass du dich auf Schritt und Tritt in die Weltenordnung einmischst und die nach dem heiligen Gesetz der Entelecheia geschaffenen Wesen verwandelst. Du hast zu oft deine Liebhaber in Schweine, deine Verehrer in Rohrwölfe und heulende Löwen und deine ungetreuen Liebhaber in Vögel und Meerungeheuer verzaubert. Es reicht!«, sagte Hermes streng.

Meine Mutter saß würdevoll und starr da, aber ich sah, dass sie erbleichte.

»Der Zauber ist das Vorrecht meines Ranges«, begann

sie zu sprechen. Hermes schnitt die geflügelten Worte aus dem schönen Mund mit höflicher Strenge ab:

»Es gibt eine Grenze«, sagte er mit erhobener Stimme. »Solange du gespielt hast und die Erscheinungsgestalt der Lebewesen mit deiner launischen Phantasie verändert hast, hat man an oberer Stelle diese deine Vorliebe geduldet. Aber wir haben dich beobachtet. Die eingegangenen Anzeigen verderben einem inzwischen nicht mehr nur die Laune, sie beunruhigen auch. Wir haben nichts gesagt, solange du sozusagen versuchsweise einige Menschen in Schweine verwandelt hast. Die Welt ist schließlich noch nicht ganz abgeschlossen ... die menschliche Welt ebenso wenig wie die tierische oder die pflanzliche. Ja, ich will dir das Geheimnis verraten, dass nicht einmal die göttliche Welt vollkommen abgeschlossen ist. Das große Experiment der Schöpfung geht weiter. Zeus richtet manchmal mit einer einzigen Bewegung seiner vornehm buschigen Augenbrauen etwas an der äußeren Gestalt der Lebenden. Wir haben deine Spiele geduldet in der Hoffnung, dass in deinem strahlenden Busen anmutige und glückliche Ideen entstehen und du die Details vervollkommnest. Aber bisher hast du nichts Neues erfunden.« Vorwurfsvoll beugte er sich vor, den Kelch mit dem Nektar in der Hand. »Wir, die wir für die Entwicklung verantwortlich sind, können das unverantwortliche und nicht ganz unschuldige Spiel, das du mit den Sterblichen treibst, nicht weiter dulden. Das Ziel der Entwicklung ist schließlich nicht, dass Zweibeiner auf vier Beinen gehen und der Mensch zu grunzen beginnt, statt weise zu sprechen.«

»Wo und wann«, fragte errötet meine Mutter, »hast du je einen Menschen getroffen, der weise gesprochen hat? Ganz gleich, mit was für schmückenden Worten sie ihre Sehnsüchte bekränzen, sie wollen immer nur das eine! Ihre geheime Sehnsucht erfüllt sich, wenn sie anfangen zu grunzen …«

»Meine Liebe«, sagte rasch der Argostöter, der Herold, »unter vier Augen können wir zugeben: Der Mensch ist die Schöpfung der Götter, und auch grunzend kann er nur das sagen, was er von den Göttern gelernt hat. Die Welt ist ein großer Maskenball, und wenn Zeus den Lebenden eine Maske gibt, müssen wir achtgeben, dass diese Maske auch dem inneren Wesen entspricht. Das Schwein ist in der Welt der Lebenden eine glückliche Idee, aber es ist nicht die einzige Möglichkeit, zu der ein Lebewesen im großen Reigen der Verwandlungen fähig ist«, sagte er höflich und streng. »Doch darum geht es letztlich nicht. Ich bin mit einem Befehl gekommen. Bisher haben wir mit vorausschauenden Schritten manchmal die schädlichen Auswirkungen deiner Zauberei, dieses fürchterlichen Vorrechts deines göttlichen Ranges, gemildert. Wir haben uns damit abgefunden, dass du mit den Möglichkeiten der Menschen- und Tierzucht herumspielst. Wir haben nicht eingegriffen, als du Picus, der schließlich ein König war, zum Specht verzaubert hast und den unglücklichen Vogel, wie ich sehe, immer noch im goldenen Käfig hältst.«

Bei diesen Worten begann der Vogel heiser, schmerzlich zu krächzen und schlug mit dem langen Schnabel verzweifelt an das Gitter.

»Krächze nicht, Dummkopf!«, sagte der Gott überheblich über die Schulter. Der Specht verstummt erschrocken. »Gewiss, den Menschen, der im Taumel des Abenteuers das Verhängnis der Verwandlung sucht, können auch wir Götter nicht vor seinen Dämonen schützen. Aber unter deinen Opfern sind auch Unschuldige. Wenn ich Ulysses damals nicht zur Hilfe geeilt wäre, würden er und seine Gefährten auch in deinen Ställen grunzen.«

»Wagst du zu sagen«, fragte meine Mutter mit zitternder Stimme, »dass es für die menschliche und die göttliche Welt ein besonderes Unglück bedeutet hätte, wenn Ulysses und seine Gefährten nicht von meiner Insel in die Welt der Lebenden zurückgekehrt wären?«

Hermes sah meine aufgeregte Mutter unter seinen struppigen, rötlich grauen Augenbrauen mit scharfem, forschendem Blick an.

»Eigenartige Frage«, sagte er leise. »Sie wurde auch auf dem Olymp gestellt, im geheimen Rat.« Er murmelte leise vor sich hin, als spräche er zu sich selbst. »Die Sorte Mensch wie Ulysses ist tatsächlich ein gefährlicher Wanderer auf der Erde. Wie Prometheus, der aufständische Titan, forscht auch Ulysses nach dem göttlichen Geheimnis.« Er beugte sich vor und sagte bedeutungsvoll: »Du musst wissen, dass die Menschen sich auf der Erde in einem gewissen Sinn selbstständig gemacht haben. Wir müssen den Tatsachen ins Auge sehen. Meine teure Freundin«, sagte er leise und seufzte, »wir Götter herrschen nicht mehr uneingeschränkt in der Welt. Die Menschen ...«

»Diese halben Tiere«, sagte meine Mutter störrisch voller Hass.

»Und halben Götter«, sagte Hermes spöttisch. Dann zuckte er mit den Schultern und hob warnend die Hand. »Meine Liebe, diesen Gemeinplatz sagen die Götter und Göttinnen zu ihrem eigenen Trost her, seit dem Augenblick, in dem sie leichtfertigerweise den Menschen erschaffen haben. Er ist kein Tier, und er ist kein Gott. Er ist Mensch und fordert einen Teil von der Herrschaft über die Welt. Ulysses ist nur einer von den heimtückischen Thronbewerbern. Sein Schicksal wird sich zwar irgendwann erfüllen. Aber solange er lebt, hat er die Kraft, die Grenzen seiner Persönlichkeit zu überschreiten. Das müssen wir so hinnehmen«, sagte der Gott ernst.

Es dämmerte. Mit violetten Schleiern fiel der Abend herab, und der Himmel über Aiaia erstrahlte vom Funkeln der goldenen Sterne. Es war, als erfüllte der schwüle Duft der sich paarenden, verliebten Zypressen die Nachtluft. Ich schwitzte im Busch und atmete schwer, weil ich mich in meiner hockenden Stellung nicht zu rühren wagte.

Meine Mutter saß mit verschränkten Armen würdevoll da. Auf ihrem schönen, gepflegten Gesicht irrten die Schäfchenwolken der Sorge und des Nachdenkens umher.

»Du verbietest mir, sie zu verwandeln«, sagte sie bitter voller Klage. »Du vergisst wohl, dass die Menschen selbst mich zur Vorsicht zwingen. Es gab eine Zeit, in der ich in meinem Labor glücklich gepanscht habe, weil ich das Gefühl hatte, etwas zum großen Werk der unendlichen Variationen der Schöpfung beizutragen. Die männlichen Götter können nur zeugen. Die undankbare Aufgabe, das Kind auszutragen und zu erziehen, blieb immer an uns weiblichen göttlichen Wesen hängen. Wir sind die Mütter.« Sie sprach sanft und dennoch ärgerlich. »Aber eines Tages erschien auf meiner Insel der Mensch, und ich lernte die Enttäuschung kennen.«

Ihre Stimme hallte jetzt ungestüm in den Abend hinein. Hermes hörte meiner Mutter aufmerksam, mit vorgebeugtem Oberkörper, zu.

»Ich weiß«, sagte er leise voller Mitgefühl. »Ulysses hat dich betrogen. Deswegen kannst du jedoch nicht das ganze menschliche Geschlecht in den Schweinestall sperren wollen.«

»Dank dir und der eifersüchtigen alten Pallas Athene«, rief meine Mutter aufgebracht, »ist dieser Mensch meinem Zauber entkommen. Er war es, der mich betört hat. Mit seinen Lügen, seinem Wesen, seinem Körper und seiner Seele hat er mich verzaubert. Ich habe sein Wesen eingeatmet wie die Priesterinnen in Delphi den betörenden Dunst, der dort der Erde entströmt. Ja, ich war berauscht. Mein starkes Herz ist weich geworden. Ich nahm den Herumtreiber in meinen Armen auf. Und später in meinem Schoß. Ich habe mir seine Geschichten angehört und geglaubt, ihn allmählich zu kennen. Er erzählte von Kämpfen, er erzählte von Männern – von Männern, die Diebe und Könige zugleich waren, Opferlämmer und Helden … Er erzählte von Frauen, die ihr Blut nicht beherrschen können und um deren Besitz die

Männer unsinnige Kämpfe beginnen. Er erzählte von Ithaka, wo seine Gattin und sein Kind auf ihn warteten, er erzählte vom Rauch des heimischen Herdes, den er noch einmal sehen wollte. Die Nächte vergingen und die Jahreszeiten. Der Gast hat mein Herz betört. Ich hatte Erbarmen mit seinen Gefährten und gab diesen Elenden die menschliche Gestalt zurück. Ich duldete es, dass sie ein Jahr lang auf meiner Insel gefressen und gesoffen haben … Ich muss sagen, auch auf zwei Beinen haben sie sich nicht übermäßig menschlich benommen. Sie stürzten sich auf die Getränke wie eine Schweineherde auf den Eicheltrog, und als der eine, ein Jüngling namens Elpenor, betrunken vom Hausdach fiel und tot war, hatte ich das Gefühl, die göttliche Rechtsprechung ist manchmal milder als das Schicksal, das die Menschen einander bereiten. Wir begruben ihn dort.« Sie zeigte mit der wunderschönen Hand hinter die Zypressen zu dem Hügel am Ufer, in dem eine rostige Lanze steckte als Zeichen, dass unter ihr im Erdreich menschliche Gebeine vermodern.

»Sie waren Menschen«, sagte Hermes und zuckte mit den Schultern, »also tranken sie, weil sie ihr Dasein nicht ertragen konnten. Sie brauchten den Rausch, um sich von der quälenden Verantwortung zu befreien …«

»Getränke, Lust und Rausch brauchen sie«, sagte meine Mutter trotzig, »um das göttliche Bewusstsein zu betäuben und in ihrer Seele das Tier zu finden. Trotzdem, ich habe diesen Mann gemocht.« Sie sprach leise und etwas keuchend und beugte sich zu Hermes hinüber. Ich reckte meinen Hals, weil ich kein einziges Wort verpassen wollte. »Ich habe von einem aberwitzigen Bündnis geträumt: von einem göttlichen und menschlichen Bündnis ... Natürlich hat er mir versprochen, bei mir zu bleiben. Er sagte, er wolle nur kurz den Hades besuchen, sich mit den Toten unterhalten, nach Ithaka heimkehren, nach dem Rechten sehen, seiner Frau und seinem Sohn einen Besuch abstatten, der inzwischen schon erwachsen geworden war, und dann würde er heimkommen zu mir, hierher auf diese Insel. Ich habe ihm gestanden, dass ich ein Kind erwartete. Seine lange Lanze, die Hephaistos geschmiedet hat, hat er als Pfand zurückgelassen.« Sie zeigte auf die Lanze, die aus dem Grabhügel herausragte. »Ich kleidete ihn und seine nutzlosen Gefährten in dicke Wollkleider und gab ihnen Speise und Trank für die Reise. Ich lehrte ihn, wie er sich am Tor des Hades verhalten sollte, von wo noch kein Sterblicher zurückgekehrt ist, und was er den Schatten antworten sollte, wenn sie von ihm Rechenschaft über die Verantwortung der Lebendigen fordern. Ich lehrte ihn die Gefahren kennen, die unterwegs auf ihn und seine Gefährten lauerten, damit sie mit heiler Haut heimkehren konnten und damit er dann, wenn er die heimatliche Scholle gepflügt hätte, zu mir zurückkehren könnte, wie er es versprochen hatte, und das Kind in die Arme nehmen, dessen Herz schon unter meinem Herzen schlug ... Ich bin weich geworden«, sagte meine Mutter ernst und ärgerlich. »Ich, die Todesgöttin, bin wegen eines Menschen meiner Berufung untreu geworden und habe einen irdischen Spross gelehrt, wie er das Schicksal hinausschieben kann ... Und was war der Dank?«

Die Stimme meiner Mutter peitschte jetzt durch die Nacht, und es klang, wie wenn der Wolkensammler Zeus das Meer mit seinem Blitz spaltet.

»Er ist heimgekehrt nach Ithaka«, sagte Hermes etwas verlegen.

»Und ich habe nie wieder von ihm gehört«, rief meine Mutter ungestüm. »Aber das ist noch nicht alles! Denn wenn er nur heimgekehrt wäre und mich in den Armen seiner alten Frau vergessen hätte, wäre es auch schon Verrat gewesen! Unterbrich mich nicht, göttlicher Dieb! Du bist gekommen, um anzuklagen, aber auch dem Verteidiger stehen ein paar Worte zu! Auf den Inseln, in den Spinnstuben und bei den Brunnen brabbeln die, die es nicht besser wissen, dass Penelope, die treue Gemahlin, ein Musterbild der Tugend sei. Ich weiß aber noch dies und jenes über diese brave Hausherrin vom Lande. Ich weiß, es gab eine Zeit, als umherstreifende Götter im Haus der tugendsamen Strohwitwe schliefen. Erinnerst du dich?«, fragte sie bitter.

Hermes lächelte. Er hob eine Hand vor die Augen und betrachtete kurzsichtig seine Nägel. So sagte er mit geheimnisvoller, geheimnisbewahrender Stimme, durch die das Lächeln göttlicher Selbstironie und die Kenntnis der menschlichen Natur durchschimmerte:

»Ich bin viel unterwegs.« Er streckte die Beine aus. Etwas selbstgefällig machte er es sich im Lehnstuhl bequem. »Möglicherweise gab es in den vergangenen Jahren eine Nacht, in der ich auch in Ithaka geschlafen habe.«

»Möglicherweise!«, rief meine Mutter spöttisch und bitter. »Sieh an, auch die personifizierte bäurische Tugend zieht in Sommernächten gern den leichten Schleier an, durch den die Gestalt ihres heißen Fleisches durchscheint. Göttlicher Dieb!« Meine Mutter verdeckte die Augen für einen Augenblick mit der Hand, als würden Erinnerungen auf sie einstürmen. Sie sah in die Ferne. »Es gab eine Zeit, in der du auch in diesem Haus geschlafen hast«, flüsterte sie leise. Jetzt sahen sie einander nicht an. Meine Mutter senkte den Blick.

Hermes beugte sich vor.

»Liebe Freundin«, sagte er leise, aber mit voller, tiefer Stimme, »niemals habe ich die Nacht vergessen, in der ich dein Gast sein durfte. Das Herz der Götter …«

»Ist vergesslich wie das der Menschen!« Nun klang meine Mutter wieder streng. »Du bist gekommen, um mich anzuklagen. Du glaubst, ich weiß nicht, wie wenig du, gerade du, befugt bist, von mir für etwas Rechenschaft zu verlangen. Ich kenne dich, mein Freund«, sagte sie traurig, obgleich würdevoll. Plötzlich richtete sie sich im Sitzen auf. »Sonderbar, dass der erhabene Zeus gerade dich als Herold, Ankläger und Richter zu mir schickt! Warum eigentlich? Mit welchem Recht klagst du mich an, ausgerechnet du? Wir sind Götter, und wir sind unter uns. Wir können frei sprechen und müssen uns kein Schloss vor den Mund legen.«

»Pass auf, meine Liebe!«, sagte Hermes besorgt. Er beugte sich vor, berührte mit einer Hand das Knie meiner Mutter und sah sich im Halbdunkel vorsichtig um. »Wir sind allein, aber auch als Gott kann man heutzutage nicht mehr wissen, ob nicht in der Nähe ein neugieriger Mensch lauscht.«

»Ach, die Menschen«, sagte meine Mutter verächtlich und winkte ab. »Ich fürchte mich nicht vor ihnen und bedaure sie nicht.« Am Klang ihrer Stimme erkannte ich, dass sie nicht ehrlich war. »Jetzt spreche ich zu dir, zu dem Gott, dem Herold, dem Argostöter. Du klagst mich an, weil ich die Todesgöttin bin, und wirfst mir vor, dass ich mit den Menschen, diesen untreuen Meisterwerken der Schöpfung, so umgehe, wie sie es verdienen. Als wärst du nicht selbst auch Bote der Unterwelt, hehrer Hermes! Jeder weiß, dass du ein Verhältnis mit Persephone hattest. Es ist kein Geheimnis, dass du Daeira damals in Eleusis geheiratet hast, die eine mächtige, infernalische Göttin war. In der dunklen Zauberei ist dein Name Hermes Katoxos. Warum schaust du so finster? Ja, du bist derjenige, Der-die-Seelen-unterwirft ... Du wagst es, mir Zauberei und Magie vorzuwerfen, wo du selbst Meister darin bist, menschliche Zungen, Hände und Füße mit Zauberei zu binden. Jedes Satyrjunge weiß, warum sie in Thessalien einen Monat Hermaios genannt haben: deinem, das Todesgottes, Namen zu ehren.«

Hermes hüstelte verlegen und hielt sich die gepflegte weiße, mit rötlichem Haar bedeckte Hand vor den Mund.

»Kirke«, sagte er, »die Erregung reißt dich mit. Ich verstehe, dass die Erwähnung von Ulysses' Namen in deinem edlen Busen Wut auslöst. Aber der Befehl, mit dem ich zu dir gekommen bin, ist streng. Höre mit dem Zaubern auf! Wir müssen den Menschen, dieses besondere Wesen, schützen, weil sich die Mächtesituation in der Welt geändert hat. Ich werfe dir nicht vor, dass du dir Liebhaber gehalten hast«, flüsterte er gehässig und beugte sich etwas vor.

Meine hehre Mutter lachte wild und spöttisch auf.

»Das wäre auch verwunderlich«, sagte sie gereizt, und in ihrer Stimme lag die Leidenschaft einer gekränkten Frau, »wenn du es wagen würdest, mir Liederlichkeit vorzuwerfen. Du, der du nicht nur Herold bist, sondern berufsmäßiger Kuppler!«

Hermes räusperte sich und richtete sich gekränkt auf.

»Also bitte!«, sagte er. Doch die Stimme meiner Mutter peitschte wie ein Schrei in einer Sturmnacht.

»Du wagst es zu leugnen, dass du Aphrodite mit Anchises zusammengebracht hast?«

»Ich bitte dich«, sagte Hermes nervös, aber galant, »lassen wir Aphrodite!«

»Ich verstehe, dass es dir peinlich ist, dich an sie zu erinnern«, sagte meine Mutter triumphierend. »Aber die Wahrheit ist, dass du Hephaistos um die Liebe der göttlichen Aphrodite beneidet hast. Als der Adler die Sandale der Göttin herunterwarf, bist du verrückt geworden und wahnsinnig und brünstig den Spuren der Sandalenbesitzerin gefolgt. Das Weltall kennt euer Geheimnis, und es ist kein Zufall, dass das Symbol der erhabenen Aphrodite und des großen Kupplers Hermes bis heute der lüsterne Ziegenbock ist, überall auf den Inseln. Kein besonders vornehmes Symbol, das muss ich schon sagen«, bemerkte meine Mutter gereizt. »Du erhebst Anklage gegen mich, der du Eurydike mit einem struppigen Sänger, einem gewissen Orpheus, verkuppelt hast? Warst du es nicht auch, der Alkmene mit Rhadamantys zusammengebracht hat? Sieh mir in die Augen, du lüsterner alter Dieb! Erinnere dich an unsere Liebe, die vergänglich war wie die Nacht! Trotzdem gibt es eine Bindung zwischen uns, denn wir waren jung, und ich habe einmal in deinen Armen gelegen. Wagst du zu leugnen, dass du – ja, winde dich nicht, gib es schon zu! –, dass du Herakles an Omphale verkauft hast?«

Bei diesen Worten fuhr Hermes sonderbar zusammen. Hinter dem Busch, wo ich hockte, hatte ich den Sinn der Worte, die Bedeutung der vorgebrachten Anschuldigungen und Namen nicht genau verstanden, ich sah nur, dass der göttliche Besucher sich erschrocken umsah und besorgt, beinahe flüsternd sagte:

»Liebe Freundin, du bist nicht bei Verstand! Es gibt viel im Himmel und auf Erden, über das man besser schweigt!«

»Dann schweig doch!«, sagte meine Mutter von oben herab, mechanisch, mit großartiger Überheblichkeit. »Schweig und klage nicht an! Du beschuldigst mich der Lüsternheit, des Zauberns, du, der du die Zahl deiner Geliebten vielleicht nicht einmal weißt. Der Augenblick ist gekommen – und du musst zugeben, dass nicht ich ihn heraufbeschworen habe –, in dem völlig offen geredet werden muss. Großartig bist du gekommen, göttlicher Dieb, als Herold und Ankläger, zu mir, der einsamen Göttin, die du gnadenloser und lüsterner Spiele beschuldigst! Was würden wohl deine verlassenen Geliebten zu dieser Anklage sagen? Artemis? Oder die thessalische Brimo? Akakallis und Daphnis, dem du eine Insel versprochen hast? Erinnerst du dich noch an deine großartige Geliebte Urania, die dir die Bastardgötter Pan und Priapos geboren hat? Alle wissen, dass du ständig Verhältnisse mit den Nymphen hattest …«

»Das sind Männerangelegenheiten«, sagte Hermes ernst. Er blinzelte verlegen, aber ich hörte seiner Stimme an, dass die Erwähnung seiner Geliebten seinem Selbstwertgefühl schmeichelte. »Vergiss nicht, meine Liebe, dass ich ein mehrfach geschiedener und verwitweter Gott bin! Ein Gott ist schließlich auch nicht aus Stein. Niemand wird jünger, aber ich bin noch nicht einmal alt …«

»Du hast zugenommen«, sagte meine Mutter kurz mit peitschender Stimme. »Einen Bauch hast du bekommen. Vielleicht spielst du deshalb jetzt die Rolle des Tugendwächters. Nein, Hermes, wir beide können einander nicht hinters Licht führen. Wenn es jemanden gibt auf der Erde und im Himmel, der dich gut kennt, dann bin das ich. Wenn es jemanden gibt, der kein Recht hat, gegen ein göttliches oder menschliches Wesen die Anklage der Lüsternheit zu erheben, dann bist das du. Schweig!« Hermes hatte zum Protest angesetzt. »Es ist allgemein bekannt, dass du gern mit Tieren Unzucht treibst und deinem Freund Apollon Nonios, der ähnlich niederträchtige und kranke Neigungen hat, fünfzig Rinder zu diesem Zweck gestohlen hast. Pfui!«, rief meine Mutter. »Lüstern bist du und ein Dieb …«

»Ich bitte dich!«, sagte Hermes gekränkt und machte eine Bewegung, als wollte er aufstehen.

»Bleib!«, kreischte meine Mutter. Jetzt war sie wie eine Furie. »Du bist hergekommen, jetzt ertrage auch die Wahrheit! Ja, du bist ein Dieb. Zuerst hast du an Heras Brust die Milch gestohlen. Schon vergessen? Du, der flinkfüßige, der du Flügel an den Sandalen und an der Kappe trägst, bist in Wirklichkeit der Anführer der Diebe! Du hast Ios' Rind gestohlen, Hephaistos' Zange, den toten Hektor! Meinem Onkel Poseidon hast du den Dreizack gestohlen! Deiner badenden Mutter und deinen Tanten die Kleider. Und schließlich warst du es, der Helena entführt und nach Ägypten gebracht hat.«

»Das stimmt nicht«, sagte Hermes finster, aber mit unsicherer Stimme. Er atmete etwas schwer.

»Jedes Wort ist wahr!«, sagte meine Mutter triumphierend. »Es stimmt genauso, wie es richtig ist, dass du Zeus' goldene Sichel gestohlen hast, die er von Demeter geschenkt bekommen hatte.«

»Es war Krieg«, sagte Hermes trocken und schluckte nervös. »Sogar Bürgerkrieg! Wir waren in der Schlacht. Es war im wahrsten Sinne des Wortes ein Weltbürgerkrieg, mit allen Konsequenzen war es das, ich habe in ihm zusammen mit den anderen Göttern meine Haut zu Markte getragen. Es ging ums Weltenschicksal, als ich in den Kampf gezogen bin gegen die aufständischen Titanen, diese Bauern. Wir haben auch mit Hacke und Sichel gekämpft. Wir waren in einer kritischen Lage, und da nimmt sich ein Soldat seine Waffe da, wo er sie gerade findet.«

»Du hast im Generalstab gesessen und warst von einer Wolke verdeckt! Ein künstlich hervorgerufener Nebeldunst hat dich und die anderen feigen Götter geschützt!«, spottete meine Mutter. »Apollon gab sich damit zufrieden, während des Weltbürgerkrieges auf seiner fünfseitigen Leier Kampflieder zur Ermutigung der Kämpfenden zu zupfen!«

»Aufs Leierspiel verstand ich mich auch«, sagte Hermes eifersüchtig, »ich habe ja die Leier aus dem Schildkrötenpanzer erfunden ...«

Meine Mutter unterbrach ihn:

»Aufs Leierspiel hast du dich verstanden. Aber den Kampf mit den Feinden hast du anderen überlassen.«

»Kirke«, Hermes schüttelte den Kopf, »ich sehe, du bist hoffnungslos Frau. Erregungen steuern deinen Verstand. Die Strategie ist eine große Wissenschaft. Gestatte mir ein Wort«, sagte er ernst. Und als meine Mutter tief Luft holte, als bereite sie sich auf eine wortreiche Antwort vor, rief er streng und mit dröhnender Stimme: »Im Namen des erhabenen Zeus befehle ich dir: schweig!«

VIII

Bei der Erwähnung von Zeus' Namen erbleichte meine Mutter. Ihre göttlichen Lippen zuckten. Große Erregung tobte in ihrem wogenden Busen. Der Name des erhabenen Herrn der Welt war schließlich doch eine strenge Ermahnung.

»Du hast eine kräftige Stimme«, flüsterte sie beschämt und senkte ihren flechtenschönen Kopf. »Mit ihr hast du sogar Stentor besiegt. Sprich also!«

»Alles, was du gesagt hast«, sagte Hermes ernst und würdevoll, aber zugleich nachsichtig und verzeihend,

»waren nur Gefühlsausbrüche des verletzten Herzens einer Göttin. Ich war dein Freund und möchte es bleiben.« Er legte meiner Mutter für einen Augenblick mit einer vornehmen, besänftigenden Bewegung seine behaarte Hand aufs Knie. »Ich nehme dir deine Worte nicht übel, denn es wäre unter meiner Würde und meinem Rang, die eifersüchtigen und erregten Beschuldigungen einer schönen Frau zu widerlegen. Obwohl es mir nicht schwerfallen würde.« Er sprach mit zur Seite geneigtem Kopf, in beleidigtem, aber nachdenklichem Tonfall. »Die Beschuldigungen, die du mir ins Gesicht geschleudert hast, sind allgemeiner Natur. Wir Götter haben viele hinfällige, gewöhnliche, göttliche Fehler. Lüstern sind wir, habgierig und eitel … Aber können wir denn überhaupt anders? Die große Rolle, die uns verpflichtet, der Neid, dem wir begegnen, all das hat unseren göttlichen Charakter verdorben. Wir leben im Licht, im Prunk, im Rausch des duftenden Rauches der Opferaltäre. Ist es da ein Wunder, dass auch die einst reine Tugend der Götter verdorben wurde? Meine Liebe«, sagte er leise, »irgendwann war alles anders. Das göttliche Leben war rauer, schmuckloser, aber reiner als heute. Vieles ist in der Vergangenheit geschehen, an das sich die undankbaren Göttersöhne nicht mehr erinnern.« Er beugte sich näher zu ihr hin und dämpfte seine tiefe Stimme. »Wer erinnert sich noch daran, dass es einen Augenblick gab, in dem der Gott weder einen Namen noch ein Gesicht hatte? Er wohnte über den rauchenden Bergen, nur einsam konnte man sich ihm nähern. Und dann lachte der Gott …«

»Lachte?«, fragte meine Mutter beklommen.

»Fünfmal hat er gelacht!«, sagte Hermes andächtig. »Und dann ist er traurig geworden. Dieser Augenblick war schrecklich. Es gibt keinen schlimmeren Moment im Weltenschicksal, als wenn der Gott zu lachen beginnt. Und wenn er dann traurig wird … Nichts ist grauenvoller!« Der Herold hob mit einer besorgten Bewegung die Hand. »Als er zum dritten Mal gelacht hat, war ich auch schon da. Und dann hat sich die Moira eingemischt! Frag nur die Moiren! Sie wohnen hier in der Nähe, beim Stall deines strahlenden Vaters Helios. Sicher kennst du sie, denn von hier, aus ihrer nahen Höhle, fliegen sie von Zeit zu Zeit aus, die lieben Töchter der schwarzen Nacht, um die bitteren, schwarzen Samen des Schicksals im Leben der Menschen und der Götter auszustreuen. Damals kam die älteste Moira zu mir. Sie hielt eine Waage in der Hand und fing eine Diskussion mit mir an über die Rechtsprechung. Und du, die du so viel weißt, hast davon nie etwas gehört? Du beschuldigst mich, Hera die Milch aus der Brust gestohlen zu haben, diese saure Weltenmuttermilch.« Er rümpfte die Nase. »Du beschuldigst mich, Hephaistos' rostige Zange gestohlen zu haben! Klagst mich der Lüsternheit an, als wäre der geschlechtliche Rang der Rinder niedriger als der anderer weiblicher Wesen. Du, die du so naseweis und bestens in alles eingeweiht bist, weißt du denn nicht, dass es einen Augenblick gab, in dem eine Diskussion stattfand – vielleicht die einzige richtige, verhängnisvolle Diskussion auf der Welt – und in dem ich mich hinter keiner Nebelwolke versteckt habe, sondern da war, in diesem gefährlichen Moment? Ja!« Hermes' Worte hallten in der

Nacht wider. »Ich war da, als der Gott gelacht hat, denn die Moira erschien und hielt eine Waage in der Hand und begann mit mir eine Diskussion über die Gerechtigkeit.«

»Was redest du, mein Freund«, murmelte meine Mutter verlegen, »der Gott, der kein Gesicht hatte, wollte von dir die Wahrheit wissen?«

»So ist es«, sagte Hermes kurz. »Ich kam, um anzuklagen, und du hast alles abgestritten. Jetzt antworte ich. Du hast mich der Feigheit, niederer göttlicher Sünden und Fehler beschuldigt. Aber ich bin kein Angeber. Auch jetzt spreche ich nur davon, weil du mich zwingst. In dem fürchterlichen Augenblick, als die Moira erschien, mit der Waage in der Hand und sich ins Weltenschicksal einmischte, das das Verhältnis zwischen Mensch, Gott und Wahrheit entschied ... war ich, der als feige, verlogen, kupplerisch, lüstern und diebisch verschriene Hermes, als Einziger von den Göttern mit niederen Namen dabei und habe mitgeredet. Das geschah, als der Gott zum dritten Mal gelacht hat.« Hermes richtete sich auf. Mit weit zurückgelehntem Körper saß er würdevoll da, als wäre er plötzlich gewachsen. Ich starrte ihn stumm an wagte mich nicht zu regen in meinem Busch.

»Verzeih mir!«, murmelte meine Mutter. »Ich habe noch nie davon gehört ...«

»Das ist eines der Weltengeheimnisse«, sagte Hermes schroff und verächtlich. »Der namenlose Gott hat danach noch zweimal gelacht, und schließlich hat er anerkannt, dass wir beide recht hatten. Moira hat das Weltenzepter bekommen ... Und vielleicht gibt es deshalb keine

Gerechtigkeit auf der Welt. Ich bin ein großer Anhänger des weiblichen Geschlechts.« Höflich und spöttisch verbeugte sich Hermes im Sitzen. »Aber wenn ich der namenlose Gott gewesen wäre, hätte ich das Zepter der Gerechtigkeit nicht weiblichen Händen anvertraut. Ich, der Schnellfüßige, bekam nur den Heroldsstab. – Du beschuldigst mich der Zauberei«, sagte er leise und schüttelte den Kopf. »Ich leugne nicht, dass ich durch die Berührung mit dem Heroldsstab in der Welt der Lebenden einen Zauber bewirken kann. Wie du mit der Peitsche, die dort an deiner Seite hängt.« Hermes zeigte jetzt mit einer vorsichtigen Bewegung auf die volle und herausfordernde Taille meiner Mutter. Meine göttliche Mutter packte eifersüchtig den Griff der aus Schlangenhaut geflochtenen, furchtbaren Peitsche. »Aber während du zauberst, weil dein eifersüchtiges Herz die Menschen hasst, bemühe ich mich, mithilfe des Zaubers Träume, Frieden und Glück in ihr Leben zu schmuggeln. Ich bin der Freund der Menschen«, sagte der alte Gott leise und feierlich.

Meine Mutter senkte den Blick. Ihr großartiger Busen keuchte. Mit halb gesenkten Wimpern sah sie den Gast von der Seite an und sagte mit erstickter Stimme:

»Du willst mir das Recht zum Zaubern nehmen?«

Hermes ergriff ihre schöne, gefährliche Hand und drückte sie.

»Göttliche Hexe«, sagte er höflich und eifrig, »glaube mir, ich spreche auch jetzt als Freund zu dir! Was ich sage, ist vielleicht unangenehm, aber du wirst sehen, schließlich wirst du dankbar sein für diese Entscheidung der Götter! Ich habe deine Beschuldigungen angehört. Dein Misstrauen verzeihe ich dir. Du hasst mich, weil du glaubst, dass wir uns an höherer Stelle grundlos in deine wütenden Praktiken einmischen. Kirke, du musst dich mit den Menschen aussöhnen! Du bist gekränkt worden. Dein Herz heilt nicht. Doch die Menschen sind nicht so hoffnungslos, wie es das gekränkte Herz einer Göttin glaubt. Und vielleicht bin ich auch nicht nur der letzte Dieb, der wortgewandte, lügnerische und unmoralische Kuppler, als den du mich dargestellt hast. Natürlich bin ich unvermeidlich auch all das, ich lebe ja bei den Menschen und Göttern. Was kann ich da sonst lernen? Aber ich bin auch anders. Soll ich prahlen? Soll ich zu meiner Verteidigung anführen, dass ich mit aller Kraft der Sache der Verbürgerlichung diene und den internationalen Verkehr in der Welt erleichtere? Deshalb passe ich auf den Straßenbau und allgemein auf den Verkehr auf und verscheuche die Gespenster, die in der Gestalt niederträchtiger Makler und Politiker in den Büros der großen Straßenbauunternehmen herumschleichen. Es wird gemunkelt, dass ich, der Herr der Wege, durch Schlüssellöcher schlüpfen kann. Ich sehe, du lächelst durch deine wütenden Tränen.«

Meine Mutter, besänftigt, lächelte tatsächlich.

»Du bist ein Schwätzer«, sagte sie sanfter, »ein Schmeichler und ein Lügner! Die Dunkelhäutigen, die Araber, von denen ich die Gewürze für meinen Haushalt kaufe, sind vielleicht deshalb so verlogen, weil du ihr Ahnherr bist.«

»Vielleicht«, sagte Hermes gut gelaunt und lachte auf.

Er tätschelte und küsste meiner Mutter die Hand, dann lehnte er sich zufrieden im Lehnstuhl zurück. Erleichtert sprach er weiter. »Meine Freundin, die Welt entwickelt sich weiter. Die Zeit des großen Spiels, des anfänglichen Zaubers, ist vorüber. Ich leugne nicht, dass ich ein leidenschaftlicher Anhänger der Ideen des gesellschaftlichen Fortschritts, der wissenschaftlichen Erfahrung und des wirtschaftlichen Ausgleichs bin – auf der Erde wie auf dem Olymp. Deshalb habe ich – neben meinen sonstigen mannigfaltigen Aufgaben – die Rolle übernommen, neben der Aufsicht über den Straßenbau und den internationalen Verkehr auch noch die Märkte im Blick zu behalten. Ich will nicht prahlen, aber ich erwähne mit Freude, dass es mir gelungen ist, das wichtigste Zubehör der Wertmessung auf den Märkten – also die Bilanz, den Standard, den Gewinn und den Betrug – zu erfinden und den Menschen schmackhaft zu machen.« Großzügig, als schäme er sich für seine Prahlerei, schränkte er ein: »Genau genommen verstanden sie sich auf Gewinn und Betrug schon vorher, als es weder Standard noch Bilanz gab. Ulysses hat in der Welt auch ohne eine Bilanz ausgezeichnete Geschäfte abgeschlossen. Er hat die Phaiaken übers Ohr gehauen und sich auch darauf verstanden, nach seinen Liebesabenteuern Wertgegenstände gewisser älterer Göttinnen als Erinnerungsstücke mitzunehmen. Aber Ulysses lebt noch im Abenteuer. Die Menschheit hingegen hat genug davon: Jetzt kommen farblosere, aber nützlichere Zeiten. Vielleicht die Eisenzeit ...« Hermes überlegte. »Hat er von dir nichts mitgenommen?«, fragte er dann plötzlich mit scharfem Blick.

»Mein Herz hat er mitgenommen«, sagte meine strahlende Mutter etwas hochtrabend und seufzte.

»Du bist ihn billig losgeworden«, sagte Hermes zynisch. Und als ihn meine Mutter mit tränenfeuchten Augen vorwurfsvoll ansah: »Mein liebes Kind, die Welt ist entsetzlich materiell geworden. Frage nur deine Schicksalsgefährtin Kalypso und noch einige Damen auf den Nachbarinseln, ob sich der Herumtreiber Ulysses damit zufriedengegeben hat, sich ihr Herz an den Gürtel zu binden.«

»Kalypso?«, rief meine Mutter heftig. »Die ist doch so alt wie die Landstraße! Da wagt sie noch zu klagen?«

»Ich weiß, dass zwischen euch einige Äonen liegen«, sagte Hermes besänftigend. »Trotzdem hat sie den Mann, der nach kaum einem Jahr aus deinen Armen weitergezogen ist, sieben Jahre in Liebessklaverei gehalten. Natürlich hat die alte Dame auch für ihre Gier bezahlt …«

Das war mehr, als meine Mutter ertragen konnte. Hermes' Worte hatten sie mitten ins Herz getroffen. Sie versteckte ihr mit edlen Salben gepflegtes, strahlendes Gesicht in den Händen und weinte lautlos. Nur am Zucken ihrer göttlichen Schultern war zu sehen, dass die boshaften Worte des spöttischen, kaltschnäuzigen Gottes ihre heiligsten Gefühle und ihre Eitelkeit zugleich gekränkt hatten. Hermes legte den Kopf zurück und machte es sich im Lehnstuhl bequem. Ihm war anzusehen, dass er die Wirkung seiner Worte genoss und sich seiner Sache jetzt sicher war. Kühl, im lockeren Plauderton sprach er weiter und scherte sich keinen Deut um das tugendsame Schluchzen meiner gedemütigten Mutter.

»Weine nicht!«, sagte er von oben herab. »Lerne von unseren Geschöpfen, den Griechen. Ein Volk mit rastlosem Geist, aber sie haben Dichter und Helden. Ihre besseren Geister, beispielsweise ein gewisser Theseus, mit dem ich mich manchmal unterhalte, meinen, es lohne sich nicht, zu beweinen, was Schicksal ist.«

Hermes verstummte. Meine Mutter weinte lautlos. Über Aiaia erschien mit schadenfrohem, leuchtenden Todesgesicht der Mond. Eine Zeit lang saßen sie stumm im Mondlicht. Nur von der Küche und den Speisesälen her flatterten die ungeduldigen, rötlichen Lichter der Fackeln der Nymphen, die mit der Vorbereitung des Essens beschäftigt waren. Im Halbdunkel hörte ich aus der Nachbarschaft von Großvaters Stall leichte Schritte und Flügelrauschen. Die Moiren begaben sich auf ihren nächtlichen Flug. Mir war warm in meinem Versteck, und zugleich zitterte ich. Zum ersten Mal hatte ich streitende Götter gesehen. Mein Herz war voller Zweifel und Furcht. Ich begann, am Weltenschicksal wie am menschlichen Schicksal zu zweifeln. Aber ich wagte nicht, mich zu bewegen. Kurze Zeit später beruhigte sich meine Mutter: Sie trocknete sich die Augen und schnaubte die Nase. Dann begann Hermes zu sprechen, mit entschiedener, tief dröhnender, reifer und etwas ältlicher Stimme.

»Es tut mir leid«, sagte er ernst, »dass ich dir wehgetan habe. Schreib es dir selber zu! Ich spreche jetzt nicht von den lächerlichen und kindischen Vorwürfen, die du mir anfangs in deiner Wut gemacht hast. Die habe ich schon vergessen. Ich habe viel dazugelernt seit der Erschaffung der Welt. Ich bin auch Arzt und glaube, mich auf die menschliche Natur zu verstehen.«

»Du hast mit Athene zusammen die Töchter des Danaos von ihrer Bluttat gereinigt«, seufzte meine Mutter unterwürfig. »Das Volk von Tanagra hast du von der Pest befreit. Vielleicht hast du für mein krankes Herz auch eine Arznei.«

So schniefte sie. Noch nie hatte ich meine strenge Mutter so demütig und hilfsbedürftig gesehen. Um Hermes' Lippen spielte ein bedauerndes und zugleich spöttisches Lächeln.

»Mit der Pest bin ich leicht fertiggeworden«, sagte er überheblich, »es hat gereicht, einen geweihten Widder in der infizierten Stadt herumtragen zu lassen. Mit dir habe ich es schwerer, weil deine Infektion menschlichen Ursprungs ist und göttliche Folgen hat. Es ist offensichtlich, dass du krank bist!« Der üppige, edle Leib meiner Mutter erbebte bei diesen strengen Worten. »Du leidest an dem Wahn, die Menschen verzaubern zu wollen, weil du dich für deinen untreuen Liebhaber rächen willst! Kirke«, sagte der strahlende Gott, und seine Worte tönten ernst, »was hast du mit Glaukos angestellt? Wo ist die kleine Skylla?«

»Sie haben bekommen, was sie verdient haben«, sagte meine Mutter kalt.

»Ich habe den Befehl«, erklärte der Gott trocken, »herauszubekommen, wohin sie heimlich verschwunden sind. Glaukos war schließlich ein König. Zugleich hat er mit Hafer und Mädchen gehandelt, aber selbst wenn er noch so ein jämmerlicher Betrüger war, stand er doch unter göttlichem Schutz. Antworte!«

»Ihr Schicksal hat sich erfüllt. Ihre Namen will ich nicht mehr hören. Frage nicht nach dem Schicksal des lüsternen Krämers und seiner liederlichen Verwandten, göttlicher Herold! Es gab eine Zeit«, sagte meine Mutter hart, »in der auch dieser Mensch log und mir schmeichelte, er könne nicht ohne mich leben. Wie Ulysses … Wie andere, Götter und Menschen.« Die Worte meiner Mutter peitschten jetzt, und ihre Augen glänzten. »Auch er hat mein großes, aber leichtgläubiges Herz verwundet …«

»Entschuldige bitte«, sagte Hermes nervös, »ich habe ja alle Achtung vor deinem großen Herzen! Aber wenn du jede dahingeflüsterte Liebeserklärung für ein Eheversprechen hältst …«

»Ich bin einsam geblieben«, sagte meine Mutter trotzig. »Einmal habe ich sogar Glaukos verziehen. Ich habe mich bemüht zu begreifen, dass es in seinem Herzen keine Treue gibt, keine Treue geben kann, weil er ein Mensch ist. Aber ich hatte es nicht nötig, die unendliche Zeit im Witwenstand zu verbringen. Unter meinen Freiern waren vornehme Männer. Keine solchen Krämerkönige verwanzter Uferstädte wie Glaukos und Picus, sondern richtige Fürsten. Du, der du mit leisen Schritten vielerorts in der Welt unterwegs bist … Es heißt, du habest nicht ohne Grund die Sandalen erfunden, mit denen man lautlos gehen kann, denn so hast du dich zusammen mit Autolykos in die Nähe der Herden und Stuten gestohlen, um deine göttlichen und niederen Neigungen zu befriedigen …, sag, hast du denn nie davon gehört, dass in einem fernen Land, im nördlichen Apulien, am Fuße des Berges Garganos ein Land liegt, das Daunia heißt?«

»Ich verstehe dich nicht«, sagte Hermes erstaunt. »Daunia? Natürlich war ich auch dort. Es wird von einem mutigen, kämpferischen und religiösen Volk bewohnt. Die Menschen dort achten mich und schwätzen nicht von lautlosen Sandalen und Rinderdiebstählen, wenn sie andächtig meinen Namen erwähnen! Ihr König ist ein charakterfester, tüchtiger Mann, dessen Name mir jetzt nicht einfällt …«

»Dir fällt Kalchos' Name nicht ein?«, fragte meine Mutter erregt.

»Kalchos!« Der alte Herr erinnerte sich plötzlich wieder und schlug sich an die Stirn. »Ja, klar. Du kennst ihn?«

»Er hat um meine Hand angehalten«, sagte meine Mutter würdevoll. »Auch er hat mir die Ehe versprochen, wie dieser Glaukos. Wie Ulysses. Wie du, irgendwann!« Bei diesen gezischten Worten meiner hehren Mutter senkte Hermes den Kopf auf die Brust. Von meinem Versteck aus stellte ich zufrieden und erstaunt fest, dass auch die Götter sich schämen, wenn sie an ihre unbedachten Versprechen erinnert werden. »Er hat um meine Hand angehalten, aber ich glaubte damals mit leichtfertigem Herzen, mit Ulysses verlobt zu sein. Ich wies meinen edlen Freier ab … Als er zudringlich wurde und nicht lockerließ, habe ich ihn verzaubert. Was hätte ich sonst tun können?«, fragte sie verächtlich. »Das ist immer die einfachste und beste Methode, sich von einem zudringlichen Freier zu befreien. Ja, wegen Ulysses habe ich den männlichen und für mich schwärmenden Kalchos, den daunischen König, abgewiesen. Mein Herz war blind, ich sah nicht klar. Ich sage das nur deshalb, damit du nicht denkst, ich hätte unter den Menschen keinen Freier gehabt, der mir treu war. Ich müsste nicht einsam leben. Später kam das daunische Volk mit Kriegsschiffen, um seinen unglücklichen, verliebten König abzuholen. Sie haben auf meiner Insel eine amphibische Landung durchgeführt. Meine Silene und Satyrn haben heldenhaft gekämpft, doch die Daunier sind ein kampferprobtes, streitsüchtiges Volk. Schließlich fassten sie auf den Felsen unserer Bucht Fuß. Ich erfuhr, dass dieses Volk seinen König, den hehren Kalchos, heiß und innig liebt. Nach langen Verhandlungen ließ ich meinen Freier aus dem Stall, wo er mit Kummer im Herzen, aber noch immer voller Schwärmerei für meine Person die Eicheln krachen ließ. Ich gab ihm die menschliche Gestalt zurück. Die Daunier zogen mit ihrem König, meinem abgewiesenen Freier, ab. Auf meine Bitte schwor er vorher, dass er mich in Zukunft in Frieden lassen würde. Er war ein Mann, er hat seinen Schwur gehalten«, sagte meine strahlende Mutter enttäuscht und verzog den Mund. »Ich bin hiergeblieben, ohne Freier. Und Ulysses ging eines Tages weg! Jetzt weißt du alles …«

Meine Mutter schwieg mit verschränkten Armen.

Hermes schnarchte lufthungrig auf, wie es die genusssüchtigen, dick gewordenen, älteren Götter zu tun pflegen. Er beobachtete meine Mutter und zwinkerte schlau.

»Er ist gegangen«, sagte er vorsichtig, »weil seine Heimat ihn gerufen hat. Er ist nach Ithaka heimgekehrt. Du musst verstehen, dass für das Geschlecht der Menschen die Heimat eine stärkere Bindung bedeutet als der Zauber des Abenteuers.«

»Lass das Predigen!«, sagte meine Mutter nervös. »Er ist heimgekehrt, hat gemetzelt und den Helden gespielt, als hätte er Zeus weiß was für ein Recht darauf! Aber du glaubst doch nicht ernsthaft, dass er bei seiner alten Frau am Rockzipfel geblieben ist?«

»In letzter Zeit«, sagte Hermes ausweichend, »habe ich nichts von unserem Freund gehört.«

»Ich dafür umso mehr!«, rief meine Mutter wütend und leidenschaftlich. »Er ist nach Ithaka heimgekehrt, sagst du! Das klingt wie der brave Abschluss einer gewöhnlichen menschlichen Geschichte. Der Held kehrt heim in die Arme der treuen Gattin, und sie betrachten gemeinsam den aufsteigenden Rauch des heimischen Herdes, bis die Stunde kommt, in der sie in den Hades gehen müssen? Das willst du sagen? Du bist lächerlich, göttlicher Dieb! Habt ihr tatsächlich geglaubt, du und deine alte Verwandte, die erhabene, aber gefährlich kurzsichtige Pallas Athene, dass ihr Ulysses für alle Zeiten in trockene Tücher gepackt habt, als er auf dem Schiff der Phaiaken nach Ithaka heimgekehrt ist mit seinen geraubten Schätzen und seinen Lügen und Erinnerungen an zwielichtige Abenteuer? Ich muss meinen untreuen Liebhaber in Schutz nehmen! Ich schütze ihn, indem ich sein Andenken mit neuen Beschuldigungen kröne. Aber diese Vorwürfe passen besser zu seinem Wesen als das gnädige und sanfte Ende, das die Götter für ihn geplant haben. Er ist von anderer Art!«, sagte meine Mutter traurig mit zorniger Begeisterung. »Er zieht keine Pantoffeln an, er kann nicht zu Hause bleiben.«

»Wo ist er jetzt?«, fragte Hermes neugierig.

»In diesem Augenblick?« Meine Mutter schüttelte den Kopf. »Man kann nie wissen, wo er sich gerade aufhält. Jetzt, wo er älter wird, ist die Wandersucht mit krankhaftem Zwang über ihn hereingebrochen.« Meine Mutter beugte sich vor und fuhr flüsternd fort: »Ich war nicht untätig, von Zeit zu Zeit bin ich aufgebrochen und ihm nachgegangen. Er streift hierhin und dorthin auf den Inseln und auf dem Festland. Es ist schwer, ihm auf die Spur zu kommen. Außerdem beschäftigt er sich mit undurchsichtigen Geschäften, weil mit den Sorgen des Alters auch die Sorge um den Lebensunterhalt über ihn hereingebrochen ist. König war er und ein Held. Jetzt jedoch benimmt er sich wie ein linkischer Krämer und alternder Abenteurer. Als er heimgekehrt war« – meine Mutter seufzte –, »schien es in der ersten Zeit, als würde er sich anständig benehmen. Er hat den Nymphen geopfert, das tat uns allen gut. Nach dem Ratschlag des Teiresias brachte er auch den Toten Opfer, wie ich es ihn gelehrt habe. Dann ging er nach Elis und legte Polyxenos herein … Zu Hause hat er gelogen, er würde seine Rinderzucht besichtigen. Aber in Wirklichkeit zerbrach er sich schon seinen durchtriebenen Kopf darüber, wie er wieder auf irgendeine krumme Reise gehen könnte. Seine Frau, die vom braven und ahnungslosen Volk bedauerlicherweise geachtet wird, hat er unter einem verschrobenen Vorwand ins Ausland geschickt. Er selbst ist nach Thesprotien gegangen. Kennst du Kallidike? Ich habe nicht viel Gutes über sie gehört. Eine Provinzkönigin, nicht mehr ganz jung, wenig gepflegt, aber reich. In letzter Zeit sucht Ulysses zunehmend die Gnade älterer Frauen«, sagte meine Mutter spitz.

»Ich weiß nicht«, erwiderte Hermes anspielungsreich, »was du meinst, wenn du von der letzten Zeit sprichst. Ulysses hat zu jeder Zeit die reifen Schönheiten bevorzugt.«

Meine Mutter winkte ärgerlich ab.

»Du denkst an Helena«, sagte sie giftig, »und da hast du vielleicht recht! Ansonsten wäre es eine abgeschmackte Anspielung, was du sagst. Du hast recht, wenn du von Kallidike oder Penelope sprichst. Ich weiß wirklich nicht, was er an diesen reifen Provinzschönheiten findet. Vielleicht nur, dass er vor ihnen nicht den Helden spielen musste. Obwohl, in Thesprotien hat er noch einmal den Helden gespielt. Im Namen seines Gastgeberhauses ist er gegen die Bryger in den Kampf gezogen.«

»Das war harmlos.« Hermes zuckte mit den Schultern. »Die Bryger sind ein dahergelaufenes Volk, entfernte Verwandte der Phryger. Sie haben einen thrakischen Gott, den armseligen Ares! Damit ist alles gesagt.« Er biss sich auf die Unterlippe und feixte verächtlich.

»Sie kennen das Salz nicht«, sagte meine Mutter ernst. »Sie kennen das Meer nicht. Ein Festlandsvolk.«

»Unverständlich«, bemerkte der Argostöter düster. »Er, der immer die Nähe des Meeres gesucht hat.«

»Er wird alt«, sagte meine Mutter kurz. »Weil Teiresias es ihm geraten hat, wandert er mit dem trotzigen Wahn alternder Menschen im Herzen. Er sucht die Heimat, wo er den Prophezeiungen zufolge dem gewaltsamen Verhängnis entfliehen und sich in die Arme eines milden Todes flüchten kann. Teiresias hat ihm gesagt, dass sich ihm der Tod vom Meer her nähern werde.« Meine Mutter sprach knapp, doch in ihrer Stimme lag eine außergewöhnliche Erregung. »Mit dem Ruder auf der Schulter zieht er umher, sein Bart wird grau, er kommt durch Gegenden, in denen die Menschen nicht einmal ein Ruder kennen.«

»Alterserscheinungen«, sagte Hermes zustimmend. »Du sagst, auch aus Thesprotien ist er wieder weitergezogen?«

»Wie ich höre«, sagte meine Mutter verächtlich und nervös. »Er hat abgewartet, bis ihm Kallidike, diese Königin, die nach Talgseife riecht, einen verkrüppelten Sohn geboren hat, wie alle die Frauen auf dem Festland. Einen Bastard mit dem Namen Polypoites. Dem hat er sein angeheiratetes Gelegenheitskönigtum übergeben. Und dann ist er nach Epeiros gegangen.«

»Jetzt reicht es aber wirklich«, sagte der Gott und schüttelte missbilligend den Kopf. »Die Königin des felsenreichen Epeiros ist eine liebe alte Freundin von mir. Sie ist doch nicht auch in die Sklaverei des Lichtbringers geraten?«

»Sie hat ihr Schicksal verdient«, sagte meine großartige Mutter mit Unheil kündender Befriedigung. »Auch sie hat Ulysses einen Sohn geboren, den Einfaltspinsel Euryalos. Ich höre, dass dieser Junge sämtliche schlechten Eigenschaften seines herumtreiberischen Vaters geerbt hat. Er trinkt, er ist unbeherrscht und gewalttätig, er lügt, er treibt sich zwischen den Palästen der Inselkönigreiche herum, beruft sich auf seine Abstammung und erwartet, dass die Frauen, die seinen Vater irgendwann kannten, ihn aushalten. Eine Schande für die Familie ist dieser Bengel. Das geschieht Euippe recht!«

Hermes nickte.

»Die Arme«, sagte er höflich und gleichgültig. »Sie hatte kein Glück. Im Grunde genommen ist sie keine schlechte Frau, nur leichtgläubig, und ihre Menschenkenntnis hat versagt, als sie den Wanderer getroffen hat. Sie war nicht so vom Glück begünstigt und vorausschauend wie du, großartige Freundin, die du von dem treulosen Ritter schließlich einen prächtigen, gelungenen Spross geschenkt bekommen hast.«

Meine Mutter kreischte wie ein Turmfalke:

»Pass auf, was du redest! Telegonos weiß bis heute nicht, wessen Sohn er ist.«

»Ist's möglich?«, fragte Hermes gedehnt mit gespielter Verwunderung.

Meine Mutter stieß die Luft aus und bedeutete ihm stumm, dass das die Wahrheit sei. Ich saß im Busch, und mir schoss alles Blut ins Hirn. Ich wollte brüllen, aus meinem Versteck herauslaufen und wütend mit dem Fuß aufstampfen. Aber ich bremste mich. Endlich wusste ich die Wahrheit.

Hermes wurde nachdenklich.

»Kirke«, sagte er dann nüchtern und klug, »ich glaube, jetzt sehe ich klar. In dem Bericht, den ich an höherer Stelle einreichen werde, sage ich alles, was ich heute Abend gehört habe. Natürlich verschweige ich auch die mildernden Umstände nicht. Für dein Verhalten, das der göttlichen Ordnung sowie der Entwicklung der Menschheit nicht zuträglich ist, gibt es einen Grund, den man würdigen muss. Niemand kann leugnen, dass Ulysses auch dich schnöde hereingelegt hat. Die göttliche Gerechtigkeit muss dein Recht auf Genugtuung anerkennen. Diese Kränkung gibt dir allerdings nicht das Recht, dich mit deinen göttlichen und weiblichen Leidenschaften sowie mit der Kraft deines geheimen Wissens in die Ordnung der gesellschaftlichen Entwicklung einzumischen. Die Zeiten ändern sich. Ein neuer Vertrag zwischen Göttern und Menschen ist in Vorbereitung. Im Geiste dieses Vertrages herrschen die Götter auch weiterhin mit ihrem erhabenen Willen über die Gesetze von Geburt und Tod. Aber zwischen den beiden Polarsternen der Geburt und des Todes wird der Mensch, dieses aufständische Geschöpf, in Zukunft frei über sein Schicksal verfügen können. Sein Dämon begleitet ihn, wie er jedoch mit dem Schicksal zurechtkommt, ist sein Problem. Pallas Athene oder ich selbst sind in Zukunft ebenso wenig berechtigt, ihm zu helfen, wie du, göttliche

Kirke, berechtigt bist, ihm zu schaden. Ich glaube, ich habe mich verständlich ausgedrückt.« Er hatte die Stimme erhoben, um seinen Worten höflich, aber energisch Nachdruck zu verleihen.

Meine Mutter saß ihm mit gesenktem Blick gegenüber und spielte mit den Quasten ihrer Schlangenhautpeitsche.

Sie sah den Gast von der Seite an und fragte mit verhaltener Stimme:

»Und das Recht auf Rache?«

»Es gibt keine Rache«, entfuhr es Hermes, »es gibt nur Gerechtigkeit. Die von Leidenschaften aufgewühlte Weltordnung würde in Anarchie ersticken, wenn wir das Recht auf Rache in das göttliche und menschliche Gesetzbuch aufnehmen würden. So, wie wir damals mit den Titanen umgegangen sind, so müssen wir auch jetzt mit den Leidenschaften umgehen, die aus der Zeit der großen Wirren übrig geblieben sind. Es wird eine öde und langweilige Zeit kommen: die Zeit des Gesetzes. Für alles wird es Gesetze geben: gesellschaftliche und natürliche Gesetze. Das große Abenteuer, das Abenteuer der Erschaffung der Welt, ist zu Ende. Erinnere dich nur, was für ein großes Spiel das war! Wild, wunderbar und fürchterlich haben wir gespielt, Götter und Menschen. Jetzt kommt leider die Ordnung.«

»Schrecklich«, sagte meine Mutter erschüttert.

Hermes streckte sanft, aber entschlossen die Hand aus und nahm ihr die Zauberpeitsche aus der Hand.

»Ich habe den Befehl«, sagte er leise und ernst, »das Symbol und Werkzeug deiner gefährlichen Kunst zu beschlagnahmen. Das tue ich jetzt.« Er steckte sich die Peitsche in den Gürtel. Hilflos und mit weit aufgerissenen Augen duldete meine Mutter die Degradierung. »Vom heutigen Tag an«, sagte Hermes feierlich, »hast du kein Recht mehr auf deine schändlichen Spiele. Der Mensch wird in Zukunft aus eigenem Willen ein Schwein oder bleibt ein zweibeiniges Wesen … in dem Maß, wie sein Verstand mit seinen Trieben ein Abkommen schließt.«

»Und was bekomme ich dafür?«, fragte meine Mutter mit ersterbender Stimme.

»Gerechtigkeit und Genugtuung«, antwortete Hermes ernst. »Die Götter legen das Schicksal des Menschen, der dein Herz so spitzfindig und tückisch verletzt hat, in deine schönen Hände.«

»Ulysses' Schicksal?«, kreischte meine Mutter auf.

»Ja«, sagte der Gott und erhob sich. Meine Mutter sprang auch auf. Jetzt standen sie sich Auge in Auge gegenüber. »Du hast noch das Recht, über einen einzigen Menschen zu urteilen. Dieser Mensch ist Ulysses. Den Tod, den du für ihn vorsiehst, muss er annehmen. Pallas Athene kann ihn nicht schützen. Und ich habe kein Recht, deine Hand festzuhalten, wenn du einen Pfeil in sein Herz schickst.«

Die Augen meiner Mutter leuchteten mit dunklem Feuer.

»Ich verstehe.« Ihre Stimme klang wie das Zischen der Peitsche, wenn sie sich auf eine Zauberei vorbereitete.

»Aber sieh dich vor!«, sagte Hermes feierlich.

»Warum soll ich mich vorsehen?«, fragte sie mit belegter, heißer Stimme. »Wenn ich sein Schicksal in der Hand habe …«

Hermes lächelte. Mit einer Hand stützte er sich auf seinen Heroldsstab, mit der anderen umarmte er meine Mutter leicht. So schritten sie halb umschlungen und aufeinandergestützt zum gedeckten Tisch. Auf dieses Zeichen hin begannen die Nymphen, das Essen aufzutragen. Aber noch bevor die Gastgeberin und ihr Gast Platz genommen hatten, blieb Hermes auf dem Gartenweg stehen. Das Mondlicht überzog ihre Gestalten mit silbernem Glanz. In der Bucht kam ein Wind auf, die beiden Zypressen schwankten leidenschaftlich bei der Berührung von Aiolos' Hauch. Der Gott beugte sich nah zum Ohr meiner Mutter und sagte leise:

»Du hast das Recht, dem Lichtbringer den Tod zu geben.« Er lächelte mit glasigen Augen. »Doch in dem Augenblick, in dem Ulysses stirbt, hat er das Recht, über die zu urteilen, die ihn geliebt, verraten, geküsst und getötet haben. So haben es die Götter beschlossen.«

In meinen Ohren rauschte das Blut, so sehr bemühte ich mich, keinen Laut der leisen Worte des Gottes zu verpassen. Meine Mutter zog besorgt die Brauen zusammen. Dann sagte sie, mit nachdenklicher, zweifelnder Stimme, als spräche sie in die unendliche Zeit:

»Wer kann wissen, was Ulysses im letzten Augenblick will?«

Sie standen reglos da. Neugierig und sorgenvoll sahen sie einander in die Augen. Und weil die Nymphen schon mit den Speisen herbeikamen, fragte Hermes mit einem raschen Flüstern noch:

»Glaukos und die kleine Skylla … sie bekommen natürlich ihre menschliche Gestalt zurück?«

Meine Mutter befreite sich aus seiner Umarmung. Mit der Würde der Gastgeberin und Göttin sagte sie unnachgiebig:

»Du verlangst Unmögliches. Glaukos, dieser unverschämte Flegel, wollte von mir, seiner verlassenen Geliebten, dass ich die Kupplerin spiele und ihm das Herz der kleinen Liederlichen erobere. Frecher hat noch nie ein Mann zu mir gesprochen. Natürlich hat ihn, als er ein wenig zu tief in den Kelch mit dem betäubenden Getränk gesehen hatte, sein Schicksal ereilt.«

»Aber die kleine Skylla?« Hermes schüttelte den Kopf. »Das Kind ist unschuldig. Hast du ihr auch etwas zu trinken gegeben?«, flüsterte er verschwörerisch.

»Sie war nicht unschuldig«, sagte meine Mutter eiskalt. »Ich habe ihr nichts zu trinken gegeben. Sie hat die Nacht mit Ulysses' Sohn, meinem hehren Sprössling, verbracht und ihn in die Geheimnisse der Liebe eingeweiht. Am Morgen habe ich sie zusammen überrascht, im Bett …«

Hermes lachte zufrieden und dröhnend.

»Prächtiges Kerlchen! Ich hoffe, du hast ihnen nicht das Aufwachen verdorben?«

»Nach der Nacht«, sagte meine Mutter ernst und geheimnisvoll, »hat die Besucherin, die das Gastrecht so willkürlich ausgelegt hat, ein Bad gebraucht. Ihr Badewasser habe ich selbst bereitet.« In ihrer Stimme flackerte die Erinnerung an einen hinterhältigen, leidenschaftlichen Hass auf. »Die Zaubersalze, mit denen ich ihr Badewasser duften ließ, waren von sonderbarer Wirkung auf die Haut dieses unzüchtigen Bauernmädchens. Stell dir vor, göttlicher Dieb: Kaum saß sie in der Badewanne, wurde ihre Haut schuppig wie der Leib von Meereswesen …«

»Ich verstehe«, sagte Hermes ernst. »Du kannst viel, Kirke!« Er schüttelte den Kopf und seufzte. »Es wird Zeit, dass der göttliche Wille deiner schönen, aber gefährlichen Hand Einhalt gebietet.«

Meine Mutter lächelte unbarmherzig.

»Das war das letzte Mal!«, sagte Hermes ernst und warnend. Dann zuckte er mit den Schultern und schwang die Peitsche, die er gerade erst von meiner Mutter beschlagnahmt hatte. »Den beiden Opfern gibst du also die menschliche Gestalt zurück …«

»Zu spät«, rief meine Mutter triumphierend.

Ilythia und die göttlichen Küchenmägde hatten unterdessen mit den hoch erhobenen, riesigen Silberschüsseln den Tisch erreicht. Meine Mutter und Hermes nahmen wortlos Platz. Hermes schien nachzudenken, während ihm Doro das Waschwasser über die Hände goss. Meine Mutter prüfte mit dem Blick der guten Hausfrau den Inhalt der Schüsseln. Vorsichtig streckte ich den Kopf durch das Blattwerk des immergrünen Strauches und erblickte das, vor dem mein junges Herz gezittert hatte: In einer mühlradgroßen, runden Schale lag, von Mayonnaise umgeben, zwischen Petersilie und grünen Brennnesselblättern, krebsrot gebraten Skyllas jugendliche, unvergessliche Leiche. In einer anderen Schale erkannte ich Glaukos' knusprig dunkelbraun gebratenen Schweinekopf. Zwischen den Hauern hielt er eine Zitrone ... Mit dem Blick eines viel erfahrenen, weit gereisten, mit der Kenntnis irdischer und himmlischer Geheimnisse reich beschenkten Gottes betrachtete Hermes die Speisen und sah dann meine Mutter an. Er beugte sich über den Marmortisch und flüsterte leise, damit die servierenden Nymphen es nicht hörten:

»Bin ich zu spät gekommen mit dem Befehl?«

Offensichtlich hatte er die Lage erkannt und verstanden. Meine Mutter lächelte unbarmherzig und zufrieden. Sein göttlicher Verstand und seine listenreiche Erfahrung sagten Hermes, dass sich das Schicksal von Glaukos und seinen Gefährten und Skylla erfüllt hatte. Obwohl mein ganzer Körper vor Entsetzen krampfhaft zitterte, sah ich fassungslos zu, wie der Gott sich eher interessiert und gierig als angewidert über die mit den schrecklichen Speisen verführerisch gefüllten Schüsseln beugte. Als fände er sich mit dem Unabänderlichen ab, zuckte er mit den Schultern, brach mit beiden Händen eine rote Krebsschere ab, die – ich hätte vor Schmerz heulen mögen! – noch vor Kurzem in Gestalt einer duftenden Mädchenhand meinen Hals umarmt hatte, und nahm mit einem goldenen Löffel reichlich Mayonnaise dazu. Missbilligend schüttelte er den Kopf, doch plötzlich lächelte er.

»Kirke, Kirke!«, sagte er komplizenhaft und genießerisch. »Du bist unverbesserlich, meine hehre Freundin! Es wird Neid und einen Aufschrei geben, wenn ich das morgen auf dem Olymp erzähle.«

Und er biss in die Krebsschere, aus der Skyllas weich

gekochtes, weißes und faseriges Fleisch hervorquoll. Meine Mutter schnitt sich ein schmales Stückchen von Glaukos' Doppelkinn ab. Beide lächelten und zeigten genießerisch die weißen Zähne ... Die Fackeln flackerten im duftenden Wind. Schmatzend, triumphierend und boshaft aßen sie. All das war mehr, als mein junges Herz ertragen konnte. Fiebrig kletterte ich aus dem Busch, ich zitterte am ganzen Leib. Auf dem Bauch rutschend stahl ich mich in die nahe Laube, und erst als ich mich in der Nacht und im Dunkel der Erlen versteckt hatte, warf ich mich zu Boden. Mit meinen Nägeln kratzte ich in der vom Dunst der Nacht aufgeweichten Erde und stopfte mir eine lehmige Erdscholle in den Mund, um das Schluchzen meiner abscheulichen Angst und Erschütterung zu ersticken.

X

An den folgenden beiden Tagen sah ich meine Mutter nicht. Sie hielt sich in ihren Zimmern auf und ließ mir nur durch Ilythia ausrichten, dass sie Kopfschmerzen habe und mich nicht empfangen wolle. Ich hatte auch nicht den Wunsch, ihr unter die Augen zu treten. Hermes war schon früh am Morgen weitergezogen. Ich zählte die Herde – verwundert bemerkte ich die Gleichgültigkeit, mit der die verzauberten Gefährten des armen Glaukos die Abwesenheit ihres Herrn und Königs ertrugen – und verbrachte den Tag damit, am Waldrand zu liegen. Ich versuchte, mich zu beruhigen, Ordnung zu schaffen in den Schreckensbildern meiner aufgeregten Phantasie und in meinen wirren Gedanken, die wie Fledermäuse kreisten. In diesen Tagen rührte ich meine Flöte nicht an. Alles, was ich gehört und erlebt hatte, war so schrecklich, dass sich meine unerfahrene, jugendliche Seele nicht damit abfinden konnte. Mich entsetzte die gnadenlose Gleichgültigkeit, mit der – wie ich jetzt sah – meine göttlichen Verwandten das Schicksal über die Menschen verhängten. Zugleich hatte ich Hermes' Worten entnommen, dass nicht nur die bösartigen Spiele meiner Mutter in der Welt zu Ende gingen, sondern dass sich auch die Machtsituation im Verhältnis zwischen Göttern und Menschen geändert hatte. Ich hatte erfahren, dass ich Ulysses' Sohn bin. Ich hatte erfahren, dass Ulysses' Schicksal nun in den Händen meiner göttlichen Mutter lag – dass er aber zugleich auch Macht besaß, die anders, aber nicht geringer war als die Macht der Götter. Ich schauderte bei dem Gedanken, dass ich der Sohn meiner Mutter bin. Mein Herz schlug höher bei dem Gedanken, dass ich auch Ulysses' Sohn bin. Ich war entsetzt, weil ich Zeuge geworden war, dass die Götter die Menschen, ihre Opfer und Geschöpfe, fressen. Ich wusste noch nicht, dass schließlich auch die Menschen die Götter fressen. Sie verdauen sie mit der Zeit in den Kanälen des Selbstbewusstseins und Vergessens. Alles in allem fühlte ich mich jetzt schon ganz anders als Mensch und Mann als an dem Morgen, an dem mich meine Mutter aus Skyllas Armen in die Welt hinausgejagt hatte. In jener schwülen Nacht hatte ich erfahren, wie die Menschen auf Eros' Geheiß Kinder machen. In dieser zweiten, schrecklicheren Nacht hatte ich erfahren, wie ich gemacht worden war, auf Geheiß der Laune einer Göttin und eines Menschen. Mir dröhnte der Kopf. Im Besitz dieses großen Geheimnisses fühlte ich mich sonderbar verwaist.

Am Morgen des dritten Tages ließ meine Mutter mich zu sich rufen. Die Zeit bis dahin hatte auch sie offensichtlich mit Nachdenken und im Seelenzustand kämpfender Unruhe verbracht. Die tiefen, dunklen Ringe unter ihren feurig blickenden Augen zeigten, dass ihr Grübeln Körper und Seele angegriffen hatte. Sie empfing mich in ihrem Ankleidezimmer auf einer üppigen Liege, zwischen dicken, mit Wolkenwatte ausgestopften Kissen. Leidend sah sie mich an. Ihr schönes Haar fiel in ungeordneten Locken auf ihre reifen, gischtfarbenen Schultern.

»Setz dich!«, sagte sie und zeigte auf einen Platz neben ihrer Liege.

Sie packte fest meine Hand und zog mich herab, sodass ich nah an ihrem Bett sitzen musste. Sie hatte die göttlichen Todesstern-Augen geschlossen und schwieg lange. Dann – leise und diszipliniert, als spräche sie von den letzten Dingen – erzählte sie mir alles. Von dem Augenblick, in dem auf unserer Insel ein Mann erschienen war, halbnackt, in Fetzen, den Körper schmutzig von der Gischt des Meeres, struppig, mit herabhängendem Bart. Bewaffnet war er nur mit einem langen Schwert, das an seiner Seite hing. Mit diesem Schwert fuchtelte der Ankömmling herum.

»Aber erobert hat er mich nicht mit dem Schwert«,

sagte meine Mutter leise. »Nach den vielen elenden Menschen, die mit Schweinelauten um meine Gunst grunzten, stand endlich ein Mann vor mir. Das ist etwas Seltenes, mein Kind. Ich spürte, dass er nicht Lust nehmen, sondern Lust geben wollte. Ich erwies ihm meine Huld. Genauer gesagt: Wir erwiesen sie einander.«

Sie setzte sich auf und stopfte sich mit der freien Hand das Kissen in den Rücken. Grimmig und streng fuhr sie fort:

»Er hat meine Gunst missbraucht. Eines Tages verschwand er aus meinen Armen und ließ dich zur Erinnerung zurück.«

Mit brennenden Augen sahen wir einander an. Meine Mutter drückte meine Hand, ließ sie dann jedoch los. Sie erzählte mir alles, was ich über die Herkunft und die Unternehmungen meines Vaters wissen musste. Schließlich stand sie von der Liege auf.

»Komm mit!«, sagte sie kurz.

Ergriffen folgte ich ihr. Die göttliche Frau ging mir mit eiligen, klopfenden Schritten voran zur Bucht. Vor Elpenors Grabhügel blieb sie stehen. Sie riss die rostige Lanze aus dem Grabhügel, nahm sie in beide Hände und prüfte sie etwas kurzsichtig. Der untere Teil der Lanze war aus Eisen, der obere aus Gold hergestellt, aus der goldenen Spitze ragte ein scharfer Rochenstachel hervor.

»Die hat dein Vater hiergelassen«, sagte meine Mutter mit besonderer Betonung und hob die Lanze in die Höhe. Ihre goldene Spitze blitzte im Licht. »Das ist dein Erbe.«

Wir sahen den spitzen Gegenstand an, aber ich spürte keine besondere Ergriffenheit. Schließlich war eine rostige Lanze alles, was ich – jetzt erkannte ich es – von meinem geheimnisvollen Vater geerbt hatte. Meine Mutter lächelte vieldeutig.

»Hephaistos hat diese Lanze geschmiedet. Mit ihr hat dein Vater vor Troja gekämpft. Niemals hat er sie aus der Hand gegeben. Als er mich verließ, hat er sie mir anvertraut. Er sagte, wenn ihm ein Sohn geboren werde, solle ich sie ihm geben. An dieser Lanze wird er einst erkennen, dass es sein leiblicher Sohn ist, der auf ihn zukommt. Hier ist die Lanze, Telegonos«, sagte meine Mutter ernst und drückte mir die rostige Waffe in die Hand. »Gib diese Waffe niemals jemand anderem! Du sollst sie immer zur Hand haben. Wenn du schläfst, lege sie in dein Bett wie eine strahlende Geliebte. Solange du mit der Waffe deines Vaters in der Welt der Menschen unterwegs bist, kann dir nichts Schlimmes geschehen. Denn ich will, dass du jetzt in die Welt gehst!« Sie sprach erhitzt und mit erhobener Stimme. »Du kannst nicht länger in der heimischen Hütte sitzen. Du musst deine andere Heimat kennenlernen, die Welt der Menschen. Es ist nicht mehr nötig, dass du hier weiter die Schweine hütest ...« Meiner Mutter versagte kurz die Stimme. Als sie ihre Rührung niedergerungen hatte, fuhr sie streng fort: »Du verlässt die göttliche Welt. In Zukunft lebst du bei den Menschen. Du wirst eine Waffe brauchen. Hör gut zu!« Sie hob die Lanze mit dem spitzen Fischknochen feierlich in die Höhe. »Diesen Stachel, der schärfer ist als die Messer von Kyrene, hat auf der Götter Geheiß einst ein Reiher deinem Vater aus dem Himmel in die Hand fallen lassen. Wie alles, was aus Zeus' himmlischem Reich auf die Erde kommt, hatte auch das eine geheime Bedeutung. Du hast eine echte Waffe mit auf den Weg bekommen«, sagte sie ernst. »Geh in die Welt, Junge! Suche deinen Vater!«

Im hellen Licht sahen wir einander an. Ich packte die Lanze mit beiden Händen.

»Was soll ich ihm sagen, wenn ich ihn finde?«, fragte ich, und meine Stimme bebte vor Angst und Erregung.

»Du musst nichts sagen.« Meine Mutter lachte bitter. »Halte die Lanze auf ihn zu. Er wird dich sofort erkennen … Aber pass auf, dass deine Hand nicht zittert.«

Ich sah meiner Mutter in die meergrünen Augen. Ihr Augenlicht war trüb wie die Gischt in den Strudeln der Bucht von Aiaia. In diesem Augenblick zitterte meine Hand trotzdem.

Das väterliche Erbe, die zum Todesstoß geschmiedete Lanze, der geheimnisvolle Rochenstachel, den der himmlische Vogel meinem Vater in die Hand fallen lassen hatte, und der Auftrag, mit dieser Ausrüstung in die Welt zu ziehen und meinen Vater zu suchen – all das war beängstigend und aufregend neu. Der Blick meiner Mutter bohrte sich in meine Augäpfel, so wie ein Zauberer sein Opfer ansieht, wenn er ihm im Schlaf einen Befehl erteilt. Die Welt um mich herum drehte sich. Mit beiden Händen packte ich fest die Lanze, als wollte ich mich an ihr festhalten, als wäre sie der einzige Gegenstand auf der Welt, der mich verhängnisvoll etwas anging. Wie im Halbschlaf hörte ich, wie meine Mutter ihren Befehl wiederholte, ihre geflüsterten und strengen Worte:

»Schwöre«, zischte sie, »dass deine Hand nicht zittern wird, wenn du deinem Vater begegnest!«

Ich schwor. Kurze Zeit darauf machte ich mich mit der Lanze in der Hand auf in die Welt, um die Menschen kennenzulernen und meinen Vater zu suchen.

XI

Wir hatten vereinbart, dass ich zuerst nach Sparta gehen sollte, wo Hermes meine Ankunft bereits angekündigt hatte. Meine Mutter bestand darauf, dass ich, bevor ich mich auf den Weg begab, Menelaos um Rat fragte und seine Meinung anhörte. Sie sagte, dieser berühmte Mann sei der Einzige unter den Zeitgenossen, der auf meine Fragen, wie mein Vater war und welche Abenteuer er bestanden hatte, eine fundierte und besonnene Antwort geben könne.

»Es ist notwendig«, sagte meine Mutter beim Abschied, »dass du von einem menschlichen Wesen alles über deinen Vater erfährst. Jetzt, da du in die Welt der Menschen hinabsteigst, musst du die geheimnisvollere und dürftigere Hälfte deines Wesens – das, was an dir Mensch ist – trainieren wie ein Turner seinen Körper, bevor er zum Wettkampf antritt. Menelaos ist schon alt und geschwätzig. Aber wenn es irgendjemanden gibt, der deinen Vater aus nächster Nähe erlebt hat und gut kennt, dann ist er es. Merke dir jedes seiner Worte!«

Wir verabschiedeten uns ohne Sentimentalitäten. Meine Mutter ließ mir ein prächtiges Schiff ausstatten, damit ich meinem Rang gemäß in die Welt hinausziehen konnte. Einige Silene, die sich auf die Kunst der Schifffahrt verstanden, begleiteten mich zu den jenseitigen Ufern. Auf dem Festland blieb ich dann allein. Ich nahm die Lanze, mein väterliches Erbe, auf die Schulter und machte mich auf den Weg nach Sparta.

Die menschliche Welt, die ich unterwegs kennenlernte, unterschied sich auf den ersten Blick nicht sehr von der göttlichen, in der ich meine sonderbare und geheimnisvolle Kindheit verbracht und die ich nun verlassen hatte. Die Menschen, die mir begegneten, waren den Göttern ähnlich. Ihre Wohnungen und Siedlungen übertrafen die Wohnstätten der Götter sogar in vieler Hinsicht. Ihre Gebrauchsgegenstände waren manchmal einfacher, aber oft zweckmäßiger und handlicher als die Werkzeuge der Götter. Als ich die Schritte auf dem Festland landeinwärts lenkte, fielen mir Hermes' Worte ein, die ich in jener denkwürdigen Nacht, als ich im Busch spähte, gehört hatte: Die Menschen – und alles, was ich unterwegs sah, bestätigte dies – hatten sich von den Göttern unabhängig gemacht. Offensichtlich hatten sie vieles, was sie gebrauchen konnten, einfach übernommen, dabei jedoch die veralteten, alles in allem unzeitgemäßen und aus der Mode geratenen göttlichen Werkzeuge, Zubehörteile und Modeartikel vervollkommnet. Erstaunt und mit beklommenem Herzen sah ich, dass die Götter und Halbgötter – drüben auf der Toteninsel und in der Oberen Welt – unter ziemlich zurückgebliebenen, primitiven Bedingungen lebten. In den Ställen der Menschen sah ich Schweine, zweihundert Kilo schwere Eber, die von Fett schwer in sauberen Ställen lagen, und dachte beschämt an die arkadisch schmutzige, vernachlässigte Schweinezucht meiner Mutter. Ich kam durch ein Kalkgebirge und sah, dass die Menschen mit erfindungsreicher Hand die geheimen Lager des Hephaistos erschlossen hatten und ihren wertvollen Inhalt zutage förderten: das Eisen und das Kupfer. Als ich das hohe, felsige Gebirge erklommen hatte, das die Provinzen von Lakonien und Messenien durchschneidet, stellte ich erschrocken fest, dass grau uniformierte Staatsbeamte greinende Säuglinge von den Felsen in die Tiefe warfen. Auf meine Lanze gestützt beobachtete ich die grausige Szene. Ein Mann in Uniform kam auf mich zu und fragte misstrauisch, was ich für ein wunderlicher Kauz sei, wozu ich in diese Gegend gekommen sei und was ich hier suche. Als ich sagte, dass ich den Fürsten von Sparta, den Schlachtensieger und General Menelaos besuchen wolle, wurde der Fremde sanfter.

»Sparta liegt eine halbe Tagesstrecke von hier«, erklärte er. »Wir sind Angestellte von ihm. Du kannst mit uns kommen, wenn wir mit der Arbeit fertig sind.«

Ich fasste meine Lanze fester und erkundigte mich angelegentlich, was der Sinn dieser schrecklichen Beschäftigung sei, die er – mit gleichgültigem Wort – als Arbeit bezeichne. Der Mann erklärte mir von oben herab, dass das Gebirge, auf dessen Gipfel wir stünden, den Namen Taygetos trage und sie, die Beamten – Heloten, die Staatsbürger von Sparta –, am ersten Tag jedes Monats die Säuglinge, die mit einer körperlichen Behinderung geboren seien, von diesem Felsen in die Tiefe würfen. Mein Herz, mit göttlicher Erbarmungslosigkeit nur allzu gut vertraut, erschauderte angesichts dieses mechanisch durchgeführten, offiziellen Kindermordes, dessen Sinn und Zweck nur einer sein konnte: die Durchschnittsqualität des Menschenmaterials zu verbessern und zu normen. Ich begann zu argwöhnen, dass ich in Sparta eine neue Welt kennenlernen würde – die Welt der Menschen –, die in ihrer gleichgültigen Grausamkeit nicht hinter der Weltordnung der Götter zurückblieb.

Als die Heloten ihre offizielle Arbeit beendet hatten, schloss ich mich ihnen an und zog mit der Truppe nach Sparta. Ihr Anführer, ein junger Leutnant, beantwortete unterwegs wortkarg meine vorsichtigen Fragen. Ich erfuhr, dass meine Begleiter Heloten waren, Staatsdiener, und im Auftrag einer geheimen Körperschaft, des *Ephorats,* auf die Jugend achtgaben, auf die Tugenden der Staatsbürger und die Feiertage und dass auch die Fremdenkontrolle zu ihren Aufgaben gehörte. Wir setzten über den Fluss Eurotas, und ich sah überrascht, dass in der Heimat der Lakedaimonier auch jetzt, Ende Oktober, noch geerntet wurde.

»Wir ernten zweimal«, sagte mein helotischer Führer stolz, »im Mai und im Oktober. Unser Bewässerungs- und Kanalsystem ist perfekt, so ersetzen wir das an Feuchtigkeit, was uns die Götter versagen. Nirgends auf der Welt gibt es eine so perfekte Landwirtschaft wie bei uns«, sagte er mit einstudiertem Prahlen.

Da das nicht völlig überzeugend klang, fragte ich, wo

die Spartaner die Kunst der Bewirtschaftung gelernt hätten. Der junge Helot sah mich hochmütig an.

»Man sieht, dass du ein Barbar bist«, sagte er streng, »und unsere staatlichen Einrichtungen nicht kennst. Du sollst wissen, dass die Spartaner niemals arbeiten. Sie sind vornehm, und es ist unter ihrer Würde, etwas anderes in die Hand zu nehmen als eine Waffe. Die Hacke und die Sichel schwingen wir Heloten. Wir sind auch die fachlich ausgebildete Staatspolizei. Waffen wiederum dürfen nur Spartaner tragen.« Aus seiner Stimme klang heimlicher Neid. »Es gibt noch eine andere gesellschaftliche Klasse, die Periöken. Sie sind zwar frei, aber ihre Aufgabe in der Gesellschaft besteht einzig und allein in der niedrigen Krämerei, im Handel. Dann bin ich schon lieber Helot«, sagte er überheblich.

Seine Worte klangen nicht ermutigend. Schon meine ersten Eindrücke in der Welt der Menschen hatten mich darauf aufmerksam gemacht, dass die gesellschaftlichen Unterschiede auch hier bedeutend und die Herzen der Menschen gefährlich von Klassenhochmut und Neid infiziert waren. Ich erinnerte mich an das, was ich von Hermes erlauscht hatte, und mir kam der Verdacht, dass das Goldene Zeitalter vorbei war und der Prozess der Verbürgerlichung in der Menschenwelt eher eine gefährliche Unternehmung darstellte. Inzwischen waren wir am Tempel der Analipsis vorbeigekommen, und an der Grenze der Stadt Sparta übergaben mich meine Begleiter den Beamten der Grenzpolizei und des Zolls. Mich überraschte die eigenartige Ordnung, mit der ich empfangen wurde. Meine Ankunft kam diesen disziplinierten Spürhunden nicht unerwartet. Sie wussten von meiner Person und gaben mir mit mechanischer Wortkargheit zu verstehen, dass ich im Palast erwartet werde.

Schon hier, am Rand der Stadt, musste ich erfahren, dass Sparta sich vollkommen abgeschottet hatte. Ich trat durch das schmale Tor, das ins Innere der von einer Steinmauer umgebenen Stadt führte, und fühlte mich mit jedem Schritt ins Innere dieses Musterstaates unwohler. Es war, als gäbe es nur stadteinwärts Spuren. Wir kamen durch enge Gassen, vorüber an bedrückend gleichförmigen, aus grauem Naturstein erbauten Wohnhäusern. Nach dem trostlosen Anblick der Vorstädte empfing mich auf dem Hauptplatz von Sparta ein umso überraschenderes Bild. Hier reihten sich Paläste aneinander, mit Vorgärten – die Häuser der Begünstigten des Staates und der siegreichen Generäle –, und unter diesen geschmückten Wohnstätten stach wiederum ein schlossartiges Gebäude mit goldenem Dach hervor. Sein Eingang wurde von Heloten bewacht, die bis an die Zähne bewaffnet waren. Sturmböcke, mächtige Steinschleudern und andere Kampftrophäen säumten den Weg zum Palast. Der Geheimsekretär übergab mich dem Anführer der Palastwache. Alles lief hier wie am Schnürchen. Die Ordnung – die furchtbare Erfindung der Menschen, von der Hermes gesprochen und die das Herz meiner flechtenschönen Mutter mit abergläubischer Angst erfüllt hatte – äußerte sich in den Institutionen von Sparta schon auf den ersten Blick mit beängstigender Vollkommenheit. Nach meinen ersten Erfahrungen dachte ich voller Heimweh an die schreckliche, aber wunderbare

Unordnung, an die ich mich in der Welt der Götter gewöhnt hatte.

Man führte mich in einen abgegrenzten Flügel des Palastes. Die vornehme Einrichtung der Wohnräume verblüffte mich. Nichts erinnerte hier an die berüchtigt raue, selbstkasteiende Lebensweise der Spartaner. Die überaus anspruchsvollen Möbel, Gebrauchs- und Schmuckgegenstände – alles verkündete den Geschmack verwöhnter, überfeinerter Menschen. Außerdem war Menelaos' Palast sichtlich mit der Beute von Troja geschmückt sowie mit Andenken, die er in den Jahren nach dem Krieg, beim Umherstreifen im Ausland und seinem Aufenthalt in Ägypten, zusammengetragen hatte. Ein in farbiges Hausgewebe gekleideter Kammerdiener mit feierlichem Auftreten eilte zu meinem Dienst herbei. Er bereitete mir ein Bad in der silbernen Wanne und erwartete dann katzbuckelnd meine Befehle.

»Führe mich zum Herrn des Hauses, zu dem strahlenden Menelaos!«, sagte ich, nachdem ich aus dem Bad gestiegen war. Der geübte Diener beendete das Trockenreiben meiner Glieder und salbte mein Haar mit wohlriechendem Öl.

Ich erfuhr, dass ich nicht die Möglichkeit hatte, sogleich vor Menelaos' Antlitz zu erscheinen. Im Palast herrschte eine lautlose, aber strenge Hausordnung.

»Der Held von Sparta«, sagte der zu meinem Dienst befohlene Kammerdiener leise, »der Besieger Ilions, der unschlagbare Menelaos lässt dir ausrichten, du mögest geduldig warten. In diesem Augenblick kann er dich nicht empfangen, weil er seine Memoiren diktiert.«

»Was bedeutet das?«, fragte ich ärgerlich und griff unwillkürlich nach der Lanze, meinem väterlichen Erbe.

Der Diener zuckte mit den Schultern.

»Ein neuer Brauch, eine Art Mode«, sagte er. »Die meisten unserer Generäle, die am Trojanischen Krieg teilgenommen haben, schreiben jetzt ihre Memoiren. Der hehre Menelaos schreibt natürlich für die Geschichte. Andere schreiben eher nur zum Zweck der Selbstbestätigung – mit Feder und Tinte wollen sie nachträglich beweisen, warum sie irgendwo eine Schlacht verloren haben, die sie mit Schwert und Blut nicht gewinnen konnten. Unser hehrer Herr Menelaos jedoch will nur noch von der Nachwelt Lorbeeren. Leisten kann er sich dies, weil ein großer Teil der Beute von Troja in seinem Besitz geblieben ist. Die anderen Generäle wiederum, die nicht genug erbeutet haben, sind auf das Schriftstellerhonorar angewiesen. Besonders jetzt, da wir in Sparta eine Zeit der Geldentwertung erleben und man anstelle des Silbergeldes das Eisengeld mit Schubkarren auf den Markt schieben muss, um von den gierigen Bauern Lebensmittel zu bekommen … Neuerdings, seit man für das Geld keine nützliche Ware mehr bekommt, verkaufen sich die Memoiren der Verlierer- und auch der Siegergeneräle gut. Eine Mode, mehr nicht!«, sagte der Diener geringschätzig und zuckte wieder mit den Schultern. »Seit die Griechen leben und kämpfen, ist das nach jedem großen Krieg so.«

Mich überraschte die Bildung dieses Mannes, der so eine niedere Beschäftigung, aber so gewählte Manieren hatte. Er sprach von etwas, das mich meine Mutter nie gelehrt hatte, ja von dem ich auf der Toteninsel nicht einmal gehört hatte. Memoiren, Feder und Tinte, Geldentwertung, Honorar … All diese Begriffe wirkten Furcht einflößend auf mein jugendliches Gemüt. Mir kam die Vermutung, dass ich wieder einem der Geheimnisse der Sterblichen gegenüberstand. In meiner Verwirrtheit stellte ich mir vor, die Schrift wäre eine Erfindung der Menschen – wie der Kuss, den mich die wunderbare Skylla gelehrt hatte.

»Was ist das: Schreiben?«, fragte ich.

»Eine der Wahnideen«, antwortete der hochgebildete Helot, »mit der gebildete Sklaven neuerdings ihre Herren unterhalten. Ein sehr erfolgreiches Spiel. Reisende Sänger haben die Schreibregeln und die Schriftzeichen aus Phönikien mitgebracht. Wir Heloten, die wir für den Haus- und Staatsdienst eingewiesen sind, müssen schon in der Kindheit schreiben lernen.« Er seufzte hilflos. Voller Mitgefühl sah ich ihn staunend an. »Wir hier in Sparta schreiben freilich nur mit Großbuchstaben. Aber auch so ist das ein ziemlich schwerer Dienst!« Er winkte ergeben ab. »Ein paar Kilo wertloses Eisengeld sind jeden Monat unser Lohn. Und wir sind fleißig wie die Ameisen!«

Ich konnte nicht mehr an mich halten, ich witterte ein Geheimnis.

»Wozu ist denn die Schrift gut?«, fragte ich ratlos. »Der Mensch kann mit Lauten sprechen. Warum braucht er geschriebene Zeichen?«

»Die Mächtigen und Reichen«, sagte der Helot, »erhoffen sich von der Schrift eine Art Unsterblichkeit. Sie glauben, die Erinnerung an ihre Person und ihre Taten lebe länger, wenn sie sie in Konsonanten und Vokalen festhalten. Außerdem kann man mit geschriebenen Zeichen leichter die Steuer bestimmen. Das ist alles«, sagte er, breitete die Arme aus und feixte spöttisch.

Mich ergriff eine düstere Stimmung. Die Lanze fest gepackt beschloss ich, mutig den schrecklichen Erscheinungen der Menschenwelt ins Auge zu sehen, so auch der Schrift. Aber mir blieb keine Zeit zum Grübeln. Der Türvorhang wurde zur Seite gezogen, und ein keuchender Sekretär sagte hastig stammelnd zu mir:

»Menelaos der Strahlende erwartet dich!«

Als er allerdings sah, dass ich mit der Lanze in der Hand losgehen wollte, hielt er sie nervös fest und entwand sie meinen Fingern. Auf meinen Protest brüllte er:

»In Sparta darf niemand mit der Waffe in der Hand das Zimmer des Staatsoberhauptes betreten. Das hat gerade noch gefehlt!«

Von allen Seiten war ich von Argwohn, Kontrolle und eiskalten Regeln umgeben. Der Sekretär und der Helot waren schließlich stärker. Erbost, aber ohne Waffe ging ich, Menelaos zu besuchen. Wir kamen durch Säle, in denen ich die Zeichen einer sanften orientalischen Pracht sah, die beinahe weiblich wirkte. Nichts wies darauf hin, dass ich durch das Heim eines der größten, wildesten und gnadenlosesten militärischen Genies des Jahrhunderts ging. Vor einem bunten, orientalischen Türteppich blieb der Sekretär ehrfürchtig stehen und lauschte. Dann zog er mit einer Hand den Vorhang zur Seite und winkte mir, ihm zu folgen. Benommen trat ich über die Schwelle.

Ich glaubte, ich käme in ein Zimmer … Aber nach wenigen Augenblicken begriff ich, dass ich in einen der gefährlichsten Räume der Menschenwelt gekommen war. Ich war in die Geschichte eingetreten.

XII

Durch das mit dorischen Säulen gesäumte Fenster des großen Saales, den wir betreten hatten, strömte Dämmerlicht, dessen purpurne Flammen den Raum blutrot färbten. Diese Beleuchtung passte beängstigend gut zum Heim eines großen Heerführers. Ich sah einen breiten Diwan, der mit Fellen bedeckt war. Auf dem Sofa lag mit dem Rücken zur Tür ein kleiner dicker Mann und diktierte vier Dienern näselnd die Geschichte des Trojanischen Krieges. Die Diener saßen auf orientalische Weise im Schneidersitz an der Wand und schrieben mit spitzen Geräten flinke Zeichen auf Wachstafeln. Der Sekretär bedeutete mir mit einer Geste, dass wir den hehren Erinnernden nicht stören sollten, bevor er selbst die Erlaubnis dazu gäbe.

In meiner ersten Verwirrung verstand ich nicht genau, was Menelaos sagte. Während die Sklaven andächtig kritzelten, hatte ich Zeit, mich in der Behausung des großen Feldherrn umzusehen. Überall sah ich Siegestrophäen und eigenartige Erinnerungsstücke. Pferdeschwänze, Hörner, Schilde und Waffen prangten an den Wänden. Auf einem flachen, langen Tisch zeigte eine an Kinderspielzeug erinnernde, aus Holz und gebranntem

Schlamm gebaute Spielzeugstadt das verkleinerte Abbild von Troja. Gegenüber diesem Jahrmarktssouvenir des großen Krieges erblickte ich auf einem anmutigen, dorischen Sockel eine Frauenbüste aus weißem Marmor. Die roten und goldenen Lichter der untergehenden Sonne leckten mit Flammenzungen den nackten Marmorbusen der Frau mit dem schönen Kopf. Erstaunt und ehrfürchtig starrte ich die Statue an, denn trotz meines lückenhaften historischen Wissens ahnte ich, dass ich das Abbild der Großen Frau des Heiligen Krieges, der göttlichen Helena, vor mir hatte. Das Bewusstsein, dass all dies auch mit meinem Vater zusammenhing, brachte mein Blut in Wallung. In diesem Augenblick verstand ich einige der genäselten Worte Menelaos'. Ich hörte den Namen meines Vaters und passte auf. Menelaos sah sich nicht um und sagte:

»Für die Nachwelt besteht keinerlei Zweifel daran, dass die Hinrichtung von Palamedes ein Paradebeispiel für einen Justizmord darstellt. Mein treuloser General Ulysses hat mit dieser niederträchtigen Schandtat seinen Intrigen die Krone aufgesetzt.«

Dies sagte er befriedigt, dann lachte er meckernd auf. Eine Zeit lang betrachtete er die sinkende Sonne. Dann – noch immer über die Schulter – wandte er sich an die Schreibsklaven:

»Für heute ist es genug. Schreibt es ins Reine.«

Langsam stand er auf und drehte sich um. Erst jetzt sah ich, wie dick er war. Sein Gesicht war aufgequollen, unter seinen Augen hingen Säcke. Seine Nase war spitz und gerötet. Sein langes, weißblondes Haar hing ihm in geflochtenen Strähnen auf die Schultern. Er trug einen bunten Seidenkaftan wie die orientalischen Händler, die manchmal auf die Insel Aiaia kamen und meiner strahlenden Mutter Gewürze und verbotene Tränke brachten. Vor Verblüffung blieb mir der Mund offen stehen: Diese Erscheinung, dieser weiche Fleischberg, glich eher einer fett gewordenen alten Frau als einem General.

Der große Feldherr blinzelte mit klebrigen Augen ältlich und verschlafen. Er fuhr sich mit zwei Fingern unter der Nase entlang und fragte mit weibischer, singender Stimme:

»Wer ist das denn?«

Er zeigte mit dem Finger auf mich. Der Sekretär eilte zu ihm und flüsterte ihm untertänig etwas ins Ohr.

»Lauter!«, schnarrte Menelaos.

Verblüfft erkannte ich, dass der berühmte General nicht nur kurzsichtig, sondern auch schwerhörig war. Mir kam der Verdacht, dass sein Hörvermögen im Kampflärm vor Troja gelitten hatte. Deshalb sah ich ihn wortlos voller Ehrfurcht an. Ich erinnerte mich an alles, was meine Mutter in den Stunden ihres gereimten und gesungenen Unterrichts über den Heiligen Krieg erzählt hatte: wie Zeus im Augenblick der entscheidenden Schlacht donnerte, wie Poseidon das Meer und die Berge dröhnen ließ, wie die Trojaner die Schiffe anzündeten und die Stunde des letzten Kampfes gekommen war. Ich nahm an, dass das Gehör des berühmten Greises damals Schaden genommen hatte. Aber Menelaos hatte meinen Namen jetzt verstanden und räusperte sich.

»Ähem«, sagte er. »Er ist das?«

Auf seinen Ebenholzstab mit dem Elfenbeingriff gestützt kam er auf mich zu. Der weiche, mächtige Körper kam schwabbelnd unmittelbar vor mir zum Stehen, die feuchten Augen blinzelten und betrachteten mein Gesicht von Nahem. Er prüfte mich wie ein kurzsichtiger Rinderhändler das Opfertier: aufmerksam, aber ohne persönliches Interesse. Aus seinem zahnlosen Mund blies er mir seinen Atem entgegen. Dieser Mund stank schon jetzt, zur Nachmittagszeit, faulig nach Wein. Erschüttert stellte ich fest, dass Menelaos beim Laufen etwas taumelte. Der Diener mit Silberkrug und Goldkelch wich ihm nicht von der Seite. Der Feldherr streckte von Zeit zu Zeit seine leberfleckige Hand aus und nahm den bis zum Rand gefüllten Kelch entgegen, aus dem er durstig schlürfte.

»Tut mir leid«, sagte er dann guttural und hochmütig. »Tut mir leid, Junge, dass das erste Wort, das du in meinem Haus gehört hast, das Urteil über deinen Vater war. Jetzt ist es aber schon geschehen.«

Mit zitternder Hand winkte er. Der Weinjunge reichte ihm sofort den Kelch. Menelaos wandte sich von mir ab und trippelte, auf seinen Stock gestützt, schwerfällig und unsicher zur Liege. Er ließ sich in die Kissen fallen und winkte, dass ich näher kommen solle. Die Sklaven, in den Händen die Wachstafeln, die die Geschichte und das Urteil über meinen Vater enthielten, trollten sich aus dem Saal. Nur der Sekretär und der Weinjunge blieben in der Nähe des Fürsten von Sparta. Verlegen trat ich vor die Liege, verneigte mich und wollte meinen Gastgeber mit einigen wohlerzogenen Worten grüßen, wie es mich meine Mutter gelehrt hatte. Aber Menelaos ließ mich nicht zu Wort kommen. Mit dem Trotz eines alten, geschwätzigen Trinkers sprach er weiter. Er erwartete keine Antwort und unterbrach sein Geschwätz, seinen gutturalen und lispelnden Vortrag, nur wenn er aus dem Kelch trank.

»Es tut mir leid«, wiederholte er. »Du bist Ulysses' Sohn? Ach, ach!« Seine Worte klangen wie meckerndes Gelächter. »Da bist du nicht der Erste. Es waren schon andere junge Männer hier, die sich unter diesem Namen vorgestellt haben. Alle suchten deinen Vater. An einen erinnere ich mich. Er wollte deinen Vater um jeden Preis nach Hause locken. Wie hieß er noch gleich? Tele… Tele…«

Er stotterte weinselig. Der Sekretär, hastig und unbedacht, kam seinem Herrn zur Hilfe.

»Telegonos!«, sagte er.

Ich richtete mich hoch auf.

»Ich bin Telegonos«, sagte ich mit so viel Selbstbewusstsein, wie ich in diesem Moment aufbringen konnte. Zu Menelaos' Sekretär sagte ich: »Ich weiß nicht, von wem du redest.« Aber Menelaos beendete den Streit:

»Telemachos!« Er blinzelte in Erinnerung. »Es war ein anderer Junge. Er hatte Ähnlichkeit mit dir«, sagte er und sah mich kurzsichtig an, »aber er war doch anders! Ulysses hat ihn Telemachos genannt. Später hat er geprahlt, wie immer und überall, er hätte schon damals den langen Krieg vorhergesehen und seinen Neugeborenen deshalb Telemachos genannt. Dieser Junge war der, der in der Ferne kämpft. Und du bist der, der in der Ferne geboren ist.« Er hielt sich die Faust an den Mund, hüstelte und lachte. »Ich verstehe. Deine Mutter ist die hehre Kirke. Ja, wir haben die Nachricht bekommen, dass du nach Sparta kommst, weil du auf einer Studienreise bist. Also sei in Zeus' Namen gegrüßt, Junge!« Er winkte mir, dass ich mich setzen solle. Der Diener zog rasch ein niedriges Taburett hervor, und ich nahm wohlerzogen, mit dem Rücken zur untergehenden Sonne, meinem großartigen Gastgeber gegenüber Platz.

Menelaos sah mich blinzelnd an, dann wischte er sich mit der Hand die speichelfeuchten Lippen ab. Er nickte und begann rasch zu reden.

»Ab und an tauchen hier die umherschweifenden Söhne deines Vaters auf. Aber Ulysses selbst war schon seit Jahrzehnten nicht mehr hier. Sag deiner hehren Mutter, dass mein ehemaliger Gefährte Sparta und mein Haus sorgfältig meidet. Dafür hat er Gründe. Du hast vorhin gehört, dass ich mich streng an deinen hehren Vater erinnert habe. Ich konnte nichts anderes tun. Ich schreibe für die Nachwelt«, sagte er überheblich. »Jedes Wort muss ich sorgsam auf die Waage legen. Es tut mir leid, wenn beim Hören der Wahrheit in deinem jungen Busen die Sohnesehrfurcht einen Aufstand macht. Aber wahrscheinlich hat dich deine Mutter nicht zu mir geschickt, damit du schöne Märchen über deinen herumtreiberischen Vater hörst. Was macht die hehre Kirke?«, fragte er und schnalzte mit der Zunge.

Mit ein paar knappen Worten setzte ich den Feldherrn über unsere heimischen Verhältnisse, den Gesundheitszustand meiner Mutter und das Ziel meiner Reise in

Kenntnis. Seine tränenden Augen waren mit dem glasigen Blick alter Menschen auf mich gerichtet. Manchmal murmelte er vor sich hin, wie Trinker es zu tun pflegen. Ab und an streckte er, ohne nach hinten zu sehen, die Hand nach dem Weinkelch aus, den der Diener ihm flink reichte. Als ich fertig war, wurde Menelaos überraschend ernst. Er warf dem Diener den leeren Kelch zu, wischte sich mit der Hand über den Mund, lehnte sich auf dem Diwan zurück und sagte meckernd, aber feierlich:

»Dein Schicksal ist nicht alltäglich, wenn es auch nicht so außergewöhnlich ist, wie deine nette und fürchterliche Mutter glaubt und wie du auch selber denkst. Trotzdem hat deine Mutter gut daran getan, dich zu mir zu schicken, damit du die Wahrheit über deinen strahlenden, aber niederträchtigen Vater hörst. Diese Wahrheit ist gewiss schmerzlich. Da du deinen Vater nicht kennst, wird es dir leichter fallen, diesen Schmerz zu ertragen. Denn die Wahrheit lautet, dass ich der einzige Mann unter den Zeitgenossen bin, der Ulysses wirklich kennt.«

Mit offenem Mund hörte ich ihm aufmerksam zu.

»Und vielleicht noch der alte Nestor«, sagte der Heerführer nachdenklich. »Auch dieser alte Held weiß zweifellos viel. Leider ist er ein notorischer Trinker, deshalb kann man nicht jedes seiner Worte für bare Münze nehmen. Als mich dieses bedauerliche familiäre Unglück ereilte, das ... äh ... mit einem Wort, das den Trojanischen Krieg ausbrechen ließ ..., hat mich Nestor beim Wein getröstet und mit beschwipstem Kopf von ähnlichen Schicksalen antiker Helden erzählt.« Menelaos brummelte etwas verwirrt. »Ich kann nicht leugnen, dass mir sein Trost damals guttat. In meiner Familie, in der Familie der hehren Pelopiden, hat es auch früher schon viel Unglück gegeben. Meinen großen Ahnen Tantalos ereilte ein schreckliches Ende. Sein Gedenken war eine traurige Mahnung für uns, seine Nachkommen, den Familienfrieden zu pflegen, unsere übermäßigen Leidenschaften zu bremsen und an einem Miteinander von Göttern und Menschen zu arbeiten. Deshalb habe ich immer zärtliche Gefühle für Agamemnon gehegt, meinen jüngeren Bruder edlen Angedenkens, und meine Frau, die göttliche und strahlende Helena, geehrt. Ich liebe das Familienleben«, sagte Menelaos sentimental und blinzelte. »Als Thyestes in Mykene mit Gewalt den Familienthron besetzt hat und Agamemnon und ich vor meinem wilden Vatersbruder Atreus nach Sparta geflohen sind, fasste ich in meinem Herzen den Entschluss, mich nicht mehr mit öffentlichen Angelegenheiten zu befassen, sondern eine Familie zu gründen und als arbeitsamer Privatmann bescheiden ein glückliches Leben zu führen. Mein seliger Schwiegervater Tyndareos hatte vergessen, mich über die Grundnatur seiner Töchter aufzuklären. So gewann ich die Hand von Helena, meiner großartigen Frau, und mein Bruder Agamemnon entbrannte in heftiger, aber nicht hoffnungsloser Liebe zu meiner Schwägerin Klytaimnestra. Den Rest weißt du schon, Junge!« Er seufzte. Überrascht sah ich, dass in den Augen des Heerführers Tränen glänzten. »Mein Bruder wurde von meiner Schwägerin ermordet. Sie haben ihn abgestochen wie ein Tier. Und ich selbst war gezwungen, die besten Jahrzehnte meines Mannesalters auf dem

Schlachtfeld zu verbringen, um die verletzte Ehre meiner großartigen Frau zu rächen! Es ist sehr schwer, wahres Familienglück zu erfahren, wenn der Mensch die Götter nicht richtig darum bittet!«, sagte er und hickste.

Die Mitteilsamkeit des großen Mannes machte mir Mut. Ich beugte mich vor und fragte mit ehrfürchtiger Neugier:

»Verzeih mir meine Unwissenheit! Ich bin ein Junge vom Dorf. Wie muss man die Götter richtig bitten?«

Menelaos winkte niedergeschlagen ab:

»Das ist eines der großen Geheimnisse.« Er schniefte. »Wir Menschen lernen nicht rechtzeitig die Art des Umgangs mit den Göttern. Wir quälen sie mit unseren Wünschen, aber wir haben keine Erfahrung darin, unsere Sehnsüchte richtig zu formulieren. Die Formulierung ist alles!« Mit einer großen Bewegung breitete er die Arme aus. »Du hast gesehen, Kind, wie vorsichtig und überlegt ich meine Memoiren diktiere. Die Menschen wünschen sich das Falsche, sie reden wirr, und dann wundern sie sich, wenn die Götter ihre übereilten Sehnsüchte erfüllen. Pass auf, Junge!« Der Fürst schlug einen vertraulichen Ton an und beugte sich vor. Er sprach leise, damit die Diener ihn nicht hören konnten. »Du kannst deiner Mutter sagen, dass mein Familienglück schon vor dem Raub meiner Frau nicht vollkommen war. Meine großartige Frau Helena ist ein prächtiges Geschöpf. Diesen eitlen, schönen Bengel Paris, den ich später leider häuten und zerstückeln musste, kannte ich schon länger … ich meine, bevor er den Grund dafür schuf, den Heiligen Krieg in Gang zu setzen. Sag deiner großartigen Mutter, dass mein Herz voller Selbstanklage ist, weil ich nicht rechtzeitig den Willen der Götter erkannte. Einmal pilgerte ich vor der Pest nach Delphi mit diesem Bengel an meiner Seite, ich mag nicht einmal seinen Namen aussprechen!« Vornehm, aber überraschend zog er die Nase hoch und spuckte verächtlich auf den Teppich. »Ja, ich ging mit Paris nach Delphi zum Orakel, wo wir beide geopfert und dann die Götter mit unseren Wünschen bedrängt haben. Ich bat um einen männlichen Nachkommen, Paris um eine Frau. Aphrodite hat unsere Wünsche erfüllt. Aber im Nachhinein haben wir erfahren, dass wir beide unsere Bitten falsch formuliert hatten. Es wäre klüger gewesen, wenn Paris um einen männlichen Nachkommen und ich um eine andere Frau gebeten hätte. So traf dann alles verhängnisvoll ein, weil die Götter auch die falschen Wünsche erfüllen.« Er ächzte. »Versprich mir, dass du das alles deiner flechtenschönen Mutter erzählst!«

Mit wohlerzogenem, eifrigem Nicken versicherte ich, dass ich jedes seiner Worte im Gedächtnis bewahren und treu weitererzählen würde. Der weltberühmte, alte Held war offensichtlich einsam und verlassen und freute sich, dass er mit jemandem reden konnte. Man musste ihn nicht ermutigen. Zwischen zwei Schlucken sagte er mit stolpernder Zunge:

»Du willst aber etwas über deinen Vater hören.« Er seufzte. »Das ist natürlich, wenn mich auch die Erfahrung und die Kenntnis der Geheimnisse von Volkserziehung und Staatsführung lehren, dass es Individuen des öffentlichen Lebens gibt, über deren Taten man im Interesse des Volkes besser schweigen sollte. Dein Vater …«, Menelaos atmete schwer, »ist ein außergewöhnlich eitler Mann. Bedaure, doch ich muss dir die Wahrheit sagen. Er konnte keine Konkurrenten ertragen … weder im Bett noch am Tisch, noch auf dem Schlachtfeld. Seine Eitelkeit hat ihn aus der Heimat fortgejagt, sein ungebremster Ehrgeiz trieb ihn aufs Schlachtfeld, wo ihn wiederum seine Eitelkeit in wahnwitzige und unrühmliche Abenteuer verwickelte. Jetzt habe ich es ausgesprochen«, sagte er ernst und trank. »Als ich deinen Vater zusammen mit meinem jüngeren Bruder Agamemnon und dem hervorragenden Palamedes in Ithaka besuchte, um ihn zum Bündnis zu rufen, scheint Ulysses sein Schicksal geahnt zu haben. Was willst du?«

Mit erhobener Stimme, damit der taube, alte Herr meine Worte auch verstand, fragte ich neugierig:

»Edler und wohlgeharnischter Menelaos! Schon vorhin, als ich dein Gemach betrat, hörte ich diesen Namen. Wer war Palamedes?«

Der Heerführer formte mit seinen haarigen Händen einen Trichter um sein Ohr, so strengte er sich an. Dann stöhnte er auf:

»Ist's möglich? Jetzt, zwanzig Jahre nach dem Fall Ilions, gibt es junge Menschen auf der Welt, die den Namen Palamedes nicht kennen?«

Mit gesenktem Haupt, aber brüllend verteidigte ich mich, dass meine Geschichtskenntnisse lückenhaft seien und ich nicht wisse, wer dieser Mensch war; wegendessen Menelaos meinen Vater eines Justizmordes bezichtigte.

»Junge«, sagte Menelaos und zog misstrauisch die struppigen, graublonden Augenbrauen zusammen, »was ich höre, macht mich traurig. Jetzt erkenne ich, dass ich mich mit meiner Arbeit beeilen muss und dass es an der Zeit ist, die wahre Geschichte des Trojanischen Krieges zu schreiben. Groß ist die Unwissenheit in der Welt und zahlreich sind die Missverständnisse. Weißt du überhaupt, warum der Trojanische Krieg geführt wurde?« Argwöhnisch sah er mich an.

Ich wurde rot. Zwar hatte ich etwas gehört, wusste aber nicht, ob es sich gehörte, dieses wirre Wissen gerade im Hause meines Gastgebers vorzubringen.

»Ich war Privatschüler«, stotterte ich verlegen. »Meine Mutter hat mich unterrichtet. Ich habe gelernt, dass deine hehre Frau, die strahlende Helena ...«

Menelaos erhob sich mühsam. Er winkte mir, dass ich schweigen solle. Der dicke, schwerfällige, alte Mann war jetzt überraschend würdevoll. Seine Diener wollten ihm zu Hilfe eilen, doch er bedeutete ihnen mit einer Handbewegung, dass er allein auf seinen Füßen stehen konnte. Der Fleischberg ging, auf seinen Stock gestützt, zweimal langsam durch das Zimmer. Vor der Marmorstatue blieb er stehen, beugte sich vor und sah sich aufmerksam eine Weile die in Marmor erstarrten, edlen Züge seiner Gattin an. Dann hob er seinen Stock und winkte mir, näher zu kommen. Mit zwei Fingern zog er mich am Ohr und zwang mich so, mich ebenfalls vorzubeugen und mit ihm zusammen aus unmittelbarer Nähe das fürchterlich und schwelgerisch schöne, üppig weibliche Gesicht anzusehen.

»So war sie«, sagte er düster, »als ich sie vor der Pest in Sparta nach Troja schickte. Der Pest entkam sie dort, aber sie lernte dieses lüsterne Bürschchen kennen. Sieh sie dir gut an. Dieses Gesicht gehört nun der Geschichte an.«

Erschüttert sah ich, dass mein berühmter Gastgeber Tränen in den Augen hatte. Die Hand des unbekannten griechischen Künstlers hatte ein schönes, fleischiges Frauengesicht mit Grübchen und eine volle Büste aus dem Marmor geschlagen. Menelaos sagte seufzend in Erinnerung:

»In dieser Zeit hat sie sich noch nicht geschminkt. Sie verwendete die edlen, aber einfachen Hausmittel der spartanischen Amazonen. In Troja jedoch benutzte sie schon gern geheimnisvolle orientalische Schönheitsmittel. Ich spreche es nicht gern aus, aber auch das gehört schließlich zur Geschichte ... Ja, so war sie.«

Er hob die Hand und fuhr feierlich fort:

»Aber sie war nicht der Grund für den Trojanischen Krieg.«

Vor Überraschung wagte ich keinen Ton zu sagen. Alles, was ich in diesem Augenblick und auch schon vorher in der Welt der Menschen erlebt hatte, schien mir rätselhafter zu sein als die Geheimnisse der göttlichen Welt. Dass ich, Ulysses' unehelicher Sohn, der Fürst vom Lande mit mangelhafter Bildung, von dem einzigen zuständigen Zeitgenossen den wahren Grund für den Trojanischen Krieg erfahren sollte, verschlug mir die Sprache. Menelaos trottete zum Diwan zurück und ließ sich in die weichen Kissen fallen. Gierig trank er, als müsste er sich stärken und vor den Erinnerungen schützen. Lautlos ging ich ihm hinterher und setzte mich wieder auf das niedrige Taburett, dem Heerführer gegenüber. Aufmerksam beobachtete ich ihn und biss mir auf die Lippen, weil ich vor Aufregung fast platzte.

XIII

»Der Grund für den Trojanischen Krieg«, sagte Menelaos mit der rauen, tiefen Stimme des Weintrinkers, »war wirtschaftlicher Natur. Wenn ich mit meinen Memoiren fertig bin, wird die Welt die vollkommene Wahrheit erfahren. Es ist unleugbar und eine historische Tatsache, dass im Trojanischen Krieg, wie in allen Heiligen Kriegen, sehr viel gestohlen wurde. Ich glaube, Nestor singt auch über dergleichen und auch einige meiner Generäle.« Er schien nervös zu sein. »Weißt du vielleicht, Junge, ob Ulysses auch an seinen Memoiren arbeitet?«

Diese Möglichkeit beunruhigte ihn offensichtlich. Er beugte sich vor und wartete gespannt auf meine Antwort. Bedacht antwortete ich, dass ich nie von so etwas gehört hätte. Weder meine Mutter noch Hermes hätten erwähnt, dass mein strahlender Vater irgendwo seine Erinnerungen diktierte. Meine Worte beruhigten den eifersüchtigen Heerführer ein wenig. Er schnaufte und fuhr heiser, mit belegter Stimme fort.

»Ulysses kann farbig formulieren, und er hat gewisse Qualitäten beim Vortrag«, näselte er arrogant. »Aber auf die Geschichtsschreibung versteht er sich nicht. Das Volk braucht natürlich Legenden. Trotzdem sollte man offiziell den weitverbreiteten Irrglauben widerlegen, dass mit dem Trojanischen Krieg Rache für das von Paris verletzte Gastrecht genommen wurde. Für ein Gastrecht, das unserem Volke hoch und heilig ist und das dieser abscheuliche Bengel wirklich schändlich verletzt hat, als ich aus Sparta fort war und in Kreta die Gastfreundschaft meines alten Freundes Idomeneus, des wortgewaltigen Königs, genoss. Der Ruf meiner Frau ist natürlich untadelig!« Er sprach laut und feierlich. »In Argos und im ganzen Mittleren Osten gibt es niemanden, der so verworfen und geschwätzig ist, dass er es wagen würde, den guten Ruf der ältesten Tochter des Tyndareos im Zusammenhang mit dem Trojanischen Krieg mit seinem schmutzigen Mundwerk zu besudeln. Meine Frau war an allem, was geschehen ist, vollkommen unschuldig, und ich habe dafür gesorgt, dass diese historische Tatsache an Spartas Schulen gelehrt wird.« Er räusperte sich wieder. »Aber das Gastrecht hat dieser gewalttätige Räuber zweifellos verletzt. Trotzdem fällt es schwer zu glauben, dass die griechischen Fürsten, mein edler jüngerer Bruder Agamemnon, dann Nestor, der auch damals schon alt war, Achilleus, der Vorsichtige, der gern Mädchenkleider trug, und schließlich ich selbst, also die Creme de la Creme des Griechentums in den Kampf zieht und mit über hundert Schiffen zu den Mauern Ilions fährt, nur um eine gesellschaftliche Ungebührlichkeit zu rächen. Kann man eine der größten militärischen Unternehmungen der Weltgeschichte, das Aufblühen der Kriegsindustrie sowie den Einsatz modernster Kampfmittel bei nüchternem Verstand wirklich als Folge des verletzten Stolzes eines Privatmannes betrachten? Ist es vorstellbar, dass so professionelle Soldaten wie Diomedes und die beiden Aias an einer Militäraktion teilnehmen, die keine ernsthafte historische Grundlage hat? Lächerlich!« Menelaos spuckte wieder aus. »Solche Nachrichten können nur oberflächliche, vom Tageslohn ihr Leben fristende Sänger im Kreis des Volkes verbreiten. Mit Paris wäre ich auch allein fertiggeworden. Obwohl mich mein Alter und mein Rang nicht dazu verpflichteten, habe ich angeboten, mir im Zweikampf Genugtuung für die Ehre meiner Frau und das verletzte Gastrecht zu verschaffen … Leider sind die Ereignisse über das Maß einer individuellen Kränkung hinausgewachsen. Unser Volk ist arm. Auch auf den Inseln herrscht große gesellschaftliche Unzufriedenheit, weil es zu wenig Nahrung gibt. Manchmal kann man die inneren und äußeren Folgen einer Wirtschaftskrise nur mit einem Krieg ableiten. Aber davon will ich in meinen Memoiren nicht sprechen«, sagte er finster und brach plötzlich seine Rede ab.

Ehrfürchtig schwiegen wir und lauschten untertänig dem weindunstigen Schnaufen des Heerführers. Einige Minuten lang lag er mit geschlossenen Augen reglos in den Seidenkissen, als hätten ihn die schnell fließende Rede und die Erinnerungen ermüdet.

»Palamedes!«, sagte er plötzlich und setzte sich auf. Seine tränenden Augen richtete er auf mich. »Du fragst, wer er war und warum dein edler, genialer Vater ihn beneidet, gehasst und schließlich getötet hat? Schwerwiegende Frage, Junge. Von Palamedes in Worten der vollen, glaubhaften Wahrheit zu sprechen, ist verdammt schwer. Er war Argeier, wie ich selber auch. In der Sprache der Argeier bedeutet sein Name Der-das-Schicksal-herausfindet, aber er war auch Der-mit-der-Hand-geschickt-ist. In Wirklichkeit war er nicht nur mit den Händen geschickt. Mit seinem Geist, der Kraft seines Gehirns, übertraf er seine Zeitgenossen. Die historische Wahrheit ist, dass Nauplios' Sohn der Begabteste aller meiner Generäle war. Er war es auch, der im Trojanischen Krieg mit seinen Erfindungen das griechische Heer gerettet hat! Passt du auf, Kind? Was fragst du? Lauter! Was Palamedes erfunden hat? Das wäre schwer auf einmal zu sagen. Wie Daidalos und Prometheus hat auch er der Menschheit große Geschenke gemacht. Er hat weder das Fliegen noch das Feuer erfunden, aber er erfand den Buchstaben! Jetzt schaust du! Ja, er hat die Buchstabenschrift erfunden, diese teuflische und geheimnisvolle Kunst, mit deren Hilfe man die Lebensmittelverteilung in unserem Heer erfolgreich organisieren konnte, als die Hungersnot ausbrach! Später erzählte man sich, er hätte das Geheimnis der Buchstabenschrift aus Phönizien gestohlen. Doch das sind nur kindische Vermutungen. In Wirklichkeit hat er mit seinen scharfen Augen den Kranichflug beobachtet, besonders in der Morgendämmerung im Frühherbst, wenn am Himmel dicke Wolken hängen und der Himmel aussieht wie der trächtige Bauch eines weiblichen Esels. Palamedes beobachtete den Kranichzug am Herbsthimmel, und diese

Vogelformationen gaben ihm die Inspiration, die ersten Buchstaben zu erfinden. Du sperrst den Mund auf, ich sehe schon. Er hat auch den sechsseitigen Spielwürfel erfunden, und auch diese Erfindung hat sich in der Zeit der Hungersnot als ausgezeichnetes Mittel dafür erwiesen, die Aufmerksamkeit der Achäer und Argeier von ihrem knurrenden Magen abzulenken. Er hat die Zahlen erfunden und auch, wie man ohne Zahlentafel mit den Fingern komplizierte Mal- und Geteiltaufgaben lösen kann. Seine militärische Organisationsfähigkeit hat die griechische Kriegsführung wahrhaftig revolutioniert. Wieder lehrte ihn der Flug der Kraniche, beim Angriff die Truppen in der Richtung des geringsten Widerstands in Reihen aufzustellen. Von den barbarischen Heerführern des Ostens hat er das Geheimnis abgeschaut, wie man zur Zeit des Neumonds die auf weißen und schwarzen Pferden in den Sturm gehenden Kämpfer in unterschiedliche Himmelsrichtungen aufstellen muss. Die Anziehungskraft des Mondes treibt die verschiedenfarbigen Pferde während des Angriffs, je nach Himmelrichtung, immer wieder an! Er war ein Genie!« Menelaos keuchte vor Begeisterung. »Gib mal die Würfel her!«, sagte er zu dem Diener, der seinem Herrn mit einer erschrockenen und schnellen Bewegung einen ledernen Becher und zwei sechsseitige Elfenbeinwürfel mit verschiedenen schwarzen Punkten reichte.

Menelaos ließ die Spielwürfel im Lederbecher klappern und schüttete sie dann vor sich. Langsam, mit viel Mühe, ungeübt und besorgt zählte er.

»Sieben«, sagte er und schüttelte den Kopf. »Eine heilige Zahl. Palamedes wusste auch darüber Bescheid. Die Zahlen haben einen geheimen Sinn.«

Wieder lehnte er sich zurück und sann mit geschlossenen Augen vor sich hin.

»Palamedes, sagst du!«, fuhr er dann fort und sprach nun leiser und trauriger. »Er verstand sich auf die Dinge der Erde, aber er kannte auch die Geheimnisse des Sternenhimmels. Aus den Veränderungen der Sterne und den Zusammenhängen der himmlischen Landkarte zog er Rückschlüsse auf die Einteilung der Tageszeiten, und aus dieser Erfahrung stellte er den Plan für die Wachablösungen zusammen. Leider haben die fetten Bissen, die für Armeelieferanten abfallen, auch ihn verführt, genau wie deinen Vater …«

»Wie?«, fragte ich unwillkürlich empört. »Mein Vater hat sich im Trojanischen Krieg mit der Belieferung des Heeres beschäftigt?«

Menelaos öffnete die verklebten Augen und sah mich erstaunt an:

»Ob er sich damit beschäftigt hat? Er hat sich vorrangig nur damit beschäftigt. Leider war er zu gierig und hat sich viele Feinde gemacht. Der eifersüchtige Zweikampf, der zwischen deinem Vater und Palamedes vom ersten Moment des Heiligen Krieges an im Verborgenen wütete, war nicht nur eine Frage der Eitelkeit. Auf die Logistik verstehen sich alle Griechen, also auch meine Generäle … Daran ist nichts Besonderes. Aber Palamedes verstand sich auch darauf besser. Ulysses' lang unterdrückte Wut, sein Groll, dass Palamedes ihn entlarvt hat, als er Wahnsinn vortäuschen wollte, damit er nicht in den Krieg ziehen muss, hat das Herz deines Vaters mit der Zeit vergiftet. Schließlich war er nicht der einzige griechische General, der sich in der Stunde der Gefahr versteckt hat, um nicht aufs Schlachtfeld hinauszumüssen. Auch von Achilleus könnte ich in meinen Memoiren dies und jenes erzählen. Doch wir wollen nicht das Andenken der verstorbenen Helden trüben. Aber Ulysses lebt … Ja, er wollte Hafer und Lebensmittel für mein Heer liefern, Palamedes indes war geschickter und nahm ihm diese vielversprechende Möglichkeit aus der Hand. Diese und noch viele andere Fertigkeiten, wie beispielsweise, dass er im griechischen Heer die in Männerkleidung gekleidete Tochter des karythischen Trachion entdeckte … Das Mädchen steinigten wir später … All das konnte dein Vater Palamedes nicht verzeihen. Die historische Wahrheit ist, dass Palamedes' Beliebtheit während des langen Krieges immer weiter zunahm. Der Stern deines Vaters aber sank. Deshalb tötete er ihn eines Tages unter einem unwürdigen Vorwand. Der beste Sohn Hellas' fiel ins Grab, als wir die Leiche des großen Palamedes am Ufer von Aiolia, gegenüber der Insel Lesbos, bestatteten!«, sagte Menelaos gerührt.

All das war mir völlig neu. Die Aussicht, aus dem speichelspritzenden, geschwätzigen Mund des redseligen, greisen Heerführers Geheimnisse über meinen Vater und die wahre Geschichte des Krieges um Troja zu erfahren, ließ mich wortlos lauschen. Ich verbiss mir meine Fragen und wartete begierig, was noch folgen würde. Menelaos musste man nicht ermuntern. Palamedes und alles, was mit dem Trojanischen Krieg zusammenhing, war offensichtlich zwanghaft wichtig für ihn. Er erinnerte sich:

»Seinen Tod hat sein edler Vater Nauplios gewissermaßen gerächt, indem er die heimfahrenden Griechen mit Leuchtfeuern zwischen die Klippen von Euboia gelockt hat. Aber Ulysses entging der Rache und der Gefahr. Übrigens hat die Leuchtfeuer auch Palamedes erfunden … Er, Der-mit-den-Händen-geschickt-war, wusste, dass die menschliche Hand eine wichtige Rolle bei der Schöpfung spielt. Er verstand sich auch auf das Gesundwerden und Gesundmachen. Ich erinnere mich, dass eines Tages streunende Wölfe das lagernde Heer der Griechen bedrohten. Dein Vater wollte auf sie Jagd machen. Aber Palamedes war weiser, er sah in der Ankunft der Wölfe die Anzeichen für eine Seuche und verordnete dem Heer Bäder, Turnübungen und Heilnahrung. Da entging mein Heer auch der Seuche, und Ulysses' Eifersucht kannte von da an keine Grenzen mehr. Die Art, wie dein Vater seinen Feind, das Genie, tötete, war wiederum unwürdig. Eines Tages wird die Welt erfahren, dass man den Brief des Priamos von einem phrygischen Sklaven schreiben ließ und dass dieser Sklave es war, der in Palamedes' Zelt mit falscher Hand das Gold vergrub, den Beweis für die hinterhältig erfundene Anklage des Hochverrats. Leider war auch mein edelsinniger jüngerer Bruder Agamemnon eifersüchtig auf Palamedes«, sagte Menelaos finster.

Durstig trank er mit großen Schlucken, wie jemand, der nicht genug Betäubungsmittel gegen seine Erinnerungen nehmen kann.

»Die historische Tatsache«, sagte er feierlich und ernsthaft, »die ich der Nachwelt in meinen Memoiren nicht verschweigen darf, lautet, dass Palamedes gemeinsam mit Achilleus – der später seine Feigheit doch noch bekämpfte und in den Kampf eintrat – nach und nach dreiundzwanzig kleinasiatische Städte eingenommen hat. Bedenke nur, Junge! Während das Genie und sein Gefährte, der Held mit dem Mädchengesicht, in der Ferne kämpften, gelang es deinem Vater, die heerführerliche Eifersucht meines edlen Bruders zu wecken. Sie wurden Komplizen, und auch Agamemnon nahm an dem Anschlag teil, dem mein bester Kampfgefährte zum Opfer fiel. Der große Erfinder und erfolgreiche Feldherr wurde zum Tode verurteilt und gesteinigt! Mit falschen Beschuldigungen trachteten sie ihm nach dem Leben. Das ist die Sünde deines Vaters, Junge!« Menelaos zeigte mit einer anklagenden Bewegung auf mich. Ich wurde blass, bemühte mich aber, ruhig zu bleiben und mir nichts anmerken zu lassen. »Der Held, der Eroberer von dreiundzwanzig Städten, wurde ermordet! Der Weise, der wusste, dass man sich gegen die Pest am wirksamsten verteidigte, indem man zu regelmäßigen Zeiten sein Essen einnahm! Der großartige Armeelieferant, der noch aus den Scheunen der geizigsten Bauern Korn heraustreiben konnte! Der maßvolle Mann, der herausfand, dass man Wein und Wasser am besten im Verhältnis zwei zu fünf mischt. Das war vielleicht seine einzige Erfindung, mit der ich nicht einverstanden bin.« Nachdenklich und etwas ärgerlich langte Menelaos mit zitternder Hand nach einem bis zum Rand mit unverdünntem Wein gefüllten Becher.

»Mein Sohn«, sagte er dann, »du wolltest die Wahrheit hören. Jetzt hast du sie gehört. Palamedes' Tod war dennoch nicht nutzlos. Er war ein Wink für die Demokratie, dass die Rechtlosigkeit auf jene Gesellschaft zurückfällt, die sie duldet! Dein Vater macht nicht ohne Grund einen Bogen um die spartanische Erde. Das Volk erinnert sich und urteilt. Ich habe viel Schreckliches erlebt in meinem hehren, fürchterlichen Leben.« Feierlich hob er die Stimme. »Ich habe Achilleus gesehen, wie er am Knie verletzt wurde. Ich habe Hektor gesehen, wie er allein vor Trojas Mauern stand und sein Schicksal erwartete. Ich habe den Augenblick erlebt, als Zeus das Schicksal dieser beiden Helden auf die Waage legte, und ich habe gesehen, wie Hektors Waagschale zu sinken begann. Ich war dabei, als Aias verrückt wurde und sein Leben wegwarf, weil ihm dein Vater mit flinkem Hirn und gieriger Hand Achilleus' Waffen weggeschnappt hatte. Ich habe im Bauch des Holzpferdes gehockt und es geschehen lassen, dass mir dein Vater mit rauer Hand den Mund zuhielt, als meine hehre Frau, deren weibliche Tugend und Ruf nach wie vor unversehrt waren, in Gesellschaft eines weiteren lüsternen Bengels, des frechen Deiphobos, um das Pferd herumging und mit gurrender Stimme nach mir rief. Ich habe alles erlebt, was ein Mensch in den schrecklichen Stürmen der Geschichte erleben kann. Ich habe Patroklos' Leiche mit Ambrosia gesalbt, weil sie schon zum Himmel stank, und gesehen, wie Achilleus an der Bahre seines Freundes zwölf trojanische Jungen geopfert hat. Ich habe die schreckliche Szene gesehen, wie Achilleus dem toten Patroklos sein abgeschnittenes Haar geschenkt hat, weil er wusste, dass er nach dem Willen der Götter dafür keinen Bedarf mehr hat, weil er ja nie heimkehren würde. Ich habe gesehen, wie Achilleus die Leiche des edlen Hektors geschändet hat. Ich sah die Pest, wie sie Tausende meiner Helden krepieren ließ. Ich habe deinen Vater gesehen, wie er sich im Augenblick der Schlacht vor der wutentbrannten Menge gefürchtet hat …«

»Gefürchtet?«, fragte ich missgelaunt. Ich wusste selbst nicht warum, aber diese Beschuldigung erfüllte mich mit Widerwillen.

»Ich war es, der ihm das Leben gerettet hat«, sagte der Heerführer und zuckte mit den Schultern. Er hatte häufig zum Becher gegriffen, in seine Worte mischten sich schon manchmal die Rülpser des Betrunkenen. »Ich habe ihn vom Schlachtfeld geschleppt. Glaubst du, er war dankbar? Durch Machaon, meinen besten Arzt, der auch meine Wunden behandelte, ließ ich ihm einen erfrischenden Heiltrank reichen, damit er vom Todesschreck wieder zu sich kommen sollte. Aber auch damals kreiste sein bösartig verschraubter Verstand nur um die Beute, Achilleus' Waffen und Palamedes' Verhängnis. Ich habe alles gesehen und erlebt, Junge, was ein Mensch sehen und erleben kann!« Er hickste. Seine prahlerische Rede riss immer öfter ab.

»Ich habe den nervösen Achilleus gesehen, wie er seinen braven Diener Mnemon tötete, den ihm noch sein Vater gegeben hatte, damit er ihn an seine Pflichten erinnert! Wie erbärmlich ist der Mensch, selbst wenn er ein Held ist!«, rief der Heerführer in Erinnerungen, hob die Hand und legte sie sich über die Augen. »Ich habe Iphigenie gesehen … Genug!« Seine Worte klangen wie Röcheln.

Ergriffen schwiegen wir.

»Natürlich gab es in diesem langen Krieg bedauerliche Missverständnisse«, sagte er unvermittelt sachlich und nüchtern. Der Sturm der Gefühle in seinem Busen schien verebbt zu sein. Er sprach fachmännisch, und obwohl er dabei immer wieder einen Schluck von dem Wein nahm – was in den frühen Abendstunden vor dem Abendessen sogar für den trainierten Kämpfer ein gefährliches Vergnügen sein musste! –, sah er nicht betrunkener aus als zu der Zeit, als ich ins Zimmer gekommen war. »Beim großen Aufmarsch hat mein Heer die Stadt Theutrania mit Troja verwechselt, und wir haben diese unschuldige Stadt vernichtet«, sagte er und zuckte mit den Schultern. »Leider ist die Militärkartenzeichnerei noch nicht ganz perfekt, und Palamedes hat vergessen, sich mit dieser Wissenschaft eingehend zu beschäftigen. Solche Missverständnisse kommen in großen Kriegen gelegentlich vor.« Er winkte großzügig ab. »In Theutrania haben wir alle getötet, auch die Greise und Säuglinge. Später, als sich der Irrtum herausgestellt hatte, ordnete ich ein Opfer für die Seelen der Toten an, und so kam dann alles in Ordnung«, sagte er zufrieden. Dann lächelte er und fuhr in näselndem Ton fort: »Ich habe auch viel Sonderbares gesehen. Ich überlege noch, ob ich in meinen Memoiren erwähnen soll, wie eigenartig sich meine heldenhaften Gefährten bisweilen verhalten haben. Soll ich davon sprechen, dass Achilleus, der gern

Mädchenkleider trug, Priamos' Sohn, den edlen Troilos, vielleicht nur deswegen töten ließ, weil er nicht ganz natürliche, zärtliche und unmännliche … oder vielleicht übermäßig männliche, wer weiß? …, also, weil er sonderbare Gefühle hegte für diesen anmutigen Feind? Hm!« Er kratzte sich den Bart. »Ich werde sehen.« Er lächelte hämisch, doch dann wurde er wieder ernst. »Aber all das, Junge, ist nichts im Vergleich zu Palamedes' Schicksal!«, rief er und bedeckte seine Augen wieder mit der Hand. Greisenhaft, wie mit Altweiberstimme, begann er zu schluchzen.

Die Diener standen ruhig dabei und warteten, bis die Erschütterung ihres Herrn zu Ende war. Offensichtlich waren sie Menelaos' Weintrinken am frühen Nachmittag und die damit einhergehenden Gefühlsausbrüche gewohnt.

»Beim Sturm auf Lyrnessos«, sagte Menelaos dann schnüffelnd, wischte sich die Augen und schnaubte sich die Nase aus, »hat dein Vater meinen Bruder Agamemnon überredet, Palamedes zurückzurufen und töten zu lassen. Er redete ihm ein, Palamedes hätte das griechische Heer an Troja verraten und mit Achilleus gemeinsame Sache gemacht, um den Oberbefehl zu erringen. Mein Bruder war mutig, aber unberechenbar. Außerdem war er kein besonders guter Menschenkenner. Er vertraute niemandem außer seiner Frau Klytaimnestra«, sagte Menelaos bitter und zufrieden, »deshalb haben sie ihn auch abgestochen wie ein Stück Vieh. Aber Palamedes hat das auch nicht mehr geholfen.«

Er nickte. Sein Kopf mit den geflochtenen Locken

sank ihm auf die Brust. Als wäre er müde geworden, murmelte er zusammenhangslos:

»Es war die Schuld deines Vaters. Das verzeihe ich ihm nie. Ich habe Palamedes geliebt. Er war mehr als ein Held.«

Er öffnete die Augen und sagte mit dem letzten Verstand seines weinseligen Hirns:

»Ein Weiser war er. Er sah den Augenblick voraus, in dem die Helden zu Feiglingen werden. Und den anderen Augenblick, in dem die Feiglinge zu Helden werden.«

Mühsam nahm er sich zusammen. Noch einmal streckte er die Hand aus. Aber er hatte nicht mehr die Kraft, das Getränk an die Lippen zu führen. In seiner zitternden Hand kippte der Becher um, und die feurige Flüssigkeit strömte über seinen bunten Kaftan. Als hätte er vergessen, das Wichtigste zu sagen, reckte er den zitternden Zeigefinger hoch und rief heiser, mit versagender Stimme:

»Der Krieg um Troja war dennoch nicht ganz vergeblich. Die Tugend meiner Frau strahlt heute noch. Und seit dem triumphalen Friedensschluss ist sie wie ausgewechselt!«, sagte er rührselig.

Er sank auf den Diwan nieder. Der Sekretär und die Diener eilten ihm zu Hilfe. Ohne besondere Aufregung machten sie sich um ihn zu schaffen, als wären sie derartige Szenen gewohnt. Aus den Kissen waren geröchelte Worte zu hören, die der beduselte Menelaos im Schlaf von sich gab. Er sagte etwas über Ulysses, was sich anhörte wie eine Bitte und ein Fluch. Aber an mein Ohr drangen nur Wortfetzen. Er sagte:

»Die größte Schuld deines Vaters war …«

Den Satz konnte er nicht mehr beenden. Berauscht schlief er ein. In sein Schnarchen mischte sich eine tiefe, heisere, weibliche Stimme. Sie kam von der Tür her und beendete Menelaos' unvollendetes Urteil:

»… dass er meinetwegen in den Kampf gezogen ist!«

XIV

Erschrocken wandte ich mich um. In der Tür stand, gestützt auf einen Ebenholzstock mit silbernem Griff, eine würdige, alte Dame. Das goldene Licht der untergehenden Sonne beleuchtete scharf die außergewöhnliche Erscheinung. Die tausend Falten ihres mit Reispuder und Farbe bedeckten Gesichtes passten in dem verräterischen, erbarmungslosen Licht wenig zu der rötlichen Perücke und dem grellen Gewand, das sie trug. Um den welken Hals trug sie eine dreifache dicke Goldkette, die dicht mit Edelsteinen besetzt war. Mund und Fingernägel und sogar die aus den Sandalen herauslugenden Zehennägel hatte sie rot gefärbt. Langsam kam sie auf uns zu. Offensichtlich plagte sie die Gicht, und auch auf den Spazierstock gestützt fiel ihr das Gehen schwer.

Sie blieb vor der Liege stehen, auf der der Held von Sparta schnarchte, und betrachtete kopfschüttelnd den dahingewelkten Heerführer. Ich zog mich ehrfürchtig zurück und sah, dass der Diener und der Sekretär untertänig die Befehle der herausgeputzten, vornehmen, alten Frau erwarteten. Ich konnte mir nichts anderes vorstellen, als dass die Grande Dame des Hauses, die Witwe des Pleisthenes, die Mutter des hehren Menelaos, vor mir stand. Ich wollte ihr die Hand küssen, doch in meiner Verwirrung kam ich nicht dazu, ihr diese Huldigung darzubringen. Ich verstand nicht, wieso diese erhabene, aber schon etwas vertrocknete, alte Dame gerufen hatte, dass mein Vater ihretwegen in den Kampf gezogen sei … Mir blieb keine Zeit, weiter über meine Verunsicherung nachzudenken.

»Bringt ihn in seine Gemächer!«, sagte die alte Frau zu dem Diener und zeigte mit der Spitze ihres Spazierstockes auf den schnarchenden Helden. »Machaon, der Arzt, soll nach ihm sehen. Meldet mir, wenn er ausgeschlafen hat.«

Der Sekretär und der Diener packten den bewusstlosen, betrunkenen Menelaos mit einer geübten Bewegung um Schulter und Taille und entfernten sich mit ihrer schnarchenden Last flink durch eine Seitentür. Als sie verschwunden waren, wandte sich die alte Frau mit scharfem Blick zu mir. Schwerfällig keuchend setzte sie sich – ich sah, dass sie stark geschnürt war, aber auch unabhängig davon musste eine Art Kreuzbeinschmerz ihre erschöpften Glieder plagen, denn nicht nur das Gehen fiel ihr schwer, sondern jede Bewegung! Sie winkte mit dem Stock, ich solle näher treten, und sagte mit tiefer, männlich heiserer Stimme:

»Jetzt hast du ihn gesehen.«

Mit dem Kopf wies sie auf den Diwan, von dem gerade der betrunkene Feldherr weggetragen worden war. Verlegen trat ich von einem Fuß auf den anderen. Die

Lage war überaus peinlich. Ich bemühte mich, wohlerzogen zu antworten.

»Hehre Matrone«, sagte ich, »ich bedaure unendlich, dass ich ungewollt Augenzeuge der körperlichen Schwäche deines großartigen Sohnes, des unschlagbaren und wohlharnischten Menelaos war …«

Die geschnürte alte Dame richtete sich trotz ihrer altersbedingten körperlichen Schmerzen mit einer energischen Bewegung kerzengerade auf. Sie zischte, als wäre sie von einer Schlange gebissen worden. Ihre Augen funkelten wütend, ihr Blick strafte ihr hohes Alter für einen Augenblick Lügen.

»Was redest du da, du ungehobelter und törichter Bengel? Glaubst du ernsthaft, dass dieser alte Trinker mein Sohn ist?«

Als ich diese aufgebrachte Frage hörte, erbleichte ich. Ich ahnte, dass sich meine provinzielle Unerfahrenheit rächte und ich einen nicht wiedergutzumachenden Fauxpas begangen hatte. Ich erwartete, ausgeschimpft und bestraft zu werden. Meine Überraschung steigerte sich, als ich sah, dass die ehrbare greise Frau die geschminkten Augen mit den Händen bedeckte und ihr Tränen über die Schminke rannen.

»Nach allem«, schluchzte sie, »muss ich auch das noch erleben! Ulysses' Sohn erkennt mich nicht!«

In größter Erregung und Verlegenheit blinzelte ich die schluchzende Alte an. Ihr Schmerz musste ehrlich sein, denn sie kümmerte sich nicht darum, dass ihre Tränen die Farbe auf dem ehrwürdig faltigen Gesicht verschmierten. Ich sah dieses bemalte, larvenartige Gesicht an, dann blieb mein Blick an den schönen und sinnlichen Gesichtszügen der Marmorstatue hängen. In diesem Augenblick wurde die peinliche Ahnung, die ich hatte, zur Gewissheit … trotzdem war unglaublich, was ich sah.

Helena war es, die da vor mir weinte. Ich zweifelte nicht mehr daran. Die Frau, von deren Erlebnissen die Sänger und Geschichtenerzähler bis über die Schulen Spartas hinaus erzählten! Die Weitberühmte, die so oft geraubt und dann immer zurückgegeben oder zurückgeraubt worden war. Die Weißbusige, für die die Männer in blutige Kämpfe gezogen waren, einander das Fell über die Ohren gezogen und sich gegenseitig zerstückelt hatten! Die Grande Dame des Heiligen Krieges schluchzte hier vor mir … dieses bis zur Unkenntlichkeit entstellte Ideal, von dem ihr Mann – gewiss, in stark betrunkenem Zustand – gerade gesagt hatte, dass der Krieg um Troja nicht vergeblich gewesen sei, denn Helena sei jetzt wie ausgewechselt! Mit vorsichtigen Blicken suchte ich Ähnlichkeiten zwischen dem aufreizend verführerischen jungen Frauengesicht der Marmorstatue und dem von Tränen und Schminke, Erlebnissen und Leidenschaften völlig entstellten Altfrauengesicht. Mich schauderte, denn ich begriff zum ersten Mal, dass bei allen Gefahren, die im Laufe des irdischen Daseins auf ein menschliches Wesen warten, die Gewöhnlichste dieser unsichtbare und hinterhältige, unbezwingbare Feind war: die Zeit!

Helena weinte vornehm, aber greisenhaft. Ihre Schultern hingen herab, ihre Unterlippe zitterte und ließ ihre lückenhafte Zahnreihe sehen. Als der Anfall sentimentaler Schwäche vorüber war, puderte sie sich die Nase mit Reispulver. Mit einem Spitzentaschentuch trocknete sie vorsichtig die von Tränen verschleierten, angemalten Augen und winkte mich mit einer matten Bewegung neben sich. Ich eilte zu ihr und kniete vor ihr nieder. So sah ich – etwas angeekelt, aber ergriffen und mit schlechtem Gewissen – dem berühmten göttlichen Weib in die zauberhaften Augen. Denn dieses weibliche Augenpaar war auch jetzt, da es aus dem baufälligen Gefängnis des Alters in die Welt blickte, voll von klugem Glanz. Traurig lächelte sie. Sie spürte meine aufrichtige Verzweiflung und streichelte mir mit duftenden, runzligen Händen das Gesicht.

»Verzeih mir!«, stammelte ich.

»Da gibt es nichts zu verzeihen.« Ihre Stimme klang resigniert und traurig. »Du bist jung und hast die Wahrheit ausgesprochen. Steh auf!«, befahl sie. »Setz dich hin!« Ich setzte mich zurück auf das Taburett, auf dem ich zuvor Menelaos' Selbstbekenntnis angehört hatte. »Zeig dich!«, sagte sie ernst, griff mir mit zwei Fingern unters Kinn und drehte mein junges Gesicht zur Helligkeit des untergehenden Lichtes hin. So prüfte sie mich. Dann ließ sie mich los und seufzte tief.

»Die Zeit«, sagte sie erhaben, und die pomadige, angemalte, alte Frau wurde beinahe schön, als sie diese Worte aussprach, »hat kein Erbarmen mit den Lebenden. Aber sie hat auch kein Erbarmen mit den Legenden. Wir, die wir nach dem Willen der Götter ein außergewöhnliches Schicksal geschenkt bekommen haben, müssen die große Strafe ertragen: die Vergesslichkeit, mit der sich die ungetreue Welt von unserem Gedächtnis abwendet.«

Jetzt schnaufte sie nicht mehr schwer. Ihre große Vergangenheit, ihr besonderer Rang schienen für einen Augenblick ihr wahres Wesen zurückgezaubert zu haben. Sie legte die Beine übereinander, und ihre Unterschenkel blitzten zwischen den Falten hervor. Aus den Augenwinkeln sah ich, dass diese berühmten Beine noch immer wohlproportioniert und zwar von Krampfadern verunziert, aber weiß wie Alabaster waren.

»Wo ist dein Vater jetzt?«, fragte sie vertraulich und zwinkerte.

»Ich weiß es nicht«, antwortete ich leise ebenso komplizenhaft. »Das Ziel meiner Reise ist, ihn zu suchen. Deshalb hat mich meine Mutter in die Welt geschickt. Wenn du etwas weißt, göttliche Helena …«

Ich sah, dass diese Anrede der edlen Vettel guttat. Milder blinzelte sie mich an, seufzte dann und sagte klagend:

»Ich habe ihn nicht gesehen, seit Jahren und Jahrzehnten habe ich ihn nicht mehr gesehen. Ab und an gelangen auch in dieses spartanische Provinznest Nachrichten über ihn. Aber niemand weiß etwas Gewisses. Ist er noch immer unterwegs? Er kann auch nicht mehr jung sein.« Aus ihren Worten klang eine sonderbare, hämische Befriedigung. Mit zahnlosem Mund zählte sie leise. »Die Zeit ist grässlich«, sagte sie dann und schüttelte sich, als bekäme sie eine Gänsehaut vor Abscheu. »Sie ist stumm und unbarmherzig, und es gibt keine Waffe gegen sie … Dein Vater, der listige, wird ebenso ihr Opfer sein wie sein Waffengefährte, den du gerade in weinseligem Schnarchen vor sich hin brüten sahst … ja, wie mein unübertrefflicher Mann Menelaos.«

»Wann hast du ihn zum letzten Mal gesehen?«, fragte ich eifrig.

»Deinen Vater?« Helena zog die rot angemalten Augenbrauen zusammen. »In dem Augenblick, als der Krieg zu Ende war und mein edler Mann mich steinigen wollte.«

»Was sagst du, Weißbusige?«, fragte ich entgeistert. Mir standen alle Haare zu Berge. »Dein Mann, der in den Krieg gezogen ist, um deinen Ruf zu verteidigen, wollte dich am Ende steinigen? Der große Mann, der gerade noch mit solcher Achtung und Begeisterung von deiner Tugend gesprochen hat, hatte es auf dein Leben abgesehen? Verzeih mir, ich bin noch sehr jung«, sagte ich verzweifelt. »Ich muss mich erst an die Weltgeschichte gewöhnen.«

Helena nickte verzeihend.

»An den Haaren hat er mich gezogen«, sagte sie einfach. Mit den Händen brachte sie ihre Perücke in Ordnung, als hätten sich ihr bei der bloßen Erinnerung die künstlichen Locken gesträubt. »Ich lag auf der Erde, und mein edler Mann zerrte mich an den Haaren, als er mich aus den Mauern von Troja befreit hatte. Er drohte mir, mich zu töten, wenn wir einmal in dieses tugendsame und schreckliche Provinznest Sparta zurückgekehrt wären. Auch Hekate, die abscheuliche und eifersüchtige Tante deiner hehren Mutter, die in der Unterwelt wohnt, bestärkte ihn in dieser Absicht. Aber sie musste ihn nicht überreden. Mein Mann und noch einige rohe griechische

Grobiane gingen mit Steinen auf mich los. Ich wäre verloren gewesen, hätte nicht meine Schönheit mich beschützt und dein Vater mir geholfen.«

»Mein Vater hat dich gerettet?«, fragte ich voller Sohnesfreude. Mein Herz schlug höher, weil ich endlich auch etwas Gutes über meinen geheimnisvollen Vater hörte.

»Ja«, sagte Helena feierlich. »Er trat in dem Augenblick für mich ein und wehrte mit geflügelten Worten, seinem großartigen Auftreten und den pfiffigen Ideen seines erfindungsreichen Verstandes die Gefahr ab, die über meinem Haupt schwebte. Leider ist er dann aus meinem Leben verschwunden. Die Welt rief ihn. Das habe ich ihm verziehen. Ich mag es, wenn die Männer, mit denen ich es zu tun hatte oder habe, Erfahrungen sammeln. Was ich ihm nicht verziehen habe, war, dass ihn auch die Heimat rief. Er bestand weitere Abenteuer und ging dann nach Hause zu seiner Frau. Diese Frau mag ich nicht«, sagte sie vertraulich, wie zu sich selbst. »Penelope ist eine entfernte Verwandte von mir, sie stammt von hier, und in unserer Jugend waren wir viel zusammen. Wir haben im Eurotas gebadet, und ich weiß, dass ihre Figur nicht vollkommen ist, sie hat Sommersprossen auf dem Rücken und gelbliche Zähne. Sie gibt sich gern vornehm, in Wirklichkeit ist sie jedoch gemein, geistlos und provinziell. Ich mag es überhaupt nicht, wenn die Helden, mit denen mich der Wille der Götter auf der irdischen Bahn zusammengebracht hat, verheiratet sind.« Sie seufzte. »Dein Vater ist dennoch heimgekehrt zu dieser Frau. Später habe ich mit einer gewissen Genugtuung gehört, dass er nicht in den Armen seiner dörflichen Hausfrau geblieben ist. Aber das änderte nichts mehr an der Tatsache, dass aus meinem Leben der einzige Mann verschwunden war, dem ich mich in einer gewissen verschwörerischen und heiteren Vertraulichkeit verbunden fühlte. Ich blieb allein mit meinem großartigen und fürchterlichen Mann, den du vorhin gesehen und gehört hast«, sagte sie erhaben. »Wir außergewöhnlichen Menschen, die wir in der Geschichte leben, können mit den kleinen Schwächen unseres Privatlebens nie nachsichtig genug sein. Die Rolle, die wir spielen müssen, ist übermenschlich schwer. Jedenfalls habe ich einen Mann geheiratet, der älter war als ich. Dann hat mich ein Mann geraubt, der jünger war als ich. Zwischen dem alten Mann und dem Jugendlichen steht dein Vater lebendig am Horizont meiner Erinnerungen: der zu mir passende, meinem Alter sich anschmiegende Mann. Aber er war immer unterwegs.« Helena zuckte mit den Schultern. »Was konnte ich tun?«

»Die Nachwelt«, sagte ich höflich und bemühte mich, ehrfürchtig zu sprechen, wie es sich für mein Alter und meine Erziehung gehörte, »wird die Berechtigung deines Verhaltes sicher anerkennen.«

»Glaubst du?«, fragte Helena misstrauisch. »Ich weiß nicht. Dein Vater war ein Mann und hat mich richtig gesehen. Er sah eine Frau in mir ... Dafür bin ich ihm dankbar.« Ihre Stimme klang warm, und ihre Augen blitzten auf. »Noch jetzt sehe ich vor mir, wie er sich während der Belagerung zu mir nach Troja geschlichen hat. Er war verkleidet, trug einen Bart, aber ich erkannte ihn sofort. So wie ein Schlafender den Blitz auch durch die geschlossenen Augen spürt, so sah ich durch die Verkleidung, dass dein Vater vor mir stand. Er hatte sich als Bettler verkleidet und war gekommen, um zu spionieren. Er hat die tödliche Gefahr auf sich genommen, nur um mich noch einmal zu sehen. Mit seinem brillanten Verstand hat er rechtzeitig begriffen, was der wahre Grund für den großen Aufbruch, den Krieg, die Unternehmung der prahlerischen und erbarmungslosen Männer, der Helden und Plünderer, der Betrüger und Metzellüstigen war … Er sprach es nicht aus, er ließ seine Gefährten, die großsprecherischen Krieger und meinen edlen, aber nicht allzu scharfsinnigen, alten Mann in dem Irrglauben, der die Griechen in den Kampf gerufen hatte. Doch dein Vater kannte die Wahrheit. Er hat keine Memoiren geschrieben, wie die vielen eitlen, traurigen alten Männer, die mit Worten beweisen wollen, wozu sie mit Taten nicht die Kraft hatten«, sagte sie kalt und verächtlich. »Er kam unter Lebensgefahr, um mit mir eine Nacht in der belagerten Burg zu verbringen. Das ist seine große Schuld. Und das ist es, was mein wohlgeharnischter, Wein liebender Mann ihm nicht verzeihen kann. Ulysses hat nicht um eine Wahnidee gekämpft, sondern um mich. Denn dann ging er wieder zu den Kriegern, aber er, er allein wusste, was er über den Krieg um Troja zu denken hatte. Er wusste, dass es auch eine andere Geschichte gibt … mein Leben, sein Leben. Er war ein Mann, ja … Er war ein Mann, also war er untreu«, sagte Helena, als sei das natürlich, und zuckte mit den Schultern.

»Was lässt du ihm ausrichten?«, fragte ich andächtig. »Was soll ich meinem Vater sagen, wenn ich ihm einmal begegne?«

Helena sah mich mit verschleierten Augen an.

»Sag ihm«, – sie flüsterte, stützte sich im Sitzen auf ihren Stock und beugte sich nah zu meinem Gesicht –, »was du in Sparta gesehen hast! Sag ihm, dass du einen alten Mann gesehen hast, der sich für einen Helden hält, aber in Wirklichkeit die letzte Zeit seines Lebens mit geschwätzigem Prahlen weinselig im Rausch verbringt. Und dieser Mann ist mein Mann. Die Welt denkt, er wäre ein Held und erhaben! Aber dein Vater wusste, dass das Erhabene, wenn es nicht die Selbstironie mit ihrem Lächeln durchdringt, immer plump ist. Sag ihm, dass mich dieser Mann nach Ägypten geschleppt hat, wo er mich in einer Art Ehegefangenschaft hielt wie eine Sklavin! Er wollte Rache! Er hat geglaubt, mit der gewaltsamen Sklavenschaft könnte er mein erkaltetes Herz erobern, in dem auch heute gefährliche Erinnerungen brennen … Erinnerungen, die das Blut aufwallen lassen!« Jetzt sprach Helena lauter. Ihre heisere Stimme wurde von einer eigenartigen Leidenschaft belebt. »Sag deinem Vater alles; alles, was du in Sparta gesehen und erfahren hast! Sag ihm, dass das Sparta, das er kannte, als er ein junger Freier im Haus von Tyndareos, meinem hehren Vater, war, nicht mehr existiert! Jetzt ist es die trostlose Welt der Tyrannen und Sklaven. Er und ich, wir erinnern uns noch an eine Welt, in der die Männer geherrscht haben, die echten Männer, in Sparta und in Troja! So, wie auch dein Vater einer war. Ein Mann, der nicht Sklave sein kann und nicht Tyrann sein will. Wie selten ist das! Hierher, in das Haus der zu Tode erschreckten Sklaven, der schlachthoferprobten Soldaten, der seelenlos ihren Dienst verrichtenden Staatsbeamten, der auf Befehl schreibenden und singenden Schriftgelehrten hat mich mein Mann, der siegreiche Heerführer, zurückgeschleppt! Oh, wie oft habe ich die Götter gebeten, sie mögen mich in Troja sterben lassen!« Mit einer eleganten Bewegung hielt sich Helena wieder das Taschentuch an die Augen. »In Ulysses' Armen sterben oder meinetwegen an Deiphobos' Seite! Alles wäre besser gewesen als diese erbärmliche, feierliche und offizielle Sklaverei. Die Eitelkeit meines Mannes«, flüsterte Helena, »ist unvorstellbar groß. Er will die Welt glauben machen, ich hätte ihn geliebt. Deshalb hat er befohlen, dass in den Schulen und in der Öffentlichkeit meine Unschuld verkündet wird. Als wäre eine Frau wie ich zum Vorbild für eine Tugendstatue in einer Dienstbotengesellschaft geboren! Ich und dein Vater, wir wussten noch, dass es eine höhere Tugend gibt, deren Gesetz bedingungslos ist und nicht ins Buch der spartanischen Gesetze passt. Ja, sieh dir nur dieses Abbild an!« Sie zeigte mit dem Stock auf die Marmorstatue. »Das war ich, als die Welt meinetwegen in den Krieg zog. Knochen wurden gebrochen, und das Blut strömte. Schau nur, Sohn des Ulysses!«

Sie verstummte und räusperte sich. Ihr blieben die Worte weg, und ergriffen sah ich, dass sie wieder zu weinen begann. Aber sie rang ihre ältliche Ergriffenheit nieder.

»Sag ihm, dass du mich gesehen hast«, sagte sie verschämt. »Du hast mich gesehen, sag ihm nur das.«

Sie hob die Hand wie zur Abwehr.

»Nicht ein Wort mehr als das!«

Sie senkte den Blick. Ich schwieg unruhig. Aber dann hatte ich das Gefühl, ich müsste mit einem Kompliment ihren Kummer lindern. Unsicher sagte ich:

»Ich sehe und bewundere dich, göttliche Frau. Der Zauber deines Wesens ...«

Weiter reichte es nicht. Aber Helena tat auch das gut. Sie lächelte – es lag etwas Schauriges in diesem koketten Zahnlückenlächeln –, legte den Kopf zur Seite und klimperte rasch mit den Augenlidern. Auch ihre Stimme änderte sich: Auf das Kompliment hin sprach sie schnell, mit perlender Zunge und gut gelaunt. Dieses Gezwitscher passte nicht zu ihrer betagten Erscheinung. Ich weiß selbst nicht, warum, doch von diesem Augenblick an peinigte mich eine sonderbare Besorgnis.

»Findest du?«, fragte die weitberühmte Dame lächelnd, und zwischen den geschminkten Lippen blitzte für einen Augenblick die Spitze ihrer herausgestreckten Zunge hervor. Sie lachte wiehernd und hielt sich mit einer anmutigen Bewegung die Hand vor den Mund.

»Setz dich näher«, sagte sie freundlich. Zögernd gehorchte ich. »Du bist nicht der Erste von Ulysses' Nachkommen, der mich in meiner spartanischen Einsamkeit besucht. Auch Penelopes Sohn war hier, ein hagerer Junge, dessen Namen ich vergessen habe. Dann andere herumtreiberische Sprösslinge deines verschwenderischen Vaters. Zu allen war ich nett«, sagte sie geheimnisvoll. »Auch dich kann ich leiden. Ich weiß nicht, was mein langsam verfallender, armer Mann dir vorgeschwatzt hat. In Wahrheit gab es nur einen einzigen Mann in meinem Leben, an den ich mit Freundschaft denke: deinen Vater. Und wahr ist auch noch, dass weder mein Mann noch dein Vater mir jemals das Schicksal und die Rolle verzeihen konnten, die die Götter mir zugemessen haben. Meine Rolle in der Welt war, die Männer zu großen Unternehmungen anzutreiben. Meine Mission habe ich erfüllt«, sagte sie feierlich. »Sag deinem Vater, dass ich sein Andenken bewahre.«

Sie nahm meine Hand. Die Berührung ihrer knochigen Finger war kalt. Ich zitterte und stand auf. Helena lächelte und zwinkerte mir zu.

»Mein Mann schläft tief«, sagte sie ungezwungen. »Das Abendessen nimmt er in der letzten Zeit immer erst gegen Mitternacht ein, wenn er den Rausch ausgeschlafen hat. Geh in dein Zimmer, Sohn des Ulysses, und warte vertrauensvoll! Sicher bist du hungrig. Ich sorge dafür, dass dir in deinen Wohnräumen serviert wird. Und wenn du mit dem Essen fertig bist, warte auf mich. Vor dem Schlafengehen ...«

Sie zog den zahnlosen, rot gemalten Mund in die Breite. So lächelte sie, geheimnisvoll und fürchterlich. Mir lief es kalt über den Rücken. Mit langsamen Schritten zog ich mich rückwärts zur Tür zurück. Lüstern, heiser und schwerfällig flogen mir Helenas Worte nach:

»... sehe ich noch bei dir hinein. Wer weiß, ob du nicht irgendetwas brauchst?«

Mit einem Sprung war ich aus der Tür draußen. Ihr Lachen hallte wie das Fiepen einer Eule in meinen Ohren. Ich rannte über Korridore und Treppen. Als ich mein Zimmer erreicht hatte, packte ich die Lanze und sprang durchs Fenster in den Garten. Schon hatte sich die Nacht eingestellt, im schützenden Schatten ihrer Schleier gelangte ich durch die schlecht beleuchteten, engen Straßen von Sparta ins Freie. Als ich durch den Fluss Eurotas gewatet war, fühlte ich mich einigermaßen in Sicherheit. Am Fuß eines Felsens setzte ich mich nieder, hielt mit beiden Händen die Lanze fest und lauschte unter dem lautlosen Sternenhimmel. Mein Herz tobte. Ich hatte die beiden Menschen gesehen, die meinen Vater in der Fülle seiner Manneskraft und Fähigkeiten gekannt hatten: den Mann, der auf meinen Vater eifersüchtig war, und die Frau, auf die mein Vater eifersüchtig war. Ich hatte das Gefühl, einer großen Gefahr entgangen zu sein, als ich den nächtlichen Besuch der berühmten Geliebten meines Vaters nicht abgewartet hatte. Diese Gefahr fühlte ich nur. Ihren wirklichen Sinn konnte ich mit Worten nicht benennen. Aber ich wusste sicher, dass auch dies eines der menschlichen Geheimnisse war.

Ich war hungrig, müde und traurig. Ich hatte die Geschichte gehört und die Menschen kennengelernt, unter denen ich nun leben musste. Die Götter schienen mich in diesem Augenblick verlassen zu haben. Und die Menschen hatten mich noch nicht aufgenommen. Die Nacht war kalt. Ich hatte Angst und fror.

XV

In der Morgendämmerung machte ich mich auf den Weg. Ich ging unter die Menschen, meinen Vater zu suchen. Dies war eine wilde und fürchterliche Reise. Wenn ich jetzt an die Zeit des Umherirrens, der Suche und der leidenschaftlichen Wanderjahre zurückdenke, habe ich das Gefühl, dass mich tatsächlich die Hand der Götter geführt hat. Bei jedem Schritt ging ich über Scheußlichkeiten und Abgründe. Auf der Toteninsel hätte ich nicht einmal davon geträumt, dass die Welt so gefährlich ist. Ich lebte unter Menschen und auf menschliche Weise, hatte also ein Schicksal, dem ich nicht entkam. Dies ist die größte Gefahr.

Ich habe nicht die Absicht zu prahlen. Ich rühme mich auch nicht, dass es mir aus eigenem Willen und Verstand gelang, in der Welt meinen Mann zu stehen. Meine großartige, aber manchmal schwer verständliche Frau Penelope sagt, mein Vater und ich seien aus demselben Holz und sein Geist habe mich durch die Gefahren geführt. Da ich meinen Vater nicht gekannt habe, bemühe ich mich, mich selbst besser kennenzulernen, um etwas über den Ahnen zu erfahren, der in mir lebt. Allerdings sagen die schriftkundigen griechischen Sklaven, nichts sei schwerer, als sich selbst zu erkennen.

In den ersten Jahren der Wanderschaft hatte ich keine Gelegenheit, mich mit Grübeleien und Selbstbeobachtung abzugeben. Von dem Augenblick an, in dem ich den Fluss Eurotas überquert und Spartas raue Grenzsteine hinter mir gelassen hatte, war ich ganz und gar auf mich gestellt. Die Aufgaben, mit denen ich zu kämpfen hatte, waren gänzlich neu. Ich musste lernen, was Freundschaft und was Feindschaft ist. Diese beiden verwechselte ich oft. Heute, mit ergrauendem Kopf, vermute ich, dass die beiden ein und dasselbe sind, so lange, bis sich herausstellt, wo die Interessengrenze liegt, an der der Freund zum Feind wird oder die Feindschaft gezwungen ist, Freundschaft zu heucheln. Aber für diese Erfahrung habe ich einen hohen Preis gezahlt. Überhaupt musste ich in der Welt der Menschen immerzu für alles bezahlen. Auch daran musste ich mich gewöhnen. Ich lernte, dass man auf der Erde nicht nur leben, sondern auch überleben muss. Ich lernte, dass die Worte mehrere Bedeutungen haben: das, was sie bedeuten, und dann das, worüber sie schweigen. Ich lernte, was Geld ist, und auch, dass die irdischen Güter nicht nur eine Bestimmung, sondern auch einen Preis haben. In Argos legten mich die Händler oft herein. Ich war ein Göttersohn und gewöhnte mich nur schwer ans Geld. Mit der Zeit lernte ich – und das war vielleicht am schwersten –, dass man mit dem menschlichen Mund nicht nur essen, reden und küssen kann, sondern auch schweigen. Das ist eine große Kunst. Ich habe bitteres Lehrgeld hierfür bezahlt. Denn zu den Erfahrungen meiner Wanderjahre gehörte auch, dass ich mir in Argos, wo die Menschen viel und gern reden, das Geheimnis aneignete, wie man viel und farbig über etwas schweigen kann. Im Besitz dieses Geheimnisses setzte ich meine irdischen Wanderungen erfolgreicher fort.

Jahrelang war ich pausenlos unterwegs. Sparta mit

seinen bedauerlichen und furchtbaren Erinnerungen blieb hinter mir zurück. Ich hatte erfahren, dass die Spartaner nicht besonders spartanisch leben und dass es nicht geraten ist, die großen Helden und Ideale der Menschheit aus der Nähe zu betrachten. Diese erste Enttäuschung, die ich in der menschlichen Welt erfahren hatte, verwand ich nur schwer. Aber im Lauf der Zeit und mit wachsender Erfahrung urteilte ich nachsichtiger über die menschlichen Schwächen. Menelaos war ein bedauernswerter, trunksüchtiger und geschwätziger, alter Mann ... dennoch, jetzt, da sich die unendliche Zeit auch mit mir voranwälzt, ahne ich schon, dass man weder die Menschen noch die Götter an ihren Fehlern messen darf. Man muss großmütig sein, um in den Menschen die Größe sehen zu können, und noch viel großmütiger, um an die Götter glauben zu können. Der Mensch ist offenbar wirklich ein geheimnisvolles Geschöpf. Nicht seine Schwächen bestimmen sein wahres Wesen, sondern das wenige, was anders und mehr ist als seine Schwächen. Die Götter sind nur vollkommen. Das ist nicht sehr schwer. Der Mensch ist unvollkommen, aber er kann über sich hinauswachsen. Ich hatte eine gute Schule. Ich lebte unter Griechen. Ein geschwätziges Volk, doch können sie töten, und sie können sterben. Außerdem beherrschen sie eine besondere Kunst, die ich in der Welt der Götter nicht angetroffen habe: Sie haben ein Gefühl für das rechte Maß. Sie wissen, was viel ist, was wenig und was mittel. Das weiß nur der Mensch. Die Götter sind – in ihren Sehnsüchten wie in ihren Absichten – maßlos.

Da ich keinen Beruf erlernt hatte und an den meisten Orten in der Welt der Menschen misstrauisch empfangen wurde und weder eine Niederlassungs- noch eine Arbeitserlaubnis bekam, war ich gezwungen, mich auf uralte Beschäftigungen zu verlegen, um überleben zu können. Ich fischte und jagte, dann raubte ich und tötete. Überrascht entdeckte ich in mir verborgene Fähigkeiten, die ich wahrscheinlich von meinem begabten Vater geerbt hatte. Bald begriff ich, dass es nicht lohnte, mit den Menschen zu diskutieren: In den großen Kämpfen des Lebens ist es am klügsten, zu schweigen oder zuzustechen. Die Lanze mit dem Rochenstachel – mein väterliches Erbe, das mir meine Mutter mit auf den Weg gegeben hatte – erwies sich als erstklassige Waffe. Der sägeartige Fischknochen drang blitzschnell in den Körper des Gegners ein und schlug immer tödliche Wunden. Ich bemerkte bald, dass meine Mutter diesen Knochen mit Gift getränkt hatte und dass dieses tödliche Gift den Opfern sonderbare Schmerzen verursachte. Ich lernte, dass man Wildschweine am besten in den Unterbauch, Rehe in die Brust und Menschen in die linke Seite, zwischen dritter und vierter oberer Rippe, stechen musste. Mit der Zeit bekam ich einen fürchterlichen Ruf auf dem Festland und den Inseln. Die Menschen redeten, dass ein wilder Geselle in der Nähe ihrer Dörfer, in den Wäldern und Lauben hause, Frauen, Schweine und Weinfässer raube und dass der Gewalttäter der Sohn des Ulysses sei … Je reicher ich an Erfahrung, Abenteuer und Jahren wurde, desto mehr umgab meine Person eine gewisse finstere Achtung.

Das Leben gerbte mir Leib und Seele wie der Sturm das Wild der griechischen Wälder. In meinem Gedächtnis versanken langsam die Erinnerungen an meine göttliche Mutter, meine Abstammung, die Toteninsel. Es kam ein Tag, an dem ich mit allen Konsequenzen unter den Menschen lebte. Manchmal erreichten mich wirre Nachrichten aus der verbürgerlichten Welt, über die Hermes in einer denkwürdigen Nacht so zufrieden gesprochen hatte. Ich spürte wenig Neigung, an dem großen menschlichen Unternehmen der Verbürgerlichung teilzuhaben. In meinen Adern wallte das Blut meines Vaters, und statt mich an dem fürchterlichen Abenteuer der Ordnung zu beteiligen, floh ich lieber in die Unordnung. Hier fühlte ich mich ziemlich heimisch. Während meiner wilden Streifzüge hörte ich auch manchmal Nachrichten aus der Welt der Helden. Ich hörte, dass Menelaos gestorben war und seine Witwe, die alte Helena, von zwei bösartigen Burschen namens Milostratos und Megapenthes, Söhnen des Heerführers, die ihm Konkubinen geboren hatten, aus Sparta fortgejagt worden war. Die Nachrichtenüberbringer erzählten, die arme alte Frau sei nach Rhodos geflohen, wo sie ohne Witwengeld mit Näharbeiten noch einige Jahre lang ihr Leben in der Verbannung fristete, bis sie dann unter merkwürdigen Umständen starb. Diese Nachricht empörte mich. Dieses hässliche Beispiel des Undanks mahnte mich zur gesteigerten Vorsicht in der menschlichen Welt. Helena hatte ihre Zeitgenossen vergeblich zu großen Taten animiert. Ich hatte allen Grund, darüber nachzudenken, welches Schicksal wohl ihrem großen Geliebten, meinem geheimnisvollen und fürchterlichen Vater, beschieden sein würde.

Denn manchmal gelangten auch Nachrichten über Ulysses zu mir. Die Menschen erwähnten ihn hier und dort. Ich hörte leidenschaftliche Anschuldigungen, aber manchmal kam mir auch spöttisch gleichgültiger Klatsch zu Ohren. Man erzählte, er sei immer noch ein Held. Doch es hieß auch, dass er schon alt sei, weniger morde, seine Hand zittere, wenn er zustechen muss, dass er launisch sei und ihn die Gicht plage. Ich hörte, dass er von Zeit zu Zeit auf den Inseln noch die eine oder andere leichtgläubige Königin finde, die ihn für eine Weile aufnahm, sich seine trügerischen Märchen anhörte und ihm freie Kost und Logis bot. Aber alle diese Nachrichten bewiesen, dass der Stern meines strahlenden Vaters im Sinken begriffen war. Manchmal traf ich auf finster blickende Männer, die prahlten, sie seien Ulysses' Söhne. Äußerlich glaubte ich tatsächlich Familienähnlichkeiten zu erkennen. Doch die Ungewissheit ihrer Abstammung warnte mich davor, meine Verwandtschaftsgefühle allzu leichtsinnig zur Schau zu stellen. Ich hatte gelernt, dass es in der Menschenwelt ein ungewisser Ruhm war, Ulysses' Sohn zu sein … Ich lebte einsam.

Dennoch fühlte ich mich wie von einem Magneten von der Gegend angezogen, in der er – wirren Mitteilungen zufolge – lebte, schlief, sich an den Tisch der Männer setzte und in die Betten der Frauen legte. Andauernd traf ich in Argos Frauen, die in vertraulichen Augenblicken des Zusammenseins mit sonderbarer, erinnernder und träumerischer Stimme versicherten, meine Küsse seien ihnen vertraut, der Geruch meiner Haut und der Geschmack meines Mundes erinnere sie an Ulysses. So wanderte ich von Frau zu Frau, von Spur zu Spur in den Fußstapfen meines Vaters – ihm ausweichend und doch immerfort auf der Suche nach ihm. Ich fürchtete mich vor der Begegnung, und zugleich strömte eine dunkle Leidenschaft in meinem Blut – Neugier, Wut, Widerstand, alles in allem Leidenschaft –, die mich zu ihm hinzog. Von meiner Mutter, von der Welt der Halbgötter, die ich verlassen hatte, um auf der Erde meinem Vater hinterherzustreifen, hörte ich gar nichts mehr. An der Schwelle zum Mannesalter, im zehnten Jahr meiner Wanderungen, war aus mir ein bärtiger und struppiger, aber zugleich starker und selbstständiger Räuber geworden. Der Ruf meiner Tätigkeit hatte sich weit über die Inseln verbreitet. Der Geist meines Vaters leitete mich.

An die Nacht, als ich die Erde von Ithaka betrat, werde ich mich ewig erinnern. Es war eine stürmische Nacht. Die schaumigen Wogen des Ionischen Meeres warfen meine Barke hin und her, als ich in der Bucht von Ithaka das Ufer erreichte. Einsam, wie ich es gewohnt war, ging ich mit meiner Lanze in der Hand auf meinen Erkundungs- und Beutezug. In dieser Zeit hatte ich bereits große Routine, ich wusste genau, wie man nachts die Herrensitze der kleineren Städte überfallen musste, wie man Lebensmittel und Getränke, Kleidung und eine Frau rauben und sich dann, bei Berührung der rosenfingrigen Morgenröte, mit dem ersten Licht und dem Morgenwind wieder auf den Weg machen musste, in der Barke das Felleisen voller Beute. Ich mochte diese gefährlichen nächtlichen Landungen. Und ich mochte den anbrechenden Morgen, wenn der nach Blut schmeckende, salzige Wind meine mit Beute gefüllte Barke auf dem stürmischen Meer triumphierend dahinfliegen ließ. Das Licht, der Wind, das rauschende Meer, die funkensprühenden Ufer, die wilden und kreischenden Erinnerungen der Nacht, die Schreie meines Herzens, das in meinem kräftigen Brustkorb pochte, die betäubenden Sirenenklänge neuer Möglichkeiten und Gefahren … All das bedeutete für mich das Gleiche. Dies war das menschliche Leben.

Diesen Rausch spürte ich auch in dem Augenblick, als ich meinen Fuß auf den Boden von Ithaka setzte. Ich wusste nicht, wo ich war … Ich hatte den Bug meiner Barke, wie schon so viele Male zuvor, in die Bucht einer unbedeutenden, felsigen Insel gelenkt. Die Nacht war mondbeschienen und von Wolken verschleiert, aber im Osten dämmerte schon der Glanz der goldenen Radspeichen meines göttlichen Großvaters. Lautlos spähend und witternd suchte ich mir zwischen Zypressen, Ölbäumen und Weinstöcken meinen Weg. Den Herrensitz, dessen terrassenartiger Vorplatz sich zum Meer hin öffnete, sah ich schon von Weitem. Zwischen zwei Säulen loderte die rötliche Flamme einer Fackel. Ich spürte eine sonderbare Befangenheit. Menschen sah ich nirgends, und die Götter gaben mir kein Zeichen, dass ich mich in der Nähe meines Vaters befand. Dennoch ging ich an diesem frühen Morgen nur zögernd voran. Vielleicht spürte ich, dass ich an eine gefährliche Krümmung des großen Wanderweges meines Lebens gekommen war.

Ich packte die Lanze mit beiden Händen und ging zu den Ställen, weil ich mir zuerst ein fettes Rind besorgen wollte. Aber da rannte schon mit wahnsinnigem Gekläff eine Hundemeute auf mich zu. Zwei von ihnen stieß ich nieder, heulend verendeten sie im Staub. Der Dritte, eine geifernde Hündin, verbiss sich in meiner Schulter. Ich brüllte auf. Auf mein Geschrei hin trat ein Mann unter den Säulen des Hauses hervor. In einer Hand hielt er eine Fackel, in der anderen ein langes Schwert. Er war schon alt, doch immer noch ein Furcht einjagender Mann mit mächtigen Schultern. Seine struppigen, buschigen Brauen, sein üppiger Bart – diese schneeweiße Haarpracht loderte Unheil verkündend im Dämmerlicht. In seinen Augen brannte ein jugendliches, bösartiges Licht. Er kam auf mich zu und erhob wortlos, mit mächtigem Schwung sein Schwert gegen mich. Mit der beißenden Hündin in der Schulter sprang ich mit sicherem und routiniertem Schritt auf ihn zu und stieß ihm den vergifteten Rochenstachel der Lanze in die Brust. Ich hatte gut getroffen, zwischen die dritte und vierte obere Rippe, so wie immer. Der Alte stürzte zu Boden, Blut sprudelte aus seiner Brust. Mit einem Arm fasste ich den Körper des sehnigen, mächtigen Greises und stützte ihn, meine andere Hand riss ihm die Lanzenspitze aus der Wunde. Sein Blut floss über meine Hand. In dem Augenblick, in dem das Blut meines Vaters auf meine Hand rann, breitete sich ein neues Gefühl der Vertrautheit in meinem Körper aus. Zum ersten Mal in meinem Leben spürte ich so etwas wie familiäre Wärme.

Meine großartige Frau Penelope versichert, mein Vater habe mich sofort erkannt. Ich bin bescheidener und zweifle daran. Meiner Ansicht nach hat er eher die Lanze erkannt, denn seine gebrochenen Augen prüften voller Abscheu und mit dem bekannten Flackern im Blick das Erinnerungsstück. Jedenfalls erkannte er mich als seinen Sohn an. Das tat mir gut. Mit erkaltenden Lippen sagte er ein paar Worte darüber, dass er lieber von meiner Hand sterbe als von der Hand seines legitimen Sohnes Telemachos. Diese Bemerkung tat mir weh. Doch in den fürchterlichen Augenblicken hatte ich nicht die Möglichkeit, eine Erklärung dafür zu verlangen.

Als Penelope und die Dienerschaft aus dem Haus herbeieilten, traf der Sterbende ruhig und mit gesetzten Worten seine Verfügungen. Er sprach wie jemand, der sich der göttlichen Fügung bewusst ist, aber auch seine persönliche Stärke kennt. Er redete wie jemand, der weiß, dass seine Worte über sein Leben hinaus Kraft haben. Und wir hörten zu, nahmen seine Befehle entgegen und erfüllten sie.

Diese Befehle sind schwer verständlich. Was wollte mein Vater, als er – im Widerspruch zu menschlichem Takt und Sitten – uns, seine Söhne und seine Frauen, einander in die Arme legte? In meiner uralten Heimat, auf der Insel Aiaia, wo ich jetzt wieder lebe, zusammen mit meiner strahlenden, wenn auch schon etwas betagten Frau und meinem Schwager Telemachos sowie mit meiner Mutter, diskutieren wir oft über den wahren Sinn seiner Befehle. Ich habe ihm den Tod gegeben, wie es mir meine Mutter befohlen hatte. Aber wieso wollte er, dass wir dieses Leben führen? Er legte uns einander in die Arme, kreuz und quer: Sein Sohn umarmt meine Mutter, ich schließe seine Witwe in die Arme. Was wollte Ulysses damit? Meine Mutter meint, seine mit der heiligen Kraft des Todes beglaubigten Befehle wollten nichts anderes, als diejenigen zu vereinen, mit denen mein Vater dem Blut gemäß – so oder so – verbunden war. Ulysses, so sagt meine Mutter, glaubte an den menschlichen Geist und das menschliche Blut und an sonst nichts. Penelope sagt, den Lichtbringer konnte man noch nie verstehen und auch nie ganz kennen. Vielleicht wollte er nichts anderes als Rache. Wirklich, seine Absicht ist schwer zu durchschauen. Die Götter schweigen, Hermes schaut nicht zu uns, und seit Ulysses gestorben ist, meidet auch Pallas Athene ihre alte Freundin, meine edle Frau, die Witwe des Städtezerstörers. Sie schweigen und meiden uns, als wäre Ulysses der letzte Mensch gewesen, in dessen Schicksal sich die Götter noch unmittelbar einmischen durften.

Sicher ist nur, dass wir alle vier nach seinem Befehl weiterleben. Meine fürchterliche und großartige Mutter hat auch meine hehre Frau Penelope und ihren Sohn, den wohlberühmten Telemachos, in den Rang der Unsterblichen erhoben: Mit ihren hervorragenden Beziehungen ist es ihr gelungen, diese Rangerhöhung noch im Olymp genehmigen zu lassen. Ich habe gehört, dies sei einer der letzten Fälle gewesen, in dem so etwas noch möglich war. Im Sinne des Neuen Vertrages ist der Mensch jetzt selbst

Herr seines Schicksals, jedenfalls was die Sterblichen anbelangt. Wir jedoch – Ulysses' Frauen und Söhne – haben das ewige Leben. Dieser Zustand hat Vorteile, aber er hat auch Nachteile. Wir gehören nicht mehr voll und ganz zur menschlichen Welt, sind jedoch auch nicht mit vollem Recht in die göttliche Welt aufgenommen. Zwischen Himmel und Erde schwebend verbringen wir unsere Tage. Ist das vielleicht der wahre Sinn von Ulysses' Rache?

Denn die Sache der Verbürgerlichung entwickelt sich in der Welt mit großem Schwung: Die Zeit der Helden, die Zeit des freien und ungebundenen Raubens und Tötens ist für uns auch vorbei. Mein Vater hat noch getötet, wie es sein musste: frei, freudig und verantwortungslos. Dieses uralte Handwerk wird – so höre ich – in der menschlichen Welt neuerdings an gewisse Bedingungen und Genehmigungen gebunden. Diese augenfällige Verlogenheit hat mir die Lust genommen, die bevorzugte Lebensweise meiner Jugendzeit fortzusetzen. Wir leben alle vier auf der Insel Aiaia, pflegen das Gedächtnis meines Vaters, bemühen uns, den Sinn seiner rätselhaften Anordnung zu begreifen, und beschäftigen uns mit Viehzucht und Landwirtschaft. Meine großartige Frau fertigt Gewebe an, denn darauf versteht sie sich ein wenig. Meine Mutter hat mit dem Zaubern aufgehört und braut in ihrem Labor Schönheitsmittel zusammen, die dann die Silene als fahrende Händler auf den Inseln verkaufen. Mit Telemachos versuche ich in Frieden zu leben. Das ist nicht einfach, denn er ist von Natur aus betrübt, hinterhältig und voll grollender gekränkter Eitelkeit. Er benimmt sich, als hätte ihn eine Kränkung, eine Degradierung getroffen, ihn, den offiziellen, legitimen Sohn von Ulysses: Er ist kein Königssohn mehr, aber auch kein König … Gewiss, das Schicksal, in dem der unabänderliche Wille unseres sterbenden Vaters uns vier zusammengesperrt hat, ist auch eine Art vornehmer Sklaverei. Wir leben in der Sklaverei seines unruhigen Blutes. Sein Blut strömt in den Körpern meiner Frau, meiner Mutter, meines Bruders, und sein Blut höre ich auch in meinem ruhelosen Herzen sprudeln … das Blut, das ich vergossen habe. So ist nun alles und jeder an seinem Platz: Mein Vater lebt in unserem Blut. Und unser Leben wird von seinem schlauen und leidenschaftlichen Blut geleitet.

An Winterabenden oder im Herbst nach der Lese setzen wir uns in der Säulenvorhalle zusammen und unterhalten uns bei einem Becher Wein über unsere Erinnerungen. Dann erfahre ich immer neue Einzelheiten über meinen unbekannten und doch so anziehenden, beunruhigend vertrauten, gefährlichen Vater. Penelope weint manchmal, und wenn sie den Kopf an meiner Brust verbirgt, weiß ich, dass sie Ulysses' Geruch an meiner Haut nachspürt. Aus Takt und Höflichkeit dulde ich das wortlos. Meine Mutter erzählt gern von der Zeit, die mein Vater in unserem Haus und ihren Armen verbrachte. Telemachos spricht von seinen Wanderungen, etwas prahlerisch berichtet er von seinen Reisen auf die Insel Scheria, dann von den Erlebnissen im Haus unserer hehren Verwandten Kalypso und anderer Nymphen. Aber wovon wir auch zu reden beginnen: Durch die Worte hindurch taucht immer die Erinnerung an meinen Vater auf.

Jetzt ist er für immer daheim – hier in uns, in unseren Blutzellen. Er, der große Heimatlose, hat auf diese Weise eine ewige Heimat gefunden. Ich bedaure, dass ich ihn nicht kannte. Wenigstens getötet habe ich ihn. Sein Andenken bewahre ich in Ehrfurcht. Jetzt habe ich alles über meinen seligen Vater gesagt. Oder jedenfalls alles, was ich sagen kann. Ich glaube, so war er – oder so ähnlich. Aber in Wirklichkeit kann ich nicht wissen, wie er war. – Ich war ja nur sein Mörder.

Nachgesang

Die Menschheit hat den idyllischen Schluss der *Odyssee* nie akzeptiert. Der vierundzwanzigste Gesang, die große Hymne des Friedensschlusses, war kein wahres Ende für diese leidenschaftliche Geschichte. Die Leser spürten zu jeder Zeit, dass Ulysses in der Idylle der Heimkehr keine endgültige Heimat gefunden haben konnte. Die Absicht des Dichters – oder der Dichter – ist spürbar: Das Epos verheißt Ulysses noch weitere Reisen.

Die Ankündigung dieser Reisen regte die Phantasie der Menschen seit jeher an. Aber in Wirklichkeit bekam diese »Fortsetzung« nur einmal epische Gestalt. Ulysses selbst tritt, als er Ithaka wieder verlässt, in den Nebel. Seine Gestalt taucht in der Literatur zwar noch manchmal auf. Dramatiker, Dichter und Philosophen nehmen das Andenken des großen Listigen zu Hilfe, um verwickelte menschliche Situationen zu lösen. Insgesamt ist er als Sagengestalt jedoch im wirren Gestöber seines epischen Schicksals verschwunden. Die einzelnen Geschichten der *Odyssee* lagerten sich wie Gesteinsschichten in der gleichgültigen Zeit ab: Die Telemachie, die Nekyia, dann bekam der streng umrissene Erlebniskreis bei Homer und seinen Mitarbeitern für ewige Zeiten eine einheitliche Gestalt im vielleicht am vollkommensten abgeschlossenen und beendeten Werk des menschlichen Geistes. Dennoch beschäftigt sich die philologische Streitliteratur über Ulysses in ihren unüberschaubaren Ausmaßen immer wieder damit, wie das weitere Schicksal des Helden hätte aussehen können.

Die »Fortsetzung« – die *Telegoneia* – ist jedoch kein mit Schriftprobe und Fingerabdruck nachweisbares Epos mehr. Sicher ist nur, dass es einen solchen Versuch gegeben hat, und sicher ist auch, dass er verloren ist. Der aus Kyrene stammende Dichter Eugammon schrieb zur Zeit der dreiundfünfzigsten Olympiade (568/4 v. Chr.) ein zweibändiges Werk mit diesem Titel, dessen Handlung Proklos in seiner *Chrestomathie* zusammenfasste. Doch seinem großen Vorgänger konnte es in keiner Hinsicht das Wasser reichen. Spätere Kritiker meinen, Eugammon sei ein Flickdichter gewesen und habe in zwei improvisierten Gesängen in spöttisch unterhaltender Vortragsweise festgehalten, wie das Homerische Epos weitergesponnen wurde: Ulysses' Wanderungen in Elis, Thesprotien und Epeiros, dann der Aufbruch des Telegonos, des Sohnes von Kirke und Ulysses, und schließlich das grässliche und unbeschreibliche, aber im Sagenkreis aller Völker einhellig sich wiederholende Ende: Die Prophezeiung des Orakels erfüllt sich, der Vater fällt von der Hand seines Sohnes. Wenn das Werk des kyrenischen Dichters auch nicht literarisch bedeutsam war – Aristoboulos beschuldigte Eugammon sogar, das Kapitel der *Telegoneia*, in dem von den thesprotischen Abenteuern erzählt wird, von Musaios gestohlen zu haben! –, so liegt doch sein großes Verdienst darin, der menschlichen Phantasie einen Anreiz dafür gegeben zu haben, den homerischen Mythos aufzugreifen. Vielerorts in der antiken Literatur taucht die weitergesponnene Sage auf, natürlich mit Abwandlungen. Die bedeutendste dieser Unternehmungen ist das Drama des Sophokles, das den Stoff des kyrenischen Dichters aufnimmt. Auch Apollodor gibt detailliert einen Auszug aus der post-ulysseischen *Telegonie* wieder. Mehr über das Verhältnis zwischen Kirke und Ulysses erfährt man bei Parthenios. Er berichtete nicht nur über die Beziehung zwischen dem Großen Irrfahrer und der Großen Zauberin, sondern auch über die Liebe des Kalchos; er glaubt sogar zu wissen, dass der verzauberte Kalchos von den Speisen, die ihm Kirke servieren ließ, verrückt geworden ist. Aristophanes parodierte Kirkes Zauber ebenso wie Ephippos und Anaxilas, die in ihren Komödien die Praktiken der Todesgöttin verspotteten. Die Handlung der *Telegonie* klingt sogar in den Aufzeichnungen des späteren Cicero an: Der tödlich verwundete Ulysses – so erzählt Cicero – wurde in sein Wohnhaus gebracht, wo er wegen des Giftes, das ihm sein Sohn in den Leib gestoßen hatte, klagte, aber schließlich »mutig starb«. All dies ist viel und zugleich wenig. Gewiss war die *Telegonie* niemals ein so greifbarer mythologischer Stoff wie die Erzählung, aus der der magische Mantel der *Odyssee* gewebt ist.

Ebenso gewiss ist aber auch, dass die menschliche Phantasie zu jeder Zeit die Fortsetzung der großen Erzählung forderte. In der Mythologie gibt es keine Zeit. Wie ein Astronom oder Biologe ist auch derjenige, der sich mit Mythen beschäftigt, gezwungen, in Lichtjahren zu rechnen, wenn er den Ursprung und die Ausmaße der Erscheinungen erforschen will: Die Zahlenwerte der euklidischen Geometrie gelten im Mythos nicht. Ulysses ist eine historische Gestalt – auch, wenn er nicht gelebt hat; der Krieg um Troja und das Schicksal der Menschen, die an dieser Unternehmung teilhatten, ist ein historisches Schicksal. Die verblüffend kurze Zeitspanne, die wir mit unseren heutigen Kenntnissen historische Zeit nennen – kaum 7000 Jahre –, schließt die Lebenszeit der Helden des Homerischen Epos ein. Aber auch vor der historischen Zeit gab es eine Zeit, gab es Menschen, gab es Götter und eine Art Geschichte; und die Helden des Homerischen Mythos halten sich mit einer Hand an dieser anderen Geschichte fest. Die Mythologie ist die Geschichte des prähistorischen Menschen.

Gewiss liegt eine Art Respektlosigkeit darin, wenn es in späterer Zeit – hier und da – jemand wagt, die Geschichte des Ulysses »fortzusetzen«. Aber auch der Held selbst hielt nicht viel von Respekt und Respektlosigkeit; und so wird er vielleicht auch die ungeschickten Versuche der späten Stümper verzeihen. Zum Beispiel dieses Buch.

Es ist Brauch, dass der Verfasser an dieser Stelle allen dankt, die ihn mit ihrem Wissen und ihrer Arbeit in seinem laienhaften Unterfangen unterstützt haben. Es wäre ein langer und überflüssig prahlerischer Versuch, die Namen aller aufzuzählen, von denen ich Informationen bekommen, Wesentliches gelernt und Einzelheiten erfahren habe. Jedes Buch hat unermesslich viele Ahnen. Ich glaube, es ist am besten, wenn ich dem Urahnen der Dichter danke, wofür es an dieser Stelle zu danken gilt. Mein Dank gilt Homer.

S. M.

PIPER

Edward St Aubyn

Am Abgrund

Roman. Übersetzung aus dem Englischen von Sabine Hübner.
304 Seiten. Gebunden

»Eine kluge, wohlinformierte, saukomische Bestandsaufnahme des modernen Seins.«
Sunday Times

Sabine ist die lebhafteste Frau, der Peter Thorpe je begegnet ist. Begeistert gibt er für sie sein Londoner Leben auf und folgt ihr nach Kalifornien ins Herz der Esoterik-Bewegung …

»St Aubyn hat mehr als nur einen humorvollen Roman geschrieben und zeigt, dass die Liebe eben doch nicht alles ist.«
Independent

01/2032/01/R